A PROMESSA DO DRAGÃO

A Promessa do Dragão

ELIZABETH LIM

TRADUÇÃO
Luan Daylon

PLATAFORMA 21

TÍTULO ORIGINAL *The Dragon's Promise*

Plataforma21 é o selo jovem da VR Editora

DIREÇÃO EDITORIAL Marco Garcia
COORDENAÇÃO EDITORIAL Thaíse Costa Macêdo
PRODUÇÃO EDITORIAL Camile Mendrot | Ab Aeterno
ASSISTÊNCIA EDITORIAL Luany Molissani | Ab Aeterno e Andréia Fernandes
TRADUÇÃO Luan Daylon | Ab Aeterno
PREPARAÇÃO Yonghui Qio Pan | Ab Aeterno
REVISÃO Tatiane Ivo e Thayslane Ferreira | Ab Aeterno
DESIGN DE CAPA Alison Impey
LETTERING DA CAPA ORIGINAL Alix Northrup
ARTE DE CAPA © 2022 by Tran Nguyen
ADAPTAÇÃO DE PROJETO GRÁFICO E CAPA Priscila Wu | Ab Aeterno
DIAGRAMAÇÃO Ana Clara Suzano e Priscila Wu | Ab Aeterno e Pamella Destefi
FECHAMENTO Ana Clara Suzano | Ab Aeterno
MAPA © 2021 by Virginia Allyn

Dados Internacionais de Catalogação na Publicação (CIP)
(Câmara Brasileira do Livro, SP, Brasil)

Lim, Elizabeth
A promessa do dragão / Elizabeth Lim; tradução Luan Daylon. – 1. ed. – Cotia, SP: Plataforma21, 2023.

Título original: The dragon's promise
ISBN 978-65-88343-49-4

1. Ficção juvenil I. Título.

22-140285 CDD-028.5

Índices para catálogo sistemático:
1. Ficção: Literatura juvenil 028.5
Aline Graziele Benitez – Bibliotecária – CRB-1/3129

VR EDITORA S.A.
Via das Magnólias, 327 – Sala 01 | Jardim Colibri
CEP 06713-270 | Cotia | SP
Tel.| Fax: (+55 11) 4702-9148
plataforma21.com.br | plataforma21@vreditoras.com.br

Para minha po po, pelo amor,
pelas histórias e pela sopa de peixe.

LOR
Vilarejo Tianyi
Estalagem do Pardal
Castelo Bushian
Estreito do Mar do Norte
Mar Ocidental
Iro
Montanha do Coelho
Rio Baiyun
Floresta Zhensa
Montanhas Sagradas da Perseverança
Gindara
Floresta Cailan
Palácio Imperial
Vilarejo Yaman
Reino de Kiata
Oceano Cuiyan
A'landi
Lago Paduan
Ilhas Esquecidas de Lapzur

YAN
Mar de Taijin
Monte
Rayuna
Ai'long
Reino dos
Dragões
Palácio do
Rei dos Dragões
Ilhas Tambu
Sundau

Eu sempre detestei escrever cartas. Meus professores diziam que elas mostram o intelecto e a consideração de alguém – assim como a caligrafia. Mas minha escrita sempre pareceu mais a de um ganso do que a de uma princesa. Ninguém quer receber cartas de um ganso. Mesmo se for um da realeza.

Sei que isso não é desculpa para nunca ter escrito para você, Takkan. Se eu pudesse mudar o passado, teria respondido a cada uma de suas cartas. Finalmente li todas, e mal consigo descrever o conforto que tem sido poder rir de suas histórias e imaginar que crescemos juntos. Queria ter perguntado seu nome no dia em que nos encontramos pela primeira vez – quando éramos crianças no Festival de Verão, e eu perdi sua pipa.

Ultimamente tenho pensado naquela pipa, em como ela deve estar voando por aí, sem ter um lugar para onde ir ou onde pousar. Às vezes imagino que sou eu. Que meu fio não tem fim. Que já não pertenço a lugar nenhum.

Eu me pergunto se foi assim que minha madrasta se sentiu. Infelizmente nunca vou poder perguntar isso a ela.

Quando você estiver lendo isto, já estarei no Reino dos Dragões. Não sei por quanto tempo ficarei ausente. Talvez dias, talvez semanas ou meses. Espero que não sejam anos.

Caso eu perca o inverno, pense em mim quando a neve cair e sempre que comer rabanetes.

A cozinheira que faz sua sopa preferida,
Shiori

CAPÍTULO UM

O fundo do Mar de Taijin tinha gosto de sal, limo e decepção. Tirando alguns fracos feixes de uma luz misteriosa, ele era ainda mais escuro que o mais profundo dos abismos. Não era bem o magnífico reino aquoso que diziam que dragões chamavam de lar.

Eu me sentei nas costas de Seryu enquanto ele desacelerava, seus longos bigodes vibrando em direção a um feixe em particular. Talvez fosse minha imaginação, mas aquele brilhou mais forte do que o resto – quase violeta.

– Está pronta? – Seryu perguntou.

Pronta para o quê?, pensei, mas assenti com a cabeça.

Com um movimento de sua cauda, ele mergulhou através do feixe violeta – e então tudo mudou.

A água ficou azul-celeste, e pequenas nuvens de uma névoa acobreada sibilavam vindas de leitos de areia e cristal. E luz! Havia luz em todo lugar, irradiando de um sol oculto.

Meu coração começou a palpitar de ansiedade, e me agarrei aos chifres de Seryu enquanto ele avançava para baixo, nadando tão rápido que por pouco eu não perdi o fôlego.

Estamos quase lá, Kiki, pensei animada na linguagem não falada que compartilhávamos, mas ela não respondeu. Uma olhada em minha manga já explicava: a pobre ave de papel havia desmaiado.

Não dava para culpá-la. Estávamos nos movendo a uma velocidade desnorteante, e minha cabeça martelava feito uma tempestade quando eu tentava enxergar direito. Mas não podia me permitir desmaiar. Nem sequer ousei fechar os olhos.

Queria ver tudo.

Enfim chegamos a um labirinto de recifes de corais brilhantes, muito abaixo das profundezas do mar dos mortais. O prado marinho balançava sob uma corrente invisível, dunas de areia branca e rochas com sulcos dourados pontilhavam o solo, e dosséis de flores marinhas entrelaçadas formavam os telhados de casarões submarinos.

Então ali era Ai'long, o lar dos dragões.

Era um mundo que poucos mortais conseguiriam, algum dia, vislumbrar. À primeira vista, não parecia tão diferente assim da terra firme. No lugar de árvores, havia pilares de corais, alguns finos e outros grossos, a maioria com galhos em espiral adornados com guirlandas de musgo. Até a maneira como os peixes deslizavam, com as barbatanas afiladas abertas como asas, me lembrava pássaros voando pelo céu.

E ainda assim... não era como nada que eu já havia visto. O movimento da água, num constante ir e vir, era revelado por lampejos de cores e rajadas de peixes. Pela forma como as algas marinhas faziam cócegas nos peixes que passavam por elas, como se pudessem falar uns com os outros.

Seryu sorriu enquanto eu absorvia a vista.

– Eu disse que você ficaria deslumbrada.

Ele estava certo, é claro. Eu *estava* deslumbrada. Mas, pensando bem, Ai'long foi feita para surpreender olhos mortais como os meus. Esse era seu perigo, no fim das contas. Sua armadilha.

Um lugar tão belo que fazia até mesmo o tempo perder o fôlego.

Cada hora que você passa aqui é um dia perdido em casa – se não mais, lembrei-me subitamente. Esse tempo aumentaria rapidamente, e eu já estava longe de meu pai e de meus irmãos há tanto tempo que não queria perder nem mais um minuto.

Vamos lá. Sinalizei com um chute no dorso longo e serpentino do dragão.

– Eu não sou um cavalo, sabia? – As sobrancelhas verdes de Seryu arquearam quando ele se virou para me ver. – Por que está tão quieta, Shiori? Não está prendendo a respiração, está?

Quando não respondi, ele me jogou de suas costas, estendeu a garra e beliscou meu nariz.

Um jato de bolhas escapou – o ar que eu tanto estava segurando. Mas, pelos grandes deuses, eu conseguia respirar! Ou pelo menos sentia que estava respirando. A água tinha um gosto doce ao invés de salgado – intoxicante, como um inebriante vinho de ameixa, quando eu respirava fundo demais, mas talvez isso fosse porque minha cabeça ainda estava girando.

– Desde que você esteja usando um pedaço da minha pérola, poderá respirar debaixo d'água – Seryu explicou, lembrando-me do fragmento reluzente que eu usava em volta do pescoço. – Pode não estar mais dentro do seu coração, então não podemos compartilhar pensamentos... mas você sabe que consegue falar, né?

– Claro que sei – menti.

Escondendo o alívio, toquei a pequena pérola. Mesmo estando tão fundo no mar, ela brilhava como uma gota de luar.

– Talvez você queira mantê-la escondida – disse Seryu. – Alguém pode ter a ideia errada.

– Achei que era apenas para me ajudar a respirar. Por que eles iriam...

– É complicado demais para explicar – o dragão resmungou com um grunhido. – Tinha esquecido o quanto você pergunta. Talvez eu *devesse* ter deixado você prendendo a respiração.

Minhas sobrancelhas deram uma franzida.

– Você está de mau humor.

– Humanos não são exatamente bem-vindos em Ai'long – disse Seryu de modo franco. – Consigo imaginar infinitas formas de como sua visita pode dar errado.

Não acreditei nele. Ele esteve ranzinza o dia todo, desde quando veio me buscar em terra. Mal cumprimentou meus irmãos, ignorou Takkan completamente…

Tentei persuadi-lo a sair desse estado, provocando:

– Não terei histórias divertidas para contar quando for para casa? E eu aqui, dizendo pra todo mundo que o príncipe dos dragões em pessoa iria me levar em um grande tour pelo seu reino.

– Quanto mais curta for sua visita, melhor. – Os olhos vermelhos de Seryu voltaram-se para a bolsa que pendia do meu ombro. – Você está aqui para entregar uma coisa ao meu avô, não para se divertir.

É isso o que ganho por tentar animá-lo. Agora *eu* estava de mau humor também.

Abri a bolsa – apenas um pouquinho. Aquela *coisa* que eu deveria entregar era uma pérola de dragão escura e quebrada. Raikama a havia deixado para mim antes de morrer, e seu poder era tão forte que eu conseguia senti-la lutando contra o feitiço da bolsa, que a mantinha bem guardada e escondida. Não era de se espantar que o avô de Seryu a quisesse.

No entanto, não era a única coisa dentro da bolsa. Eu também havia trazido minha rede de choque-celeste – para me proteger do Rei Dragão – e o caderno de desenhos que Takkan me deu quando nos despedimos.

– Mais cartas? – perguntei, pegando o caderno nas mãos.

– Melhor que isso – Takkan prometeu. – Pra você não me esquecer.

O que poderia ser melhor do que as cartas dele? Olhei, melancólica, para o caderno de desenhos, desejando poder passar os nós dos dedos contra a lombada macia e folhear as páginas manchadas de carvão. Mas pensei que seria indelicado lê-las enquanto ainda estivesse na companhia de Seryu.

Com toda certeza, Seryu concordava. Ele estreitou os olhos em minha direção.

– Eu nunca vi você ficar vermelha olhando para a pérola.

– É que a luz é bem forte – eu disse rapidamente. – Deixa meu rosto quente.

Ele zombou da mentira.

– Pelo menos seu humano não pulou no mar atrás de nós. Do jeito que ele fazia uma cara de peixe fora d'água por você estar indo embora, até pensei que ia pular mesmo. Ele não teria passado dos corais antes que os tubarões o alcançassem.

Fechei a bolsa.

– Tubarões, sério?

– Meu avô tem um pelotão deles – Seryu sorriu, presunçoso. – Eles estão sempre com fome. Logo iremos encontrar alguns.

Meu coração bateu forte no peito. Estávamos tão perto assim do palácio de Nazayun?

Seryu entendeu mal minha apreensão, então seu tom ficou um pouco mais leve.

– Não se preocupe, tubarões não têm apetite por humanos fibrosos como você.

Eles podem mudar de ideia, pensei. Uma vez que o Rei Dragão soubesse o *real* motivo pelo qual eu estava em Ai'long, eu teria sorte se ele me concedesse uma morte rápida.

Nervosa, deslizei de volta para Seryu, chutando mais forte do que precisava. Nadar em Ai'long não era nada parecido com nadar em águas comuns. A água ali era tão leve quanto o ar, e pequenas correntes passavam sob meus pés, impulsionando-me para onde eu precisasse ir. Era quase como voar.

Acabei ultrapassando o dragão, indo um pouco alto demais. Do nada, águas-vivas brotaram pairando sobre mim.

Havia pelo menos uma dúzia delas. Seus corpos tinham o formato de guarda-chuvas luminosos, e os tentáculos giravam em uma dança sinuosa. Elas se aproximaram, ousadas, roçando meus braços e minhas pernas, e até se entrelaçando com meus longos cabelos. Ri de como aquilo fazia cócegas – até Seryu soltar um rosnado.

– Deixem-na em paz. – Seus olhos vermelhos brilharam por um momento em direção aos intrusos. – Ela está comigo.

As águas-vivas recuaram, mas não se dispersaram. Pelo contrário. Enquanto Seryu tentava me puxar para longe pelo cabelo, elas seguiam e se aproximavam ainda mais.

E então, como o Mar de Taijin, elas mudaram.

A luz dourada que irradiava de seus corpos se apagou num instante, e os tentáculos, macios como fitas de seda, ficaram duros e pontiagudos. Duas delas se enfiaram entre mim e Seryu, forçando-nos a nos separar. O resto delas nos cercou.

Peguei a faca que mantinha escondida em minha faixa. Mal tive chance de erguê-la. Tentáculos frios e escorregadios grudaram em minhas costas e envolveram meus braços.

Pequenos ferrões surgiram dos tentáculos de meus agressores, roçando de leve minha pele: um aviso mortal para não resistir. Uma picada e eu ficaria paralisada pelo resto da vida.

Derrotada, fiquei imóvel e larguei a faca, deixando-a flutuar para além do meu alcance. Em troca, a água-viva relaxou seu aperto, mas apenas um pouco. Os tentáculos começaram a procurar por outras armas escondidas em mim, e enquanto eles vasculhavam minha bolsa e minhas vestes, Kiki lançou-se para fora de minha manga.

Ela estava atordoada, as asas meio espreguiçadas de um jeito dramático enquanto bocejava para anunciar que estava acordando. Mas quando seus olhos escuros se abriram e viram as águas-vivas, ela gritou.

Demônios borbulhantes e flamejantes de Tambu!

– Não é um demônio – garanti a ela, abraçando a bolsa enquanto tentáculos tentavam abri-la. – É uma água-viva.

Uma o quê?

A água-viva pairava sobre Kiki, examinando-a atentamente.

A ave cobriu a cabeça com uma asa. *Oh, deuses*, ela gemeu. *Deixem-me desmaiar de novo.*

Para o alívio de Kiki, a água-viva a considerou indigna de sua atenção e voltou-se para minha bolsa. Seus tentáculos puxaram as alças com força, mas segurei o mais forte que pude.

– Pode me picar o quanto quiser – eu disse. – Você não vai ficar com isso.

A água-viva sibilou e mostrou os ferrões venenosos.

– Afastem-se! – Seryu vociferou. Sua cauda chicoteou para frente e para trás, criando inúmeras ondulações, como se fossem pequenas tempestades. Com um golpe de sua garra, surgiu um rasgo feroz na água.

Enquanto as águas-vivas lutavam contra a corrente repentina, Seryu me jogou em suas costas e mergulhou em uma selva de corais, nadando em direção às torres de cristal logo à frente. Ele atirou a faca em meu colo.

– Sério, Shiori? É isso o que você traz para Ai'long?

Dei de ombros sem me importar muito.

– Achou mesmo que eu viria desarmada?

– Você já conheceu meu avô. Essa sua reles adaga seria mais como uma farpa para ele.

– Farpas ainda podem doer – foi tudo o que falei, enfiando a lâmina de volta em minha faixa. – O que eram aquelas águas-vivas?

– Patrulhas.

– Pra quê?

– Invasores e assassinos.

Ele não elaborou mais que isso, um sinal para deixar o assunto morrer. Mas eu ainda estava bastante curiosa.

– Havia magia nelas.

– A maior parte dos subordinados do meu avô tem... uma certa habilidade. Ajuda a afastar aqueles que tentam entrar em Ai'long sem serem convidados.

– Mas por que me revistaram? Eu fui convidada.

– Elas estavam procurando pela pérola de sua madrasta, é óbvio – Seryu respondeu, irritado. – As águas-vivas têm um certo gosto pela magia das trevas. Elas também são especializadas em detectar segredos.

Uma onda de desconforto caiu sobre mim.

– Segredos?

– Sim, essa agulha de aço que você trouxe e nem teve a dignidade de me contar é um exemplo. – A voz de Seryu endureceu. – Não se preocupe. Sua estadia em Ai'long será curta; não vai precisar conhecer a corte a fundo.

Não era bem isso que me preocupava, mas fiquei em silêncio e olhei para Kiki.

Ela havia desmaiado na palma da minha mão, e suas asas estavam murchas num triste amontoado de papel. Felizmente, ela não esteve prestando atenção em nossa conversa. Eu a amava muito, mas guardar segredos não era um de seus talentos.

Já estamos perto?, ela gemeu. *Eu devia ter ficado na terra firme. Estou enjoada.*

– Ninguém fica enjoado debaixo d'água.

Kiki franziu o bico, soltando um suspiro teatral. *Você não pode pedir ao dragão para nadar com mais cuidado? Até as baleias se movem com mais delicadeza.*

– Peça você. Ele passou o dia mal-humorado.

Por quê? A testa dela enrugou. *Ele está zangado com você?*

– Claro que não.

São as águas-vivas? Pelos deuses, Shiori, você acha que elas sabem? Talvez você devesse contar pra ele que você planeja ficar com a p...

Meus olhos se arregalaram, e eu enfiei a ave na manga antes que Seryu ouvisse algo.

A pérola de Raikama, Kiki quase deixou escapar.

Não, eu não tinha contado para ele. E nem pretendia.

A culpa pesou na minha consciência, mas a empurrei para longe. Não havia nada de que me sentir culpada. Não estava quebrando minha promessa. Eu *tinha* prometido a Seryu que traria a pérola de Raikama para seu avô... só nunca disse que o deixaria ficar com ela.

– Prometa que você só vai dá-la ao dragão que tiver o poder para torná-la inteira de novo. – Foi o que Raikama me fez jurar antes de morrer.

Como se pudesse ler meus pensamentos, a pérola dentro da bolsa começou a pulsar. Eu praticamente a via em minha mente, girando e tramando, tentando achar uma saída. Era do tamanho de um pêssego, apenas um pouco maior que a palma da minha mão, mas no auge de seu esplendor, brilhava como uma gota de luz do sol. Mas agora que Raikama se foi, sua luz estava mais apagada, e a fratura em seu centro parecia aumentar cada vez que eu olhava para ela.

Aquela rachadura não cicatrizaria até que a pérola reencontrasse seu verdadeiro dono. Eu tinha a sensação de que a tristeza dentro de mim também se comportava assim, e que o vazio em meu coração se intensificaria até que a promessa para Raikama fosse cumprida.

– Promessas não são brinquedos para serem jogadas pra lá e pra cá – murmurei para mim mesma. – É um pedaço de si que se oferece e não retorna até que ela seja cumprida.

Aquelas eram as palavras de minha madrasta de muito tempo atrás. Palavras que eu costumava odiar porque faziam eu me sentir culpada, mesmo quando ignoradas. Nunca imaginei que algum dia elas me trariam algum conforto.

A pérola tremeu, respondendo à minha inquietação, e eu levantei a bolsa no meu colo para que Seryu não notasse. Eu tinha quebrado minha palavra muitas vezes – para Raikama mais do que ninguém.

Não desta vez.

Deixarei você inteira de novo, jurei à pérola em silêncio. *Eu a levarei para casa.*

Custe o que custar.

CAPÍTULO DOIS

As paredes que cercam o palácio do rei Nazayun eram incrivelmente altas. Iam além do que minha visão conseguia ir, até chegar às luzes violetas que marcavam as margens do reino, cujos remates eram afiados como agulhas espetadas nas veias do oceano.

Uma plateia formada de criaturas marinhas havia se reunido do lado de fora do palácio. Baleias maiores que os navios de guerra do meu pai, tartarugas marinhas pintadas que se camuflavam na areia e nas rochas, golfinhos, lulas e, quando olhei mais de perto, até mesmo caranguejos e cavalos-marinhos. Espalhados entre eles estavam os dragões, alguns com humanos montados nas costas. Todos abaixaram a cabeça em respeito enquanto Seryu passava, mas seus olhares estavam fixos em mim.

– Não segure meus chifres aqui – Seryu resmungou. – Eles são um indicador de status em Ai'long, e eu sou um príncipe dragão, não um touro.

Soltei-os como se tivesse tocado em fogo.

– Desculpe.

Logo ficou claro o que ele quis dizer. Os chifres dos outros dragões eram curvados para baixo, como os de um carneiro, muitas vezes com sulcos ou bordas caneladas e em cores que variavam entre cinza, marfim e preto. Os de Seryu eram prateados e lisos, porém o que mais chamava atenção era o fato de eles serem ramificados – como os chifres de um cervo. Uma coroa criada pela natureza.

– Sempre vem essa multidão toda cumprimentá-lo?

– Não. – A voz de Seryu ficou tensa. – Eles estão aqui por você.

Isso me fez sentar bruscamente.

– Por mim?

– Eles estão apostando se o meu avô vai jogar você para os tubarões ou transformá-la em pedra.

Eu não sabia dizer se ele estava falando sério ou sendo sarcástico. Provavelmente os dois.

– Não há outras alternativas? – perguntei.

– Nenhuma que você vá achar mais agradável. Eu falei que humanos não são bem-vindos aqui.

– Mas há tantos deles.

As longas costas de Seryu enrijeceram e suas escamas ficaram opacas.

– Olhe de novo.

Franzi a testa, mas agora curiosa, e me virei.

A princípio, não vi nada fora do comum. Sim, os humanos que montavam os dragões estavam todos adornados com joias marinhas, usando mantos e vestidos que brilhavam feito uma concha de abalone enfeitada com pétalas de lírios do oceano. Mas, fora isso, eles pareciam iguais a mim.

Pelo menos até meus olhos ficarem mais aguçados e eu conseguir ver para além de seus rostos. Vi as guelras brilhando nos pescoços, as escamas de peixe espalhadas pelos braços. Alguns até tinham asas dobradas perfeitamente sob as omoplatas e barbatanas decorando os pulsos e tornozelos. Quando me pegaram olhando, contraíram os lábios e me ofereceram sorrisos distorcidos.

– Então… – falei, nervosa. – Eu realmente sou igual a um porco aqui.

– O quê?

– Foi o que você disse quando nos conhecemos; que me convidar para Ai'long seria como trazer um porco pra conhecer sua família. Achei que fosse só uma piada.

– Eu nunca esperei trazer você aqui, Shiori – ele disse, numa voz tão baixa que quase não ouvi. Estávamos chegando aos portões. – Só queria que você soubesse disso.

Soou como um pedido de desculpas, mas não entendi por quê. Nunca tive a chance de perguntar. Um coro ensurdecedor de conchas tocou – então, do nada, uma corrente invisível me arrancou das costas de Seryu e me levou para o palácio.

Tudo aconteceu com a rapidez de um golpe de espada. Não percebi que estava sendo carregada até que fosse tarde demais.

– Shiori! – Seryu correu em direção aos portões, tentando forçar sua entrada antes que eles se fechassem. – Avô, não!

Essa foi a última vez que o vi antes de ser levada, disparando por uma cascata de água tão rápida que fez a jornada anterior parecer vagarosa. No momento em que a corrente me cuspiu em meu destino, tive certeza de que havia desmaiado – pelo menos por alguns segundos.

Caí na maior sala que já tinha visto. Era ampla e larga, com pilares tão altos que eu não conseguia ver onde terminavam e, exceto por uma janela texturizada do que parecia ser cristal preto, tudo, das paredes ao teto, era da cor de osso. Ou neve, se você for o tipo de pessoa mais otimista.

Tomei impulso para cima batendo com os pés contra o fundo do oceano.

Fomos comidos por uma baleia?, Kiki sussurrou de dentro da minha manga.

Se não estivéssemos numa situação tão medonha, eu teria rido. A câmara parecia a caixa torácica de uma baleia. Pilares de mármore revestiam as paredes, espaçados uniformemente e atingindo uma altura três vezes maior que a do salão de cerimônias no palácio do meu pai. Suas extremidades arqueavam-se de uma forma quase impossível num teto aberto, como uma gaiola de ossos.

Por precaução, puxei minha faca. Os espaços entre os pilares eram largos o suficiente para que eu pudesse passar, e os portões do palácio brilhavam a distância. Será que Seryu estava lá, procurando por mim?

Segurei a faca com força. Eu não estava disposta a ficar ali para descobrir.

Mergulhei entre dois dos pilares e mal pude pôr o rosto para fora da câmara quando tentáculos longos e contorcidos de algas marinhas brotaram dos pilares e se enrolaram em meus membros.

Kiki saiu correndo da minha manga. *Shiori*!

Eu cortei as algas. Elas eram mais finas do que as que eu cozinhava em minhas sopas. Mas as aparências enganam. Aquelas algas eram fortes como ferro – e estavam vivas, crescendo três novas folhas para cada uma que havia sido cortada. Elas chicotearam Kiki para longe e giraram numa espiral em torno de meus pulsos, puxando a faca de minhas mãos e me prendendo contra um pilar.

Em seguida, vieram os tubarões.

Não tinha acreditado quando Seryu os mencionou mais cedo, mas ali estavam eles. Cada um tinha dez vezes o meu tamanho, fileiras de dentes afiados e olhos preto-azulados que não expressavam nenhum escrúpulo em me transformar em lanche.

– Seryu! – gritei. – Seryu!

– Em breve ele se juntará a nós.

A cauda do rei Dragão se curvou ao redor dos pilares, e um arrepio subiu pela minha pele.

– Meu neto me falou muito sobre você na última vez em que nos encontramos, Shiori'anma – ele disse. – Seus deuses lhe deram uma atenção incomum: a filha adotiva da Rainha Sem Nome, o sangue puro de Kiata... e, agora, portadora da pérola do Espectro.

Espectro? Meus ouvidos se atiçaram. Era a primeira vez que ouvia aquele nome.

Longos e tortuosos lampejos de prata perfuraram as sombras – os chifres de Nazayun.

– Mostre-me.

A alga afrouxou o aperto em meus pulsos apenas o suficiente para eu abrir a bolsa. Lá dentro, toquei na pérola quebrada e, depois, na rede de choque-celeste.

Meus dedos coçaram para lançar a rede sobre o Rei Dragão. Choque-celeste era, afinal, a única fraqueza de um dragão. A única coisa poderosa o suficiente para separar um dragão de seu coração. E, que os demônios me levem, eu havia sacrificado muita coisa para fazer aquela rede.

Os tubarões teriam me rasgado em pedacinhos se a tivesse usado ali, mas felizmente a pérola não me deu chance. Assim que abri a bolsa, ela fez um zumbido baixo e repreendedor, e escapou.

Eu estava começando a suspeitar que, de um jeito estranho, ela estava viva. Quando estive no palácio do meu pai, sempre que a deixava no quarto, mais tarde a encontrava flutuando no ar ao meu lado – como se estivesse me assistindo. Esperando.

– A pérola pega o destino e o distorce de acordo com seu próprio propósito – Raikama dissera.

Depois do que fez com meus irmãos, eu não seria tola o suficiente para supor que o propósito dela incluía me manter viva. E foi por isso que assisti, prendendo a respiração, enquanto a pérola subia ao nível do olhar pálido de Nazayun.

A testa do dragão se curvou de desagrado.

– Ela se ligou a você.

– Por enquanto – respondi. – Prometi à minha madrasta que devolveria a pérola ao seu legítimo dono.

Ele rosnou:

– Você prometeu a Seryu que a daria para mim.

– Que eu a *traria* para você – corrigi. – Não que a *daria*. A pérola não é sua.

– As pérolas de dragão pertencem a Ai'long. – Nazayun pairou sobre mim, cravando as garras no chão. – Eu *sou* Ai'long.

– Por que você a quer? – perguntei. – Vi como é uma pérola de dragão de verdade. Elas são puras e fascinantes, não são nada como esta. Esta é...

– Uma aberração.

– Você que diz – respondi. – Então por que ainda a quer?

– Humana ignorante, você realmente não sabe de nada! – o Rei Dragão gritou. – A pérola do Espectro é algo que se quebrou. Ela anseia por destruição tanto quanto a abomina. Por si só, não consegue encontrar equilíbrio, por isso confiou em alguém como a sua madrasta para controlar seu poder. Mas agora a Rainha Sem Nome está morta, e a pérola está quebrada demais para tomar um novo hospedeiro. Em breve ela irá se partir completamente. Quando isso acontecer, liberará uma força maior do que qualquer coisa que você possa imaginar. Grande o suficiente para devastar sua amada Kiata.

Pela primeira vez, eu acreditei nele.

– A menos que ela seja devolvida ao Espectro.

– Isso não é uma opção – Nazayun disse. – Ela deve ser destruída, e quando for, o Espectro também perecerá. Renuncie ao seu elo e me dê a pérola.

Hesitei. A pérola flutuou acima da palma de minha mão, com suas metades quebradas se separando de leve ao longo da borda. Sua aparência frágil enganava, como as pétalas de uma flor de lótus. No entanto, eu podia sentir o terrível poder que residia ali dentro.

Teria Raikama cometido um erro ao me pedir para devolvê-la ao Espectro? Ou será que esse era um dos truques de Nazayun?

Apenas por um momento, minha consciência se agitou de indecisão. Então fechei os punhos e a pérola voou para o meu lado. *Eu confio em Raikama.*

– A pérola pertence ao dragão com o poder de torná-la inteira de novo – falei. – E esse dragão não é você.

A fúria se acendeu nos olhos brancos do Rei Dragão.

– Que assim seja.

Atrás dele, os tubarões aceleraram em minha direção com as mandíbulas estalando. Visões de um fim horrível brilharam nos olhos vítreos deles. Eu, cortada em cem pedaços, deixando a água completamente vermelha de sangue. Kiki gritou no meu ouvido: *Não, Shiori!*

A alga apertou minha cintura e meus tornozelos, mantendo-me imóvel. Felizmente, eu já esperava por esse momento.

Nunca vá para a batalha sem antes conhecer seu oponente, meu irmão Benkai gostava de dizer. Antes de eu partir para Ai'long, ele me passou o máximo de sabedoria militar que pôde: *Aquele que surpreende seu inimigo está sempre em vantagem.*

Esta era minha surpresa: bati a cintura contra a pérola, acertando-a no pilar mais próximo. As metades se partiram na base, abrindo-se como uma concha, e uma luz ofuscante derramou-se para fora.

A alga recuou. Ela afrouxou seu aperto em mim apenas por tempo suficiente para que eu sacasse a rede de choque-celeste.

Joguei-a para o alto e gritei:

– Kiki!

Minha ave de papel saiu correndo de seu esconderijo e pegou o outro lado da rede. Juntas, nós a jogamos sobre o enorme peito do Rei Dragão, puxando-o contra suas escamas.

Eu havia usado a rede apenas uma vez antes, para libertar Raikama do fardo que carregava. Nunca a usei contra um dragão de verdade.

Sua magia funcionou no mesmo instante, agarrando-se às escamas de Nazayun e atenuando seu radiante brilho de safira. Ele uivou, e sua cabeça curvou-se para trás quando a rede cravou em seu peito, delineando o formato de seu precioso coração.

Era pelo menos três vezes do tamanho do coração do Espectro, branco-prateado e perfeitamente redondo, como uma lua inflada. Tudo que eu tinha que fazer era pegá-lo, e assim teria poder completo sobre Nazayun.

– Solte-me – ordenei à alga, e ela afrouxou o aperto em meus tornozelos. Os tubarões também detiveram o ataque.

Peguei minha faca e a enfiei nas escamas de Nazayun para firmar a rede. O Rei Dragão rugiu de dor, mas não tive remorso. Afinal, farpas podem doer.

– Onde eu encontro o Espectro? – exigi saber.

Uma risada borbulhou da garganta de Nazayun.

– Responda, ou...

– Ou o quê? – Nazayun olhou para a pérola do Espectro, que pairava sobre ele como um prenúncio de destruição. – Ou o quê, Shiori'anma?

Algo estava errado. O coração do Rei Dragão palpitava em seu peito, um sinal de que o choque-celeste o estava machucando. Então por que ele estava sorrindo? Por que estava *rindo*?

– Você devia ter me dado a pérola quando eu ofereci a chance – disse o Rei Dragão enquanto se contorcia de desconforto sob a rede. – Tecer esta rede é um crime que não passará impune. Você teria dormido por trezentos anos, tempo suficiente para tudo que você conhece e ama se transformar em pó. E então eu teria devolvido você a Kiata, como prometido. Infelizmente, você errou em sua escolha. Por isso, nunca mais verá sua terra natal.

A faca que eu havia enfiado entre as escamas de Nazayun de repente se dissolveu na água, e ele arrancou o choque-celeste do peito. A rede crepitou entre suas garras, chamuscando a pele antes que ele a jogasse em uma teia de algas, para longe do meu alcance.

– Achou que seria fácil assim retirar meu coração? – ele riu enquanto suas feridas cicatrizavam diante dos meus olhos. – Eu sou um deus dos dragões. Nem mesmo choque-celeste pode me ferir.

Cambaleei e coloquei as mãos em concha ao redor da pérola do Espectro.

– E quanto a isso aqui...?

Não consegui terminar a ameaça. As paredes atrás de mim começaram a cantar, e uma onda de água chicoteou através da janela de cristal preto, criando um redemoinho.

De dentro dele, um segundo dragão surgiu. Tudo o que vi foram vislumbres de escamas vermelhas e um par de olhos redondos e dourados. Então senti um forte puxão no pescoço, e fui lançada para a frente.

– Se você não quer nos dar a pérola que desejamos, vamos ficar com esta aqui por enquanto. – O dragão escarlate ergueu o colar que Seryu me avisara para manter comigo o tempo todo: o pedaço de seu coração que me permitia respirar em Ai'long.

Minhas mãos saltaram para a garganta enquanto meus pulmões convulsionavam. A água estava por toda parte e corria para dentro da minha boca, preenchendo meus pulmões. Meu coração bateu em meus ouvidos, disparando um alarme enquanto o peso dos mares veio rugindo. Era tanta coisa ao mesmo tempo que eu não consegui nem me engasgar. Estava me afogando.

– Esta é minha filha, a Senhora dos Mares Orientais – Nazayun disse, como se *aquela* fosse a hora das apresentações. – Já que você não vai me dar a pérola, eu a deixarei encarregada de recuperá-la.

A filha de Nazayun observou enquanto eu me afogava.

– Tenho uma teoria... – ela ronronou. – De que a alma humana é composta de inúmeros e pequenos fios que a prendem à vida. – Ela cravou as unhas no meu coração, e eu me engasguei de dor enquanto ela extraía um longo fio dourado e prateado que eu nunca tinha visto antes: um dos fios da minha alma.

– Lindo, não é? Tão frágil, mas tão vital. – Ela torceu o fio em torno de sua unha. – Se eu cortar vários fios e deixar, digamos, apenas um último pendurado, a pérola romperá o elo com você em busca de alguém que não esteja à beira da morte. – Ela tentou cortar o fio, mas ele brilhou forte e recuou para dentro de mim.

Seus bigodes se retesaram de desgosto.

– Um estado difícil de alcançar, ainda mais com uma alma tão teimosa quanto a sua... mas teremos tempo de sobra para fazer testes.

Eu não tinha tempo. Meu mundo estava diminuindo rapidamente, e eu chamei a pérola do Espectro.

Salve-me, implorei. *Salve-me, ou você nunca vai encontrar o lugar ao qual pertence. Você nunca vai voltar para casa.*

A pérola começou a bater. Uma vez. Duas vezes. E então, mais rápido, em contraste acelerado ao meu pulso prestes a morrer, e uma explosão de luz saiu das duas metades quebradas.

– Uma guerreira – a dragoa escarlate murmurou enquanto nadava para a frente, obstruindo minha visão da pérola. Ela tocou minha testa com a palma da mão fria.

– Nunca brinque com um dragão – ela sussurrou. – Você nunca vai vencer.

E antes que um último suspiro me deixasse, o mundo se desfez em nada.

CAPÍTULO TRÊS

– Alteza – a professora clamava. – Acorde, Shiori'anma! Por favor, acorde.

Não me movi. Todos os dias minha professora encarava a mesma tarefa, e eu quase sentia pena dela. Mas de que me importava toda a falação sobre a poesia, a arte e a cultura de Kiata? Não era como se meus irmãos fossem me convidar para reuniões se eu pudesse recitar versos das Canções de Lamento ou encantar a corte com meus conhecimentos sobre a diferença entre a tinta vermelhão e a ocre.

– Apagada como uma lua adormecida – a professora gemeu. – De novo.

Odiava aquela frase. Fui forçada a aprender toda a história por trás dela. Era algo sobre Imurinya, a Senhora da Lua, seu marido, o Caçador, e um beijo necessário para acordá-la.

Eu não era romântica, e beijo nenhum me acordaria – a menos que fosse o de uma tarântula, e não o de um menino. As únicas coisas que funcionavam eram o cheirinho fresco de bolos de arroz doce grelhados e um arremesso bem calculado dos dados de madeira do meu irmão Reiji.

O engraçado era que Reiji já não jogava dados em mim havia anos. No entanto, algo pequeno e sólido atingiu a parte de trás da minha cabeça. Várias vezes.

Meus olhos abriram e eu gritei:

– Pode parar com isso?

Ou era o que queria ter dito. As palavras saíram distorcidas, e meu peito doía como se alguém tivesse arrancado toda a vida de mim e então, com relutância, a colocado de volta.

Um lembrete indesejado de que eu ainda estava no reino dos dragões – e, consequentemente, era uma prisioneira no palácio de Nazayun. Estava escuro demais para enxergar com clareza, mas eu não estava mais na sala que parecia uma caixa torácica.

Algemas de algas prendiam meu corpo do pescoço para baixo, me confinando em uma placa de cristal preto como as que eu já tinha visto. Puxei-as com tudo, tentando me libertar. As algemas se apertaram e pontadas agudas de dor correram pelos meus músculos. Mordi os lábios com força até que passasse.

Quando consegui respirar novamente – e eu não sabia como estava respirando sem o colar de Seryu –, murchei.

Pelos demônios de Tambu, como iria sair dessa? Inclinei a cabeça para trás, batendo na parede em desespero.

Cuidado com onde você bate a cabeça! Asas de papel farfalharam em meu cabelo, e Kiki foi se arrastando até a minha orelha. *Há outras maneiras de anunciar que acordou, Shiori.*

– Kiki! – Fiquei emocionada ao vê-la. – O que aconteceu? Onde nós...

Você estava dormindo, ela contou. *Você tem sorte, viu? A filha do Rei Dragão voltou várias vezes para tentar decepar sua alma, mas não conseguiu cortar nem um fio sequer. Nazayun está furioso com isso. Ele a mandou acordá-la.* Kiki engoliu em seco. *Disse que ele mesmo ia fazer isso.*

– Quando isso aconteceu?

E quem sabe dizer que horas são por aqui?, Kiki deu de ombros. *Eu só fiquei espionando. Não dava pra perguntar que dia era. Ela acha que foi a pérola que protegeu você.* Seus olhos escuros se arregalaram. *Será que foi isso?*

– Talvez. Deve ser por isso que eu ainda a tenho. E que ainda estou viva.

Aquilo até era reconfortante, mas nem tanto.

Kiki olhou para a pérola enquanto ela ganhava vida. *Ela estava adormecida, sabe, como você – até agora. É quase como se tivesse mente própria, como se estivesse viva.*

– É o coração de um dragão – eu disse. – De certa forma, está.

Para um coração de dragão, ela não é muito esperta, Kiki disse. *Ela deveria encontrar o caminho para casa por si mesma em vez de nos obrigar a ter todo esse trabalho.*

Concordei em silêncio. A pérola do Espectro pairou sobre minha cabeça, flutuando próxima. Não conseguia decidir se estava com raiva ou aliviada por vê-la. O que *estava* ficando claro era que eu nem sempre poderia contar com ela para me ajudar.

Olha o que você fez, Kiki repreendeu a pérola. A ave se sentou nela, descansando com as asas estendidas na fenda entre as partes rachadas. *Eu poderia estar em Kiata, deitando em travesseiros de seda e perseguindo vaga-lumes. Mas veja só onde estamos! Shiori está presa nesta horrível masmorra de dragão – e você, você agora está bem longe de encontrar seu dono.*

A pérola soltou um clarão, iluminando o entorno: uma cela estreita que parecia estender-se infinitamente. Mas era apenas uma ilusão. Na realidade, havia milhares de pedaços de espelho flutuando ao longo das paredes, e seus reflexos faziam a sala parecer interminável.

Eu estremeci.

– Que lugar é este?

Kiki deu de ombros de novo. *Procurei pela saída centenas de vezes, mas os espelhos... Shiori, eles têm vida! E ficaram me observando. Também tem esse fantasma estranho...*

– Um fantasma?

Bem ali. Kiki apontou com a asa trêmula. *Ele tentou falar comigo.*

A escuridão banhava a outra extremidade da sala, onde a luz da pérola não alcançava.

– Mostre-me – ordenei a ela.

Emitindo um silvo, a luz brilhou mais forte, iluminando uma estátua solitária. E, considerando os gorgolejos e murmúrios vindos daquela direção, era uma estátua que estava *viva*.

Um menino, na verdade.

Ele era de pedra do pescoço para baixo, mas a cabeça ainda era de carne e osso. Os olhos eram de um azul incomum, a pele, bronzeada e o tufo de cabelo era preto e rebelde. Era difícil saber de onde ele era, mas não devia ter mais de doze ou treze anos. Parecia ter sido amaldiçoado no meio de uma grande jogada que faria. O braço direito estava esticado num floreio dramático, o queixo erguido e a perna esquerda levemente levantada. As roupas eram de pedra, assim como o resto dele, mas havia uma vívida mancha de seda vermelha sobre sua boca.

Meu estômago se embrulhou com aquela imagem. O que uma criança humana estaria fazendo no reino dos dragões, ainda mais praticamente transformada em pedra?

– Kiki, ajude-o. A boca dele está amordaçada.

Mas ele pode ser um fantasma! Ou pior, um demônio do mar.

– Ajude-o, está bem?

A ave obedeceu, voou até a estátua e desamarrou a mordaça que havia na boca do menino.

Ele tossiu e cuspiu, e então soprou o cabelo dos olhos com um entusiasmo exagerado.

– Em primeiro lugar... – ele disse em um claro sotaque kiatano. – Eu não sou um fantasma. Fantasmas, salvo algumas exceções, não conseguem tocar objetos do mundo físico e dificilmente seriam transformados em pedra como eu. – O nariz dele se contraiu. – Em segundo lugar, você demorou demais para acordar. Eu estava começando a pensar que todos esses arremessos seriam em vão.

– Foi você que me acordou? – perguntei.

– Não tinha mais nada pra fazer.

– Como?

Com um sorriso presunçoso, o menino inclinou a cabeça para trás.

– Está vendo aqueles pedaços de espelho flutuando? As pontas são mais afiadas do que parecem e vão cortar você se tentar escapar. – Ele virou o rosto para que eu pudesse ver os pequenos cortes em seu nariz e nas bochechas. – Levou a semana toda, mas consegui chamar a atenção deles. Quando vieram até mim, consegui pegar alguns e jogar em você.

– *Você jogou cacos de vidro na minha cabeça?*

– De que outro jeito poderia acordá-la? – ele perguntou. – Não se preocupe, lixei as bordas deles no meu braço. Ser feito de pedra ajuda nisso, eu acho. Seu corte já sarou.

Corte? Então aquilo explicava a dor em minha têmpora.

– Devia ter levado apenas algumas tentativas – o menino continuou. – Geralmente tenho uma ótima mira, mas meu braço direito virou pedra no meio de um arremesso. Para sua sorte, o esquerdo teve um pouco mais de tempo. Porém, sou menos preciso com ele.

Sortuda mesmo, Kiki disse, boquiaberta. Ambos os braços do menino eram de granito sólido, embora as veias da mão esquerda ainda estivessem pulsando.

– Obrigada – eu disse, séria. – Seu rosto…

– Não se preocupe comigo. Se os cortes não sararem, só me tornarei uma estátua menos atraente.

Ele soa alegre demais com a própria situação, Kiki murmurou. *Confiamos nele ou não? Eu voto não.*

Fiz uma careta, ignorando Kiki.

– Você disse que já estou aqui há uma semana?

– Foi isso que falei. – O menino torceu os lábios. – O tempo corre assustadoramente devagar quando não se tem nada pra ler. Por favor, me diga que você trouxe um livro na bolsa.

Eu tinha parado de ouvir. Uma semana inteira perdida! Meu peito ficou tão apertado que mal consegui respirar. Deviam ter se passado cinco meses em casa.

Apertei os lábios, tentando controlar a raiva. *Poderia ser pior*, disse a mim mesma. Cinco meses – não cinco anos. Ou cinco séculos.

– Nenhum livro? – o menino indagou, confundindo o motivo do meu horror. – Que pena. Bem, pelo menos posso praticar meu kiatano. É irônico, sabe. Kiata é o último lugar que planejava visitar. Nunca pensei que essa língua me seria de alguma utilidade.

Minha atenção se voltou para ele.

– Cuidado aí. É o meu país que você está insultando.

– Não queria ofender, mas é que Kiata é um deserto de magia. Um país sem magia dificilmente seria o lugar ideal para construir a reputação de um brilhante e jovem feiticeiro.

– Você não é um pouco jovem pra ser feiticeiro?

– Somos iniciados ainda jovens – o menino explicou. – Como acha que eu vim parar em Ai'long?

– Talvez um dragão tenha sequestrado você. A gente sabe que isso costuma acontecer.

– Sequestrado? – Ele deu uma fungada. – Sou um feiticeiro-em-treinamento, não o marinheiro de um barquinho de pescar camarão. Acha que seria fácil sequestrar alguém que dominou as Quatro Formas de magia defensiva?

Ele tem o ego de um feiticeiro, Kiki comentou, enrolando a asa em volta da pérola.

O menino lançou a Kiki um olhar astuto, como se a entendesse. Então ele flexionou os dedos e estremeceu – percebi através dos espelhos que os nós de seus dedos estavam cinzas.

– Acho bem provável que nunca atingirei meu potencial.

– Você não pode desistir. Deve haver uma maneira de sair desse lugar. – Lutei contra as algemas, mas não adiantou.

– Nem se incomode. Passei semanas tentando isso e olha que eu tenho magia.

– Eu *também* tenho.

– Ouvi falar. Você é o sangue puro de Kiata. Impressionante como fez essa ave de papel ganhar vida. – O menino virou a cabeça para o lado. – Mas como sangue puro, sua principal fonte de poder vem de sua terra natal, e você está bem longe de lá.

Fiz uma careta.

– Como você sabe disso... a parte sobre minha magia vir de Kiata?

Ele encolheu os ombros.

– Leio bastante – o menino disse rapidamente. Mas antes que eu pudesse interrogá-lo ainda mais, ele acrescentou: – Mas não me ajudou muito por aqui. Mesmo se conseguisse desfazer esta maldição, eu me afogaria assim que passasse pelas fronteiras de Ai'long.

– Por quê?

– Bem, pra começar... meu sangi acabaria.

– Sangi?

– O chá que os dragões despejam na sua garganta pra que você possa respirar debaixo d'água. – O jovem feiticeiro torceu o nariz. – É uma infusão terrivelmente amarga, pior que as Lágrimas de Nandun. Voltando ao meu ponto, as águas além das fronteiras do reino não são encantadas. Eu não poderia deslizar como se estivesse dançando em uma nuvem. Teria que nadar para não afundar. E eu nunca aprendi a nadar.

Kiki deu um tapa na cabeça, sem acreditar. *Ele não sabe nadar e veio parar justo no reino dos dragões?*

– Não desista – falei. – Meu amigo é um príncipe de Ai'long. Ele pode ajudar.

– Duvido muito. Ele é um peão do Rei Dragão tanto quanto a lady Solzaya.

Ao ouvir aquele nome, os espelhos suspensos na água ao nosso redor giraram para observar o menino.

– Lady Solzaya – repeti. – Quem é ela?

– A Grã-Senhora dos Mares Orientais. Tenho certeza de que você a conheceu, já que está aqui. Esta é a sala onde ela tortura os convidados mais inconvenientes do rei Nazayun. Ela transformou o último prisioneiro no seu lugar em espuma do mar depois de ele já ter revelado seus segredos. Foi bem macabro. No que diz respeito a maldições, é melhor virar pedra do que espuma do mar.

Engoli em seco.

– A dragoa escarlate.

– Há muitos dragões escarlates por aqui. Eu a diferencio pelos fragmentos de espelho em volta do pescoço. Você deve tê-los visto.

– Não reparei neles. Estava ocupada demais tentando não morrer.

– Você vai notá-los da próxima vez. Agora que está acordada, precisará de mais sangi para continuar respirando. Alguém estará aqui em breve para buscá-la… muito em breve, eu diria. Nazayun anda cobiçando essa sua pérola quebrada faz séculos.

– Cobiçando? Ele disse que queria destrui-la.

– E você acreditou nele? – o jovem feiticeiro zombou. – Dragões são obrigados a cumprir promessas, não a falar a verdade.

Seus olhos brilharam amarelos enquanto ele observava a pérola flutuante.

– Consigo entender por que ele a desejaria. É diferente das outras… Ela cheira a poder. Um poder caótico e incontrolável.

– Mas está prestes a se quebrar.

– A razão nunca impediu um dragão de desejar algo que não pode ter. – Ele tentou coçar o nariz, mas não conseguiu alcançá-lo. – Eu mesmo queria uma pérola de dragão pra mim. Foi o que me deixou obcecado por Ai'long.

– É por isso que você está aqui? – perguntei. – Você tentou roubar uma delas?

– Acha que sou um idiota? Eu não tentaria roubar uma pérola... não enquanto fosse um aprendiz. Esperaria até ser um feiticeiro experiente.

Torci os lábios, entretida e perplexa com a ousadia dele.

– Então por que está aqui?

– Um dragão veio até a mim em terra. Tinha ouvido falar do meu potencial. – O menino sorriu. – Ele me deu sangi e disse que me ensinaria a receita se eu *pegasse algo emprestado* para ele em Ai'long.

Levantei uma sobrancelha.

– Emprestado... sem permissão?

– Exatamente. Nós, feiticeiros, não fomos feitos para agir como ladrões comuns, mas conhecimento é minha fraqueza. Sempre foi. E ninguém esteve em Ai'long durante séculos. Não consegui resistir...

– Então foi pego – concluí por ele. – E o que aconteceu com o dragão?

– Não sei – o menino lamentou. – Fui um idiota e não peguei seu nome.

Ele *era* um idiota, mas era jovem, e agora que tinha ouvido sua história, não pude deixar de sentir pena.

– Você tem um nome, jovem ladrão?

– Tenho, mas não gosto dele. – Ele semicerrou os olhos. – É Gen.

– Gen... – falei com firmeza. – Prometo que vou tirar você daqui.

Um dos olhos dele se abriu.

– Não faça promessas que você não pode cumprir, especialmente aqui em Ai'long.

Era algo estranho de se falar, mas não cheguei a perguntar o que ele quis dizer com aquilo. Minha respiração se encurtou, a água correndo para dentro de minha boca do mesmo jeito que havia feito antes de eu ficar inconsciente.

Em resposta, os espelhos tilintaram, batendo uns contra os outros em uma percussão inquietante.

– Seu sangi está acabando – Gen sussurrou. – Eles estarão aqui a qualquer momento.

Mas ninguém veio.

Em vez disso, minhas algemas se dissolveram, e um redemoinho rugiu repentinamente atrás de mim. Capturando-me enquanto tentava respirar mais uma vez, ele tragou Kiki, a pérola do Espectro e a mim para dentro de seu vácuo.

Mergulhamos em um abismo aquoso, Kiki ecoando o grito que eu deixei sair da minha mente. Segurei firme duas coisas: a respiração e a pérola. Minha vida dependia de ambas.

Parei de repente, e então uma corrente me jogou de pé diante do Rei Dragão.

Mas, dessa vez, ele não era mais um dragão. Da cintura para cima, ele assumia forma humana. Cabelo azul pálido saía de seu couro cabeludo, e seda marinha cor de safira, da mesma tonalidade vibrante de suas escamas, envolvia seu corpo. O tecido se estendia por trás dele como um rio, misturando-se com a cauda longa e sinuosa.

Minha rede de choque-celeste estava pendurada em seus ombros feito uma capa. Os fios cintilantes faziam o coração dele brilhar e inchar; para estar usando-a com ousadia daquela forma, aquilo só poderia ser uma demonstração de poder.

Ainda assim, devia estar machucando. Eu me perguntei se ele não estaria gostando da dor.

Eu não estava mais conseguindo respirar, e a falta de ar fez um calor fulminante tremer dos meus pulmões até a garganta, o nariz e as têmporas. Pelos grandes deuses, eu estava em agonia, mas levantei o queixo, lutando para manter a calma. A pérola do Espectro não fez nada para ajudar. Ela sabia, assim como eu, que Nazayun não me mataria.

Ele simplesmente queria me fazer sofrer… tanto quanto fosse possível.

Os olhos do Rei Dragão se endureceram, e mais um segundo angustiante se passou. A dor acabou com a minha calma, e no exato momento em que pensei que enfim morreria, uma correnteza de água me golpeou, me forçando a ficar ajoelhada em reverência, e de repente o ar preencheu meus pulmões.

– Eu quase admiro sua audácia, humana, mesmo ignorante do jeito que é – Nazayun rosnou. – Mas não foi ela que salvou você hoje.

Ainda de joelhos, dei uma arfada, me engasgando com a respiração. Sobre meu peito pendia o colar com a pérola de Seryu – como se eu nunca o tivesse perdido.

Inspirei e expirei, repetidamente, até que meus pulmões pararam de queimar, e não senti mais o peso esmagador do mar contra a cabeça.

– Por quê? – perguntei, rouca.

– Meu neto me informou que lhe havia dado esse pedaço do próprio coração. – O Rei Dragão acariciou a barba azul-glacial. – A sorte sorri para você, princesa. De acordo com a lei dos dragões, você está sob a proteção dele.

Tive a sensação de que o Rei Dragão e eu tínhamos definições muito diferentes para a palavra *sorte*, e eu não gostava de para onde a minha estava indo.

– A cerimônia de vinculação ocorrerá imediatamente – Nazayun disse. – Seja grata por esta chance. Não haverá outra.

– Cerimônia de vinculação? – resmunguei, encontrando a voz. – O que…

– Silêncio, Shiori – Seryu emergiu das sombras, a garra rapidamente cobrindo minha boca. Ele me forçou a fazer outra reverência. – Você mostrará respeito à Sua Eterna Majestade.

A atitude de Seryu me desconcertou ainda mais do que a sua repentina aparição. Estiquei o pescoço em sua direção e vasculhei seus olhos vermelhos. Eu não sabia o que estava procurando: remorso, culpa, qualquer indício de um plano? O que quer que fosse, não encontrei.

Restou apenas uma verdade inegável e inevitável: Seryu havia me traído.

Eu explodi, mas Seryu segurou meus braços com facilidade.

Suas garras roçaram minha pele. Como o avô, ele deixara de lado a maior parte de sua forma de dragão. As escamas, a cauda sinuosa, o nariz leonino e os dentes afiados e pontiagudos se foram – substituídos por rosto e corpo humanos. Mas o cabelo e a pele ainda brilhavam num leve tom de verde-musgo, e ele ainda mantinha a coroa de chifres, é claro – assim como as garras.

Garras que retirou da minha boca quando finalmente me soltou.

– Não lute – ele sussurrou em meu ouvido. Eu não sabia dizer se soava como uma súplica ou uma ordem. Talvez ambos.

Rei Nazayun nos observava.

– Caso a *humana* não entenda, eu lhe lembrarei, Seryu: esta será a última oportunidade para que ela me apresente a pérola. Você sabe quais serão as consequências caso ela a desperdice.

– Eu sei, avô – Seryu respondeu, convicto. – Agradeço-lhe pela misericórdia.

– Leve-a para sua mãe. Ela ajudará a garota na iniciação da cerimônia.

Seryu enrijeceu.

– Não será necessário. Eu mesmo posso preparar Shiori…

– A garota não pode ser confiada a você – o rei interveio. – Leve-a para sua mãe. Solzaya adora espetáculos, e este será um: a primeira companheira kiatana em quase mil anos.

Companheira... cerimônia de vinculação. As peças começavam a se encaixar, mas eu não conseguia compreendê-las. As possibilidades eram absurdas demais para serem levadas a sério. Eu me afastei de Seryu, mas rapidamente ele segurou meu pulso.

Enquanto ele lutava comigo, suas orelhas ficaram vermelhas e o brilho dos chifres diminuiu. O que era a resposta que eu precisava.

Que os deuses tenham piedade, pensei. Eu o teria chutado nas costelas se pudesse, mas minhas pernas não haviam se ajustado às estúpidas e inconstantes correntes de água, e temi errar o chute completamente.

Seryu fez uma reverência baixa para o avô, me forçando mais uma vez a segui-lo.

– Como desejar, Sua Eterna Majestade – murmurou. A cauda das longas vestes dele me atingiu por trás e me segurou pelo pescoço.

Os olhos duros de Nazayun brilharam, entretidos.

– Eu prometi morte a você por renegar sua palavra, Shiori'anma, e a morte virá. Só que não a do tipo que você espera. Prepare suas despedidas. Após os rituais de vinculação, você renascerá como a companheira de um príncipe dragão. Tudo o que você conheceu na vida passada deixará de existir e você nunca mais retornará a Kiata.

Ele fez uma pausa dramática.

– Ai'long será seu lar a partir de agora.

CAPÍTULO QUATRO

Para a sorte de Seryu, seu aperto era forte. Senão, eu o teria empurrado em uma das cascatas de cristal preto pelos quais passávamos. Depois da minha experiência com o redemoinho, imaginei que elas fossem algum tipo de portal, então fantasiei em enviar Seryu para as profundezas de um vulcão.

Conformei-me em cravar as unhas em seu braço enquanto andávamos pelo palácio, sem prestar atenção nos tubarões que circulavam pelas paredes de cristal ou nos caranguejos que iam para cima e para baixo, com os olhinhos bulbosos observando de todas as direções.

– Companheira? – sibilei. – É melhor isso não significar o que estou achando que é. Não sou nenhuma concubina, Seryu. Principalmente não uma sua.

Seryu mal vacilou enquanto minhas unhas afundaram em sua pele grossa.

– Melhor ser concubina do que virar espuma do mar.

Seu réptil rancoroso! Zumbindo para fora de minha manga, Kiki deu um tapa na bochecha do dragão com a asa. *E pensar que eu gostava de você. Leve-nos pra casa imediatamente!*

Seryu atirou-a para longe, os olhos vermelhos e fumegantes disparando em direção aos caranguejos vigilantes como se eles estivessem nos espiando.

– Você não tem nenhum senso de civilidade? – ele rosnou. – Eu sou príncipe deste reino.

Enquanto os caranguejos se afastavam, a garra dele pousou em meu ombro, e fomos levados para uma câmara privada fechada por placas borbulhantes de gelo.

– Já pode me colocar de volta na masmorra de sua mãe se quiser – eu disse. – Não vou entregar a pérola.

Seryu rosnou para mim.

– Pelos filhos do vento, você pode ficar quieta ao menos uma vez? Não consegue simplesmente agradecer por eu ter salvado a sua vida?

– Agradecer? Você mentiu pra mim.

– Vamos ser sinceros: *você* mentiu pra mim. Você prometeu dar a pérola ao meu avô.

– *Trazer*, não *dar* a pérola. Ela não pertence a ele.

– Acha que ele se importa? – A raiva deixou os bigodes de Seryu retos e esticados. – Não dá pra negociar com o meu avô. Por que você acha que eu propus a cerimônia de vinculação? Você tem um pedaço *da minha pérola*, Shiori. Faz ideia do que isso significa em Ai'long? – Ele alisou o cabelo verde com uma das garras. – É lógico que não sabe.

– E o que significa?

– Que meu avô é obrigado a cumprir a lei dos dragões e honrar o vínculo entre nós.

– Não há vínculo entre nós. – Minhas mãos subiram para o colar que ele havia me dado. Queria poder arremessá-lo em Seryu para provar meu ponto, mas eu me afogaria. – Já estou noiva.

– Daquele humano patético? – Seryu bufou.

– Pode parar de chamá-lo assim? Ele é meu...

– Noivo? Você fugiu da cerimônia de noivado. Mal dá pra dizer que são noivos.

– Eu não estava fugindo dele – contei uma meia mentira. – Kiki fugiu da minha manga.

A expressão de Seryu entristeceu.

– O que ele tem de tão maravilhoso, afinal? Vai viver uns setenta, oitenta anos, na melhor das hipóteses. Ele não tem magia, e quase nenhum poder no nome. O castelo dele nem sequer tem um lago ou um rio de verdade. Quando você esteve lá, tive de visitá-la através de um cocho de cavalos. – Seryu cerrou os dentes afiados. – Mesmo assim, você age como se fosse *ele* quem tivesse lhe dado um pedaço do próprio coração. Como se fosse *ele* quem tivesse salvado você de se afogar no Lago Sagrado.

Era a última coisa que eu esperava que ele dissesse. Meu coração se apertou com uma dor que eu nunca havia sentido antes.

– Seryu...

As orelhas dele se achataram, as pontas ficando ainda mais vermelhas do que papoulas de verão. Ele parecia estar desejando que o chão o engolisse por inteiro.

– Olha, foi a única ideia que tive. Se eu soubesse que você se oporia completamente a isso...

– Eu não sou completamente contra – eu o interrompi. – Sou... apenas contra. – Não conseguia olhá-lo nos olhos. – Não posso ficar aqui para sempre.

– E se for o jeito? – Seryu pressionou. Havia em suas palavras uma nova intenção de que não gostei. – E se for melhor para o seu país?

Minhas costelas se contraíram.

– O que você quer dizer?

– Ficar aqui é a sua melhor opção – ele respondeu devagar, como se estivesse lendo as palavras em voz alta. – Sempre foi. Um novo sangue puro nasce somente depois que o anterior morre. Se você viver pela eternidade em Ai'long, nunca mais nascerá outro.

Eu não disse nada. Não conseguia. Minha cabeça estava girando, tudo entrando em foco de maneira brusca. Pelos Nove Infernos em chamas, Seryu tinha razão.

Os demônios presos nas Montanhas Sagradas de Kiata precisavam do meu sangue para se libertarem. Mas se eu ficasse em Ai'long, eles nunca escapariam.

Seryu leu minha mente:

– Seu pai, seus irmãos... seu humano, todos estariam seguros. Todos em Kiata estariam seguros.

Era uma bela solução, e eu odiava Seryu por isso. Quaisquer argumentos que eu tinha ficaram presos na garganta. Tudo apontava para que eu ficasse ali.

– Então... – Seryu falou, mais baixo do que eu já tinha ouvido antes. – Você acha que poderia tentar... encontrar um lugar em seu coração para mim?

Fiquei feliz por estarmos a sós. A raiva que sentia dele havia desaparecido completamente, deixando apenas um vazio. Como deveria responder? *Sim*, ele estava esperando que eu dissesse isso. Uma palavra tão simples, uma palavra que eu já disse tantas vezes na vida. No entanto, ela estava pesada feito chumbo na minha língua, e tudo em que eu conseguia pensar era Takkan na praia, prometendo esperar por mim. Pedindo-me para não o esquecer.

Doeu falar:

– Se eu ficar com você, nunca mais verei minha família.

Os bigodes de Seryu murcharam e sua atitude esfriou.

– Você terá uma última oportunidade para isso. Minha mãe tem um espelho encantado... o vidro lhe permitirá dar uma última olhada em sua família. Antes que você os esqueça.

Rapidamente eu fiquei alerta de novo.

– O que você quer dizer com esquecê-los?

– É parte da cerimônia de vinculação – ele continuou, como se soubesse e não se importasse que eu fosse reagir mal a isso. – Em troca da imortalidade, você tomará um elixir quando fizer juramento a Ai'long. Não se lembrará de nada do seu passado, nem mesmo do seu nome.

Fui para trás, atordoada com o que ele disse.

– É a única maneira de vocês dragões encontrarem parceiros? Fazendo-nos esquecer quem somos?

– A imortalidade tem um preço. Você renascerá mais forte. Melhor.

– Melhor? – repeti. – Prefiro que os demônios me dilacerem do que esquecer quem eu sou.

Foi isso que o Rei Dragão quis dizer quando me avisou que a morte seria inevitável? Não podia acreditar que quase me senti mal por Seryu.

– É por isso que Nazayun está tão confiante de que vou dar a pérola a ele – percebi com raiva. – Porque eu nem vou lembrar o que ela é.

Seryu começou a falar, provavelmente alguma bobagem sobre o avô precisar destruir a pérola para a segurança de ambos os nossos mundos. Eu não iria dar ouvidos àquilo.

– Vocês dragões não são melhores que os demônios. – Eu me afastei antes que ele pudesse me tocar. – Se você não me tirar daqui, vou encontrar meu próprio caminho. Fiz uma promessa a Raikama. A pérola precisa ser devolvida ao Espectro.

Seryu bufou, incrédulo.

– Você arriscaria sua família, seu país e sua própria vida por isso? Por que uma promessa à sua madrasta importa tanto? Ela está morta.

Não consegui me controlar. Minha raiva disparou, e minha mão atacou. Antes que eu percebesse, tinha acertado Seryu na bochecha. Forte.

Se ele fosse humano, a cabeça teria se inclinado para trás, talvez até batido na parede.

Mas Seryu apenas recuou, como se tivesse sido magoado. Eu estava furiosa demais para me importar. Achei que ele fosse dizer alguma coisa – uma repreensão, um pedido de desculpas – qualquer coisa. Em vez disso, suas escamas de esmeralda se embaçaram e sua cabeça se curvou.

Não para mim, mas para alguém atrás de mim.

– Não diga nada – ele sussurrou enquanto me empurrava para também fazer uma reverência. – Fique com raiva de mim o quanto quiser, mas se segure até minha mãe ir embora.

Com a palavra *mãe*, a curiosidade superou a raiva, e eu olhei para cima. Uma cortina de contas de conchas se abriu e duas mulheres entraram, juntando-se a nós. Nenhuma parecia completamente humana, mas minha atenção se voltou no mesmo instante para a senhora com os olhos dourados. Eram olhos que eu tinha visto antes, líquidos e viscosos – como âmbar destinado a capturar uma presa.

Lady Solzaya, aquela que tentou cortar minha alma. Ela era a mãe de Seryu?

– Estou atrapalhando algo? – ela ronronou.

Seryu pôs seu sorriso mais encantador, apagando qualquer vestígio de nossa briga.

– Tia Nahma – ele exclamou, cumprimentando a senhora ao lado de sua mãe. Uma surpresa genuína ergueu as grossas sobrancelhas verdes dele. – Não esperava vê-la antes dos rituais.

– Pedi a ela para vir – Solzaya respondeu antes que a senhora pudesse falar por si mesma. – Mas, Seryu, onde estão seus modos? Não devia ter primeiro cumprimentado sua mãe? Ou está tão alegre em ver Nahma que esqueceu aquela que lhe deu à luz?

– Nunca. – Seryu se endireitou. – Mãe, como sempre, mesmo em forma humana, você ofusca as estrelas.

Solzaya bufou.

– Está longe de ser minha forma favorita. – Ela inclinou a cabeça na minha direção. – Mas os humanos nos acham menos intimidantes assim.

Ela estava errada. Solzaya era da cor do fogo, um rubor de cinábrio com laranja, como as mais vistosas árvores de outono. Era quase brilhante demais para se olhar, e meus olhos ardiam enquanto procuravam o colar cintilando sobre as clavículas dela.

Como Gen havia dito, era feito de pedaços de espelho. Contei sete. Eles pareciam comuns no início, mas suas formas ficavam mudando, de lágrimas lisas a facas chanfradas tão afiadas que deveriam ter perfurado a pele delicada de Solzaya. Um nítido lembrete de que ela não era humana.

– Enfim seja bem-vinda, Shiori'anma – Solzaya disse. – Lamento que nosso encontro anterior tenha acontecido sob... circunstâncias infelizes. Mal-entendidos acontecem, mesmo em um reino iluminado como Ai'long. Fico contente por ter esta segunda chance de recebê-la e de garantir que você tenha uma apresentação adequada ao lar de Seryu.

– Ah, masmorras são mesmo recepções maravilhosas – falei, sem me preocupar em esconder o sarcasmo. – O menino transformado em pedra foi um toque particularmente acolhedor.

Seryu me lançou um olhar para que eu ficasse em silêncio.

– Shiori só aprendeu sobre nossos ritos de vinculação recentemente – ele disse. – Ela ainda está... se acostumando com as novidades. Mas está honrada em ter sido escolhida.

– Sem dúvida está, jovem mortal. – Solzaya acariciou o topo de minha cabeça. – O dom da imortalidade lhe será concedido. Espero que lhe caia bem, assim como foi com lady Nahma.

Eu tinha esquecido da mulher ao lado de Solzaya. Ela era pequena e pálida, com uma boca fina e oval, e cabelos pretos até a cintura que caíam sobre as bochechas e costas, formando sombras ao seu redor. Os braços pendiam rígidos ao lado do corpo, e os olhos não possuíam nenhuma centelha de vida.

Se era assim que a imortalidade havia caído bem em lady Nahma, eu não queria saber de nada daquilo.

Solzaya já circulava ao meu redor, os cacos brilhando em volta do pescoço dela enquanto avaliava os pedaços de musgo presos em meu cabelo, as cicatrizes nas mãos, os círculos sob os olhos e as simples vestes brancas sem nenhum tipo de adorno que eu vestia.

Somente quando seu olhar caiu sobre a pérola do Espectro, que flutuava ao meu lado, um músculo em sua bochecha se contraiu. O desejo fez a pele dela cintilar dourada – mas apenas por um breve momento.

– Deveras normal, não é? – Solzaya disse a lady Nahma. – Imaginava que o sangue puro de Kiata teria mais presença, mais beleza. Mas que humano agrada ao olhar, não é mesmo? Há muito trabalho a ser feito.

– O que me falta em beleza, eu compenso em força de vontade – respondi, dando um cutucão direto no fracasso de Solzaya em cortar meus fios. Coloquei a pérola na bolsa, sem me importar com o quão mesquinho seria o gesto.

– Quanto orgulho – Solzaya ponderou. – Esqueço que você é uma princesa em seu mundo. Títulos humanos não significam nada para nós... Lady Nahma era uma camponesa quando chegou. Mas, sim, admito que sua alma é extraordinariamente forte. – Ela fez uma pausa. – Será uma boa adição a Ai'long.

A irritação crescia em meu peito, e Kiki me beliscou no braço, avisando-me para ficar calma.

Enquanto eu cerrava os dentes, Solzaya olhava para o filho.

– Você nunca mencionou o desejo de encontrar uma companheira. Estranhei que tenha achado adequado dar a essa garota um pedaço de sua pérola...

– Um pedaço bem pequeno – Seryu murmurou.

– ... Antes mesmo de você atingir sua forma completa. – Lady Solzaya tocou o próprio colar, e os cacos tilintaram uma canção suave de sinos. – Mas Sua Eterna Majestade já aprovou sua escolha. E ela será honrada. Hoje.

– Hoje? – repeti, meus olhos se arregalando.

– Não há necessidade de tanto alvoroço. Será um evento privado, apenas para a família.

Essa não era a razão pela qual eu estava agitada, e tinha plena certeza de que Solzaya sabia.

– Todos os primos de Seryu já chegaram – ela continuou. – E eles prometeram não tentar matar você... ou uns aos outros.

– Todos eles? – Seryu perguntou, franzindo as sobrancelhas. – Duvido que Elang apareça por aqui.

– O Grão-Senhor dos Mares Ocidentais tem coisas melhores para fazer do que dar as caras na corte – Solzaya respondeu contente. – Mas talvez ele venha pela pérola.

Olhei para a lady Nahma. Ela estava em silêncio desde sua chegada, a compostura inabalada pelo antagonismo de lady Solzaya em relação a mim. Mas com a menção do primo de Seryu, os lábios de Nahma franziram de leve.

Eu fui a única que viu aquilo, e Nahma ergueu o olhar do chão, notando que eu a encarava.

Seus olhos não brilhavam ou cintilavam como os dos dragões. Eles estavam fixos na terra e eram castanhos, como os meus. Facilmente passavam despercebidos. Facilmente capazes de esconder um baú de segredos.

– Você estará em boas mãos – Solzaya disse. – Lady Nahma é a esposa de meu irmão, a honrada Senhora dos Mares do Sul, e não é todo dia que ela se oferece pessoalmente para preparar alguém para os rituais de vinculação.

Nahma fez uma reverência graciosa.

– Eu fui uma das primeiras companheiras selecionadas em Ai'long – ela falou com calma. – Sei melhor do que ninguém o quão difícil pode ser a mudança.

– Ora, ora, não a assuste – Solzaya repreendeu. – Tenha cuidado, Nahma. Não quero viver com um filho abatido pelos próximos mil anos.

– É só sequestrar outra princesa para ele – eu disse, ácida. – Nós, humanos, somos todos iguais, de qualquer jeito. Duvido que ele perceba.

Aquela indireta era para Seryu, mas se ele reagiu, não consegui ver. A risada de Solzaya me distraiu demais.

– Seryu, Seryu... – ela falou, inclinando a cabeça para trás de satisfação. – Você fez uma escolha interessante. Estou ansiosa para ver o que Shiori'anma se tornará.

A maneira como ela disse aquilo me perturbou. O que ela se tornará.

– Bem, vocês dois já se demoraram o suficiente – Solzaya disse. – Hora de se despedirem. Não se verão novamente até a hora da cerimônia.

Seryu agarrou minha manga antes que eu me afastasse.

– Lembre-se do que eu disse.

– Que você está salvando minha vida? – Baixei a cabeça numa reverência fingida. Ainda estava furiosa com ele. – Obrigada, príncipe Seryu. Estou ansiosa para descobrir o que eu me tornarei.

– Você vai achar a companhia da tia Nahma agradável, tenho certeza – ele declarou, ignorando meus comentários sarcásticos. *Mais agradável que a de minha mãe*, só faltou dizer. – Ela vai cuidar bem de você.

– Como você cuidou? – perguntei. Minha voz estava baixa, embora eu tivesse certeza de que Solzaya e Nahma conseguiam ouvir. – Pensei que era meu amigo, Seryu. Confiei em você.

A risada de Seryu tinha pouco humor.

– Eu sei – ele respondeu, e quando me soltou, uma onda de água me varreu do chão e me carregou para ainda mais fundo no palácio do Rei Dragão.

CAPÍTULO CINCO

Uma corrente agressiva me empurrou adiante, forçando-me a seguir lady Solzaya e lady Nahma por um corredor de pilares de mármore verde. Resisti o máximo que consegui, e, em algum momento, devo ter conseguido irritar Solzaya, pois os fragmentos de espelho em seu pescoço saíram e voaram para o meu lado, cada um carregando o reflexo irritado da dragoa.

Ela falou através deles.

– Quanto mais você nos atrasar, menos tempo terá para se despedir.

Mesmo se eu soubesse do que ela estava falando, não teria me importado.

Dediquei todos os meus pensamentos a tentar achar uma maneira de escapar. As opções eram desanimadoras. As paredes emitiam um som de sirene quando me aproximava demais, alertando a todos sobre meus movimentos. E tubarões, águas-vivas e polvos patrulhavam todos os cantos. O palácio estava muito bem protegido.

Você deveria sorrir, Kiki sussurrou de dentro da minha manga. *Conte algumas piadas. Cante uma canção. Talvez a mãe de Seryu baixe a guarda.*

Rangi os dentes.

– Já é um pouco tarde para tentar agradá-las, não acha?

Os fragmentos de espelho de Solzaya cintilaram em concordância. Eles beliscaram meus calcanhares, empurrando-me com insistência para a frente.

Logo meus arredores se transformaram. As paredes cantantes desapareceram e as colunas de mármore se estenderam em longas paredes que bloquearam minha visão dos mares.

Um dos fragmentos de Solzaya arranhou minha bochecha e a água ganhou força, me pegando e levando para o lado dela.

A mãe de Seryu estalou a língua.

– Você está perdendo tempo procurando uma saída. Os corredores mudam de acordo com a minha vontade, e o palácio é impossível de ser navegado pelos humanos. Em lugar algum de Ai'long você poderá esconder uma pérola tão sombria e abominável quanto essa que carrega.

– Eu não estava procurando uma saída – menti.

Os olhos dourados da dragoa dançavam de alegria.

– É engraçado. A maioria dos mortais imploraria para estar nesta posição. Durante a época de Nahma, os humanos se jogavam no oceano para ter a chance de se tornarem nossos companheiros. – Solzaya fez uma pausa deliberada. – Suponho que você e Nahma tenham essa resistência em comum. Vocês duas começaram com uma pena de morte.

Lancei um olhar curioso para Nahma, mas ela ficou em silêncio como sempre.

– Não é assim que a história é contada em terra – eu disse. – As pessoas não se jogavam no mar porque queriam. Elas eram sequestradas. Ou sacrificadas para apaziguar a sua espécie.

– Os humanos têm uma memória terrível – Solzaya respondeu. – Mas é de se esperar, já que suas vidas são tão curtas. Considere-se sortuda, Shiori'anma. Outros sangues puros morreram antes de completar dezoito anos, mas você… você viverá para sempre. Aqui, conosco.

– Vocês dragões têm uma noção um pouco deturpada do que é ter sorte – murmurei.

– Prefere passar por um rito de seleção, como lady Nahma? Porque isso pode ser arranjado.

– Isso tudo é desumano.

– É tão diferente assim no seu reino? Você tinha um casamento arranjado, não tinha? Com um jovem senhor do Norte, eu vi.

Meu coração pulou à menção de Takkan.

– Você o viu?

– O espelho da verdade me mostrou muito sobre a vida que você deixou. – Lady Solzaya se inclinou para perto. – Pobre Bushi'an Takkan. Ele sente muito sua falta. Você pode pedir para vê-lo... uma última vez.

Esmoreci completamente.

Solzaya riu, presunçosa.

– Estou curiosa para ver como você ficará depois de se tornar imortal. Muitos enlouquecem, mas tenho fé que manterá o juízo, sangue puro. Você tem mais espírito do que a maioria.

– Não pretendo ficar tempo o suficiente pra satisfazer sua curiosidade – retorqui, mas faltava convicção em minhas palavras, e Solzaya sabia disso.

Ela acariciou minha cabeça de novo, e então avançou, as longas mangas diáfanas roçando meus braços como se estivesse gesticulando para que eu a seguisse. Recuei do toque.

O desespero subiu como uma pedra em minha garganta. Como iria sair dali? Mesmo se minha magia *estivesse* em sua capacidade total, não seria o bastante para lutar contra o Rei Dragão. Tudo que eu tinha era a pérola...

Você não pode usar a pérola, Kiki disse, invadindo meus pensamentos. *Ela pode se quebrar.*

– Se isso acontecer, pelo menos levarei Ai'long inteira comigo.

E eu!, minha ave de papel gritou. *Pense em mim, pelo menos. Espalhada em pequenos pedacinhos pelo oceano, para sempre. Vou virar comida de camarão! Ou... ou espuma do mar! Não era pra eu me tornar espuma do mar.*

– Não, não era – concordei, e fiz uma careta. Em um reino onde o tempo era eterno, quão irônico era que o meu estivesse acabando?

Alguém tocou meu braço.

– Olhe – lady Nahma falou, apontando para um dos espelhos cravejados de pedras preciosas na parede. – O vidro aqui reflete o céu lá em cima. Imurinya sorri para os mares.

Tudo o que vi foi um abismo sem fim de águas escuras.

– Os olhos mortais dela são fracos demais para perceber isso – Solzaya disse, sarcástica.

Nahma não se intimidou.

– Olhe mais de perto. – Ela apontou para uma vibração nas ondas. – A curva prateada nas águas. É um reflexo de Imurinya.

– Estou vendo – falei em um tom suave.

– Nós também reverenciamos a Senhora da Lua em Ai'long – Nahma respondeu. – Quando a luz está no máximo de sua intensidade, a força das pérolas de dragão também está. É um bom presságio que ela esteja tão brilhante no dia de sua vinculação. Espero que isso possa lhe confortar.

Não confortava, mas ao contrário de Solzaya, Nahma tinha boas intenções. Não pude evitar simpatizar com ela.

– Em breve, você vai aprender a tomar essas imagens como algo comum – a mãe de Seryu disse com desdém. – Uma vez que se tornar uma companheira, haverá coisas muito mais importantes em sua mente.

– Tipo o quê? – As palavras saíram antes que eu pudesse detê-las. Por mais que temesse a cerimônia de vinculação, estava curiosa para saber como viviam os dragões.

Solzaya sorriu.

– Garantir um herdeiro para o meu filho, evidentemente.

Hesitei, desejando não ter perguntado.

– Um herdeiro?

– A nossa raça está cada vez menor, Shiori'anma. Você achou que seres sagrados como os dragões receberiam humanos em seu reino apenas por companhia?

Na verdade, não tinha pensado naquilo.

– E isso ao menos é... possível?

– Será – ela riu do meu horror. – Assim que se tornar uma companheira, você não será mais exatamente um ser humano.

Ela havia feito alusão à mudança antes, mas nunca em detalhes. A aparência de lady Nahma também não dava pistas: de longos cabelos pretos e vestido modesto, ela parecia uma sacerdotisa em um santuário.

Então por que o pavor em meu coração só aumentava?

Um espelho curvo de bronze apareceu, marcando o fim do que pareceu ter sido um corredor infinito. Sua confecção era requintada, com cinco dragões segurando, cada um, sua própria pérola.

Paramos na frente dele, e meu reflexo me deu um olhar desconfiado. Em casa, meus olhos eram famosos por sua malícia, os lábios, pelas curvas espertas e travessas. Mas o reflexo que vi era de uma garota que estava perdida. Uma garota que *havia* perdido.

Aquela não podia ser eu.

– É aqui onde você irá se preparar para a cerimônia – Solzaya disse, o tom de sua voz subindo enquanto gesticulava dramaticamente para o espelho de bronze. – Onde dará seu último suspiro como uma mortal da terra.

Quando comecei a recuar, já era tarde demais.

O vidro do espelho tornou-se líquido, derretendo-se em dois braços prateados que deslizaram em torno de meus tornozelos. Antes que eu pudesse correr, eles me puxaram com violência.

Voei espelho adentro, mergulhando ainda mais fundo no covil do Rei Dragão – em direção à minha ruína.

CAPÍTULO SEIS

Aterrissei em um tapete macio, de frente para um teto incrustado de conchas e de lanternas flutuantes. Arcas e baús cobriam as paredes, cada um transbordando dos mais extravagantes e inacreditáveis trajes que eu já tinha visto. Vestidos feitos de abalone e luar, saias que caíam em forma de cascata, xales pintados com asas de borboleta e barbatanas de peixe vermelho, e mantos bordados com peônias cujas pétalas se moviam com uma brisa imaginária.

Quando me levantei, lady Nahma surgiu à vista.

– Solzaya se foi. Ela não vai voltar até que você esteja pronta para a cerimônia.

Aquilo era uma explicação ou um aviso?

– Há comida aqui, caso você precise se nutrir – Nahma continuou. – Os ritos não demorarão muito, mas alguns gostam de procurar alento saboreando iguarias de suas terras natais.

Ela apontou para uma mesa que eu podia jurar que não estava lá um instante atrás. Nela havia uma variedade de doces de Kiata: bolinhos de arroz com gergelim torrado, balas de asa de fênix e pães cozidos ao vapor recheados de creme de abóbora. Uma tigela de porcelana estava cheia até a borda de pêssegos frescos e redondos.

Inspirei, exasperada, odiando o quanto os aromas eram familiares. Não conseguiria ignorá-los, mesmo se eu quisesse.

– Coma – Nahma pediu, pegando o chá. – Você vai precisar de força.

Conforme ela se servia, o vapor se enrolou na borda da xícara. Mas não cedi.

– Não está envenenado, Shiori'anma.

Eu não confiava nela, e ela sabia que não poderia me convencer.

– Muito bem. Vamos começar, então. – Nahma abaixou a xícara, que flutuou na água. – O que você vai vestir para a cerimônia é de extrema importância. Esta será a primeira impressão que você causará na corte, e os dragões não perderão tempo para julgá-la.

Ela bateu palmas e os baús exibiram seus conteúdos.

– Pegue qualquer coisa que chame sua atenção – Nahma instruiu. – Joias, pentes, vestidos, mantos.

Nada me interessou. Não havia espadas, adagas ou dardos envenenados. Nem videiras de choque-celeste ou tochas de fogo demoníaco.

Tudo ali era bonito. E inútil.

Havia grampos de osso que fariam cabelos ficarem mais longos, roupões de seda cor de areia com bordados de peixes que dançaram quando eu os toquei. Havia fitas de renda delineadas com fios de aurora e joias que deixavam o seu portador com uma beleza arrebatadora. Por curiosidade, segurei um broche de ágata no peito – e observei, chocada, meus olhos se tornarem mais azuis do que um milhafre, as bochechas se encherem de um rubor delicado e os lábios ficarem carnudos.

Joguei o broche de volta no baú. Minha situação estava no limiar da histeria e do desespero.

– Se o rito de escolha das roupas não lhe interessa, eu ajudarei você a escolher. – Nahma fez sinal para que um dos baús se aproximasse. – Que tal este aqui?

Ela segurou um vestido de seda que possuía um suave tom de rosa que lembrava as árvores de begônia de minha terra. Rendas de espuma marinha, que eram finas como teias de aranha, adornavam as mangas compridas em forma de sino, e milhares de pequenas pérolas enfeitavam a saia. Foi de longe a escolha mais humilde, mas ainda assim muito mais suntuosa do que qualquer coisa que já tinha possuído.

Acenei com a cabeça, relutante, e lady Nahma estendeu a mão para minha bolsa, que não tinha lugar entre aquelas coisas tão finas.

Recusei-me a entregá-la.

– A pérola do Espectro está aqui dentro. Eu devo apresentá-la ao rei.

Nahma me encarou com cautela, e eu devolvi o olhar.

Não era mentira. Eu *deveria* apresentá-la ao rei. Só não tinha a intenção de fazer isso.

– Muito bem – ela disse finalmente. – Você pode ficar com ela.

Ela não falou comigo de novo até que eu estivesse vestida, maquiada e devidamente enfeitada. Um processo rápido e revigorante, após o qual ela deu um assobio. Não era um comentário aprovando minha aparência, como pensei a princípio, mas uma convocação...

Centenas de peixinhos surgiram nadando através das paredes. Cada um carregava um caco de vidro na boca, que eles uniram dentro de uma moldura de madeira. Quando terminaram, os fragmentos fluíram e se fundiram, criando um espelho.

Ele era uma cabeça mais alto do que eu, o vidro era grosso e límpido, a moldura ornada com traços finos de ouro. Uma magia estranhamente familiar zunia dali de dentro, mas nem o espelho nem meu reflexo pareciam ter algo de especial.

Nahma trançou uma quantidade de pérolas e opalas dignas de um imperador em meu cabelo, e adornou minhas orelhas, pescoço e pulsos com mais riquezas do que todos os piratas de Lor'yan jamais acumulariam em vida. Ainda assim, todos esses cintilantes tesouros do mar não conseguiriam esconder a rebeldia em meus olhos, ou transformar-me de Shiori em uma concubina dragão sem nome.

Isso me animou. Pelo menos por enquanto.

– Esse é o espelho da verdade – eu disse.

Não era uma pergunta, mas Nahma me presenteou com um aceno de cabeça.

– É o tesouro mais precioso da lady Solzaya, ganho após uma aposta com um dos primeiros feiticeiros. Desde então, faz parte das tradições da cerimônia.

Dragões gostam mesmo de apostas, pensei.

– Havia apenas um punhado de cacos no colar de lady Solzaya – comentei. – Por que centenas apareceram agora?

– Há sete fragmentos do espelho da verdade de lady Solzaya, cada um com visão e poder iguais. Nas raras ocasiões em que não estão na posse dela, por exemplo, em um ritual como este, eles ficam escondidos entre peças de espelho comuns para que não sejam roubados.

– Roubados... – falei devagar. – Por companheiras como você?

– Eu não desejo possuir o espelho da verdade.

– Mas suas memórias não foram perdidas quando você fez o juramento a Ai'long? – Não pude evitar a acidez em minhas palavras. – Não gostaria de se lembrar do passado?

O mais breve lampejo cruzou as feições de Nahma.

– A mudança é diferente para todos. Por um acaso, eu lembro de mais coisas do que a maioria. – Então ela se concentrou em guardar um par de grampos de cabelo. – É uma maldição, assim como é uma bênção. Algumas coisas deveriam ser esquecidas.

– Do que você se recorda? – insisti no assunto.

Por um momento, Nahma não disse nada. Eu tinha perdido a esperança de que fosse responder, quando ela finalmente disse:

– Na minha época, as coisas eram diferentes. Dragões não eram lendas, e se uma nação não fizesse os devidos sacrifícios aos mares, os dragões roubariam filhos e filhas das áreas costeiras. Entre os entregues a Ai'long, alguns foram escolhidos para tornarem-se companheiros por meio de rituais de seleção.

Lembrei-me de algo.

– Solzaya disse que foi assim que você veio parar aqui.

– Sim. No meu ano foram doze.

Sua resposta direta me fez franzir a testa.

– O que aconteceu com os outros onze?

– Eu os vejo de vez em quando, sempre que visito este palácio. – A expressão de Nahma era enigmática. – Eles estão no jardim de salgueiros do rei Nazayun.

Senti a garganta fechar quando entendi o que ela quis dizer. Os onze foram transformados em pedra.

– Por quê? – sussurrei.

– Por causa do Juramento de Ai'long. Todos que vivem nos domínios do Rei Dragão estão ligados a ele. Imortais não são invencíveis, Shiori'anma, nem mesmo os dragões. O juramento garante apenas que nenhum dragão prejudicará outro sem as mais graves consequências. Visitantes em Ai'long não estão submetidos a essa promessa, o que os torna perigosos.

Minha mandíbula travou.

– Como Gen.

Através dos reflexos no espelho, o olhar de Nahma encontrou o meu.

– Como Gen – ela repetiu.

– Então Nazayun condenará uma criança apenas por entrar sem permissão?

– Gen não é tão inocente quanto parece.

– Porque ele tentou roubar algo? – perguntei. – Um dragão o mandou fazer isso... ele não é um ladrão.

– Ele tentou roubar o *espelho da verdade* – Nahma disse incisivamente. – Nenhum mortal deveria estar ciente de um tesouro tão antigo. Nem deveria ser capaz de adentrar Ai'long, a não ser com o auxílio de alguém muito poderoso e perigoso. Lady Solzaya interrogou o menino por meses sobre o tal dragão, mas ele não disse nada.

– Porque ele não sabe! – eu gritei.

– Isso não importa mais. Ele já não tem muito tempo.

– Ele é só um garoto. Você não se importa? Não pode fazer nada?

– Eu não devo intervir – Nahma respondeu.

– Então você realmente não é mais humana.

Quis que as palavras a machucassem, mas ela não se comoveu.

– Alguns diriam que nunca fui.

Sua voz era tão suave que eu não tive certeza se tinha ouvido direito. Franzi a testa.

– O que você acabou de d...

– Você vai descobrir... – Nahma me interrompeu, mudando de assunto. – Que os dragões não sentem empatia, e muito menos amor. Unir-se a Seryu'ginan é algo a seu próprio favor. Ele é melhor que a maioria.

Melhor que a maioria.

– Que inspirador.

– É a verdade – Nahma disse. – Não vou mentir para você, Shiori'anma. Mas se não quiser ouvir, mandarei chamar outra pessoa para vesti-la. Essa é uma tarefa que raramente faço, mas pensei em abrir uma exceção para você. Por você ser quem é.

– O sangue puro de Kiata?

– Não. A filha da Rainha Sem Nome.

Levantei os olhos, meus pensamentos acelerados parando abruptamente.

– Você conhecia minha madrasta?

– Ela se casou por meio de um ritual não muito diferente deste. – Um sorrisinho duro se insinuou nos lábios de Nahma. – Uma competição, se quiser chamar assim. Reis e príncipes desejavam obter a mão dela em casamento, e feiticeiros e demônios caçavam a pérola em seu coração.

– Dragões também – completei de maneira sombria.

Enquanto eu falava, Nahma prendeu um último fio de opalas em meu cabelo.

– Muitos pretendentes de Ai'long se fizeram humanos para entrar no concurso. Até mesmo nosso próprio rei considerou participar. Naquela época, não sabíamos que ela possuía a pérola do Espectro.

– O que aconteceu? – perguntei. A vida de Raikama antes de ir para Kiata era um mistério para mim, e eu estava desesperada para ouvir mais.

– Não sou um poço de memórias que está aqui para saciar sua sede – ela disse, sem soar indelicada. – Conto a história de sua madrasta porque ela era diferente das outras, como você é. E como eu era. – Nahma fez uma pausa. – Vou lhe dar o aviso que gostaria de ter recebido.

– Aviso? – repeti.

Lady Nahma puxou o cabelo para trás, revelando as brânquias ao longo do pescoço e das maçãs do rosto. Ela arregaçou as mangas, mostrando as barbatanas que brilhavam sob os braços, e quando abriu os dedos, pude ver membranas iridescentes. Por fim, ela levantou a saia. No lugar de pernas humanas havia uma cauda de peixe, roxa como as campânulas no verão.

Não consegui esconder o espanto – e o horror.

– Você é uma... uma...

– Uma sereia – ela falou, como se fosse a coisa mais natural. – Nosso reino não fica muito longe de Ai'long. Você provavelmente viu algumas no caminho para o palácio.

Eu ainda estava observando. Com barbatanas e cauda, ela nunca poderia voltar à terra, mesmo se quisesse.

– É isso que vai acontecer comigo?

– A experiência de cada companheira é diferente – ela respondeu sem emoção. – Muitas se tornam sereias, enquanto outras mantêm uma aparência mais humana. É difícil prever. Mas as mudanças são permanentes... um pequeno preço a se pagar pela vida eterna.

Não me convenci de que ela acreditava nas próprias palavras.

Deixando o cabelo cair de volta, Nahma abaixou as mangas e chamou o espelho. Eu tinha me esquecido dele.

– Agora, a última parte dos preparativos: as despedidas.

O espelho começou a cantar novamente, vibrando como um alaúde lunar sendo dedilhado. Arrisquei um passo em sua direção, e o vidro ondulou.

– Esse espelho... – comecei a falar, encarando-o. O vidro parecia cada vez mais com uma poça de água. – Parece ser... de Kiata.

– Não estou surpresa que ele fale com você – Nahma concordou. – O espelho da verdade foi forjado das Sete Lágrimas de Emuri'en.

Recuei, deixando as palavras de Nahma assentarem em minha mente.

Emuri'en era a deusa kiatana do amor e do destino que vigiava os mortais usando os fios do próprio cabelo. Cada fio que cortou, ela tingiu de vermelho – a cor do sangue e da força – e sob sua ordem, mil grous voaram para a terra para atar o destino dos mortais. Mas o carinho que sentia pelos humanos era tão grande que ela usou todo seu poder e perdeu sua divindade. Afastada do céu, ela chorou, e suas lágrimas se espalharam por Kiata, formando sete lagos mágicos que ofereciam um vislumbre dos fios do destino.

As Sete Lágrimas de Emuri'en.

Quando era mais nova, eu achava ser uma lenda. Mas graças a Raikama, descobri que as Lágrimas de Emuri'en eram, de fato, reais.

Foi consultando as águas que ela soube desde cedo que eu era o sangue puro de Kiata e que estava em perigo.

Falei através do nó se formando em minha garganta:

– Eu vou... poder falar com minha família?

Nahma me lançou um olhar de pena.

– Não, mesmo com a ajuda de uma magia tão antiga quanto a do espelho, o reino dos dragões e o dos humanos não podem se sobrepor.

– Mas você disse que seria uma despedida...

– A despedida é um momento para refletir sobre a vida que você deixará para trás – ela falou por cima de minhas palavras e gesticulou para o espelho. – Indague sobre o passado ou o presente, e ele lhe mostrará o que você deve ver. Nem mais, nem menos.

Indagar sobre o passado ou sobre o presente? O nó em minha garganta se dissolveu. Se o espelho tinha tanto poder assim, eu poderia perguntar sobre a pérola do Espectro! Talvez pudesse até encontrar uma saída do tortuoso palácio do Rei Dragão.

Encobri minha animação, formando uma linha amargurada com os lábios para que Nahma não pudesse saber o que eu estava pensando. No entanto, o rosto dela de repente escureceu, e achou por bem me avisar, com calma:

– Cuidado com o que procura. Lady Solzaya está observando do outro lado, e qualquer pergunta sobre o Espectro será uma perda de tempo. O espelho não pode tocar o reino em que ele vive.

Franzi a testa.

– Como você sabia...

– Seu tempo começa agora – Nahma disse, e então atravessou a parede, desaparecendo sem dizer mais nada.

Kiki voou para fora da minha manga. *Esta não é a última vez que veremos nosso lar, não é?*

O chá de Nahma passou flutuando por mim, e eu o segurei nas mãos.

– Não vou deixar que seja – respondi. – Talvez eu possa enfeitiçar o elixir durante a cerimônia.

Não custa tentar.

Com toda a minha força, concentrei-me no chá, ordenando que o conteúdo da xícara evaporasse em pequenas espirais nebulosas.

Mas o chá apenas jorrou para fora, errando meu rosto por pouco e espirrando no espelho.

– Pelos cabelos de Emuri'en! – exclamei, correndo para limpar a sujeira.

Ao meu toque, o vidro tremeluziu e gorjeou, e o zumbido baixo transformou-se num canto de pássaro que eu tinha ouvido em todas as primaveras e verões de minha vida.

Milhafres.

Eles cantaram, nítidos demais para que eu estivesse imaginando. Pisquei, me aproximando do espelho. O vidro tinha parado de cintilar. Agora ele se movia por uma vastidão enevoada, como se procurasse o que estava querendo me mostrar.

Crisântemos. Pequenas flores e botões nas cerejeiras e ameixeiras. As pétalas caíam sobre uma janela redonda de treliça cujos detalhados desenhos geométricos eu já havia visto muitas vezes, mas não conseguia lembrar de onde...

O espelho moveu-se pela janela. E lá estavam meus seis irmãos.

Estavam tão perto, tão vívidos, que dava para ver os fios nos chapéus de seda, as manchas de chá no colarinho de Wandei, e a cera brilhando no cabelo de Yotan – em um corte atual, que combinava com ele. Quis estender a mão e tocá-los, chamar seus nomes. Mas meus irmãos estavam reunidos em volta de uma cama e, assim que vi quem eles estavam observando, tudo o que pude fazer foi prender a respiração.

Papai.

A primavera havia chegado e, como Raikama prometeu, o feitiço de sono que lançara sobre Gindara havia se desfeito. A cidade estava despertando e, junto com ela, meu pai.

– Olhe! – Yotan sussurrou, apontando. – Ele está acordando.

O amanhecer deslizou pela janela de treliça, projetando no imperador esplêndidas formas de luz. Ele piscou, os olhos aos poucos se abrindo.

Alegria e saudade invadiram meu coração, puxando minhas emoções em direções opostas. Como eu gostaria de estar lá para vê-lo. Estar lá com meus irmãos quando ele acordasse.

Mordi a bochecha, tentando me manter forte. Tentando não me concentrar nos meses que perdi enquanto estava em Ai'long. Pelo menos minha família estava bem. Meu pai, meus irmãos...

– E Takkan? – sussurrei para o espelho.

Com a pergunta, o vidro tremeluziu mais uma vez. A imagem do imperador e dos príncipes desapareceu, e o espelho mudou o foco do palácio no Lago Sagrado para o interior da floresta. O fogo devastava tudo por ali, correndo por entre as árvores e deixando as aldeias mais próximas em chamas.

Depois vieram as Montanhas Sagradas. Eu as reconheci imediatamente, mas dessa vez havia algo diferente na montanha logo ao centro.

A superfície possuía uma cicatriz irregular que não estivera lá antes. Quando o espelho se aproximou, um fio de fumaça escapou da rocha escarlate. Meu coração parou.

Num instante, a fumaça se desdobrou em uma criatura que eu rezava para que nunca mais visse.

O Lobo.

Ele deu um salto à frente, coberto de um cinza nebuloso mais parecido com sombras do que pelos, os olhos vermelho-sangue tão ardentes quanto a rocha lacerada que o havia concebido. As Montanhas Sagradas tremeram.

Bandur, os demônios lá dentro gemiam grave, em um coro temível. *Rei dos Demônios.*

O nome se prendeu aos meus pensamentos como um fantasma. Eu nunca o tinha ouvido antes, mas ainda assim me arrepiou. *Bandur.*

– Não! – sussurrei. Era impossível. Bandur não podia estar livre. Minha madrasta e eu selamos as montanhas!

O espelho não me mostraria mais nada. Ele rachou e se partiu em pedaços novamente, mas os peixinhos não voltaram para levá-los embora. Em vez disso, os fragmentos flutuaram sem rumo pela câmara.

Estava tão abalada com o que vi que mal percebi que Nahma havia voltado. *Kiki, não posso continuar aqui. Preciso ir para casa. Eu...*

Parei um instante, os pensamentos cortados por um fio invisível.

Se você deseja ver seu lar novamente, a voz de Nahma entrou em minha mente, *então você deve ir à cerimônia.*

Perdi o ar, chocada com as palavras e com o que tinha acabado de acontecer.

– Você… você…

Eu nasci capaz de perceber pensamentos. Nahma soltou meu braço. Sob o véu da longa franja preta, os olhos dela ficaram brancos e as pupilas desapareceram. *Isso me ajudou a vencer os ritos de seleção e a ganhar a confiança até mesmo de lady Solzaya. É possível ver muita coisa através do espelho, mas ele não lê mentes nem corações. Ela vai pensar que estou lhe contando minhas experiências como companheira.*

Encontrei o olhar de Nahma. *Então é isso que você quis dizer quando disse que não era realmente humana.*

Os olhos dela estavam frios. *Eu era indesejada, como sua madrasta. Quando meus pais souberam da minha magia, me jogaram no mar para os dragões. Em terra, a magia é temida. Aqui, ela é reverenciada.*

Engoli em seco, imaginando o que meu pai pensaria quando soubesse dos meus dons. *E como ir à cerimônia vai me ajudar a encontrar o caminho de casa?*

Ouvi dizer que você é uma garota engenhosa, Nahma respondeu. *Você dará um jeito.* Ela me jogou um pêssego. *Coma. Seu poder está enfraquecido aqui, mas uma mordida vai lhe prover pelo menos um pouco de energia.*

Girei o pêssego nas mãos, ainda cética de que não estivesse envenenado. De acordo com as lendas de Kiata, os pêssegos eram o fruto dos deuses, e uma árvore em particular de seus jardins podia conceder a imortalidade.

Eu posso provar primeiro, se você quiser, Kiki se ofereceu. *Não me importo de viver para sempre.*

Muito engraçado. O que faz você pensar que eles envenenariam isso com imortalidade?

Kiki deu de ombros. *Sou otimista.*

Não, não é.

Quando finalmente comi, Nahma olhou com cautela para minha ave de papel. *Você faria bem em manter a ave escondida, a menos que ela queira se tornar uma pedra de seixo.*

Kiki deslizou para trás de meu colarinho e eu larguei o pêssego. *Por que você está me ajudando?*

Porque o rei Nazayun não deve possuir a pérola do Espectro. Ela fez uma pausa. *Porque há outro ser em Ai'long que pode ajudá-la. Eu já vi o Espectro em sua mente.*

Foi difícil segurar a curiosidade. *Quem?*

Não posso dizer. Ela me virou para encarar o espelho. *Mas ele desejará a pérola ainda mais do que Nazayun. Traga-a para a cerimônia, e ele virá.*

Era fácil para ela falar aquilo. Se eu bebesse o elixir, nem me lembraria mais do meu nome, muito menos poderia interrogar o dragão que ela mencionou. Mas Nahma estava certa: eu *era* engenhosa.

– Agora – ela disse, falando em voz alta mais uma vez para que Solzaya pudesse ouvir. – Você está pronta?

Que escolha eu tinha? Dei um aceno pequeno e incerto com a cabeça. Não havia como voltar atrás.

CAPÍTULO SETE

Solzaya mentiu sobre a cerimônia ser um evento apenas para os mais chegados.

Mais de cem dragões vieram. Eles se sentavam em placas gigantes de coral – nuvens, como Nahma os chamou, pois flutuavam na água. A maioria dos dragões vestia formas humanas pouco convincentes; eles não se preocupavam em esconder os chifres, bigodes e garras – alguns até tinham caudas enroladas sob os mantos. Pelas risadinhas, eu conseguia perceber que era apenas um jogo para fazer mortais sentirem-se desconfortáveis.

Não devia ter dado essa satisfação a eles. Mas enquanto era levada para dentro da cúpula ritualística, cercada por uma sala cheia de dragões de rapina, realmente me senti um porco. Ainda mais graças ao maldito vestido rosa que estava usando.

– Você é a primeira feiticeira a se tornar uma companheira – Nahma disse, embora eu não tivesse perguntado nada. – Ainda mais a companheira de um príncipe dragão. É lógico que vão ficar olhando.

Enquanto ela me escoltava até o nível mais alto de nuvens, uma baleia-cinzenta anunciou minha chegada. Um trio de polvos soprou conchas do mar assim que ela me deixou ao lado de Seryu.

Quase não o reconheci em sua elegância principesca. No lugar das vestes esmeraldas que lhe eram comuns, ele usava um manto prateado cravejado de pérolas azuis, e o cabelo verde, que eu nunca tinha visto bagunçado, estava trançado e enfiado sob um gorro franjado. Parecia mais alto do que eu lembrava, de ombros mais largos também. Ele havia crescido desde quando o vi pela primeira vez. Estava mais majestoso, mais bonito – e também mais estranho. Tirando um minúsculo movimento no nariz, ele não pareceu ligar muito para mim quando pousei na nuvem.

– Obrigado por ajudar nos ritos, tia Nahma – ele disse, ainda me ignorando. – Fiquei bastante honrado.

Nahma murmurou algumas bênçãos por formalidade, depois subiu até a nuvem mais alta, onde lady Solzaya se sentava junto aos senhores do Sul, do Norte e do Leste. O assento do Senhor dos Mares Ocidentais estava vazio, como Seryu previu.

Recostei-me contra uma coluna de corais, tentando ficar rigidamente parada, mas minha mente estava girando. Será que Elang era o dragão que Nahma prometeu que eu iria encontrar?

Pretendia manter silêncio entre mim e Seryu por petulância, mas minha língua teve outras ideias.

– Por que Elang nunca vem ao palácio?

Seryu olhou para mim de lado.

– É isso que você vem me perguntar agora?

– Prefere que eu lhe dê mais um tapa por me colocar nessa confusão?

O olhar do dragão ficou sombrio. Ele rosnou:

– Elang é diferente.

– Como assim?

Seryu não diria mais nada. Seu olhar vagou sobre o brilhante vestido rosa em que Nahma me pôs, depois fixou-se na bolsa gasta em meu quadril.

– Esqueça quaisquer truques que você tenha em mente. Todos os dragões importantes estão aqui agora. E nos assistem enquanto conversamos.

– Que eles ouçam, então – eu disse, ácida. – Espero que você apodreça nos Nove Infernos, Seryu.

Os olhos vermelhos de Seryu lampejaram.

– Estou fazendo o que posso para ajudar. O mínimo que você poderia fazer é fingir que gosta de mim. Ou não me humilhar na frente de toda a minha família é pedir demais?

– E não me matar na frente de toda a sua família também é pedir demais? Ou isso não conta, já que vou renascer *melhor* e *mais forte*?

Seryu recuou como se tivesse levado outro tapa, e quase me arrependi de minhas palavras duras. Quase.

– Eu nunca devia ter falado isso – ele disse, os olhos vermelhos ficando abatidos. – Sinto muito.

O tom triste de sua voz me atingiu, e mesmo querendo continuar com raiva, o fogo em meu temperamento se apagou.

– Sei que você não queria que as coisas acabassem assim.

Por uma curta eternidade, ele se inclinou com os braços cruzados sobre a borda da nuvem em que estávamos. Quando falou novamente, a voz estava baixa.

– Você não vai ser uma concubina, sabia? Vai ser minha noiva. Seremos iguais – ele falou rápido, antes que eu pudesse responder. – Sei que isso não melhora muito as coisas, mas achei que você deveria saber.

Inclinei-me para frente como ele e olhei para as centenas de dragões abaixo. Eles *estavam* assistindo.

– Parece que parentes fofoqueiros e irritantes não são exclusividade do mundo mortal.

– Não são – Seryu disse, ainda pensativo. – A cerimônia de vinculação é um dos nossos ritos mais antigos. Deveria ser baseado em amor e confiança, mas quase sempre serve apenas como uma mera transação.

Eu tinha alguma experiência com isso.

– Não queria que a minha fosse assim – ele confessou. – Esperava, caso fosse com você, que você fosse gostar de estar aqui. Por se importar comigo.

– Mas eu me importo com você.

Era verdade, e me lembrei de nosso verão juntos, passando o tempo no Lago Sagrado e conversando sobre magia e feitiçaria. Eu me importava com ele naquela época, e ainda me importava com ele agora.

– Seria tão ruim assim ficar comigo? – ele perguntou em voz baixa. – Eu iria me certificar de que você estivesse segura. Poderia fazer isso por você. Sempre fiz isso por você. Mereço uma chance, não mereço?

Merecia, e eu estaria mentindo se dissesse que havia lhe dado essa chance.

Diante do meu silêncio, Seryu pegou minha mão. Eu o deixei descansar a palma na minha. A pele dele estava fria, mas não de uma maneira desagradável, e eu senti uma pequena faísca quando suas unhas verdes se fecharam com gentileza ao redor de meus dedos.

Olhei para nossas mãos. E se eu ficasse em Ai'long? Seria tão trágico assim me casar com Seryu? Ele era bonito e divertido... e gostava de mim. Talvez até me amasse.

Eu seria uma princesa dos dragões com brânquias cintilantes no pescoço e nos braços. Correria atrás das tartarugas e das baleias junto de Seryu, deixaria Solzaya irritada sempre que pudesse, experimentaria vestidos mágicos com lady Nahma e descobriria todos os segredos de Ai'long. Viveria para sempre.

Ninguém ali se importaria por eu ser o sangue puro. Como Seryu havia dito, Kiata estaria mais segura se eu não retornasse. Papai encontraria um feiticeiro que pudesse prender Bandur nas montanhas novamente, e então isso tudo acabaria. Os demônios ficariam presos para sempre, e nenhum sangue puro teria que morrer de novo. A magia permaneceria selada em Kiata, como todos queriam. E em vez de levar a culpa, eu me tornaria uma lenda.

– Beije-me. – murmurei para Seryu.

Seryu olhou para mim, atordoado. Mas assentiu, e enquanto se inclinava para frente, os dragões abaixo aplaudiram, batendo com as garras nas sacadas feitas de corais.

A mão dele ainda estava na minha, e os lábios estavam a apenas um milímetro de distância. Meu coração batia forte no peito. Eu já tinha beijado muitos garotos antes. Que diferença faria beijar Seryu?

A diferença invadiu os meus pensamentos.

Takkan.

Soltei o ar, com o coração leve e pesado ao mesmo tempo.

Eu só queria poder envolver Takkan em meus braços mais do que qualquer outra coisa. Queria ver seus ombros tensos de vergonha quando eu citasse trechos das cartas que me escreveu quando era um menino, descansar o queixo em seu ombro e adormecer ao ritmo de suas canções. Queria pegá-lo me observando quando eu não estava olhando, e implicar com ele até que os cantinhos de seus cálidos olhos se enrugassem.

E finalmente dizer a ele que o amava.

Mas se eu voltasse à Kiata, seria taxada de feiticeira – e culpada por Bandur escapar das montanhas. Seria mesmo possível um futuro ao lado de Takkan?

Eu só sabia que seria capaz de arriscar tudo para descobrir.

Virei a bochecha.

– Espere... – comecei a dizer, mas não precisei terminar. Seryu tinha visto as emoções conflitantes em meu rosto. Ele já estava recuando. Antes que eu pudesse explicar, ele afundou na cadeira e cruzou uma perna sobre a outra.

– Sabe, prefiro não beijar princesas vestidas de rosa – ele protestou com um meio sorriso, não dando importância à multidão decepcionada. – Tem algo nessa cor que não é tão... atraente.

Ele estava tentando manter o próprio orgulho, e eu sabia que deveria deixar por isso mesmo. Mas não consegui.

– Não é você. – Minhas palavras vacilaram, saindo todas emboladas. – Você sabe que não é.

– Parte de mim esperava que você não fosse dizer isso. – Ele tocou minha bochecha, e então deixou a mão repousar novamente no colo. – Valeu a tentativa. Lembre-se daquele seu humano quando fizerem você beber. Dizem que o último pensamento é a única lembrança que você guardará.

O elixir! Tinha quase me esquecido disso.

– Seryu, como eu...

Em vez de responder, Seryu arrancou Kiki da grade e a escondeu em meu colarinho. A resposta dele foi tão baixa que quase não o ouvi.

– Fique aí.

Não sabia se aquilo era para mim ou para Kiki, nem tive a chance de perguntar.

Um sino soou ao longe, e o som reverberou por toda a cúpula. A cerimônia estava começando.

O Rei Dragão irrompeu no salão numa nuvem de areia cintilante. Ele ainda vestia a rede de choque-celeste, agora estilizada como uma faixa em volta da cintura. Ela irradiava o fogo demoníaco, os fios do destino e o sangue das estrelas – as três magias que trabalhei durante meses para unir.

Sob os pés de Nazayun surgiu um estrado – construído com crânios de baleias e tubarões. Kiki estremeceu com a imagem.

Por que alguém iria querer trabalhar para ele?, ela sussurrou para mim, olhando para o monte de tubarões e lulas que patrulhavam a câmara.

Porque eles não têm escolha, pensei enquanto o Rei Dragão se sentava no trono.

Lady Nahma tinha me avisado que o ritual seria rápido, mas ainda assim eu esperava algum tipo de apresentação pomposa. Não teve nenhuma, e minha nuvem se agitou, subindo até ficarmos no mesmo nível do trono do Rei Dragão.

Ao lado do rei, lady Solzaya e lady Nahma aguardavam, portando-se como senhora e criada. Na longa palma de sua mão, a mãe de Seryu segurava uma tigela esculpida em concha de abalone, e Nahma segurava um fino cordão de seda. Este era uma referência às tradições matrimoniais kiatanas, em que noiva e noivo são amarrados um ao outro.

Takkan e eu teríamos casado assim, pensei com um aperto no coração. *Se eu não tivesse fugido da cerimônia de noivado, nossas vidas poderiam ter sido bem diferentes.*

– Apresente-se, Shiori'anma – lady Solzaya disse, interrompendo meu devaneio. O duro aperto de suas mãos tomou meus braços, e eu flutuei com ela até o Rei Dragão. Seryu começou a segui-la, mas Solzaya fez sinal para que ele permanecesse no lugar.

Eu conseguia ver a ansiedade em sua expressão.

Não faça nada de imprudente, ela dizia.

Quis poder soltar um sorriso. *Vou tentar.*

– Sua Eterna Majestade considera a princesa Shiori digna de fazer o Juramento de Ai'long – Solzaya declarou. – Neste instante, ela deixará para trás a vida mortal e despertará novamente como companheira de meu filho, o Primeiro Príncipe dos Mares Orientais, Seryu'ginan.

– Estenda as mãos – Nahma ordenou. – Para que lady Solzaya possa lhe conceder o elixir da imortalidade.

Olhei para ela, a apreensão contorcendo minhas entranhas. Até que ponto da cerimônia eu teria que ir?

Ela não respondeu. Tinha fechado a mente para mim.

Com dificuldade, fui estendendo as mãos.

Solzaya colocou a tigela de abalone nelas, murmurando palavras em uma língua que eu não conseguia entender.

Ali dentro estava o elixir. Uma gotinha azul da cor do céu, pequena o suficiente para caber num polegar.

Quase suspirei de alívio. Esperava uma sopa ou um chá, mas o elixir não era nada mais do que uma pílula dessas que se toma para uma dor de estômago. Parecia gelatina, balançando com o tremor de minhas mãos.

Enquanto Solzaya falava, ergui a tigela, fingindo levá-la aos lábios.

Fios invisíveis de fumaça faziam cócegas em minhas narinas, doces e amargos ao mesmo tempo. Bastou uma fungada para que todas as dúvidas e medos que eu havia reprimido emergissem, mas mantive a mente focada em ver Takkan de novo. Em voltar para casa.

Como vamos fazer isso?, Kiki disse, pulando dentro da tigela e usando a asa para me impedir de beber por acidente.

Empurre para baixo do meu colarinho, rápido, falei. *Consegue?*

Usando a asa, Kiki tentou pegar o elixir e levar em direção ao meu pescoço, mas a poção era extremamente escorregadia. *Não é tão fácil quanto parece!*

– Há algum problema, Shiori'anma? – lady Solzaya perguntou, flutuando para perto de mim. – Você precisa de ajuda para beber?

Não tive a chance de responder. A mão de Solzaya disparou e inclinou a tigela contra minha boca.

O pânico subiu em meu sangue enquanto Kiki caía na tigela. Tudo aconteceu rápido demais: uma gota deslizou para os meus lábios, e Kiki se precipitou.

Com um gole, ela tomou todo o elixir.

Kiki, não!

Era tarde demais. A poção foi absorvida por sua garganta de papel, fazendo seu longo pescoço brilhar azul. Os floreios prateados e dourados nas asas desbotaram feito tinta borrada enquanto ela cambaleava na borda da tigela e caía de volta em minha manga. Senti ela ficar imóvel na dobra do cotovelo.

O calor se intensificou na minha garganta. *Kiki!*

Sem resposta.

Meu coração retumbava nos ouvidos. Tudo que eu queria era poder pegá-la e abraçá-la, mas rei Nazayun e lady Solzaya me observavam atentamente.

Lady Nahma pegou a tigela.

– Shiori'anma já bebeu – ela anunciou antes que alguém se manifestasse.

Através de nossas mentes, ela avisou: *Deixe sua expressão vazia. Tente parecer cansada.*

Relaxei os músculos. Foi fácil esfriar a cabeça e fazer o corpo amolecer. Eu mal conseguia me mover, quanto mais pensar com clareza. Só conseguia pensar em Kiki, amassada contra meu cotovelo.

– Curve-se e apresente-nos a pérola – Nahma instruiu.

– Estou pronta para prosseguir com a cerimônia – eu disse, curvando-me ao máximo. Minha voz saiu monótona, sem qualquer sinal de rebeldia. Mas, dentro do peito, a raiva se agitava. – Permita-me apresentar a pérola do Espectro.

Abri a bolsa. Elang ainda não estava à vista, e não poderia contar com a sua chegada para me salvar do resto dos rituais. Kiki tinha se sacrificado demais para que eu falhasse agora.

Meus dedos fecharam-se ao redor da pérola quebrada. *Não serei útil se eu estiver ligada a Ai'long para sempre*, disse a ela, rezando para que me ouvisse. *Se quiser que a leve de volta para o Espectro, ajude-me a sair daqui. Ajude-me a derrotar o Rei Dragão.*

Levantei as costas. A pérola formigou em minhas mãos, o que parecia um sinal promissor.

– Espere! – Nazayun gritou.

Espere? Esforcei-me para manter o rosto sem expressão e continuar a encenação. As joias penduradas no meu cabelo tilintaram, mas não ousei olhar para cima.

– Revistem-na.

Para meu alívio, foi lady Nahma – não a mãe de Seryu – que deu um passo à frente. *Ajude-me, Nahma*, roguei-lhe enquanto ela me revistava. *Kiki está inconsciente por ter bebido o elixir. Ajude-me. Por favor.*

Nahma levantou minhas mangas e olhou dentro. As pontas das asas de Kiki roçaram meu cotovelo, e eu segurei o fôlego, certa de que Nahma fingiria não ter visto nada.

Mas ela sacudiu meu braço e ergueu Kiki pelo bico.

– O que temos aqui? – murmurou. – Uma ave de papel.

Fiquei aturdida com a traição. O que ela estava fazendo?

– Uma ave de papel *encantada*. – Nahma segurou Kiki bem alto para que todos vissem. O pescoço de Kiki caía flácido, e o bico ainda brilhava azul por causa do elixir.

– Devolva-a! – gritei.

Nahma não devolveu. Ela beliscou Kiki pelo pescoço, espremendo o elixir da garganta da ave. E então amassou Kiki no punho.

– Não! – gritei de novo.

Lancei-me sobre lady Nahma, mas o estrado estremeceu. Ele se inclinou e eu deslizei, fora de controle, em direção ao Rei Dragão.

Os olhos dele estavam nebulosos de fúria.

– Se não está disposta a completar o ritual de esquecimento, encontraremos uma punição da qual você irá se lembrar pelo resto da vida. – Ele me jogou de volta na nuvem de Seryu e vociferou: – Tragam o menino.

O menino?

A raiva por lady Nahma desapareceu, logo substituída pelo medo.

No centro da câmara, cercado por tubarões, Gen, meu colega de prisão, surgiu de uma torrente de bolhas.

Desde que o vi pela última vez, a maldição de Solzaya progredira rapidamente. Agora ele estava inconsciente, de olhos fechados e com o lábio inferior já transformado em pedra. As bochechas pareciam afundadas, como se ele tivesse tentado tomar um último fôlego antes que a maldição o tomasse por completo. Os dedos que tinham atirado vidro para me acordar estavam totalmente cinzas, ainda esticados como se num gesto de rebeldia.

– Deixe-o ir – supliquei a Nazayun. – Ele é só uma criança.

Era mais fácil ter implorado aos tubarões.

– Em breve ele será apenas cascalho novo entre os leitos de rocha – Nazayun respondeu, os cabelos claros da barba estalando com relâmpagos.

– Se não está disposta a esquecer o passado, então se lembrará da dor que infligiu a este garoto. E essa é uma cicatriz que você carregará para sempre.

Manchas de um cinza macabro apareceram no rosto de Gen, espalhando-se rapidamente feito tinta derramada. Enquanto relâmpagos emanavam da barba de Nazayun, os olhos do menino se arregalaram e as têmporas convulsionaram de dor. Ele estava a segundos de se transformar completamente em pedra. A segundos de explodir e formar uma pilha de escombros.

– Pare! – gritei.

Seryu me segurou, mas eu joguei a bolsa para cima para libertar a pérola.

– Ajude o Gen! – pedi para ela. – Ajude-o!

A pérola do Espectro nem sequer flutuou para fora. Era apenas um peso morto lá dentro.

Os dragões começaram a zombar de mim, e eu me exaltei. Pérola estúpida e traiçoeira. Sem a ajuda dela, Gen com certeza iria morrer.

Rei Nazayun estava rindo, assim como os convidados.

– Sente-se, Shiori'anma – ele disse. – Você terá seu momento em breve.

Eu não ia me sentar. Com um impulso forte do ombro, me livrei das garras de Seryu e mergulhei em direção a Gen. As zombarias e as risadas só se multiplicaram. Os tubarões estavam quase em cima de mim.

– Socorro – implorei à pérola, sacudindo-a. – Ajude-me!

Um grunhido baixo ressoou do lado de fora do salão. A princípio pensei que fosse a pérola finalmente respondendo às minhas súplicas, mas à medida que o som ficava cada vez mais alto e mais próximo...

Com um estrondo catastrófico, o teto se abriu. Fragmentos de pedras enormes choveram sobre a cúpula, e um batalhão de tartarugas marinhas adentrou, liderado por um dragão vestido de branco.

Eu não precisava vê-lo para saber quem era. Pelas reações de espanto de todos no recinto, a resposta era bastante clara.

Elang, o Grão-Senhor dos Mares Ocidentais, havia chegado.

CAPÍTULO OITO

Em meio à indignação dos dragões com a aparição do lorde Elang, Gen e eu fomos logo esquecidos. Não pensei duas vezes e mergulhei atrás do menino, mas ele era pesado, e quando seu corpo atingiu o fundo do oceano, ele afundou na areia e na lama. Tentei puxá-lo de todas as maneiras possíveis, mas mal conseguia movê-lo.

– Eu não tinha dito para você não bancar a espertinha? – Seryu surgiu atrás de mim.

Virei-me, mais feliz do que nunca por ver o dragão.

– Você consegue ajudá-lo?

As narinas de Seryu dilataram-se. Eu meio que esperava que ele fosse sair nadando, mas em vez disso ele afastou os caranguejos e moluscos que haviam começado a rastejar pelas pernas de Gen. Agarrou a nós dois, nos carregando com facilidade e nos colocando num parapeito na parede da cúpula.

Pressionei a palma da mão contra a testa de Gen. Sua pele estava fria, mas uma veia solitária batia com um pulso fraco. Ainda estava vivo.

– Ele não pode ficar aqui – falei a Seryu. – Você pode tirá-lo daqui? – Olhei para os painéis brilhantes de cristal preto nas paredes. – Use um redemoinho.

– Você acha que é fácil assim? – Seryu indignou-se. – Redemoinhos conectam lugares dentro do palácio. Eles não *tiram* você daqui. O único jeito é… – Ele soltou um gemido irritado, então bateu com a cauda na lâmina de cristal preto mais próxima que conseguia alcançar.

A pérola dele vibrou no peito enquanto ele enterrava a garra no cristal. Um redemoinho se materializou, grande o suficiente apenas para caber Gen. Seryu praticamente empurrou o menino para dentro, e logo o portal desapareceu antes que eu pudesse segui-lo.

– Você, não – Seryu murmurou. – Você ainda não terminou por aqui.

– Para onde o mandou?

– Até onde eu podia. – A voz de Seryu estava rouca agora. Ele estava mais pálido que antes, e se eu não soubesse que era um dragão, diria que parecia estar enjoado por causa do mar. – Em um lugar onde ele não será transformado numa pilha de pedras.

Antes que pudesse agradecê-lo, ele me agarrou pela faixa de novo e me arrastou para fora do parapeito, de volta para onde estávamos sentados antes.

Puxei a faixa de volta, ficando meio surpresa quando Seryu de fato a soltou. Ele *estava* mais fraco.

– Não vou voltar pra lá. Seu avô tentou me matar!

– E ele tentará de novo se você não voltar. – Seryu cobriu minha boca com a mão. – Confie em mim.

– Eu confiei em Nahma. E veja o que aconteceu comigo. – Fiz uma careta. – E com Kiki.

Os olhos vermelhos dele não vacilaram, mas se voltaram para a lasca de pérola em meu pescoço. O fragmento do seu coração. Ele parecia cansado.

– Confie em mim.

Mordi a bochecha. Que os demônios me levem, só esperava não estar cometendo um erro.

– Tudo bem – eu disse, embora ainda desejasse que ele também tivesse me jogado no redemoinho.

Graças à chegada de Elang, quase ninguém notou que voltei para minha nuvem com Seryu. O teto havia desmoronado completamente, deixando um buraco no topo da abóbada, mas ninguém parecia se importar com isso também. A atenção de todos os dragões estava voltada para o centro daquela destruição, onde Elang, montado em duas tartarugas, aguardava as boas-vindas do rei Nazayun.

– Este lugar parece mais um teatro do que um salão de rituais – resmunguei, mas apesar de reclamar, também estava curiosa sobre o Senhor dos Mares Ocidentais.

À primeira vista, Elang não surpreendia. Parecia-se com qualquer outro dragão naquela cúpula. Uma longa capa branca esvoaçava dos ombros e um capuz encobria o rosto, mas a maior parte de seu corpo era humana. A parte superior era a de um homem, com escamas metálicas espalhadas pelos braços, pescoço e torso, e uma longa cauda, com as pontas dispersas como uma chama voraz, saía de debaixo da capa. Eu mal dei outra olhada; já havia me acostumado a ver caudas de dragão.

A coisa mais impressionante em Elang eram as tartarugas-marinhas. Contei nove delas, cada uma do tamanho de um javali, com olhares ameaçadores e cascos cheios de espinhos. Não eram exatamente as criaturas pacíficas que eu imaginava que tartarugas fossem.

Solzaya estendeu as garras para dar as boas-vindas de maneira dramática.

– Sobrinho, você deve estar cansado de sua corte vazia se decidiu nos agraciar com sua presença. Estávamos preocupados que tivesse morrido.

– É uma pena, minha tia... – ele rosnou. – Os assassinos que você enviou não eram habilidosos o suficiente.

A voz dele me assustou. Era grossa e áspera – mas jovem. Mesmo sabendo que era sobrinho de Solzaya, imaginei que o Grão-Senhor dos Mares Ocidentais fosse um pouco mais velho, pelo menos um pouco mais que Seryu.

Mas Elang era mais parecido com Gen. Apenas um garoto.

Com uma breve reverência, ele prestou respeito ao avô. Então tirou o capuz, revelando os cabelos pretos, e eu vi seu rosto.

O lado esquerdo era tão humano quanto o meu. Mas quando ele se virou, prendi a respiração. Era como se os deuses tivessem desenhado uma linha reta do meio do cabelo, passando pelo nariz até o queixo dele. Um lado era humano; o outro, coberto de escamas em forma de lágrima, era um dragão.

Ele estava de mau humor, e o franzido das grossas sobrancelhas lançava uma sombra em seu rosto que não me permitiu, de início, vê-lo bem. E então elas se ergueram, e notei os dois infames olhos: um escuro feito um céu cinzento antes de uma tempestade, e um tão amarelo e brilhante quanto um raio de sol.

– Vim para ver a pérola – ele disse.

– Claro que veio – o Rei Dragão respondeu, recostando-se no trono de jade e mármore. – Chegou em boa hora, Elangui. Shiori'anma estava prestes a apresentá-la à corte.

Enquanto ele falava, uma corrente de água me tirou do assento e me depositou ao lado de Elang. Num instante depois, em minha sombra estava a pérola, sombria e opaca como sempre.

A água ao redor ficou mais densa, e eu praticamente pude sentir a tensão armazenada nos músculos de Elang. O olhar dele se fixou na pérola, como se estivesse fascinado pela rachadura no centro. Será que estava pensando em como ela parecia seu próprio rosto, dividida em duas metades?

Também olhei para a pérola. O silêncio era um lembrete de que já não podia contar com ela para nada – nem para ajudar Gen, nem para resgatar Kiki, e com certeza nem para me ajudar. Meu peito comprimiu de raiva, dando pontadas agudas quando toquei a manga vazia. Em breve eu pegaria Kiki de Nahma. Assim que lidasse com o Rei Dragão.

– Eis aqui... A pérola do Espectro. – A voz de Nazayun retumbava. – Não há muito o que se ver nesse estado, mas quem pode culpá-la? Está quebrada e corrompida, e não pertence a ninguém. Mas isso deve mudar.

Meus olhos dispararam para Nazayun. *Isso deve mudar?* O que ele estava tramando? Achei que pretendia ficar com a pérola para si mesmo.

– Shiori'anma jurou devolvê-la ao seu legítimo dono – ele continuou. – O dragão capaz de torná-la inteira novamente. Que qualquer um que deseje reivindicar a pérola do Espectro se apresente e se submeta ao julgamento dela.

A câmara inteira ficou imóvel. Do canto do olho, vi a garra de Solzaya se contorcer de tentação. Ela não era a única. Os senhores e as senhoras dos Quatro Mares Supremos estavam todos inquietos, encantados pela pérola.

Ainda assim, nenhum dragão ousou dar um passo à frente.

Exceto um.

– Vou tentar – Elang disse em seu tom áspero e excessivamente grave.

– Imaginei que tentaria – Nazayun respondeu. – Shiori'anma, dê-lhe a pérola.

– Ela não pertence a ele – protestei. – Ele não é o Espectro.

Achei que minha recusa irritaria o Rei Dragão, mas teve o efeito oposto.

– Não é – Nazayun admitiu. – Mas veja, Shiori'anma, ele e o Espectro têm algo em comum e que não compartilham com nenhum outro dragão. Eles perderam suas pérolas. Seus corações. Você não daria ao meu neto a chance de reivindicar esta?

Não respondi. Havia um certo tom de alegria nas palavras de Nazayun, como se sentisse prazer ao ver o tormento de Elang.

– Um meio-dragão – sussurrei, enfim entendendo o porquê de todos falarem de Elang com tanta repulsa e fascínio. Observando seus olhos dissonantes e as marcantes metades de seu rosto, percebi que os outros dragões zombavam tanto dele quanto de mim por nossas formas humanas.

– Sim – Nazayun continuou, desfrutando de minha surpresa. – Elangui é meio mortal, nascido de uma mãe humana que não fez o Juramento de Ai'long. A pérola dele o deixou ao nascer e, sem ela, ele não pode assumir sua forma completa de dragão.

A água ao redor de Elang ficou tão densa que denunciou cada movimento que ele fazia. Eu notei o tremor em sua testa, e como sua respiração ficou superficial. Como se todas as suas esperanças repousassem nessa mesma pérola.

– Não é sua – disse a ele, tentando ser gentil e firme. – Ela pode machucar você.

A expressão de Elang tornou-se gélida. Ele fungou, como se eu exalasse um fedor, e me lançou um olhar que era fácil de ler: *Como ousa achar que preciso da sua pena?*

– Eu tentarei – ele repetiu.

Soltando um grunhido, Elang desabotoou a capa e a deixou cair. Ele se aproximou, com as garras indo em direção à pérola.

Mesmo que não quisesse dá-la, eu não tive escolha. A pérola rodopiou para longe de mim e se jogou nas mãos ansiosas de Elang. Lá estava ela, a luz se derramando por entre as metades partidas com a teatralidade de um pássaro estendendo as asas, pena por pena.

Elang segurou a pérola contra o peito, as palmas das mãos se fechando ao redor das metades, tentando forçá-las a se juntarem. A pérola resistiu. Ela começou a girar, e a rachadura emitiu uma luz, tomando o meio-dragão. Feridas borbulharam no lado humano, e as escamas prateadas ficaram morbidamente pálidas.

Tentei intervir, mas o Rei Dragão me impediu.

– Deixe-o – ele disse enquanto o estrado tremia. – Ele a está remendando.

Enquanto eu observava, sabia que algo não estava certo. Se aquilo faria algo com a pérola, seria quebrá-la ainda mais. A rachadura ao longo da superfície escura derreteu e brilhou, e a luz fundiu-se em um único feixe que se voltou para Elang. Ela iria matá-lo.

Já bastava. Puxei a rede de choque-celeste de Nazayun e a joguei no rosto dele. Era algo que nenhum ser – mortal ou imortal – jamais se atreveu a fazer com o Rei Dragão, e todos naquela câmara me julgaram ser uma tola por isso, mas eu não me importava.

Mergulhei em direção à pérola.

– Ele não é o Espectro! – gritei enquanto tentava pegá-la de Elang. – Volte para mim!

A pérola virou-se em minha direção com as fraturas piscando de aborrecimento, mas um momento depois ela voou de volta para minhas mãos e ficou escura.

A reação de Nazayun foi catastrófica. Em um só fôlego, ele aumentou cem vezes de tamanho, se inflando e passando de homem a dragão. As vestes cor de safira fundiram-se com a carne, dando origem a placas de escamas cintilantes. Ele amassou a rede de choque-celeste em um punho colossal e a arremessou para o outro lado da cúpula.

Tola, imediatamente fui atrás da rede. Ou pelo menos tentei. A garra de Nazayun logo veio cortando meu caminho, e então os mares rugiram.

Para onde quer que olhasse, dragões estavam fugindo pelo teto quebrado. Não havia tempo para procurar um redemoinho ou usar magia. Até Elang estava fugindo nas costas de uma tartaruga. Paredes inteiras despedaçaram-se, e choviam pilares de mármore e cristal. Enquanto a cúpula desabava, me escondi atrás de uma nuvem de corais para me proteger.

Tentei avistar a rede em meio ao caos, mas Seryu me pegou pela mão.

– Você é a garota mais encrenqueira que já conheci – ele reclamou. – Deixe a rede. Nós temos que ir.

O portão de cristal que ele havia usado para mandar Gen embora ainda estava intacto. Seryu nos levou às pressas em direção a ele, e um redemoinho surgiu borbulhando sob sua garra – um oásis de algas marinhas bem no final do túnel.

– Espere – eu disse, me afastando. – Kiki…

Seryu me segurou. Relâmpagos estalavam da barba do Rei Dragão, e com a garra, Nazayun atraiu os raios para o interior de um ciclone.

– Essa é uma tempestade de busca – Seryu disse. – Ela vai procurar você, e se encontrar, a matará. Ainda quer ficar aqui?

Sem nem esperar por uma resposta, ele me empurrou para dentro do redemoinho – um segundo antes de um raio o atingir nas costas.

CAPÍTULO NOVE

Descemos rodopiando por um túnel vertiginoso de água até o redemoinho nos cuspir, um de cada vez, em um campo de algas marinhas nos arredores do palácio. Eu aterrissei sobre Seryu com uma pancada.

Saí rolando de suas costas e o chacoalhei.

– Seryu?

Os bigodes dele fizeram um pequeno movimento. Não estava morto.

Recobrando o ânimo, dei um leve empurrão em seus ombros.

– Acorde.

Ainda inconsciente, ele afundou ainda mais nas algas, com as unhas curvando-se em garras enquanto a pele, aos poucos, ficava num tom inconfundível de verde.

Recuei.

Dezenas de vezes testemunhei meus irmãos transformarem-se em grous. A cada dia e noite, por um longo e angustiante momento, a maldição de Raikama quebrava os ossos e rasgava os músculos deles, contorcendo membros em asas e pernas finas como palitos, os narizes em longos bicos pretos, e os cabelos em coroas escarlates.

Nunca esqueci o som dos gritos.

A transformação de Seryu não era nada parecida com a deles. Era rápida e simples, como se tivesse apenas vestido uma armadura. Escamas se projetaram no que antes era carne humana, e as pernas, espalhadas sobre o pântano de algas marinhas, esticaram-se em uma cauda longa e sinuosa. Bigodes germinaram das bochechas e, por último, os chifres surgiram, cobertos parcialmente por uma massa de cabelos verde-escuros.

Ele piscou ao acordar, com os olhos vermelhos arregalados e o rosto tão pálido quanto antes. Mas talvez ficar inconsciente o tenha ajudado a recuperar-se mais rápido dessa vez, já que ele me agarrou pela manga.

– Você deve estar querendo morrer, Shiori. A tia Nahma não disse para você cooperar? – ele gemeu, esfregando as escamas chamuscadas na espinha. – Deixa pra lá. Sobe aí. Os tubarões logo estarão na nossa cola.

– O que aconteceu com seu avô? – perguntei, trêmula. – Pensei que os dragões não poderiam machucar uns aos outros, mas ele... ele...

– O meu avô é um deus dos dragões – Seryu respondeu. – Foi ele quem criou o juramento, então não está submetido a ele. É por isso que precisamos achar um local seguro. Agora.

Compreendi. Mas antes:

– Temos que resgatar Kiki.

– Você ouviu alguma coisa do que eu disse? – A irritação de Seryu manifestou-se em um resmungo. – Já não basta ter voltado pelo menino de pedra. Esqueça a Kiki.

– Esquecê-la? Você sabe o quanto a Kiki significa para mim. Ela tem um pedaço da minha alma.

– *Tinha* – Seryu corrigiu. – E era um pedaço pequeno. Você não vai morrer sem ele. Mas *vai* morrer se continuarmos discutindo.

– Mas...

– Podemos procurá-la quando as tempestades de busca retrocederem. – Ele inclinou a cabeça para uma coluna rodopiante de água e ar perto do palácio, girando e girando enquanto procurava, em cada rocha, criatura e folha, por mim e por Seryu. – Elas vão prender você nas correntes e levá-la para meu avô se não nos apressarmos.

Ele agarrou meu braço, mas relutei, tentando atravessar as algas marinhas. Meus joelhos bateram contra uma pedra, e eu perdi o fôlego.

– É o Gen! – gritei. – Graças aos Fios! Acho que ele ainda está respirando. Também temos que levá-lo.

– Nós não temos tempo de salvá-lo – Seryu bufou.

– Sem discussão. – Eu já estava tentando acomodar Gen nas enormes costas de Seryu. – Ele vai morrer se ficar aqui.

– Por que você se importa?

– Ele é só uma criança! Cada dia que fica aqui é um mês que sua família passa sem saber o que aconteceu. – Pensei em quanta infelicidade devíamos ter causado ao papai quando meus irmãos e eu desaparecemos. – Temos que ajudá-lo.

– Esta é sua única chance de voltar para casa e ficar com seus irmãos e o humano que você ama. Não era por isso que você estava angustiada essa semana toda?

Era. E eu lamentava o preciosíssimo tempo que não voltaria atrás. Mas Raikama sacrificou muito mais do que tempo por mim. Tinha que honrá-la.

– Vim para encontrar o Espectro – respondi. – Se eu partir, esta viagem terá sido em vão.

– Meu avô nunca irá lhe contar...

– Elang sabe quem é o Espectro – eu o interrompi.

O espanto fez as sobrancelhas de Seryu se levantarem, mas ele balançou a cabeça.

– Visitar Elang está fora de questão. Ele detesta humanos. E nunca a receberia.

– Se você não for, eu vou sozinha.

– Sozinha? – Seryu riu. – Você não consegue nem nadar até a superfície sozinha.

Uma baleia-bicuda emergiu acima de nós, cobrindo as algas marinhas de sombras. Seryu empurrou-me para baixo.

– Quieta – ele sussurrou.

A água ondulou, e a forma de uma sereia desceu da baleia e começou a nadar em nossa direção. Quando vi quem era, fiquei tensa.

Seryu, por outro lado, deu um salto.

– Você devia ter ficado no palácio. O que está fazendo aqui?

Nahma abriu as mãos, de onde irrompeu Kiki, voando em minha cara.

– Um passarinho me mostrou o caminho.

– Kiki! – exclamei. Eu pressionei a ave contra a bochecha e acariciei seu bico. Lágrimas de alívio brotaram em meus olhos.

– Ela é bem esperta – Nahma comentou. – Engoliu o elixir, mas conseguiu mantê-lo preso na garganta. Ela não iria acordar até que eu o extraísse.

Foi ideia de Seryu, Kiki disse. *Sou melhor em guardar segredos do que você pensa.*

Não compreendi.

– Ideia do Seryu?

Ele não olhou para mim.

Apertei os lábios com força, sem saber o que dizer a ele – ou a Nahma. Preocupei-me com Nahma primeiro.

– Achei que você tivesse me traído.

– Minha traição era necessária – ela respondeu. – Levei séculos para ganhar a confiança de lady Solzaya. Não podia arriscar que ela descobrisse que eu estava ajudando você.

– Tem certeza de que não seguiram você? – Seryu perguntou.

– Eu tenho feito pequenas escapadas do palácio desde antes de você nascer, Seryu – Nahma o repreendeu. – Não se esqueça de que sou a mais velha aqui. Por esse mesmo motivo, sugiro que leve Shiori para Elang. Ele pode salvar o menino. E, mais do que isso, saberá onde encontrar o Espectro.

– Ele não vai nos ajudar – Seryu zombou.

Nahma colocou a mão dentro da capa e pegou o que parecia ser uma placa de estanho. Mas era, na verdade, uma escama de dragão.

– Mostre isto a ele.

Os olhos de Seryu se arregalaram de incredulidade.

– Você tem uma garantia?

Ela apenas assentiu.

– Ele não poderá lhes negar ajuda. Use-a para salvar o menino.

Depois de alguma hesitação, Seryu pegou a escama, e então puxou uma de suas próprias e colocou a escama cor de esmeralda nas mãos de Nahma.

– Como agradecimento, troco sua garantia pela minha – ele disse, proferindo palavras que presumi que fossem parte de alguma tradição dos dragões. Os lábios dele se apertaram. – Um favor por um favor.

Nahma guardou a escama e fez um chamado baixo para a baleia.

– Espere – Seryu disse. – Você não vai voltar ao palácio sem ser detectada. As tempestades de busca a encontrarão e meu avô a punirá.

– Venha com a gente – convidei. – Volte comigo à superfície.

– Não posso. – Nahma sorriu com gentileza. – Jamais deixaria meus filhos. Tenho dois, e eles são dragões como o pai. Além disso, pertenço a este lugar agora. – Ela tocou meu braço, e então abotoou a gola do meu vestido do jeito que uma mãe faria. – Os Mares Ocidentais são frios. Vá logo e se cuide.

Então virou-se para Seryu.

– Quanto a Nazayun, ele não vai acreditar que ajudei vocês… *se* você conseguir ser convincente o suficiente.

Seryu parecia saber exatamente o que aquilo queria dizer.

– Afaste-se, Shiori.

Obedeci enquanto ele enrolava o rabo no pescoço da tia e tocava a testa dela com uma garra. No mesmo instante Nahma ficou mole, caindo sobre as algas marinhas com um ruído suave.

Kiki soltou um gritinho. *Você a matou?*

– Claro que não! – Seryu respondeu, visivelmente ofendido. – É um simples feitiço de sono, um velho truque de dragão... Funciona melhor quando não se está esperando. – Ele abriu um sorriso malicioso para mim. – Você deveria usar em Kiki quando ela ficar enjoada.

Não se atreva, Kiki avisou.

– Eu preciso de você acordada, boba. – Levantei Kiki pela asa e a pus no ombro enquanto pulava nas costas de Seryu. Dei um beijinho em seu bico e um tapinha na cabeça de Seryu para chamar a sua atenção.

– Desculpe por não ter confiado em você – falei.

– Um erro que você não irá cometer novamente – ele respondeu. – Eu sei. Ele enganchou um braço em volta da estátua de Gen.

– Segure meus chifres. – A cor de suas escamas começou a mudar, mesclando-se com as algas marinhas verde-amarelas abaixo de nós. – Se vamos ter que nadar mais que os tubarões do meu avô, esse passeio não vai ser nada fácil.

Agarrei os chifres de Seryu, e Kiki se enfiou em meu cabelo, segurando o mais firme que conseguia. Soltando um rugido baixo, o dragão rasgou mar adentro em direção ao castelo de Elang, a oeste.

CAPÍTULO DEZ

Os Mares Ocidentais *eram* mais frios. E quanto mais nos distanciávamos do palácio de Nazayun, mais cinzento também tudo ficava. Vastas florestas de corais encolhiam e se transformavam em leitos de esponjas-do-mar esqueléticas, e a única coisa que dava para ver em qualquer direção era um cemitério de rochas e ossos. Era difícil de acreditar que ainda estávamos no reino dos dragões. Para onde quer que eu olhasse, era como se uma mortalha se agarrasse à água, privando-a de toda vida e esplendor.

Por fim Seryu mergulhou em um abismo entre dois penhascos. As paredes ali eram cravejadas com pedras redondas tão comuns que não liguei para elas de início.

Até que começaram a se mexer.

Olhos de mármore se abriram, e o que eu pensava serem pedras na verdade eram…

– Tartarugas – Seryu disse enquanto as criaturas ganhavam vida. – Os guardas de Elang.

Guardas! Elas se agruparam em segundos, erguendo uma grande parede para proteger a fortaleza à nossa frente. As tartarugas encouraçadas que Elang havia levado ao palácio nadavam numa velocidade assustadora, mas vê-las ali rapidamente se empilhando umas sobre as outras e virando os cascos para nós me deixou sem fôlego. Nem a melhor brigada de meu pai conseguiria trabalhar com tanta rapidez e precisão.

Minha angústia era a única coisa que se sobrepunha à minha admiração.

– Sempre achei que elas fossem lentas e gentis.

– Lentas e gentis? – Seryu bufou em meio a uma risada. – Podem até ser lentas em terra, mas no mar são mais rápidas que um peixe agulhão, e o mau humor delas é pior do que os fogos de artifícios que vocês costumam soltar nos seus festivais. Pise no casco errado e vai sair girando tão rápido que não precisará mais de um elixir para esquecer quem você é.

Ele ergueu a cauda bem alto e bateu na rocha. Uma vez... Duas vezes...

Em resposta, uma saraivada de lanças voou por entre os cascos das tartarugas. As pontas afiadas dispararam em direção ao coração de Seryu e à minha garganta, parando a um fio de nos espetarem.

A voz de Seryu borbulhou de irritação.

– Deixe-me entrar, Elang. – Ele mostrou a escama de estanho que lady Nahma lhe dera. – Estou aqui para pedir um favor.

As lanças, cujas pontas ainda estavam perto demais de mim, avançaram ainda mais.

– Primo, eu sei que você está ouvindo. – Seryu cruzou os braços sobre as lanças, como se fossem o guarda-corpo de uma varanda. – Abra os portões. Seria uma desonra sua negar um favor, ainda mais vindo em nome de lady Nahma.

Um silêncio se seguiu, testando a paciência de Seryu. Enfim as tartarugas se moveram, criando apenas uma estreita fenda no meio da formação. Atrás delas, esculpido nas encostas planas de um penhasco, estava o castelo de Elang.

Não havia cúpulas pontudas e reluzentes, grandes pilares de mármore ou portais de cristal preto. O teto se camuflava de maneira impecável à montanha, e as torres eram talhadas de uma pedra cinzenta e modesta, facilmente passando despercebidas.

Eu gostei.

Elang estava empoleirado feito um pássaro em um parapeito com a silhueta envolta em escuridão. Esteve nos observando aquele tempo todo e, quando nos aproximamos, ele lançou-se para baixo.

Suas escamas prateadas brilhavam e os olhos dissonantes estreitaram-se de desgosto. A tensão em sua voz indicava que ele não havia se recuperado totalmente dos ferimentos:

– O Castelo de Yonsar não recebe visitas de krill.

– Krill? – repeti.

– As coisas que baleias e camarões comem – Seryu vociferou. – Também é um dos nomes que os dragões usam para se referir aos mortais. Humanos, geralmente.

– Leve-a daqui – Elang ordenou. – O fedor dela já se alastrou pelo castelo inteiro. Vai levar dias para nos livrarmos dele.

– Fedor? – eu disse, irritada. – Você também é metade humano.

– Meu nariz é de dragão.

– Parece humano pra mim.

Se antes o comportamento de Elang já era frio, agora estava numa temperatura glacial.

– Até os moluscos são mais educados que você. Entre todos os mortais de Lor'yan, achei que meu primo fosse escolher alguém de melhor conduta.

Ele ergueu o queixo e o mar me jogou de volta às tartarugas.

– Espere! – gritei, chutando Gen das costas de Seryu. A estátua rolou até pousar diante do lorde dragão.

A água paralisou.

– O que *ele* está fazendo aqui? – Elang exigiu saber.

– Você o conhece? – perguntei.

Pelo modo como a expressão do meio-dragão ficou sombria, ele conhecia. Curioso.

– Ele foi transformado em pedra – continuei. – Lady Nahma nos contou que você poderia ajudar. Por favor. Ele vai morrer se você não fizer algo.

– Vai contra a lei dos dragões recusar o pedido de um favor – Seryu lembrou o primo. – Mesmo que seja para um humano.

– Também vai contra a lei dos dragões abrigar um criminoso procurado – Elang rebateu. – *Especialmente* se for um humano.

Enquanto ele falava, um redemoinho de névoa cinzenta formou-se ao longe, denunciando sua presença ao emitir um zumbido baixo.

– Eles não vão encontrá-la se você deixá-la entrar – Seryu disse. – Sei que você se esforça para viver isolado, primo. Mas está tão afastado assim que tem medo até de uma pequena tempestade de busca?

Elang fez uma careta.

– Entre antes que me arrependa.

O interior do castelo era mais brilhante e quente do que eu esperava. Luxuosas bandeiras roxas pendiam das paredes e castiçais de conchas flutuantes iluminavam o saguão de entrada, que era emoldurado por estruturas de corais verdes e painéis opulentos de madeira afundada. Uma surpreendente combinação de terra e mar.

Elang não nos mostrou os cômodos, mas um par de tartarugas – menores e mais delicadas do que os guardas gigantes – apareceu, carregando Gen nas costas. Nós as seguimos enquanto cruzavam um labirinto de corredores, até que pararam para deitá-lo em um banco de mármore em uma sala sem nenhuma janela. Kiki pousou na testa do garoto com o bico enrugado de preocupação. *Ele não está respirando.*

Engoli em seco.

– Está morto?

– Ainda não – Seryu disse. – Se estivesse, Elang não estaria pagando o favor da tia Nahma.

Elang não se prestou a responder. Ele arrancou a capa branca, a mesma que usara como defesa contra Nazayun. Ela brilhou enquanto ele a usava para cobrir o corpo de Gen.

– Essa capa tem magia, não é? – comentei.

– Quase tudo em Ai'long tem – Seryu respondeu. – A seda dessa capa é mais forte que qualquer armadura, e o forro pode curar o corpo. Vai ajudar a manter o menino vivo enquanto Elang prepara uma poção para salvá-lo.

– Algo que não posso fazer com uma plateia olhando por cima do meu ombro – Elang disse.

– Desculpa.

– Se você acha que deve pedir desculpas, vá embora.

Seryu encarou o primo, mas atendeu a ordem, e saímos para o corredor.

– Ele e o avô de vocês têm o mesmo temperamento – eu disse assim que estávamos do lado de fora. – É até difícil acreditar que ele é mais novo que você.

– Por que diz isso?

– Ele é tão… – Eu ia dizer *bravo*, mas outra palavra saiu: – Amargurado.

– O que você esperava? Ele não tem coração.

Verdade. Toquei o meu, que doía de saudade de casa, e engoli fundo. Não conseguia imaginar como Elang se sentia.

– Você acha que ele vai mesmo salvar Gen?

– Ele vai dar o melhor. Tem a obrigação de fazer isso.

– Por causa da escama que lady Nahma possuía – compreendi.

– Poucas coisas em Ai'long são mais valiosas do que um favor – Seryu respondeu. – Nunca vou saber como ela conseguiu uma escama de Elang, mas agora ela tem uma minha.

– Obrigada – eu disse suavemente.

– Está tudo bem. Ela foi gentil com você. Por isso, não me importo de estar em dívida com ela… não muito.

Consegui sorrir para Seryu. Nós ainda éramos amigos.

Seryu não sorriu de volta, mas também não pareceu aborrecido. Nenhum de nós havia discutido a forma como a cerimônia se encerrara de repente, e como quase fomos forçados a nos casar. Criou-se um ar tenso de constrangimento entre nós, e Seryu sabia exatamente como quebrá-lo.

– Você deve estar morrendo de fome – ele disse. – Venha, vamos pegar algo pra comer.

As esferas brilhantes flutuando ao longo do teto estavam começando a me lembrar cebolas, e os triângulos dourados gravados nas paredes pareciam cenouras. Eu ainda estava farejando atrás de comida, profundamente deprimida pelo vazio agudo no estômago, quando Seryu me conduziu para dentro do que parecia ser a sala de estudos de Elang.

Havia livros por toda parte, empilhados no alto de um retângulo de mármore que servia de mesa. Também havia pinturas cobrindo as paredes, cada uma envolta em uma bolha protetora que meus dedos travessos estariam loucos para estourar se eu não estivesse com tanta fome. Num canto, um fogo azul ardia sobre uma lareira arenosa, mas não tinha panela nenhuma sobre as chamas.

– Pensei que você estivesse me levando para a cozinha – eu disse.

– Não há cozinhas nos castelos dos dragões.

– Vocês não comem?

Em resposta, Seryu varreu os livros e pergaminhos da mesa. E então, com mais um floreio dramático, ele bateu palmas.

Um pequeno banquete apareceu: uma panela de barro fumegante de arroz crocante com repolho e cogumelos, outra de ensopado de peixe com cenoura e macarrão translúcido e uma tigela de frutas.

Com água na boca, coloquei-me em frente ao ensopado e comecei a enfiar colheradas na boca, comendo com tanto desespero e rapidez que grãos de arroz voaram até Kiki. O ensopado era um tremendo conforto pois lembrava minha própria sopa de peixe – um prato especial que eu fazia para meus irmãos, para Takkan e para mim mesma quando não estávamos nos sentindo bem.

Depois de já ter comido alguns pratos, parei.

– Você não está comendo, Seryu.

– Estou assistindo por enquanto. – Ele deu um pequeno sorriso. – A Shiori que eu conheço diria que esta foi apenas a primeira rodada.

Dei uma risada. Tinha esquecido o quanto sentia falta dele, de nossas brincadeiras descontraídas, de nosso amor mútuo por comida. Comecei mais um prato.

– Não tão rápido, princesa. – Um bule se materializou na mesa, e Seryu despejou o conteúdo em uma xícara. – Aqui, beba um pouco de chá. Ajuda na digestão.

Ele também serviu a si mesmo e tomou um gole.

– Dragões ficam com indigestão? – perguntei.

– Não, mas Elang guarda os melhores chás de Ai'long. Ele é o único que viaja entre terra e mar com frequência para acompanhar o que vocês mortais bebem.

– Você também viaja.

– Não tanto quanto ele. – Seryu bebeu bastante da xícara. – Não somos encorajados a visitar o reino mortal. Mas eu estava entediado e curioso sobre seu mundo, graças a ele. Tudo o que Elang fazia era reclamar de vocês, humanos, mas... até que eu gostava da comida que ele trazia.

Concordei sinceramente.

– Vocês são amigos.

– Éramos. Antes do pai dele morrer e ele se tornar o Grão-Senhor dos Mares Ocidentais. – Seryu fez uma pausa. – Então Elang parou de visitar todo mundo, até a mim.

– Por causa do fato de sua mãe ter mandado assassinos atrás dele?

– Isso tem um pouco a ver.

Larguei a colher.

– Por que ela quer matá-lo?

Seryu levou um bom tempo para responder, me fazendo pensar que ele estava resumindo uma longa história. Por fim, ele disse:

– O título dele é bastante cobiçado.

– Mas sua mãe já tem o dela.

– Para dragões como minha mãe e meu avô, o simples fato de Elang existir é uma ameaça. Todas as crianças nascidas de companheiros são dragões ou não. Não existem meios-termos, exceto Elang e o Espectro. Eles são… anomalias.

– É *por isso* que não querem aceitá-lo – murmurei. – Mas quando ele encontrar a própria pérola, poderá se tornar um dragão completo.

– *Se* a encontrar – Seryu rebateu. – Até esse dia, ele estará preso entre dois mundos. Meio-humano, meio-dragão. Não importa aonde ele vá, nunca pertencerá totalmente a lugar nenhum.

– Vou saber como isso é em breve – eu disse, observando as folhas de chá na minha xícara afundarem. – Quando voltar para Kiata, todos saberão que tenho magia. Será difícil as coisas voltarem a ser como antes.

– Minha oferta ainda está de pé… – Seryu disse, sério. – Você ainda pode ficar aqui comigo.

Nervosa, me remexi apertando a xícara de chá.

– Seryu…

– Se você pudesse ver sua cara de desconforto agora. Eu estava brincando. – Ele soltou um suspiro pelo nariz e a seriedade desapareceu. – Há um limite para quanta rejeição um dragão aceita suportar. Você tem sorte de os nossos corações serem mais fortes que os dos humanos.

Ele tomou um longo gole, então sorriu.

– Além disso, nos cansaríamos um do outro bem rápido. E a eternidade seria ainda mais longa com uma pessoa tão problemática quanto você, Shiori.

Dei uma risada. E, simples assim, voltamos a ser amigos.

– Agora, termine o chá – ele disse, levantando a xícara aos meus lábios. – É caro.

Enquanto eu bebia, Seryu levantou a cabeça por um instante, arrebitando os ouvidos. Foi o único aviso que ele deu antes que o próprio Elang aparecesse.

O meio-dragão parecia cansado. Óculos de aros dourados estavam desequilibrados em seu nariz, um toque que o fazia parecer bem mais humano. Mas quando me pegou olhando, os arrancou do rosto e os olhos se estreitaram.

– Eu não disse que vocês tinham permissão de tomar meu chá – ele resmungou.

– É o melhor de Ai'long. – Seryu respondeu, levantando a xícara de satisfação. – Onde mais encontraríamos chá fresquinho direto da Rota das Especiarias?

– E a comida?

– Shiori estava com fome – Seryu disse secamente. – Não dá para aguentá-la quando está com fome. Além do mais, você deveria ter oferecido. Parece cansado, primo. Sempre esqueço que herdou a inconveniente necessidade humana de dormir.

Elang parecia querer estrangular Seryu. Mas se endireitou e relaxou os punhos ao lado do corpo.

– O feiticeiro está acordado.

Saltei quando Gen entrou na sala com um sorriso torto. Seus movimentos ainda eram rígidos e irregulares, mas a pele tinha um tom de rosa animador.

– Louvados sejam os Sábios, estou vivo! – ele anunciou. – O mundo quase sofreu a perda de seu maior futuro feiticeiro.

– Se pelo menos a boca ainda fosse de pedra… – Elang murmurou. – O mundo seria poupado de mais um feiticeiro que fala demais. – Uma tigela tampada de chá de ervas apareceu em sua mão e ele a ofereceu a Gen. – Beba.

Gen pegou a tigela fumegante, mas não bebeu. A atenção dele estava voltada para a parede de livros em frente à mesa, cujas lombadas ele começou a tocar com os nós dos dedos.

– Posso ficar por aqui, Elang? Sua biblioteca é mesmo impressionante. Alguns desses volumes são inéditos pra mim. Eu posso ler...

Elang arrancou um livro de Gen, colocando-o de volta no lugar com afinco.

– É *lorde* Elang para você, e não. Você vai embora assim que terminar de beber esse chá.

– Então vou beber bem devagar.

– Tem que beber enquanto está quente – Elang disse. – Vai fazer o sangi durar por mais tempo. A menos que queira se afogar.

Era estranho ver a discussão dos dois. Elang agia como se fosse bem mais velho que Gen, mas eles tinham quase a mesma idade.

– Considere minha dívida paga – Elang informou Seryu. – Assim que o menino terminar de beber, ele vai para casa. Ele não tem sangi o suficiente para durar muito tempo na água, e nenhum outro favor de Nahma vai me convencer a fazer mais chá.

– Mas a tempestade do vovô...

– Minhas tartarugas irão escoltá-lo até a superfície – Elang interrompeu Seryu. – Gen estará seguro, já que não é ele que está sendo procurado.

Ao contrário de vocês dois, foi o que ficou subentendido.

Coloquei-me em meio aos dois primos.

– Enquanto vocês brigam, eu gostaria de falar com Gen antes de ele partir.

Para ter privacidade, levei-o a uma antessala atrás da estante, onde um fogo azul ardia entre duas cadeiras almofadadas.

– Algo me diz que Elang é o dragão que atraiu você para Ai'long.

– Muito perspicaz, Shiori – Gen respondeu enquanto nos sentávamos. Ele esticou as longas pernas perto do fogo e então as deixou flutuarem. – Irônico, não é? Vinte anos desperdiçados, só pra terminar exatamente onde comecei.

– Vinte anos? Pensei que você estivesse aqui por apenas algumas semanas.

– Solzaya me fez dormir por um ano de dragão inteiro como punição por não dar o nome de Elang. – Ele fez uma careta. – Não preciso que fique com pena de mim.

Não consegui evitar.

– Sinto muito – sussurrei. – Sua família, sua casa...

– Minha casa já não existe desde muito antes de eu vir para Ai'long – Gen respondeu. – Foi destruída durante a guerra. Meu pai e meus irmãos devem ter morrido logo depois que me venderam. – Ele deu de ombros, recusando minha preocupação. – Tudo bem. Eu mal os conheci direito. Pare de se desculpar como se fosse culpa sua.

– Para onde você vai?

Gen inclinou a cabeça para o lado.

– Acho que Kiata não tem nenhum feiticeiro local.

– Se está pensando em fazer uma visita, é melhor não ir. Você não será bem-recebido.

Gen tomou um gole de chá.

– É uma tragédia o quanto seu país despreza a magia. Eles deveriam rever essa opinião.

– Por que acha isso?

– Você me perguntou como eu sabia da sua magia quando estávamos na câmara de tortura de Solzaya.

– Sim, perguntei.

– Um dos meus professores costumava falar sobre Kiata – Gen explicou. – Ele era horrível, mal-humorado e possivelmente louco. Quando bebia demais, divagava sobre ir ao seu país e matar o sangue puro para libertar os demônios presos nas Montanhas Sagradas. – Gen me olhou de lado. – Mas, como isso faz vinte anos, suponho que você ainda não havia nascido?

Um gole do chá agora morno em minhas mãos não ajudou em nada contra os arrepios subindo pela minha espinha.

– Por quê? – insisti. – Por que ele queria libertar os demônios?

– Disse que seria reverenciado como o rei deles. E planejava ser um rei de verdade, ao se tornar, ele próprio, um demônio.

Estremeci, uma onda de pavor subindo pelo estômago, mas Gen não percebeu.

– Demônios podem viver pra sempre, sabe... – ele prosseguiu. – Enquanto os feiticeiros perdem a imortalidade depois de mil anos. O único problema era que, como todo demônio, ele estaria preso a um amuleto. E então descobriu que adquirir uma pérola de dragão era a maneira de se libertar disso.

Meu peito ficou vazio.

– Seryu me disse uma vez que a coisa que demônios e feiticeiros mais cobiçam são pérolas de dragão.

– Sim, porque só uma pérola dessas é poderosa o suficiente para quebrar nossos juramentos.

Eu não sabia daquilo. Encarei as chamas azuis tremeluzindo sobre a lareira aquosa, pensando no lobo que vi nas Montanhas Sagradas. O Rei dos Demônios, ele havia se intitulado. Bandur.

Perguntei numa voz baixíssima:

– Seu professor era o Lobo, não era?

Gen paralisou, as bochechas tão tensas que quase parecia ser de pedra de novo.

– Se você o conhece... – ele falou devagar. – Então ele já deve ter chegado a Kiata.

– Ele obedecia a um dos chefes militares do meu pai – respondi, pensando no lorde Yuji. – Depois de o assassinar... se tornou um demônio. Bandur.

– Pelos Sábios, ele realmente quebrou o juramento... – Gen sussurrou. A incredulidade permeou suas palavras e ele quase deixou cair o chá.

– Você não pode deixá-lo saber da pérola do Espectro – Gen falou, agarrando o braço da minha cadeira. – Ela é diferente: está corrompida pela magia demoníaca. Se Bandur conseguir pegá-la, ele usará o poder dela para acabar com seu juramento. E ao fazer isso, quebraria a pérola, e isso...

– A destruiria – eu disse. De repente, ficou doloroso respirar. Bandur já sabia da pérola.

– Eu poderia ir para Kiata em vez de...

– Não é necessário – eu o interrompi. Precisava apagar a faísca dos olhos de Gen, precisava dissuadi-lo de ir ao encontro de sua morte. – Bandur está preso nas montanhas. Não precisamos nos preocupar.

Gen tentou argumentar, mas Elang surgiu por trás de nós, cortando nossa conversa.

– O que eu disse sobre terminar o chá? Esse menino já tagarelou demais. Está na hora de ir embora.

Inclinando a cabeça para trás, Gen engoliu o resto do chá e ficou de pé num salto.

– Não se preocupe – ele disse com um sorriso despreocupado. – Ouvi o que você disse, princesa. Se Bandur está mesmo preso nas montanhas como disse, então podemos ficar relaxados. Eu, principalmente. Estou há vinte anos parado nos estudos, e como falei, Kiata é o *último* lugar em Lor'yan que eu gostaria de visitar.

Uma tartaruga apareceu na sala de estudos de Elang, pronta para levar Gen para a superfície.

Gen subiu nas costas dela e pegou as rédeas. Seu sorriso ficou travesso.

– Sempre quis montar em uma tartaruga gigante.

Fui em direção a ele.

– Que nossos fios se encontrem novamente. Boa viagem, Gen.

– Que nossos fios se encontrem novamente! – ele gritou enquanto a tartaruga dobrava as pernas para se impulsionar para cima. – De preferência em um lugar com mais ar... – Inclinando a cabeça para Kiki, acrescentou: – E aves!

Com um poderoso estrondo, a tartaruga saltou mar adentro levando Gen. Num piscar de olhos, já haviam sumido.

O cômodo ficou em silêncio mais uma vez, e sem perder tempo, Elang virou-se para mim e Seryu.

– Agora, o que eu faço com vocês dois?

CAPÍTULO ONZE

Ergui a pérola do Espectro diante de Elang.

– Lady Nahma disse que você sabe a quem ela pertence.

– Tire essa coisa de perto de mim! – Elang recuou. – Nazayun não vai dizer quem é Espectro, e nem eu. Fim de discussão.

– Lady Nahma disse…

– Não me importa o que ela disse. Seryu usou o favor para salvar o menino. Você está testando os limites da minha boa vontade, e ela está se esgotando bem rápido.

Respirei fundo.

– Então deixe que *eu* proponha um favor.

– Não há nada que você possa me oferecer.

– Não? – desafiei. Eu poderia pensar em algo.

Desde que chegamos, estive intrigada com a reação de Elang a Gen. Por que será que fizera questão de enviá-lo para casa, quando o favor de Nahma só exigia que ele curasse o menino?

– *Você* é o dragão que trouxe Gen para Ai'long – exclamei. – Você pediu a ele para trazer-lhe algo. Algo que você deseja há anos. Eu posso ajudar a conseguir.

– Você não é mais bem-vinda – Elang disse com a voz grossa.

– O que é essa coisa? Eu o ajudo a pegar.

– Quanta coragem, krill. Todo o exército do meu avô está procurando por você, e ainda quer bancar a ladra? Você não tem chance. O garoto falhou, e a magia dele é muito mais forte que a sua.

– Minha magia é de Kiata, como a do espelho. Eu consigo.

Ele bateu palmas.

– Minhas tartarugas vão lhe mostrar a saída…

– Eu a ajudarei – Seryu o interrompeu.

Elang parou no meio de um aplauso e girou para encarar o primo.

– Pense bem antes de se voluntariar. Você tem alguma noção do que eu quero?

– Eu terei, assim que você me disser.

O olhar de Elang abarcava nós dois.

– Um fragmento do espelho da verdade – ele respondeu. – Acredito que vocês já estão familiarizados com ele. Especialmente você, primo.

Seryu se eriçou.

– Quer que eu roube o espelho da minha própria mãe?

– Ainda se compromete em ajudar a garota? Imaginava que não. – Elang sorriu com o silêncio de Seryu e me circulou. – Os humores de tia Solzaya são lendários. No ano passado, uma companheira ousou insinuar que ela era velha. Caranguejos, lesmas e cracas caíram da boca da pobre menina a cada palavra, até ela finalmente se engasgar e morrer. – Elang parou na frente de Seryu. – Imagine o que ela fará com Shiori por roubar o espelho, ainda mais depois de rejeitar o precioso filho dela na frente de toda a corte…

– Shiori não me rejeitou – Seryu reclamou, como se aquele fosse o ponto mais importante. – E sim, ainda irei ajudá-la.

Mesmo quando disse aquilo, ele não olhou para mim. Engoli em seco.

– Está resolvido, então – eu falei, voltando ao assunto. – Um fragmento do espelho pela localização do Espectro. De acordo?

Elang fez uma careta para mim. Algo o estava fazendo hesitar.

– Você é uma tola por seguir com isso, krill. Meu avô e tia Solzaya ficariam felizes em tirar a pérola de suas mãos e até recompensá-la se você os tratasse com inteligência. Em vez disso, escolheu fazer deles seus inimigos. Por que se importa tanto em encontrar o Espectro?

– Tenho uma promessa a cumprir – respondi.

– Com sua madrasta. Sim, ouvi falar. – Elang franziu a testa. – Acho que ela não contou a você por que a pérola do Espectro é do jeito que é, escura e quebrada e... extraordinária?

– Porque ele é um meio-dragão, como você?

– Como eu? – Elang riu. Foi um som amargurado, e ele não pareceu achar a pergunta engraçada. – O Espectro e eu somos os únicos de nossa espécie... ambos monstros, ambos amaldiçoados. Mas somos muito diferentes. Eu sou uma vergonha por ser meio humano, enquanto o Espectro é, bem, o Espectro... – Ele se inclinou para perto – É metade demônio.

Ainda bem que meu chá tinha quase acabado, pois meus joelhos bateram um no outro de surpresa, e ele teria respingado em cima de mim.

– Demônio?

Até Seryu parecia atordoado.

– Você tem certeza disso, Elang?

– Nunca se perguntou por que a pérola do Espectro é assim? Escura como uma noite de eclipse, quando uma pérola de dragão deveria ser radiante como a Lua? Ela está corrompida por causa do que ele é. Está quebrada por causa do que ele é. Dragões e demônios nascem inimigos, e a existência do Espectro é uma aberração. É por isso que meu avô o teme e nunca lhe dirá seu nome verdadeiro.

– Seu nome verdadeiro? – repeti.

– Certos nomes têm poder. Não tanto quanto uma rede de choque-celeste, mas o suficiente para desestabilizar um dragão... nas mãos de um feiticeiro experiente, pelo menos. – Elang franziu a testa. – Também é útil para quebrar maldições, como a que Solzaya colocou em Gen.

– Os senhores e as senhoras dos Quatro Mares Supremos sabem os nomes verdadeiros uns dos outros – Seryu explicou. – Elang sabe o da minha mãe, e minha mãe sabe o dele.

– E uma consequência infeliz disso é que não posso roubar o espelho eu mesmo – Elang resmungou.

Fiquei quieta porque entendi. Para quebrar a maldição de Raikama sobre meus irmãos, precisei descobrir o nome verdadeiro dela. Não Vanna, como o resto do mundo acreditava. Mas Channari.

– Você sabe o verdadeiro nome do Espectro? – perguntei.

– Sim, e sei onde encontrá-lo. Eu lhe direi as duas coisas *se* você voltar com o espelho.

Não gostei do modo como ele enfatizou o "*se*".

– Temos um trato, então.

– Temos um acordo – Seryu corrigiu. – Pelo Juramento de Ai'long, Elang, sua palavra foi dada e não pode ser desfeita. Tal como o juramento.

– Minha palavra foi dada e não pode ser desfeita – Elang repetiu. – Tal como o juramento.

Enquanto a água se agitava com o poder da promessa, Elang balançou a cabeça para Seryu.

– Você deve gostar mesmo dessa mortal. Espero que ela valha a ira de sua mãe.

– Não é gostar, é querer levá-la para casa – Seryu disse, ainda evitando meus olhos. – Ela causa problemas aonde quer que vá.

– Estou começando a acreditar nisso também. – Elang convocou as tartarugas com um aplauso. – Elas vão levá-los para seus quartos durante a noite.

– Espere – eu o chamei. Não era hora de pedir favores, mas não me importei.

Indiquei com as mãos o vestido cerimonial que ainda estava usando, mas Elang e Seryu me olharam sem expressão. *Idiotas*. Então fiz um estardalhaço balançando a saia, enfeitada com tantas pérolas que parecia que eu tinha roubado uma colônia de ostras. A roupa inteira tilintou.

– Preciso de um novo traje – falei. – Não posso usar isso para roubar lady Solzaya. Eu não consigo nem dormir sem me acordar por acidente.

– Não vou desperdiçar magia conjurando roupas. – Elang claramente se arrependeu de não me prender. – Você irá se virar. Uma poção de disfarce chegará para você ao amanhecer, junto com sua rede.

Prendi a respiração.

– Você está com a rede de choque-celeste?

Elang confirmou a resposta ao ignorar a pergunta.

– Você e Seryu partirão pela manhã, quando as marés virarem para o leste. Se a sorte estiver ao lado de vocês, eu os encontrarei na superfície antes que caia a Lua.

– E se não estiver?

– Então você estará morta, Shiori'anma. E não haverá nada que eu possa fazer.

CAPÍTULO DOZE

Um meio-demônio.

Por que Raikama não havia me contado?

Eu não parava quieta na cama. Não conseguia dormir. Toda vez que fechava os olhos, minha mente me mostrava o Espectro. Um dragão feito de sombras e pesadelos, cujos olhos vermelhos de demônio me assombravam até na quietude dos Mares Ocidentais.

Pelo menos Kiki dormiu. Suas asas de papel nem sequer se mexiam enquanto eu me revirava na cama de ansiedade.

Horas se passaram, e quando os primeiros sinais de luz tocaram a água, abri um olho. No canto do quarto, a pérola do Espectro estava suspensa, banhada em sombras. Quando me levantei, ela deslizou para o meu braço e repousou na dobra do cotovelo.

Eu a segurei, passando os dedos contra a rachadura profunda em seu centro.

– É por isso que você ainda não me levou para o Espectro? – perguntei à pérola. – Você está perdida, como ele. Presa entre dois mundos, incapaz de encontrar uma saída.

Ela continuou imóvel.

– Sei que Raikama era mais poderosa e competente, e que você sente falta dela – falei. – Mas vamos concordar que eu preciso de você tanto quanto você precisa de mim. Se quer encontrar o Espectro novamente, tem que me ajudar quando eu pedir. Chega de jogos, chega de me ignorar. Ou então não vou mais confiar em você.

Não obtive resposta. É claro.

Com um suspiro, empurrei a pérola para um canto da sala. Por que deveria confiar em uma pérola de dragão que era metade demônio? Duvidava que até mesmo Raikama seria tão tola assim.

Havia uma bandeja flutuando ao lado da porta, então a peguei, esperando que Elang tivesse enviado as roupas novas.

Mas não tinha.

Nem mesmo a rede de choque-celeste, apenas a poção que prometera, borbulhando dos lábios abertos de uma concha. Embaixo havia um bilhete, em uma tentativa de kiatano básico: *Beba isto.*

Achei curioso não ter ouvido um criado chegar e sair, mesmo estando acordada a maior parte da noite.

Levei a concha aos lábios com cautela. A poção tinha um cheiro sulfúrico e pinicava minhas narinas.

Que cheiro repulsivo, Kiki comentou, batendo as asas sobre meus ombros.

A voz dela me assustou.

– Bem, bom dia – falei. – Pensei que estivesse dormindo.

Dormir é uma dádiva, não uma necessidade, ela respondeu com um bocejo. Seu nariz se enrugou. *Vai mesmo beber uma poção de disfarce sem saber como ela vai esconder você?*

– Elang mandou.

E se você se transformar em um tubarão-duende ou, pior, em um peixe-bolha? Quem avisa, amigo é, Shiori. Até a pérola concorda comigo.

A pérola *estava* pulsando, embora eu duvidasse que tivesse algo a ver com a poção.

– Tem algo errado. – Franzi a testa e deixei a concha de lado, mas a pérola continuou a pulsar.

Pensando bem, talvez não devêssemos confiar em você, Kiki comentou com a pérola. *Já não bastava ser um coração de dragão, agora você também é parte demônio. Não me surpreenderia se você nos matasse durante a noite.*

A pérola seguia silenciosa e enigmática, com a superfície preta e brilhante refletindo a carranca da minha ave.

– Chega, Kiki. – Acenei para ela em meu ombro. – Vamos procurar Seryu.

O problema era que ele não estava em lugar nenhum. Na verdade, o castelo inteiro parecia vazio. As tartarugas que protegiam os corredores haviam desaparecido, e as esferas de luz flutuantes estavam fracas, lançando uma sensação pesada de melancolia sobre os corredores cavernosos.

Bati na porta de Seryu pela terceira vez.

– Seryu!

– Ele não está aqui – Elang disse, surgindo das sombras. – Foi embora ontem à noite.

Quase dei um salto, assustada com a aparição inesperada do meio-dragão. Como de costume, estava de cara amarrada.

– Seryu me avisaria se fosse embora.

Elang ignorou minhas palavras.

– Você não é muito boa em seguir instruções. – Os olhos dissonantes dele se fixaram em mim. – Eu disse para você beber a poção.

– Para onde Seryu foi?

Em vez de responder, Elang deslizou pelo corredor, gesticulando para que o seguisse.

– Os planos mudaram – ele falou. – Tenho boas notícias. Acontece que você não terá que voltar para o palácio, afinal. Temos uma convidada.

– Uma convidada?

Do nada, uma corda de algas marinhas me puxou pelos tornozelos, me arrastando para um portão de cristal preto atrás de um pilar. Com um silvo, um redemoinho me puxou e me levou ao saguão de entrada, onde lady Solzaya me esperava diante dos portões.

Cambaleei, imediatamente dando-me conta da traição. Mas não fui rápida o suficiente. Um polvo enrolou os tentáculos escorregadios em volta do meu corpo, até o pescoço. Enquanto eu me debatia, Kiki mergulhou nos olhos de Elang com o bico.

Seu lagarto traiçoeiro!, ela gritou.

Elang a agarrou.

– Dragões sempre colocam os próprios interesses em primeiro lugar.

– Mas você jurou! – Eu tinha uma série de xingamentos para Elang, mas nenhum deles saiu da boca. O polvo de Solzaya estava me estrangulando.

– Vai doer menos se você segurar a língua – Solzaya disse ardilosamente. Suas unhas irregulares tocaram minha bochecha. – Que bom que Elangui caiu em si. Ele nos poupou do trabalho de enviar assassinos. Para vocês dois.

– Uma trégua deles seria bem-vinda, tia – Elang falou com frieza. – Você enviou tantos que fiquei sem espaço para enterrá-los. Talvez devesse esperar até que Seryu alcance a forma completa antes de tentar colocá-lo no meu trono. Um dragão meio adulto não impõe muito mais respeito do que um meio-sangue.

As escamas de Solzaya ficaram roxas de irritação.

– Onde está meu filho?

– Não sou o guardião dele. Nem da garota. – O meio-dragão começou a se virar. – Nosso negócio está feito. Você pediu a garota e eu a dei a você. Agora, leve-a daqui.

O polvo me arrastou em direção ao portão, e Solzaya colocou a garra na frente do próprio peito, criando uma gaiola de pedras e corais – onde ela jogou Kiki.

– Solte-a! – gritei. – Kiki!

Era a segunda vez que Kiki havia sido tirada de mim. Estendi a mão, com raiva, e raios dourados e prateados de magia saíram da ponta dos dedos. As conchas flutuantes que iluminavam o teto de Elang começaram a tremer, ganhando vida.

– Ataquem! – ordenei, e as conchas dispararam contra Solzaya.

Ela não moveu um músculo. Um mero olhar foi o suficiente para anular o ataque e congelar as conchas no lugar.

A mãe de Seryu levantou a gaiola de Kiki. Uma das conchas ameaçou esmagar suas barras.

– Que imprudente, Shiori'anma. – Solzaya disse, estalando a língua. – Meu filho não lhe ensinou a prestar atenção no seu temperamento quando usa magia?

Os minúsculos cabelos na parte de trás do meu pescoço se arrepiaram.

– Sim, o espelho me mostrou *tudo* sobre sua amizade com meu filho – ela continuou. – Assim como me mostrou que você não é digna de portar a pérola do Espectro.

Solzaya bateu palmas duas vezes, e grossas faixas de algas surgiram do chão, envolvendo meus membros até que eu não conseguisse mais me mexer. O tempo todo, a pérola pairou sobre mim como uma espectadora curiosa, fazendo meu ressentimento aumentar.

O polvo de Solzaya me jogou por cima do ombro e cobriu minha boca com um tentáculo frio. Uma cortina de tinta caiu sobre meus olhos, e o mundo virou uma neblina. A última coisa que ouvi foi um turbilhão de água – e o som estrondoso dos portões de Elang se fechando.

CAPÍTULO TREZE

Pra que essa pressa toda para matá-la?, Kiki resmungava enquanto Solzaya e o polvo nos levavam de volta ao palácio do Rei Dragão. A ave de papel enrolou as asas ao redor das barras de coral de sua gaiola, parecendo estar enjoada. *Não podemos ir só um pouco mais devagar? Eu juro, nunca mais vou reclamar do jeito que Seryu nada.*

Lancei um olhar solidário à Kiki, mas minha mente estava agitada. Desde que deixamos o castelo de Elang, não conseguia parar de pensar no motivo para ele ter nos traído. Se queria tanto o espelho de Solzaya, não seria assim que conseguiria.

Dragões sempre colocam os próprios interesses em primeiro lugar, ele dissera. Mas o que interessava a Elang?

Kiki começou a choramingar. *Vamos lá, Shiori. Use a cabeça. Use a pérola.*

Com a mente ainda agitada, olhei para Solzaya. Os fragmentos de espelho brilhavam contra suas escamas e refletiam o mar passando por nós. Sete fragmentos, cada um tão grande quanto uma de minhas mãos.

Só precisava de um deles.

– Sabe, eu sentia que você não entraria para a família – Solzaya falou, como se sentisse meu olhar. – Já que a pérola do Espectro protege você de minha magia, talvez do jeito antigo eu obtenha algum sucesso. Uma lança no seu peito deve dar um jeito.

– Ou talvez você devesse me soltar – retruquei. – E poupar a todos da dor de cabeça de virar areia. Eu sei o que é que vai acontecer se você me matar.

– Quem falou em matar? – Os olhos em brasa da dragoa não piscavam. – Não, eu disse que iria furar seu peito.

E me deixar à beira da morte, logo entendi, para que a pérola me abandonasse.

– A pérola do Espectro não pertence a alguém como você – Solzaya disse. – Uma feiticeira imatura – ela zombou. – Não chega aos pés de sua madrasta.

Por baixo daqueles insultos, o tom dela era amargurado. Fiquei surpresa. Durante a cerimônia, ela havia desejado reivindicar a pérola do Espectro para si.

Dragões sempre colocam os próprios interesses em primeiro lugar.

– Quem deveria ficar com ela, então? – perguntei devagar. – Rei Nazayun? Seu pai já é o Rei Dragão. Ele não precisa da pérola. – Escolhi bem as palavras seguintes. – *Você* não a quer?

A risada de Solzaya interrompeu-se e os nós das algas apertaram ainda mais minhas articulações. Usei toda a força de vontade para não soltar um grito de dor.

– Não ouse me tentar, garota.

– Posso dá-la a você – eu a pressionei, tentando não estremecer. – A pérola está ligada a mim, mas eu... posso transferi-la para você.

Kiki voou inquieta na gaiola. *Shiori, o que está fazendo?*

– Ou eu poderia simplesmente enfiar uma lança em seu peito. – Os bigodes de Solzaya se contraíram de leve, contradizendo o sorriso sarcástico. – E deixar você sangrar até que a pérola decida vir para mim.

– Se fosse fácil assim, seu pai já teria feito isso – respondi. Minha vida dependia do quão convincente seriam minhas próximas palavras. – Além disso, não há nenhuma garantia de que a pérola escolha *você*.

Os bigodes dela curvaram-se um pouco.

– Mas se eu oferecer a pérola a você por vontade própria... como resultado de uma aposta, então...

– Uma aposta?

Era isso. Tinha conseguido a atenção dela.

– Sim – propus. – Um fragmento do espelho se eu ganhar, a pérola do Espectro se eu perder.

As pupilas de Solzaya se contraíram.

– Um fragmento pela pérola quebrada? Você sabe o poder disso que carrega?

– Eu tenho uma noção.

– Por que mudou de ideia? Você não queria entregá-la ao meu pai durante a cerimônia.

– Ele já tem bastante poder sem a pérola. – Lambi os lábios. – E nunca vai me ajudar a encontrar o Espectro. O espelho vai.

– Vai? – O sorriso sarcástico de Solzaya se alargou. – Diga quais são as condições.

Falei rápido, antes que perdesse a coragem:

– Você esconde as partes do espelho da verdade entre outros milhares. Se eu conseguir encontrar um, você me permitirá ficar com ele e nos libertará. Se eu falhar, darei a pérola do Espectro a você.

Mostrei a pérola para Solzaya. Mesmo em um estado mais debilitado, seu poder era impossível de ignorar. Os ombros de Solzaya ficaram tensos, e um brilho de desejo tingia as escamas cor de fogo. Ela disse:

– Se me der a pérola do Espectro, suas proteções aqui em Ai'long acabarão. Percebe o que será de você quando isso acontecer?

Não vacilei.

– Você vai ter que ganhar para que eu lhe dê a pérola.

– Não lhe avisei para nunca brincar com dragões? Nós sempre ganhamos.

– Nunca fui boa em ouvir.

Ela soltou uma risada gutural.

– Aceito a aposta. *Mas* com a condição de que você encontre todos os *sete* fragmentos, antes que a areia se esgote. – Uma fina ampulheta apareceu na palma da mão dela. – Faça isso e eu libertarei você.

Todos eles? Se eu tinha me achado inteligente por criar aquele desafio, certamente não achava mais.

– Aceito, mas só se você libertar Kiki primeiro. E prometer cumprir essas condições. A palavra de um dragão não é nada sem uma promessa.

– Então está prometido – Solzaya jurou. Ela soprou na ampulheta, e grãos de areia branca e fina afunilaram através de um gargalo estreito. – Comecemos.

Assim que as palavras saíram de seus lábios, as amarras das algas me libertaram.

Cumprindo o prometido, Solzaya libertou Kiki da gaiola. Então ela esticou bem a boca e soprou.

Seus lábios cuspiram milhares e milhares de fragmentos de espelho, que ficaram pendurados na água como gotas de chuva suspensas prestes a cair sobre mim. Cada um deles brilhava feito um diamante, e enquanto eu os percorria, confrontava meu próprio reflexo a cada movimento, multiplicado por mil. Meu pânico crescente era visível em todos eles.

Pelas Cortes Eternas em chamas, no que você foi se meter?, Kiki gritou. *Eles são todos iguais.*

Eram mesmo, mas reprimi o nervosismo. Eu não teria apostado a pérola do Espectro sem um plano. Mas pensei que teria de encontrar apenas *um* fragmento, não todos os sete.

Raciocine, Shiori, disse a mim mesma. *O medo é apenas um jogo. Você ganha jogando. Pense bem nisso.*

Eu sabia que o espelho da verdade havia sido criado com magia kiatana, igual a minha. Estava contando com aquilo – e com minha habilidade única de puro sangue – para me ajudar a escolher os sete fragmentos. Tudo o que tinha que fazer era transmitir uma parte da minha alma para cada um dos fragmentos e encontrar aqueles que ressoavam comigo.

Mas havia *milhares* de pedaços de espelho. Não conseguiria dividir minha alma em pedaços suficientes para inspecionar todos eles. Aquilo me mataria. E executar a tarefa em grupos menores levaria mais tempo do que eu tinha.

Comece logo a procurar!, Kiki gritou. *Depressa! A areia está caindo bem rápido!*

Fios de magia saíram de minhas mãos, passando pelos fragmentos flutuantes, procurando por vestígios de Kiata. Enquanto eu tentava e falhava repetidamente, meu estômago embrulhava de decepção. Os fios se dissolveram e tive que começar de novo.

Pense em coisas felizes, Kiki implorou. *A magia sempre fica mais forte quando você está feliz. Concentre-se! Almofadas de seda com borlas macias, galhos de árvores com vermes borrachudos…*

– Você não está ajudando, Kiki – resmunguei. – Na verdade, está me deixando mais ansiosa. – O bico da ave de papel se abriu, mas empurrei a voz dela para fora da mente e fechei os olhos, tentando me concentrar.

Invocar magia era como tentar acender uma fogueira, e tudo que eu conseguia produzir em Ai'long eram faíscas. Era preciso mais lenha. Se ao menos eu tivesse fios o bastante para formar uma rede que pudesse vasculhar todos os cacos de uma só vez.

A pérola começou a zunir, pulsando tanto quanto meu coração, acelerado. Pela primeira vez, desejei que ficasse em silêncio e, quando a joguei dentro da bolsa, meus dedos tocaram na lombada de algo ali dentro.

O caderno de desenhos de Takkan.

Ele o havia me dado no litoral de Kiata, pouco antes de eu partir para Ai'long. Para que não me esquecesse dele.

Abri o caderno sem pensar, como se pudesse conter alguma resposta.

Como os desenhos de Takkan vão ajudar você?, Kiki perguntou.

Boa pergunta. Apenas alguns dias em Ai'long, e eu já estive perto demais de perder todas as lembranças de casa. Precisava lembrar das coisas pelas quais estava lutando. Por *quem* eu estava lutando.

A primeira página: um desenho de Megari, irmã de Takkan, e eu jogando neve uma na outra na Montanha do Coelho. A próxima: eu, com aquela maldita tigela de madeira na cabeça, olhando as flores de ameixeira.

Continuei folheando, passando por esboços de meus irmãos como grous, de mim dobrando pássaros de papel ou mexendo uma panela de sopa de peixe. E então parei na última página...

O desenho não estava terminado, mas reconheci o rio, o morro levemente inclinado, as duas silhuetas curvadas sobre a água com lanternas na mão. Éramos eu e Takkan, nossos pulsos conectados por um fio vermelho que traçava um caminho até a Lua.

Meu coração apertou. Havia tantas coisas entre nós que ainda não foram ditas, tanta coisa que ainda tínhamos que resolver. Mas qualquer chance que tivéssemos desapareceria se eu não conseguisse encontrar os fragmentos.

Fechei o caderno. Eles estavam esperando por mim: meus irmãos, meu pai, Takkan. Não poderia decepcioná-los.

Unindo as mãos, segurei firme a memória de Takkan, de minha família e de tudo sobre minha casa que eu amava e com que me importava. Juntei todas as forças que tinha e prendi a respiração até estar pronta – até que a pressão dentro de mim estivesse prestes a explodir. Então eu a deixei sair.

Como fogo, fios prateados e dourados emanaram de todos os pontos do meu corpo.

Percebi – graças à lady Solzaya – que eram os fios da minha alma, mas eu nunca os tinha visto antes nas vezes em que usei magia. Ou talvez ainda não soubesse pelo que procurar.

Enquanto eles fluíam, sussurrei uma ordem: *Encontrem os sete.*

Com um aceno do braço, lancei os fios pelo campo de espelhos fragmentados. Eu podia sentir o encantamento, como uma brisa fazendo cócegas nos poros da minha pele. Ela varria o mar, fazendo os cacos tilintarem uma suave canção percussiva.

Sete fragmentos começaram a brilhar, as bordas se iluminando, como se tocadas pela Lua. Localizei-os um por um, agarrando-os com as mãos até chegar ao último...

Estava mais longe que o resto. Quase na beirada do campo. Enquanto eu nadava na direção dela, vibrações agudas cortaram meu caminho, me atrasando.

A areia está quase acabando!, Kiki gritou. *Depressa, Shiori!*

Olhei para a ampulheta por cima do ombro. Ela estava certa: restava apenas uma fina camada de grãos.

Precisava me apressar. O sétimo fragmento do espelho ainda estava brilhando, mas eu sabia que minha concentração iria ser interrompida a qualquer momento. Bati os pés com fúria, esticando os braços e lutando pelo meu objetivo.

Minhas unhas roçaram um dos cantos, e quando eu estava prestes a fechar os dedos ao redor do último fragmento, todos eles tremeram e começaram a se inclinar.

Em um golpe rápido e sujo, a corrente mudou de direção. Voei para trás, agarrando Kiki pela asa e empurrando-a para dentro da manga.

Virei-me tarde demais para salvar o caderno de desenho de Takkan. Os cacos o rasgaram, cortando as páginas preciosas em pedacinhos.

Não consegui nem salvar os restos dele. O último grão de areia escorregou pela ampulheta e o teste de Solzaya desapareceu, com tudo dentro de seus limites se desintegrando no mar. A dragoa reapareceu sorrindo, e meu coração afundou.

– Seis dos sete – ela disse. – Melhor do que eu esperava de uma feiticeira tão limitada. Infelizmente, você fracassou.

Não consegui dizer nada. Tinha perdido tudo.

Tudo.

Com as mãos trêmulas, já estava procurando pela pérola dentro da bolsa quando Kiki rastejou para fora da minha manga.

Pare!, ela gritou. Havia algo entre suas asas, e ela o jogou em minha mão.

O sétimo fragmento.

Eu o ergui, um sorriso invadindo meu rosto enquanto o de Solzaya desaparecia.

– Muito bem, sangue puro de Kiata – ela falou, embora a voz tremesse de quase não conseguir conter a ira. – Promessa é promessa. Pode ficar com o último fragmento.

Abracei minha ave.

– Eu poderia beijar você.

Prefiro que nos tire daqui, Kiki disse. *De preferência, assim que possível.*

Ela estava certa, então me virei para Solzaya.

– Como saio de Ai'long?

– Está vendo ali? – Solzaya apontou para a superfície, para as espirais cintilantes e suaves de rosa e amarelo refletindo nas ondas. – A fronteira oeste de Ai'long fica onde os raios de luz cortam o mar. O reino mortal fica depois dela. Eu recomendaria que você chegasse lá antes do meu pai.

O medo acabou com minha empolgação.

– Mas pensei que...

– Que eu deixaria você partir? – Solzaya falou por cima de mim. – E eu vou. – Um novo sorriso distorceu seus lábios. – Mas nunca prometi protegê-la de meu pai. E parece que ele está aqui.

Olhei para trás, onde um exército de tubarões e águas-vivas havia se reunido, liderado pelo Rei Dragão.

Idiota, idiota, idiota, eu xingava. Sabia que nunca deveria ter confiado num dragão.

Com a adrenalina subindo a cabeça, agarrei Kiki e nadei para a superfície. Eu quase conseguia tocar os feixes violetas refratando sob a água, conseguia distinguir as dobras inconstantes na superfície, onde os limites de Ai'long se dissolviam no reino mortal. A promessa de sal fez cócegas em meus lábios.

Eu estava perto.

E então a água ficou mais densa. Ela girou e se agitou. A temperatura despencou, e o frio percorreu meus músculos, minhas pernas virando chumbo. Para cada chute, eu subia um passo e caía dez.

Kiki mordeu meu cabelo, tentando me puxar para cima. *Vamos, Shiori. Lute!*

Eu estava tentando, mas podia muito bem estar nadando em piche. Não adiantava bater os braços ou as pernas. A água lutou contra mim, me puxando para baixo, de volta para Ai'long.

Nazayun me agarrou com as duas garras. Relâmpagos estalaram de seus olhos e cabelos.

– Corte os laços com a pérola, Shiori'anma, ou eu farei isso em seu lugar.

Apertei a mandíbula.

– A. Pérola. Não. É. Sua.

– Muito bem. – O Rei Dragão suspirou. Seus olhos e cabelos relampejaram de fúria. – Então, assim como a pérola que carrega, você será despedaçada.

CAPÍTULO CATORZE

Tudo aconteceu tão rapidamente que mal percebi que tinha sido atingida.

De repente, eu estava voando para trás, uma onda de calor queimando minha pele. Achei que tivesse virado pó, pedra ou espuma do mar, mas estava tudo inundado de verde. E eu ainda estava respirando. Meu coração ainda batia. Pressionei a bochecha contra algas marinhas espinhosas e cuspi a areia que cobria meus dentes.

Parecia que uma enguia viera correndo em meu socorro.

Pelo menos, parecia uma enguia. Não consegui ter certeza. Minha visão estava embaçada, e o coração ainda rugia nos ouvidos. Tudo o que vi foi aquela longa forma verde com dois olhos vermelhos.

Seryu!

Seryu havia retornado com um batalhão de tartarugas – e a rede de choque-celeste!

Ele avançou pela esquerda, e as tartarugas pela direita. Juntos, ao mesmo tempo, eles se chocaram contra o Rei Dragão, os cascos duros das tartarugas absorvendo o impacto dos ataques de Nazayun.

Fiquei de bruços, pressionando a testa nas algas marinhas enquanto acalmava a respiração. Uma tartaruga do tamanho de um burro pousou ao meu lado e me jogou nas costas. Disparamos em espiral para cima, e eu estiquei o pescoço para ver por que a criatura estava com tanta pressa.

Seryu estava lutando contra o avô. E perdendo.

Nazayun estava com as garras em volta da garganta de Seryu, e meu amigo se debateu como um peixe em um anzol. A cauda dele ficou mole e as garras desferiram um último golpe nas escamas de ferro do avô antes de cair nas laterais de seu corpo. A rede de choque-celeste pendia de sua mão.

Eu não podia simplesmente assistir e não fazer nada. Inclinei-me para a frente, incitando a tartaruga a nadar mais rápido.

– Temos que ajudar.

– Você não deve intervir. – Uma voz veio de trás de mim. Um tentáculo enganchou-se em meus tornozelos, me arrastando para fora da tartaruga e me colocando frente a frente com Solzaya.

– O que está fazendo? – gritei com ela. – Nazayun vai matá-lo!

– Nazayun não machucará Seryu. – Solzaya disse.

– Veja os olhos dele – gritei. – Veja os olhos *de ambos*.

Os olhos do Rei Dragão brilhavam brancos, selvagens e sem pupilas. Enquanto Seryu se contorcia sob o aperto do avô, suas escamas ficaram pálidas. A vida em seus olhos vermelhos logo estava desaparecendo...

– Ele vai matá-lo!

– Basta! – Solzaya rosnou. O polvo cobriu minha boca com um dos braços, abafando meus gritos. Ainda assim, eu sentia a indecisão a atormentar. Um músculo se contraiu em sua mandíbula, e os chifres de pontas de ouro escureceram de tensão.

Mas se ela pretendia agir, havia perdido a chance.

A cauda de Seryu ficou completamente imóvel, e os bigodes tombaram enquanto a cabeça pendia para trás. Triunfante, Nazayun o atirou para longe.

Mordi um dos tentáculos do polvo e gritei:

– Seryu!

Com o eco de um baque, ele caiu nas rochas.

A cauda se enrolou por reflexo, mas depois disso, não se moveu mais. A rede de choque-celeste estava embolada em sua garra, as pontas dela escapando do punho fechado. Os lacaios de Nazayun avançaram sobre ele, tentando arrancá-la, mas não conseguiram abrir seus dedos.

Também fechei os punhos, sem ousar me mover.

A rede crepitava, e a testa de Seryu enrugou-se de maneira assustadora antes de afrouxar.

– Seryu! – gritei de novo, e daquela vez minha voz foi acompanhada pela de lady Solzaya.

Um rosnado ressoou de onde ele havia pousado. Então um clarão de luz surgiu, tão brilhante que fez até mesmo Solzaya recuar. De Seryu emanava uma aura do verde mais profundo. De repente, ele começou a crescer.

Os olhos inflaram como duas luas cheias e os chifres triplicaram de comprimento, ramificando-se e formando uma coroa sobre o cabelo dele. As escamas nas costas formaram placas de uma armadura esmeralda. Em uma onda de cor verde, ele cresceu continuamente até que o avô não pôde mais estrangulá-lo com uma única mão. Até estar par a par com o próprio Rei Dragão em tamanho e magnificência.

Seryu abriu o punho, brandindo a rede de choque-celeste.

Nazayun riu.

– Você não pode me machucar. É contra o seu juramento.

– Sei que não posso machucar você. Mas Shiori pode.

Soltando um rugido, Seryu atacou com a grande cauda, agarrando o avô pelo pescoço. Sua força pegou o Rei Dragão de surpresa, e ambos os dragões se voltaram para lady Solzaya.

– Mãe! – Seryu gritou. – Solte Shiori.

– Contenha seu filho! – Nazayun urrou ao mesmo tempo.

Solzaya hesitou, e seus olhos dourados tornaram-se gélidos.

– Meu filho atingiu a forma completa, meu pai. Ele não está mais sob minhas ordens. – Os fragmentos de espelho restantes voaram de seu colar e se alojaram na cauda do Rei Dragão, prendendo-o. – Assim como eu não estou mais sob as suas.

Jatos de tinta deixaram a água nublada quando o polvo de Solzaya me soltou, e eu corri para o lado de Seryu. Kiki pegou uma ponta da rede de choque-celeste e eu a outra. Juntas, enquanto Seryu imobilizava o Rei Dragão, nós a jogamos sobre o peito de Nazayun.

– Agora, meu avô, vamos tentar de novo – Seryu disse com os dentes cerrados. – A palavra de um dragão é sua honra. Sua honra é sua pérola. Você prometerá que nenhum dragão, incluindo você mesmo, machucará Shiori e os parentes dela, enquanto eles viverem.

– Como se atreve – Nazayun murmurou enquanto a magia da rede agarrava-se aos contornos de seu coração. – Eu sou um deus dos dragões. Não me curvarei a nenhum mortal.

Um raio de magia disparou de seus olhos, e a água tornou-se uma tempestade.

Uma onda monstruosa avançou à frente, e Seryu me agarrou pelo tornozelo e me puxou para suas costas enquanto enfrentava o impacto dela. Correntes ferozes giraram em nossa direção, arrancando as algas marinhas, as florestas de corais – tudo no meio do caminho.

Seryu e eu fomos os próximos.

Enquanto ele me protegia com o corpo, a pérola do Espectro voou de debaixo do meu braço. Ela se ergueu como uma lua negra, as metades se partindo e se alargando ainda mais.

Uma luz deslumbrante irrompeu do centro. As ondas de Nazayun colidiram contra uma parede invisível. Não podiam nos tocar.

A luz da pérola encontrou o escudo defensivo na cabeça de Nazayun e o empurrou, avançando sobre o Rei Dragão.

Estendi a mão para ela, oferecendo toda a força que pude. Era como abraçar uma estrela fragmentada prestes a explodir. Eu não tinha certeza se ela conseguiria se controlar.

– Não se quebre – disse à pérola. – Use a força que for preciso, mas não se quebre. Por favor.

A pérola estremeceu. Ela resistia a Nazayun, e novas fraturas apareceram em sua superfície escura e brilhante. As metades abriram-se mais, espalhando luz em todas as direções.

Não se quebre, repeti antes de deixá-la mais uma vez.

Enquanto o Rei Dragão estava distraído com a pérola, juntei as pontas da rede de choque-celeste e a puxei com todas as minhas forças.

O coração de Nazayun emergiu, brilhante e dourado. Coloquei as palmas das mãos em torno de sua superfície curva, agarrando-o. Estava quente e frio ao mesmo tempo, e queimava como vidro recém-forjado. Com um movimento dos braços, eu o puxei.

Tinha pegado a pérola. A pérola do Rei Dragão!

As duas pérolas eram bastante diferentes. Uma, escura e quebrada, a outra, inteira e cintilante. Bem, a pérola de Nazayun não era mais tão brilhante assim. Sua luz foi se apagando, e as imensas correntes que ele havia convocado se lançaram para longe e desapareceram.

Uma vez que o mar acalmou, Seryu fechou o punho em volta do coração do avô.

– Você vai jurar, agora – ele disse com frieza.

Nazayun rosnou, se contorcendo de raiva. Sua cauda chicoteou de um lado para o outro, deslocando os cacos do espelho e esmagando as rochas embaixo dele. Mas ele não tinha escolha.

– Honrarei a promessa – ele disse veemente. – Nem eu nem qualquer dragão do meu reino irá machucá-la, Shiori'anma... ou a um de seus parentes. Você estará a salvo de nós, no céu, no mar e na terra. Eu juro, como Rei de Ai'long e Soberano dos Quatro Mares Supremos.

O poder do juramento fez os mares tremerem e um arrepio gelado percorrer minha pele.

– Obrigada – eu falei, sem saber o que responder.

Seryu não disse nada. Apenas estendeu o coração do avô.

Nazayun o apanhou. Ele também tentou agarrar a rede de choque--celeste, mas Seryu lançou um feitiço próprio, e ela borbulhou até sumir.

– Uma arma contra um dragão é uma arma contra todos nós – meu amigo disse. – Ela não deve ser usada de novo.

Antes que o Rei Dragão pudesse mostrar seu desagrado, Seryu alongou o corpo, um lembrete sutil de que seu novo poder era páreo para o de Nazayun.

– Diga à garota para fechar essa maldita pérola – Nazayun rosnou. – Antes que ela destrua a todos nós.

A luz se derramou do interior da pérola quebrada, e nenhum de meus esforços poderia fechar as metades.

– Chega – eu disse a ela mais uma vez. – Você ganhou.

Feche-se!, Kiki trinou, batendo as asas na pérola. *Vamos lá, sua miçanga enjoada. Feche-se, ou você nunca encontrará sua casa.*

Kiki bateu nela de novo, e a pérola enfim obedeceu. Com um estalo e um silvo, as metades se fecharam e tudo escureceu.

O caos que invadira Ai'long finalmente se acalmou, deixando as águas serenas e silenciosas. Com cuidado, os peixes e os caranguejos colocaram as cabeças para fora dos recifes despedaçados, o polvo de Solzaya se desembaraçou de um nó de algas marinhas e um grupo de tartarugas nadou em direção à superfície.

Exausta, rolei a pérola para dentro da bolsa. Quando olhei para cima de novo, o Rei Dragão já havia desaparecido.

Apenas Seryu e lady Solzaya ainda estavam lá.

Não havia nenhum sorriso sarcástico nos lábios de Solzaya, nenhum brilho de malícia nos olhos. Pelo contrário, ela parecia quase satisfeita.

– Mãe... – Seryu começou.

– Você atingiu sua forma final – Solzaya disse, interrompendo-o. – Enfim você atingiu a maioridade. Aproveite essa vitória e leve a menina para casa. Rápido.

Ela não precisava falar duas vezes. Quando Solzaya recuou, os seis fragmentos de espelho restantes se reorganizaram num colar em sua garganta, e eu me agarrei aos chifres de Seryu.

Uma última vez, viajamos pelas águas de Ai'long e subimos à superfície. Para casa.

CAPÍTULO QUINZE

Deuses gloriosos, como era bom respirar! O ar sempre tinha sido tão fresco e doce assim? Eu inspirei avidamente, abraçando a nuvem de água salgada que picava meu nariz e o vento que batia contra meu rosto.

O melhor de tudo era o Sol. Joguei o pescoço para trás para desfrutar do calor. Parecia que eu já estava em casa, sentada perto do fogo até as bochechas estarem tão quentinhas quanto bolinhos tostados na chapa. Meu estômago roncou, sonhando com bolos. Bolinhos de arroz açucarados, bolos de macaco, bolos de feijão vermelho e morango. Comeria isso tudo até desmaiar.

Mas eu estava me precipitando. Ainda não era hora de deixar a água.

Segui Seryu até uma figura distante em uma ilha rochosa envolta em neblina. Era Elang, observando o nascer do sol, os longos dedos humanos roçando a água. Quando nos aproximamos, ele se virou para nos encarar com os olhos dissonantes se estreitando ao avistar Seryu.

– Vejo que finalmente alcançou sua forma completa, primo. Parabéns. – Não havia emoção no tom de Elang. Os parabéns não pareciam ser sinceros. – Está com o fragmento?

Eu havia enfiado o valioso pedaço de espelho na bolsa por segurança. Quando o tirei, Seryu arrancou-o dos meus dedos e o acenou com raiva para o primo.

– Acha que vamos entregar o espelho da verdade depois de você tentar me drogar e me trancar naquele porão deplorável que chama de masmorra? Shiori quase foi morta, graças a você.

– Você está sendo dramático – Elang respondeu com indiferença. – Eu lhe concedi as tartarugas, não foi? E a rede de choque-celeste? Não quebrei a promessa tanto assim.

– Penso diferente. – Antes que eu pudesse detê-lo, Seryu levantou o espelho bem alto sobre a cabeça e o partiu ao meio. Ele atirou uma das metades para o primo. – Essa metade é para você, esta outra para Shiori.

Elang pegou o pedaço do espelho na mão e parou um instante.

– Metade é aceitável. O acordo permanece honrado.

Segurei minha metade do fragmento. O vidro refletia as ondas brilhantes.

– Não sei o que fazer com isso.

– Fique com ele – Seryu disse. – Vai ajudá-la a encontrar o Espectro.

Elang discordou.

– Não, não vai. O fragmento lhe dirá muitas coisas sobre o passado e o presente, mas não revelará quem é o Espectro. Não enquanto ele morar em Lapzur.

– Lapzur? – perguntei. – Nunca ouvi falar desse lugar.

– A maioria nunca ouviu. É um reino mergulhado em escuridão e infestado de fantasmas e demônios. Nem mesmo o espelho pode ver o que se passa lá.

– Então como posso encontrá-lo?

– Nisso eu não posso ajudá-la. – Elang pegou as rédeas de sua tartaruga, preparando-se para descer ao mar.

– Espere – pedi. – Você me prometeu dar o nome dele.

Elang estava de costas para mim, mas ele parou. Depois de uma longa pausa, respondeu:

– O nome dele é Khramelan.

Khramelan. A bolsa tremeu contra minha cintura. A pérola lá dentro esquentou de repente.

– Não subestime o valor do espelho – Elang alertou, ainda de costas. – Ele pode não a levar ao Espectro, mas ainda detém grande poder.

– Obrigada.

Pela primeira vez, minha gratidão não foi rejeitada. Ele subiu na tartaruga, expulsando Kiki do casco. Elang estava prestes a mergulhar no mar quando fiz uma última pergunta:

– Por que tartarugas?

Para minha surpresa, ele realmente respondeu.

– São criaturas solitárias, embora vivam em grupos grandes. Acredito que sou mais parecido com elas do que com humanos... ou dragões.

– Os cascos delas são duros – refleti. – E os corações são moles.

Aquilo me rendeu um olhar carrancudo.

– Eu não tenho coração.

– Você não é um sem-coração. Senão, não teria me ajudado.

– Ajudei você a pegar meu espelho – Elang disse rispidamente. Seus olhos dissonantes se estreitaram. – Somente por um milagre dos deuses é que você conseguiu obter sucesso.

– Mas consegui – falei. – Espero que ele mostre o que você precisa ver. Tenha fé, lorde Elang. Sua pérola está por aí em algum lugar. Você vai encontrá-la.

– Eu vou – ele garantiu. – E vou comemorar no dia em que nunca mais tiver que pisar em sua terra cheia de lixo em busca dela.

Reprimi a vontade de revirar os olhos. Vindo do meio-dragão, aquela foi a melhor despedida que eu podia receber.

– Essa terra cheia de lixo é minha casa.

Elang puxou as rédeas da tartaruga.

– Você faria bem em se lembrar disto: seu *coração* é sua casa. Até que entenda isso, você não pertencerá a lugar nenhum.

E antes que eu pudesse dizer mais alguma coisa, ele se lançou ao mar.

Observei até as ondas da partida de Elang desaparecerem, e a água ficar tão quieta quanto antes. *Seu coração é sua casa.* Deixei as palavras se fixarem na minha memória. *Até que entenda isso, você não pertencerá a lugar nenhum.*

Eu me virei para Seryu.

– Seu primo não é tão ruim assim para alguém que não tem coração. Isso me dá esperanças quanto ao Espectro.

– Então você está se iludindo, Shiori'anma. O Espectro é meio-demônio. Ele é...

– Uma aberração? – Meus ombros caíram. – Diziam isso sobre Raikama também. Durante toda a vida, ela foi um monstro. Primeiro para os humanos, que a consideravam uma cobra, depois para si mesma, quando foi amaldiçoada e teve que usar o rosto da irmã.

Engoli em seco, certa de que haveria muitas pessoas em minha terra que me achariam um monstro agora.

Uma nuvem cobriu o sol, lançando uma longa sombra sobre o mar. Eu disse:

– Seja o Espectro o que for, dragão, demônio ou monstro, ele merece a pérola de volta. Assim como Elang. – Engoli de novo. – Você vai me ajudar a encontrá-lo, Seryu?

Seryu não disse nada. Seu rosto estava impassível, o que era incomum para meu amigo sempre tão expressivo. Quando me pegou o observando, virou-se abruptamente.

– Suba em minhas costas – ele disse, seco. – Vamos levá-la à praia antes que os pescadores nos vejam. Esse sol todo está começando a machucar meus olhos.

Seryu mergulhou, mas não antes de eu olhar para o céu, para confirmar.

Um mar de nuvens ainda escondia o amanhecer. Não havia sol.

Foi só quando eu estava andando até o litoral, erguendo as dobras do vestido enquanto ia em direção à praia, que notei a areia no cabelo.

Kiki pousou na minha cabeça. *Acabamos de chegar. Como é que seu cabelo já está tão sujo?*

Larguei a saia e me agachei perto da água para olhar meu reflexo.

– Não é areia – percebi. Era uma mecha de cabelo branco-prateado saindo da têmpora, não muito diferente da que Raikama possuía.

Com suspiro profundo, eu a soprei da frente do rosto e dei batidinhas nas bochechas. Melhor uns fios de cabelo branco do que um rabo de peixe ou um par de chifres. Meu pai ainda reconheceria sua única filha. Só esperava que o resto de Kiata também reconhecesse.

Quando saí de casa, meu país estava prestes a entrar na primavera. Agora o calor permeava o ar, e minha pele estava pegajosa de umidade – um sinal de que estávamos no verão.

Eu estive fora por meio ano.

Meus joelhos se dobraram diante da conclusão. Seis meses, perdidos.

Poderia muito bem ter sido seis ou sessenta anos, lembrei-me. Quando olhei para a situação daquele ângulo, uma risada borbulhou em minha garganta. Eu estava em casa. Eu tinha vencido.

O vento jogou Kiki para cima, e ela gritou, batendo as asas. Parecia mágica. Ela transbordava no ar, fraca, mas mais forte do que antes. Enquanto minhas bochechas formigavam, Kiki e eu nos entregamos a um ataque de risos.

Seryu balançou a cabeça. Ele havia mudado para a forma humana, mas o cabelo ainda era verde, mais escuro sob o sol do que debaixo d'água.

– Estou começando a achar que devia ter deixado você se afogar no Lago Sagrado.

Ainda rindo, me sentei, enterrando os calcanhares na areia.

– Aí você teria perdido uma grande aventura, Seryu. E uma maravilhosa amizade.

– Sua amizade só me trouxe problemas. – Seryu chutou a areia. – Quem sabe o que meu avô fará comigo quando eu voltar? Ele pode até cortar meus chifres. Ou me exilar de Ai'long.

– Sua mãe não deixaria isso acontecer – retruquei. – Ela pode sentir prazer em *me* atormentar, mas ela se importa com você. Juro que ela ficou toda boba quando você alcançou sua forma final. – Dei um sorriso de canto para ele. – Deve ser um rito de passagem importante para dragões.

– E é mesmo – Seryu disse. – Ficou impressionada?

– Bastante. Você não parece mais uma enguia.

O peito dele estufou só um pouquinho de orgulho.

– Então acho que valeu a pena.

Parei de sorrir.

– Você poderia ficar aqui, se quisesse. Aqui em terra, comigo e meus irmãos. Seria muito bem-vindo.

– Prefiro que meu avô me transforme numa lula do que viver entre sua espécie pelo resto da minha vida imortal. – Seryu bufou. – E eu prefiro me engasgar com algas marinhas do que ver você e aquele menino do cocho de cavalo fazendo cara de peixes fora d'água um pro outro.

– Nós não fazemos cara de...

Seryu cobriu minha boca com uma das mangas, me silenciando. Sua expressão sarcástica havia desaparecido. Ele abaixou o braço.

– Eu preciso saber – ele disse baixinho. – Se ele não existisse, eu teria tido alguma chance?

Um nó surgiu em minha garganta. Não queria machucá-lo.

– Takkan e eu estamos ligados pelos fios do destino.

Eu esperava que ele ficasse com ciúmes, mas os cantos de sua boca levantaram-se.

– Então terei que a encontrar quando você renascer... antes que seus fios se amarrem com os dele novamente. – Os olhos vermelhos de Seryu brilharam. – Só rezo para que você não seja uma humana novamente na próxima vida. Agora que alcancei minha forma madura, sou majestoso demais para engolir seu mundo de novo.

Eu não sabia se o socava ou se ria. Ou chorava. Meus ombros relaxaram, e falei:

– Então isso é um adeus?

O brilho deixou seus olhos.

– Duvido que me seja permitido visitar seu reino por muitos anos. Talvez não até que você seja uma velha. Toda mirrada e enrugada, com dezessete bisnetos. – Ele bufou de desgosto. – Veja, seu cabelo já está até ficando grisalho.

Soltei uma risada.

– Branco – corrigi, passando os dedos pela mecha tocada pela neve. – Ficou branco por usar a pérola do Espectro, não pela idade.

– Mesma coisa. – Seryu acenou com a mão desdenhosa. Suas mangas e vestes já estavam secas, ao contrário das minhas. Um encantamento útil.

Ele estava com um humor volátil, e era impossível decifrar seus pensamentos de verdade. Mas quando Seryu falou de novo, soou estranhamente gentil.

– Se você acabar mesmo se casando com aquele humano, espero que eles puxem a você, não a ele.

– Quem?

– Seus bisnetos – ele respondeu, agora com sarcasmo. – Que os deuses os livrem de serem chatos e teimosos.

Não consegui evitar defender Takkan.

– Ele não é chato e teimoso. Vocês mal se falaram!

– Algo do qual me arrependo profundamente – Seryu respondeu. – Ele deveria saber que eu não vou mais salvar você, então é bom que ele esteja à altura dessa tarefa.

Coloquei as mãos na cintura.

– Você sabe que eu sou capaz de me salvar às vezes.

– Mesmo assim. Com todos os problemas em que você se mete, Shiori... todos os problemas em que *vai* se meter... Você precisa de toda a ajuda que puder obter. Certifique-se de que ele saiba disso. – Depois de uma pausa, ele continuou: – Certifique-se de que ele mereça você.

Senti uma pontada no coração e minhas mãos penderam dos lados do corpo. Não muito tempo atrás, eu podia imaginar ter me apaixonado por Seryu. Se Raikama nunca tivesse me amaldiçoado, se eu nunca tivesse passado aquele inverno em Iro, poderia ter sido ele por quem eu sentiria algo, não Takkan.

Mas essa seria outra história. Não esta.

– Merece... – falei baixinho. – Ele merece.

– Vou acreditar na sua palavra – Seryu grunhiu. – Vou visitar esses seus bisnetos, viu, e contar histórias sobre você. Histórias pouco honrosas, para retribuir todo o infortúnio que sua amizade me causou.

Escondi um sorriso. Apesar de todos os comentários grosseiros, Seryu estava se esforçando para parecer mais insensível, como um dragão. Mas eu o conhecia bem.

– Conte algumas coisas legais para eles também – eu disse levemente.

Ele grunhiu de novo.

– Acho que terei tempo de pensar em algumas.

Seryu se levantou e se virou para o mar. Seus chifres cresceram – o primeiro sinal de que estava começando a se transformar em dragão mais uma vez.

– Espere! – gritei, indo atrás dele. – Não se esqueça disto.

Estendi o colar que ele havia me dado há tanto tempo e o apertei contra sua mão.

– Não se atreva a dizer – ele murmurou, passando as garras pelo colar.

– Dizer o quê?

– Aquelas despedidas kiatanas idiotas: "Que nossos fios se cruzem novamente". Ou pior ainda: "Que a sorte dos dragões lhe acompanhe". Se disser isso, vou ser obrigado a arrastar você de volta pro mar.

Eu queria rir, mas não conseguia.

– Adeus, meu amigo – sussurrei. *Vou sentir sua falta*, quis acrescentar, mas as palavras ficaram presas na minha garganta.

Em vez disso, eu o abracei.

Ele foi pego de surpresa e imediatamente se enrijeceu, mas não me afastou. Antes que ele pudesse dizer qualquer coisa que arruinasse o momento, pressionei os lábios em sua bochecha. Um beijo, como aquele que lhe dei tantos meses atrás no Lago Sagrado, na primeira vez que nos despedimos.

– Obrigada por tudo.

A respiração de Seryu se prendeu por um momento, e sua pele ficou quente demais para um dragão de sangue frio. Ele se afastou e, invocando um tom altivo, disse:

– Nunca teria dado certo entre nós, sermos companheiros e tal. Nós dois somos orgulhosos demais... e eu sou mais magnífico do que você.

Inclinei a cabeça, mas não falei nada. Eu sabia que ele ainda não tinha terminado.

Sua voz ficou solene.

– Ainda assim, estou feliz por ter conhecido você, Shiori. Você é interessante, para uma humana. Quando olhar para o mar, pense em mim às vezes.

– Eu vou – respondi suavemente.

Enquanto ele se virava, uma forte rajada de ventos me fez cair de volta na areia. Quando me levantei de novo, tudo o que vi foi uma grande onda na água – seguida por um forte brilho de luz do sol. Protegi os olhos, tentando olhar através da luz para vislumbrar a cauda do dragão.

Mas Seryu já se fora.

Por um longo tempo, observei a água, desejando em parte que ele voltasse à superfície.

Kiki pousou em meu ombro. *Vou sentir falta daquele dragão, mesmo com os chifres e tudo mais.* Ela olhou para cima quando não me ouviu dizer nada. *Você está bem, Shiori?*

Não, não estava.

Os fios de Seryu e os meus haviam se encontrado, tão conectados pelo destino, que quase ficamos vinculados um ao outro para sempre. Agora, eu não tinha certeza se esses fios iriam se cruzar de novo.

O gosto na minha boca era melancólico, e eu engoli em seco, finalmente respondendo:

– Vou ficar.

Vou ficar. Levantei e torci a saia para tirar a água do mar.

– Vem, Kiki, é hora de irmos pra casa.

CAPÍTULO DEZESSEIS

A areia se espremia entre meus dedos enquanto eu caminhava pela praia, seguindo as colinas ao longe e os telhados vermelhos curvados que espreitavam por trás de uma larga muralha de pinheiros.

Gindara. O palácio. Meu lar.

Em poucas horas, eu estaria de volta. Talvez a tempo de almoçar com meus irmãos – e meu pai, que não via há mais de um ano.

Olhe!, Kiki gritou, avistando navios. *Seu pai enviou marinheiros para receber você!*

Uma frota inteira estava estacionada atrás das falésias, abarrotando a costa de Kiata de velas e bandeiras vermelhas brilhantes.

Minha garganta fechou. Respondi em voz baixa:

– São navios a'landanos.

Escalei até o alto das dunas e protegi a visão com as mãos, apertando os olhos para descobrir por que aqueles navios estavam ancorados no litoral de Kiata. Mas era impossível ver qualquer coisa de tão longe.

Pelos Nove Infernos, Kiki murmurou. *Kiata foi conquistada?*

Seis meses atrás, quando parti, as relações com A'landi estavam cada vez mais voláteis. Será que a situação se agravou enquanto estive no reino dos dragões?

– É cedo demais para fazer suposições – falei com a calma que pude, enquanto apertava os punhos ao lado do corpo. Eu teria respostas assim que chegasse a Gindara.

Ou até mesmo antes disso.

A uma certa distância, um grupo de homens chamava meu nome.

– Princesa Shiori!

Os ventos cortantes da costa distorceram as vozes, mas reconheci os capacetes de penas cor de carmim. Cresci cercada por eles.

Os sentinelas do meu pai.

Fui tomada de alívio. Endireitei as costas e os ombros, tentando evocar um ar de realeza. Não havia muito o que pudesse fazer sobre a areia grudada na bochecha ou as algas emaranhadas no cabelo, mas eu poderia pelo menos me portar como uma princesa.

– Princesa Shiori'anma? – o capitão perguntou. Ele e os homens mantiveram distância, com as mãos não muito longe das espadas.

Sinceramente, não podia culpá-lo por questionar quem eu era. Eu parecia ter sido cuspida pelo mar, e ainda usava as vestes da corte dos dragões. Embora estivessem manchados e enrugados, era impossível negar que os tecidos finos eram de outro mundo, cheios de pérolas brilhantes. E ainda havia aquela mecha branca em meu cabelo.

– Sou eu – confirmei. – Shiori'anma.

Ao som familiar da minha voz, os sentinelas se curvaram todos ao mesmo tempo, e o capitão relaxou um pouco a postura.

– Perdoe-nos por perguntar, Alteza – ele disse em um tom cauteloso. – Estamos aqui há meses aguardando seu retorno. Mandaram-nos esperá-la, mas não sabíamos onde, ou quando, ou…

A voz dele falhou, mas um silencioso "*como*" pairou no ar.

Como foi que voltei, os sentinelas certamente estavam se perguntando, sem navio ou montaria?

E onde estive? Eles estavam se esforçando para não olhar para o meu vestido, mas eu conseguia facilmente ver a perplexidade deles.

Dei um sorriso.

– Não precisei esperar muito. Obrigada.

O capitão limpou a garganta.

– Nós devíamos tê-la encontrado antes, mas com a chegada dos a'landanos...

– Sim, vi os navios – eu o interrompi. – Estamos em guerra?

– Não se o casamento do príncipe Reiji der certo.

O sorriso sumiu dos meus lábios.

– Casamento?

– Presumi que foi por isso que você voltou.

Não tinha ideia de que casamento ele estava falando. Sabia que deveria ficar quieta, mas não pude evitar perguntar:

– Quando é?

O capitão não conseguiu esconder a surpresa, e eu quis me dar um chute. É óbvio que ele pensou que eu saberia. Era a princesa de Kiata – como poderia não estar ciente do casamento do meu próprio irmão?

– É hoje – ele respondeu enquanto os homens dele trocavam olhares constrangidos que achavam que eu não veria. – Agora, na verdade.

Os soldados me aconselharam a trocar de vestido antes de entrar no Templo do Grou Sagrado para o casamento de Reiji. Era uma sugestão razoável, e pretendia aceitá-la.

Mas assim que voltei ao palácio, minha mente mudou como o vento. Estive longe por tempo demais, e já havia perdido muitos momentos importantes. Eu não queria perder o casamento de Reiji.

Um dos sentinelas me deu seu manto e o estendeu sobre meus ombros enquanto eu corria para o templo. Este era meu lar: os pátios de areia branca, os pavilhões de beirais inclinados e as lanternas de bronze suspensas. Gaios e tordos gorjeavam nos jardins, e eu conseguia sentir o cheiro dos pomares de frutas cítricas logo à frente.

Mas nem tudo continuava igual.

Bandeiras coloridas se agitavam nos pilares vermelhos do palácio, dando as boas-vindas aos nossos visitantes a'landanos. Ao redor do templo, centenas de pessoas haviam se reunido para assistir à aliança de meu irmão com a princesa estrangeira. Naturalmente, os a'landanos se destacavam na multidão, com uma ostentação que competia até com a dos dragões de Ai'long.

Enfeitados com os mais ousados tons de vermelho, azul e dourado, os visitantes se pavoneavam na intenção de ofuscar a todos. Eu me perguntava se os oficiais da corte, com enfeites de cabelo de martim-pescador e elaborados casacos bordados, tropeçaram uns nos outros no caminho para cá, visto o tamanho de suas mangas.

Eles sempre se vestem assim?, Kiki perguntou.

– Que nem pavões desfilando? – zombei. – Só quando vêm para Kiata.

A rivalidade entre A'landi e Kiata era tão antiga quanto os próprios países. Dava para ver pelas árvores recém-podadas, pelo brilho dos bancos envernizados do lado de fora dos corredores, pelos uniformes bem passados dos criados, que havíamos desempenhado nossa parte nessa competição insignificante.

Que visão desagradável eu devia ser, vestindo o manto de um sentinela sobre os ombros, com areia salpicando das sapatilhas e algas marinhas grudadas no cabelo.

Meu retorno surpreendeu a todos que me reconheceram: os senhores e as senhoras ajoelhados do lado de fora do templo e os sacerdotes amontoados pelas escadas. Até os guardas viravam a cabeça para dar outra olhada quando eu passava.

– Princesa Shiori! – um dos sacerdotes junto às portas do templo exclamou, perturbado com minha chegada. – Não nos avisaram que você já havia voltado.

– Sim, voltei – falei com a minha voz mais autoritária. – Agora, abra a porta.

– Receio que isso não seja permitido, nem mesmo para você, Shiori'anma – ele respondeu. – A cerimônia já começou, e eles estão no meio das orações...

– Vou fazer silêncio – eu disse. – Ninguém vai nem notar que entrei.

– Mas Alteza...

Nunca dei muita atenção a sacerdotes, e não seria agora que daria. Com um levantar dos braços e um sussurro para as árvores, invoquei um sopro de folhas para a porta de entrada do templo.

As folhas voaram, colando-se aos rostos dos sacerdotes feito máscaras de papel. Enquanto eles gritavam pelos guardas, subi os degraus do templo, tirei as sapatilhas e entrei.

Eu estava fazendo silêncio, como havia prometido, fechando as portas pesadas com cuidado. Ainda assim, todos notaram minha entrada.

O interior do templo não tinha a multidão que eu esperava. A reunião era bem íntima; dava para reconhecer meu pai de costas, meus seis irmãos e uma mulher ao lado de Andahai, o sumo sacerdote e dois monges, e um punhado de oficiais de A'landi.

Takkan não estava em lugar algum. Assim como a noiva de Reiji.

Resmungos e fungadas pontuavam o silêncio cerimonial, e comecei a me arrepender de ter entrado – até que meus irmãos se viraram.

Como era estranho e maravilhoso vê-los sentados ao lado de nosso pai e vestidos em trajes de corte, como se nada tivesse mudado. Aquilo me deu esperanças de que eu poderia voltar à minha vida antiga.

Todos os seis sorriram para mim, surpresa e alegria desfazendo a formalidade cerimonial. Até Reiji, que estava ajoelhado no centro do templo ao lado de uma pintura da princesa Sina Anan, sua futura esposa, acenou com a cabeça.

Arrisquei olhar para papai, ousando esperar que ele também pudesse me reconhecer. Mas o imperador seguiu o gesto dos a'landanos. Com um breve movimento, ele se virou para encarar o sumo sacerdote.

A decepção subiu aos meus olhos em uma onda escaldante, e mordi o interior da bochecha, me encolhendo num canto até que a cerimônia terminasse. Infelizmente, o medidor de emoção humana de Kiki não estava funcionando direito, e ela não quis me deixar em paz.

Pensei que seu irmão estivesse se casando com uma princesa a'landana, ela riu. *Tudo o que vejo é um pedaço de pergaminho.*

Dei de ombros.

Quem é a garota ao lado de Andahai? Ela pareceu nervosa quando você entrou.

Pareceu? Estava tão feliz em ver minha família que mal a notei. Com olhos ovais e lábios rosados, ela parecia tão delicada quanto os lilases bordados em seu manto lavanda. As mãos estavam recatadamente pousadas no colo, e se as vestes decoradas lhe causavam algum desconforto, ela escondia muito bem. Tinha a postura que meus professores há muito haviam desistido de tentar incutir em mim.

– Yihei'an Qinnia – eu disse. – A noiva de Andahai.

Andahai devia ter se casado com ela no outono passado, poucas semanas depois de Raikama ter transformado meus irmãos em grous e nos mandado embora. O casamento havia sido adiado por causa daquilo, é claro.

Observei meu irmão e a noiva. As cabeças estavam inclinadas próximas uma da outra, e os ombros se tocavam. Aquele lado terno de Andahai era novo para mim. Talvez por eu ter estado fora por seis meses.

Muita coisa tinha mudado.

Inclusive meu pai.

Ele envelhecera durante o tempo em que não estive aqui. Havia novas linhas em sua testa, gravadas com uma melancolia que não existia antes.

Queria vê-lo, falar com ele e fazê-lo sorrir, mas papai não olhou para mim nem uma vez sequer. A cada minuto que passava, meu coração afundava um pouco mais. Esperava que ele não estivesse furioso – ou decepcionado – por eu ter ido embora.

Finalmente, um gongo ressoou pelo salão, e meus irmãos correram para se juntar a mim, bombardeando-me com uma série de abraços e perguntas.

Wandei, o preocupado:

– Quando você voltou, minha irmã?

Andahai, o mais velho:

– Você devia ter avisado que estava voltando.

Benkai, o atencioso:

– Você parece estar bem.

Hasho, o sincero:

– Você está diferente.

Yotan, focado em detalhes irrelevantes:

– Mas o que você está vestindo?

Havia mais perguntas nos olhos de meus irmãos, perguntas secretas sobre magia e Ai'long. Mas ninguém falou nada em voz alta. Teríamos tempo para elas mais tarde.

Olhei de volta para os a'landanos e os sacerdotes no recinto. Sorrisos educados retesavam suas expressões, semelhantes às dos sentinelas quando me viram pela primeira vez na praia.

– Criei chifres na cabeça enquanto estive em Ai'long? – murmurei para Benkai. – Por que está todo mundo me olhando?

O belo rosto de Benkai se abriu em um sorriso.

– Você acabou de invadir um casamento diplomático, sabe... depois de contarmos aos a'landanos que estava em Gaijha, estudando as Canções de Lamento e os Épicos da Guerra e do Dever.

Recuei.

– Devia ter dito que eu estava estudando culinária. Pelo menos seria mais fácil de acreditar nisso.

Benkai riu, e meus outros irmãos apenas sorriram. Hasho, que sempre fora o pior em manter segredos, jogava o peso de um pé para outro, parecendo inquieto. O que eles não estavam me contando?

– Atrasada como sempre, Shiori – Andahai me repreendeu, mas seus olhos severos estavam contentes pela primeira vez. – Esperávamos que voltasse meses atrás. Você perdeu meu casamento, mas pelo menos não perdeu o de Reiji.

Eu devia ter adivinhado que Andahai havia se casado enquanto estive fora, mas ainda assim minha boca se abriu de surpresa.

– Você se casou?

– Foi uma cerimônia pequena, antes dos cem dias da morte de Raikama. – Ele franziu os lábios. – Quis esperar, mas... não sabíamos quando você voltaria.

Mesmo sem aquela explicação, eu teria entendido. Também não sabia quando voltaria. E, pelo que parece, meu pai precisava de todas as alianças possíveis para proteger Kiata.

– Permita-me apresentá-la novamente à minha esposa, princesa Qinnia.

Qinnia deu um passo à frente com timidez. De perto, era bem pálida, e sombras se agarravam às suas bochechas. Parecia ter perdido peso recentemente. Curvei-me rápido antes que ela percebesse que eu a estava encarando e fizéssemos contato visual. Era o certo a se fazer: como princesa consorte, ela agora era superior a mim.

– Por favor, Shiori'anma, não é necessário...

– É uma honra para mim – falei, curvando-me ainda mais baixo. Eu me levantei com um sorriso. – E me chame de Shiori, por favor. Agradeço aos Fios por não ser mais a única princesa de Kiata. Suponho que agora você possa tomar meu lugar nas orações matinais?

– Ela está brincando – Andahai tranquilizou a esposa.

Desfiz a expressão de malícia.

– Sempre quis ter uma irmã mais velha. Bem-vinda à família. Já consegue distinguir os gêmeos entre si?

Aquilo a fez sorrir.

– Desde a semana passada. Yotan tem uma pinta no queixo e, ao contrário de Wandei, está sempre sorrindo.

– Wandei também tende a apertar os olhos quando está olhando para longe – Reiji acrescentou, finalmente se juntando a nós. – Quando jovem, ele passava muito tempo lendo à luz de velas.

Eu abracei Reiji. Quando o soltei, tirei a areia que havia deixado em suas vestes cerimoniais.

– Onde está a *sua* noiva? – perguntei.

– Ainda está em A'landi. É um casamento por procuração.

– Quer dizer que ela não vem?

Olhando para os a'landanos ainda no templo, Reiji explicou em voz baixa:

– Irei para Jappor me casar com a filha do khagan para que possamos estabelecer a paz.

– Você será um refém lá!

– Eu quero ir – Reiji disse. – Andahai e Benkai sempre cumpriram com os deveres deles. É hora de eu também fazer algo útil.

A voz dele não soava nem um pouco amarga. O tom de Reiji era leve, e eu podia ver que ele estava sendo sincero. Então, por que suas palavras pesavam em meu coração?

– Quando você vai embora? – perguntei.

Reiji não teve a chance de responder.

Todos os seis príncipes imediatamente recuaram em fila, curvando-se. Nosso pai estava logo atrás de mim.

Precisei do máximo de autocontrole para também me curvar e não olhar para cima. Não o via desde que meus irmãos e eu fomos amaldiçoados. O que mais queria era poder abraçá-lo como os abracei e responder às centenas de perguntas que ele devia ter. Mas foi bom ter me segurado.

– Tantos meses longe, sem nenhuma notícia – o imperador me repreendeu. – E, quando retorna, ainda interrompe uma cerimônia sagrada dessa forma insolente. Trazendo vergonha a Kiata diante dos enviados de A'landi!

Meus ânimos se esvaíram.

– Papai…

– Você voltará aos seus aposentos imediatamente – ele disse, virando-se para a saída do santuário. – Vista algo adequado para uma princesa imperial e aguarde minha visita. Você tem muito a responder, filha.

CAPÍTULO DEZESSETE

A dor da repreensão de meu pai me seguiu até o quarto, e eu fiquei quieta na companhia de Qinnia. Minha nova cunhada insistiu em caminhar comigo, e graciosamente preencheu o silêncio com anedotas sobre o que Andahai e meus irmãos haviam feito enquanto estive fora. Foi um gesto gentil, e isso fez eu me afeiçoar mais a ela.

Você deveria fazer amizade com ela, Kiki sugeriu de dentro da minha manga. *Ela parece ser legal.*

Hoje não. Eu não estava no clima.

– Chegamos – Qinnia anunciou, abrindo as portas.

Entrei. Em minha memória, era como se tivesse estado fora há apenas uma semana; me lembrava exatamente de como tinha deixado o quarto: uma bagunça, com pilhas de travesseiros de seda ao lado da cama e roupas e pratos meio vazios espalhados pelo chão. Mas tudo foi arrumado e guardado, até mesmo o cantinho das almofadas que eu tinha feito para Kiki. Panos de luto de cor marfim pendiam das janelas enquanto pergaminhos e placas de oração cercavam a cama, me desejando uma passagem segura para a vida após a morte.

– Vou mandar alguém levar tudo isso embora – Qinnia disse, parecendo estar mais aflita do que eu com todos aqueles arranjos. – O imperador mandou colocá-los de novo depois que você partiu.

– Está tudo bem – eu disse. – Não me incomodo.

Fui direto para o quarto de banho. Conseguia sentir o sal entre os dedos dos pés e o peso da areia que ainda estava no cabelo. Seria bom me limpar. Sentia que meu cheiro estava horrível.

Qinnia me seguiu.

– Vai precisar de ajuda com isso.

Ela gesticulou para as centenas de botões do vestido rosa que me foi presenteado pelos dragões. Seria impossível desabotoá-los sozinha.

– Ah... – eu exclamei, encabulada. – Obrigada.

Com cuidado, ela desfez as presilhas dos botões.

– É feito de um material excelente – ela murmurou. – A costura é mais fina do que qualquer coisa que já vi.

Além de alguns comentários delicados, Qinnia não perguntou onde estive, sobre as cicatrizes nos meus dedos ou a mecha branca no cabelo. Imaginei se ela iria atrás de Andahai para obter respostas mais tarde. Ou talvez ela já soubesse.

– Pronto – ela disse quando desfez o último botão. – Gostaria que minhas criadas o lavassem e o remendassem?

– Não precisa. – Dei uma última olhada no vestido, e a lembrança da despedida de Seryu deu uma pontada no meu coração. – Obrigada, mas vou deixá-lo assim.

Desapareci no banho sozinha. Quando saí, vestida com um roupão roxo simples com borboletas bordadas, o sol de verão inundava os aposentos.

Qinnia estava tirando os panos de luto, um por um. Ela respirava com dificuldade.

– Deixe-me ajudar – sugeri, mas ela já estava no último. – Você é a princesa consorte, não deveria...

– Nenhuma tarefa é indigna de uma princesa – ela disse com um sorriso. – Minha mãe me ensinou isso. Isso me dá forças.

Dei um pequeno sorriso em troca. Era algo que Raikama teria dito.

Qinnia parecia cansada, então ofereci-lhe um assento, mas ela balançou a cabeça.

– É melhor eu me retirar. Seu pai logo estará aqui. – Ela tocou meu braço, dispensando qualquer resposta. – Andahai não gostaria que lhe dissesse isso, mas você deveria saber... quando Sua Majestade acordou do sono do inverno, a primeira pessoa sobre quem ele perguntou foi você, Shiori.

Levantei a cabeça.

– Eu?

– O imperador ficou de luto durante todos os meses em que você esteve fora. – Qinnia dobrou os panos sobre os braços. – Ele pensou que você tivesse morrido junto com sua madrasta, e nada que seus irmãos dissessem conseguia convencê-lo de que você ainda estava viva.

Os cantos dos meus olhos arderam. Eu não sabia o que dizer.

– Fico feliz que tenha me contado.

Ela apertou meu braço.

– E eu fico feliz que você esteja de volta. Nos vemos no jantar.

Quando ela saiu, Kiki voou para fora de minha manga. Sempre alheia às emoções humanas mais sutis, ela não reparou muito em mim de pé em um canto, piscando para conter as lágrimas.

Essa foi por pouco!, ela exclamou. *Qinnia quase viu a pérola em sua bolsa. É melhor escondê-la antes que seu pai chegue.*

Aquilo chamou minha atenção. Tinha quase me esquecido da pérola. Assim como do fragmento do espelho da verdade.

Meu pai ainda não tinha chegado, então rapidamente coloquei o fragmento na caixa onde guardava as cartas de Takkan e abri a bolsa. O exterior de palha estava arranhado e encharcado, mas o forro de madeira no interior não tinha sido afetado pelas minhas aventuras no mar.

Peguei a pérola, temendo ter que explicar aos meus irmãos que ela ainda estava em minha posse e que precisaria ir para as Ilhas Esquecidas de Lapzur.

Ao meu toque, as metades se separaram um pouco. Aquilo me inquietou, pois a rachadura estava mais longa e profunda do que já estivera.

– Assim que todo esse negócio de demônios estiver resolvido, encontrarei o caminho para Lapzur – prometi para a pérola. – Vou levar você para casa.

No fundo, temia que cumprir minha promessa a Raikama fosse apenas o primeiro passo para eu voltar para casa. Que realmente estava faltando um pedaço de mim e que, mesmo depois de recuperá-lo, ainda me sentiria como a pipa que eu havia perdido, voando solta, sem fio.

Mas pelo menos agora eu tinha uma direção. Raikama contava comigo.

Com o máximo de cuidado que consegui, embrulhei a pérola em um pano de marfim e a enfiei no fundo do armário.

– Fique aí por enquanto – disse a ela. – Não vai adiantar de nada você me seguir pelo palácio. As pessoas vão fazer perguntas.

Acho que eu também deveria ficar no seu quarto, Kiki disse enquanto descansava sobre um monte de travesseiros de seda. *Eu, pelo menos, não me importo. Estou emocionada em estar de volta. Mesmo você sendo a próxima, não é?*

– Próxima a quê?

A casar. Com o Garoto Rabanete.

Esse foi o apelido que Kiki deu a Takkan quando eu trabalhava como cozinheira em sua fortaleza.

Ouvir aquele nome quase me fez sorrir, mas o casamento com Takkan era a última coisa na minha cabeça. Estive fora por seis meses. Não ousei presumir que poderíamos continuar de onde havíamos parado.

– Ele provavelmente voltou para Iro – eu disse.

Kiki recostou-se no travesseiro, enterrando a cabeça sob as borlas prateadas. *Conhecendo-o como eu conheço, duvido muito disso.*

– Não importa. Vou ter que sair daqui em breve. A pérola está se partindo ao meio.

Seu pai não ficará nada feliz em ouvir isso. Já basta ele estar chateado por você ter ido embora.

– Não estou preocupada com meu pai – menti. Assim que disse isso, as portas se abriram.

Imediatamente me endireitei, curvando-me quando o imperador de Kiata entrou no quarto. Depois de tudo que enfrentei em Ai'long, um encontro a sós com papai não deveria me deixar tão nervosa. No entanto, quando ele dobrou as mangas, me preparei. Eu sabia que merecia o pior tipo de reprimenda.

– Dezessete anos, mas tão insolente quanto uma criança – ele disse. – Você fez uma cena na frente dos a'landanos.

– Perdoe-me, papai – falei, minha voz se contrapondo mansamente à raiva dele.

– Perdoá-la? Suas ações trouxeram uma profunda vergonha a mim e aos seus irmãos. A Reiji, acima de todos! É um milagre que o casamento dele não tenha sido cancelado.

Ajoelhei-me aos seus pés, preparando-me para mais reprimendas.

– Não deveria ter sido tão impulsiva, eu sei... mas não queria perder o casamento de Reiji. Eu já perdi coisas demais.

Olhei para o chão, a ansiedade crescendo no peito.

– Você me desonra – meu pai disse. Então, para minha surpresa, ele soltou um longo suspiro. – E, no entanto, eu não esperaria nada menos de minha filha caçula.

As palavras foram duras, mas quando olhei para cima, meu pai estava sorrindo. Era um sorriso pequeno, mas ainda assim me animei ao vê-lo.

– Estou feliz que você tenha vindo direto nos ver, Shiori.

Ele abriu os braços para mim, e eu praticamente voei para abraçá-lo, do jeito que fazia quando era uma garotinha.

– Senti sua falta, papai – sussurrei.

– E eu a sua, minha filha – ele respondeu. – Rezei todos os dias pelo seu retorno. Parece que os deuses me ouviram.

Eu me soltei de seus braços e voltei para o meu lugar.

– Não comecei nenhuma guerra ao invadir a cerimônia, comecei? Sei que os a'landanos são obcecados com as tradições deles...

– Você não começou guerra nenhuma – meu pai falou. – Na pior das hipóteses, os embaixadores espalharão por aí o quanto a princesa caçula de Kiata é desrespeitosa e atrevida, mas pouco me importa o que os a'landanos pensam.

– É a verdade, de qualquer jeito – admiti maliciosamente.

– É a verdade? Estou achando você muito mudada, filha. Você e seus irmãos. – Ele tocou as placas de oração que Qinnia havia empilhado na mesa de canto, e seu semblante ficou sério. – Uma parte do meu espírito morreu quando vocês todos desapareceram. Só agora ela parece voltar.

Gostaria de saber como confortá-lo. O pai com quem cresci nunca precisou que o confortassem. Sempre tivera Raikama ao seu lado.

Ele disse com solenidade:

– Quando você se foi, sua madrasta disse que sempre sonhava que você estava viva. Encontrei mais consolo nisso do que imagina.

Raikama tinha dito a ele que estávamos vivos? Irônico, vindo da pessoa que nos amaldiçoou.

Senti uma pequena pontada no peito.

– Eu estava lá quando ela faleceu – falei suavemente. – Ela pediu para lhe dizer que estava arrependida. Ela se importava muito com você.

O rosto de meu pai contraiu-se, longo e fino, os fantasmas escondidos em seus olhos vindo à tona.

– Seus irmãos disseram que você havia partido em uma viagem a pedido dela – ele disse. – Uma viagem que levou você muito além de nosso reino.

– Para Ai'long – confirmei.

– O reino dos dragões... – ele murmurou. – Não acreditei neles, mas você parecia mesmo ter saído do mar quando chegou. Ninguém me disse o motivo de você ter partido, ou o porquê de o último desejo de Raikama ter sido mandá-la para esse lugar.

– Eles não sabiam.

Meu pai me deu um lento aceno com a cabeça, compreendendo.

– Sua madrasta era boa em guardar segredos. Jurei nunca lhe fazer perguntas, mesmo que às vezes fosse difícil.

– Uma promessa cumprida vale mais que mil segredos – eu disse, recitando o provérbio que ele costumava dizer a meus irmãos e a mim.

– Uma lição fácil de ensinar aos meus filhos. Mas não tão fácil de aprender sozinho. – Ele suspirou. – Suponho que seu lado curioso tenha puxado mais a mim do que eu gostaria de admitir.

Ofereci a ele um sorriso fraco. Meus irmãos e eu juramos nunca lhe contar sobre a maldição que Raikama lançou sobre nós, nem que ele havia se casado com uma feiticeira. Ele acreditava que lorde Yuji havia ordenado que os filhos fossem transformados em grous e a filha fosse exilada, e que Raikama havia sido morta por demônios. Ansiava em lhe contar a verdade, mas ela só traria dor.

– Havia um segredo que a oprimia mais do que qualquer outro – meu pai continuou. – Muitas vezes me perguntei se tinha algo a ver com você, minha filha.

Ele olhou para a ave de papel sentada na janela. Kiki estava astutamente imóvel – o que devia estar sendo uma tortura para ela. Se meu pai se lembrava o que ela realmente era, não mencionou.

As palavras seguintes foram ditas com calma:

– Eu fiquei sabendo, desde que você partiu, que você possui habilidades mágicas.

Ele não me deu a chance de confirmar.

– Para sua segurança, fiz o necessário para impedir que isso se espalhasse.

Olhei para minha saia, puxando um fio solto em um dos bordados de borboletas.

– Isso explica. Os guardas que me encontraram... pareciam estar com medo.

Meu pai ficou tenso, como se estivesse deliberando entre me consolar ou me dizer a verdade.

– As pessoas estão com medo de que a magia tenha retornado – ele disse. – Gindara foi colocada em um sono profundo por mais de um mês, e até hoje não sabemos como isso aconteceu. Quando nós acordamos, seus irmãos haviam voltado, sua madrasta estava morta e você... não estava lá. Pior ainda, disseram que você era o sangue puro de Kiata.

Ele disse *sangue puro* como se fosse uma maldição.

– Você não acredita que eu seja – eu disse.

– Não importa no que acredito. O sacrifício do sangue puro é um ritual bárbaro que se encerrou no início do meu reinado. Meu avô foi quem permitiu a morte do último para apaziguar as sacerdotisas das Montanhas Sagradas. Não deixarei esses hereges levarem minha única filha, não importa o que aconteça.

Fiquei em silêncio, lembrando-me do que vi no espelho da verdade.

– E o demônio Bandur? Ele escapou das montanhas e está atacando Kiata.

Meu pai titubeou, surpreso por eu saber daquilo.

– Kiata está segura. Você também estará.

– Mas...

– Há relatos de que as terras agrícolas estão tendo uma estação seca, enquanto as chuvas fortes assolam os nossos céus, o que é incomum para esta época do ano em Gindara. Se eu for chamado para mais reuniões do que o normal, é por isso. Essa coisa de demônios é bobagem, não é nada mais que pesadelos de criança.

– Não é...

– É um pesadelo – meu pai repetiu. – Você acabou de voltar. Não se preocupe com os assuntos de Estado.

Fixei o olhar no pano de marfim no chão. Ele estava tentando me proteger, disso eu sabia. Ele nunca foi de mentir – não para mim, e certamente não para si mesmo.

– Sim, papai – concordei, apenas para que pudéssemos mudar de assunto. – Mas e o Reiji? Ele realmente vai embora semana que vem?

– Foi uma decisão dele – meu pai respondeu com um certo orgulho. – Seus irmãos todos lutaram para salvá-lo desse destino... Benkai até propôs casar-se com a sobrinha do khagan no lugar dele.

– Mas como futuro comandante do alto escalão, Benkai é importante demais para deixar Kiata – murmurei, compreendendo o raciocínio de Reiji. E se meu pai mandasse algum de meus irmãos mais novos, o khagan se sentiria profundamente insultado.

Teria que ser Reiji, o terceiro na linha de sucessão.

– O país está em um momento frágil, Shiori – meu pai disse. – E as relações entre os chefes militares estão, na melhor das hipóteses, tensas. O casamento de Reiji com a filha do khagan consolidará uma aliança muito necessária com A'landi, e a união de Andahai com lady Qinnia trouxe grande apoio do Sul. E agora que você voltou... A situação do seu noivado também deverá ser discutida.

Meu coração deu um salto nervoso.

– Meu noivado?

– Sim, seus irmãos insinuaram que você parecia estar mais favorável do que antes. – Papai acariciou a barba. – Se isso for verdade, seria muito bem-vindo.

A forma como meu rosto corou foi uma resposta suficiente.

– Vamos discutir isso mais à noite – papai disse. – O jantar será em meus aposentos para celebrarmos o casamento de Reiji e o seu retorno.

Um último jantar em família, antes de Reiji ter que partir.

– Sim, papai.

Um sorriso apareceu em seus lábios.

– Estou surpreso que você não tenha perguntado sobre ele. Seu noivo está esperando para vê-la, talvez ainda mais avidamente do que eu.

Takkan? Segurei a respiração.

– Achei que ele tinha ido para casa. Não achei que ainda estivesse aqui...

– Lorde Bushian voltou para Iro há alguns meses – meu pai disse.

Meu ânimo desabou.

– Entendo.

O sorriso do imperador se alargou um pouquinho mais.

– Mas... seu filho ficou.

Naquele momento, levantei os olhos. De repente, meu mundo estava flutuando, e foi difícil manter a calma.

– Onde ele está?

– Ele não foi convidado para a cerimônia. A essa hora do dia, imagino que esteja em uma reunião do conselho. Ele se interessou bastante por...

Aquilo era tudo que eu precisava saber.

– Obrigada, papai! – exclamei. – Nos vemos em breve.

Eu já estava correndo.

CAPÍTULO DEZOITO

Somente por Takkan eu me aventuraria no Ninho das Vespas, o apelido nada afetuoso que dei para o local onde o conselho do meu pai se reunia. Mas fui bem recompensada pelo infortúnio.

Lá estava ele, sentado na primeira fileira da assembleia, com a coluna tão reta quanto a pilha de livros diante de si. Ao vê-lo, soltei uma risada. De todos os lugares para se estar numa gloriosa tarde de verão, Takkan *estaria* lá dentro, ouvindo uma tediosa reunião de conselho. Qualquer outro jovem com a mesma idade estaria perambulando por Gindara ou bajulando outros nobres durante jogos de cartas.

Mas não Takkan. A essa altura, ele provavelmente já tinha lido todos os pergaminhos nos arquivos. E conhecia todos os ministros por nome, assim como seus filhos.

O ministro-chefe Hawar estava falando sem parar, e Takkan estava realmente prestando atenção. Ele não viu Kiki e eu espreitando-o através da janela de treliça.

Meu coração palpitou de ansiedade.

– Parece que ele ainda não ouviu que estou de volta.

O quê?, Kiki disse. *Está preocupada que ele tenha se esquecido de você?* Se ela pudesse revirar os olhos escuros, ela o teria feito. *Foram seis meses, não seis décadas. Ande logo e entre antes que estrague a surpresa. Quero ver o Garoto Rabanete caindo da cadeira quando vir você.*

Aquilo me fez sorrir. Antes que perdesse a coragem, passei pelos guardas e entrei no Ninho das Vespas.

Devia ter me espantado com quão rápido os velhos ministros ficaram de pé num salto, mas eu não dei a mínima atenção. Mal ouvi os gritos de "Shiori'anma, você voltou!" e "Shiori'anma, que intrusão é essa?".

Eu só tinha olhos para Takkan. Kiki estava certa: ao me ver, ele quase caiu do banco de jacarandá. Ele correu para se levantar e se juntar aos ministros fazendo uma reverência uniforme.

– Você não – eu disse, puxando-o pelo braço.

Olhei para os funcionários do meu pai, ignorando as sobrancelhas franzidas e os queixos caídos.

– Estou pegando Bushi'an Takkan emprestado pelo resto da tarde – declarei. – Continuem sem ele.

Apenas o ministro-chefe atreveu-se a mostrar desaprovação. Senti uma pontada de aborrecimento quando ele levantou o nariz de cogumelo e estalou a língua para mim.

Agarrei a mão de Takkan, puxando-o para fora da câmara.

– Corra! – sussurrei assim que cruzamos a porta.

Corremos pelos jardins imperiais. Libélulas zuniam, milhafres cantavam, e o forte perfume de lírios e crisântemos inundaram minhas narinas. Mas não parei até estarmos longe de olhares alheios.

Depois de passarmos pela primeira passarela, Takkan, com razão, perguntou:

– Por que estamos correndo?

– Porque podemos – respondi entre um fôlego e outro. – Porque estive a mil braças debaixo do mar na semana passada. Porque meu pai me disse para agir como se nada tivesse acontecido, e esta é a primeira coisa que a Shiori antiga teria feito.

– Entendo – ele respondeu. E então deu uma piscadinha. – Agora, corra!

Takkan acelerou, e eu corri também, gritando atrás dele:

– Você nem sabe pra onde estamos indo!

– Eu tenho um palpite.

Ele não parou e, por incrível que parecesse, estava indo na direção correta.

Mesmo sendo rápido, Takkan teve apenas seis meses para explorar os vastos jardins do palácio. Eu tive dezessete anos. Afastei-me da trilha de seixos, atravessando os arbustos por um terreno de rochas calcárias planas e passando pela galeria de reflexos. Graças ao atalho, cheguei segundos antes de Takkan ao Pavilhão da Nuvem – um refúgio escondido aninhado entre duas árvores de begônia.

Torci os lábios, saboreando o olhar atordoado em seu rosto quando percebeu que eu o havia derrotado. Ele se curvou, em parte para reconhecer minha vitória, em parte para se inclinar e recuperar o fôlego.

– Toda essa brincadeira com os ministros deixou você fora de forma, jovem lorde Bushi'an – brinquei. – O que aconteceu com as corridas que você fazia em Iro todas as manhãs?

Um sorriso espalhou-se pelo rosto de Takkan, e eu sabia que não estava imaginando a umidade que de repente apareceu em seus olhos.

– Só estou sem fôlego por ver você de novo, Shiori.

Shiori. A maneira que ele dizia meu nome não tinha mudado, como as primeiras notas de uma canção que adorava cantar. De repente, fiquei feliz por ter tomado banho e trocado de roupas.

Um rubor subiu pelas minhas bochechas.

– Os ministros certamente não ensinaram você a falar assim – falei depressa. – Parece que está recitando um daqueles poemas de amor bobos que meus professores me obrigavam a ler. Saiba que eles sempre me fizeram rir. Ninguém é *tão* romântico assim.

Takkan ainda estava sorrindo.

– Então ria – ele disse com toda a seriedade. – Eu senti falta da sua melodia.

Eu senti falta da sua melodia. Apenas Takkan poderia fazer algo tão ridículo parecer um fato. Eu mal conseguia respirar, muito menos rir, e antes que pudesse parar, me joguei em seus braços e disse:

– Senti falta de *tudo* em você.

Ele me abraçou apertado, e deixei a batida do seu coração abafar o barulho do verão. Mesmo naquela varanda isolada, as cigarras cantavam estridentes, e Kiki, que já havia saído voando fazia um tempo, trocava cantos guturais com os outros pássaros. Não havia nenhum outro lugar no mundo onde eu preferiria estar.

– Como você sabia deste lugar?

– Hasho disse que você costumava fugir pra cá quando matava aula.

Fiz uma cara.

– Traidor.

Takkan riu.

– Ele disse que era seu pavilhão favorito. Também se tornou o meu.

Talvez meu irmão mais novo não fosse tão traidor assim. Gostei de imaginar Takkan passando as manhãs aqui, lendo sob as árvores, desenhando algo ou apenas pensando... em mim.

– Quando você voltou? – ele perguntou.

– Ao amanhecer. Mas só cheguei ao palácio há algumas horas. A notícia não se espalhou até o Ninho das Vespas?

Takkan ergueu uma sobrancelha ao ouvir aquele nome, mas não questionou.

– Estávamos em reunião o dia todo.

– Então você deveria me agradecer por salvá-lo – eu disse descaradamente. – Não prefere estar aqui comigo do que com todos aqueles ministros chatos e velhos?

– Eu *sou* chato. *E* mais velho que você.

– Um ano a mais. – Sorri para a cara que ele fez. – Ainda sente falta da minha melodia?

Takkan tocou a covinha que apareceu na minha bochecha esquerda.

– Sempre.

Num instante, meu rosto inteiro esquentou. Percebi o quão perto estávamos um do outro – lado a lado, os cotovelos encostando – e o quão impulsivo da minha parte tinha sido ficar a sós com ele nos jardins. Não era minha intenção que aquilo fosse um encontro, mas ninguém mais saberia disso.

A fofoca seria horrível se descobrissem. Não que eu me importasse.

Por um inverno inteiro, morei na casa de Takkan, o Castelo Bushian. Devido à maldição de Raikama, meu rosto estava escondido sob uma tigela de madeira encantada, e eu não conseguia falar. Mesmo assim, Takkan e eu começamos a nos aproximar.

Tinha levado muito tempo para perceber que o amava, e dava para contar nos dedos de uma mão o número de vezes que estivemos tão perto e sozinhos. Ainda nem tínhamos nos beijado.

Desejei ter tido coragem de beijá-lo. Meu coração batia descontroladamente só de estender a mão para tocar as pontas do cabelo dele. Ainda assim, não me afastei. Uma porção de cabelos pretos dele estava fora do lugar graças à nossa corrida, e quando os coloquei atrás de sua orelha, deixei meus dedos se demorarem.

Takkan tinha ganhado um pouco de cor com os verões escaldantes de Gindara, e em minha mente, eu tocava o contorno de suas feições – o nariz reto e inclinado, o maxilar afilado e a pequena covinha no queixo, os olhos mais honestos que eu conhecia.

Deuses, como senti falta dele.

– Em que você está pensando? – ele perguntou.

Em beijar você, pensei com uma clareza mortificante, mas pela primeira vez fui rápida em impedir meus lábios de dizer as palavras em voz alta.

– Ficar na corte não mudou você – falei em vez daquilo, brincando. – Você não trocou os linhos de Iro pelos brocados de Gindara. Ainda é aquele tom suave de azul que você vestia todos os dias em casa.

– Você parece… a mesma também. Quase.

– Quase? – fingi soar magoada. – Meu cabelo não ficou verde e meus olhos não estão vermelhos.

– Seus olhos estão os mesmos – ele concordou. – Cheios de travessuras e risadas. Mas isto… – As pontas dos dedos dele roçaram a mecha branca-prateada de meu cabelo. – Isto é novo.

Ao seu toque, meu coração pulou e se apertou ao mesmo tempo. Era tentador só deixar as coisas acontecerem, fazer algum comentário tímido e dar um beijo em sua bochecha e ignorar as perguntas em seus olhos. Mas não poderia mentir para Takkan. Eu não queria.

– Foi por usar a pérola – confessei. – Eu… tive alguns problemas com os dragões.

– Com o seu amigo, o príncipe dragão? – Takkan arqueou uma sobrancelha.

– Não, não com Seryu – hesitei. Toda a aventura ainda estava tão fresca em minha memória que podia até sentir o gosto da água do mar nos lábios. – Descobri que o Rei Dragão queria a pérola para si – expliquei. – Foi uma bagunça, mas Seryu me ajudou a sair de Ai'long.

– Então você ainda tem a pérola.

Takkan, como sempre, perspicaz, pensei.

– Sim – respondi. – E logo terei que partir de novo, para cumprir minha promessa.

– Então vou junto. Não quero mais você lidando com dragões sozinha.

– Não estava sozinha. Eu tinha…

– Seryu. – Takkan se encolheu. – Eu sei.

Inclinei a cabeça. Nunca tinha visto ele reagir daquela maneira.

– Eu também tinha a Kiki. – Eu o provoquei: – Não me diga que você sentia ciúmes de Seryu.

Takkan se mexeu, inquieto, e eu não consegui evitar – o diabinho em mim gostou de ver o quanto ele parecia estar desconfortável.

– Você *estava* com ciúmes!

– Ele é um príncipe dragão – Takkan admitiu com um suspiro. – Um príncipe dragão que levou você para o reino dele debaixo d'água. E ele estava claramente interessado em você.

– Interessado? – repeti. – Como você saberia disso? Nem conversou com ele.

– Teria conversado se tivesse tido a chance. – O tom de Takkan era duro, o que me fez esconder um sorriso. – Qualquer pessoa perceberia que ele se importava com você. Seus irmãos com certeza perceberam.

Ah, eu podia imaginar bem aquela cena. Reiji e Yotan atormentando o pobre Takkan, sugerindo a ele que eu ficaria em Ai'long para sempre e me tornaria uma princesa dragoa. Meus irmãos conseguiam ser diabólicos nesse sentido – como eu. Foi uma provação reprimir um sorriso enquanto Takkan prosseguia:

– De certa forma, me confortava saber que ele estaria com você enquanto eu não pudesse estar.

– Mas...?

– Mas pensar que você ficaria para sempre em Ai'long me manteve acordado mais noites do que eu gostaria de admitir – Takkan respondeu. – Dizem que as águas de Ai'long tem o efeito de turvar a mente... e até mesmo apagar o passado. Fiquei preocupado que você fosse me esquecer.

Pensei no elixir que quase havia bebido.

– Todas as lendas têm um fundo de verdade, ao que parece – eu disse suavemente. – Mas agora estou de volta. E não me esqueci de você. – Encostei o nariz no dele e dei uma piscadinha. – Embora tenha sido mais por eu adorar tanto a sua irmã.

A tensão nos ombros de Takkan diminuiu e ele riu.

– Tenho que contar para Megari que você está de volta. Ela continua me perguntando sobre você nas cartas que trocamos.

– Espero que ela não esteja chateada por você ainda estar aqui. Achei que tinha voltado para Iro com seu pai.

– Queria estar aqui quando você voltasse – Takkan disse. – Esperei na praia todas as manhãs, mas justo hoje o conselho quis se reunir para discutir…

Ele parou.

– Discutir o quê?

O brilho em seu rosto se apagou, e suspeitei já saber a resposta.

Demônios. Magia. Eu.

– Eu deveria voltar – Takkan disse. – O Ninho das Vespas vai estar movimentado, e eu não quero perder nada importante.

– O que estão dizendo sobre mim? – perguntei. Meu pai tentou me proteger, mas eu confiava que Takkan me diria a verdade.

Ele hesitou.

– Os ministros têm sido cautelosos desde que você partiu para Ai'long. Seus irmãos e eu tentamos dar desculpas, mas quando se espalhou o boato de que você seria uma feiticeira e a sangue puro, não havia muito o que pudéssemos fazer.

Encostei-me na varanda, o rosto coberto metade pela sombra e metade pelo sol.

– Eles me odeiam. Só não deixam na cara por causa do meu pai.

– Shiori…

Não deixei Takkan continuar.

– Quando eu estava em Ai'long, tive uma visão de casa. – Minha garganta fechou. – Vi as florestas queimando… Vi Bandur sair das montanhas. – Quando eu disse o nome do demônio, foi como se dedos gélidos se fechassem em torno de meu coração. – Ele tinha se libertado.

– Então você sabe. Seu pai não queria que soubesse.

– Conte-me tudo.

Takkan inspirou.

– Mesmo depois que você se foi, Gindara ainda dormiu por semanas – ele disse depois de um tempo. – Mas quando a primavera chegou e todos acordaram, ficou claro que a magia havia retornado para Kiata. As pessoas entraram em pânico e alguns dos aldeões começaram a relatar que as árvores da floresta estavam morrendo. Eles ouviam gemidos e risadas no meio da noite. Seus irmãos e eu fomos investigar, e encontramos uma fissura ao longo da superfície do pico central.

A mesma que Raikama havia criado para me libertar das garras de Bandur. Eu não teria escapado das montanhas sem ela.

– Nós a chamamos de fenda – Takkan falou. – Ela brilha dia e noite. Mas até onde sabemos, somente Bandur consegue passar. Os outros demônios permanecem lá dentro.

A magia que coloquei nas montanhas não vai durar para sempre, Raikama me avisara.

Se pelo menos eu a tivesse ouvido antes. Usar a pérola custou-lhe a vida, e tudo pelo quê? Meio ano depois, Bandur já tinha encontrado uma saída.

Queria que ela estivesse aqui. Ela saberia o que fazer.

– Ele foi visto rondando as aldeias na fronteira com as Montanhas Sagradas –Takkan disse. – Houve relatos de ataques a habitantes dos vilarejos, mas ele parece estar enfraquecido e não consegue ficar fora das montanhas por muito tempo. Até agora, não houve nenhum sinal dele em Gindara.

– Isso vai mudar agora que voltei – eu falei com os dentes cerrados. – Ele está esperando por mim.

Não disse mais nada, mas Takkan conseguia ver as emoções em conflito em meu rosto: *Eu não devia ter voltado. Devia ter ficado em Ai'long.*

– O que quer que você esteja pensando, não faça isso – ele falou calmamente. – Este é o seu lar. É a este lugar que você pertence.

Essas eram palavras às quais me agarrei durante os longos meses em que estive sob a maldição de Raikama, sozinha, sem voz e sem casa, assim como quando estive em Ai'long, desejando ver minha família de novo. Estava desesperada para acreditar nele, mas no fundo eu sabia: se não houvesse lugar para a magia em Kiata, eu também nunca teria o meu.

Não adiantava se lamentar. As coisas eram como eram. Eu tinha voltado e precisaria enfrentar as consequências. *Primeiro, temos que mandar Bandur de volta para as montanhas*, pensei. *Quanto antes, melhor.*

– Você vai me levar lá? – perguntei a Takkan. – Eu quero ver a fenda com meus próprios olhos.

– Quando?

– Hoje não – eu disse, refletindo. – Vai escurecer em breve, e tenho que comparecer ao jantar com meu pai. Vou amanhã. – Hesitei. – Você vai se juntar a nós, não vai? No jantar, digo.

Takkan piscou.

– Nunca fui convidado.

Claro que ele não tinha sido. Jantar com o imperador era uma grande honra, e a última interação da qual me lembrava envolvendo papai, Takkan e eu, foi quando pulei de uma janela para escapar do nosso noivado.

– Agora você está sendo – falei. – Venha comer conosco. Reiji partirá para A'landi no final da semana, então teremos pouco tempo para refeições em família.

Corei, percebendo que, sem querer, o chamei de família.

Mesmo se não tivesse chamado, aquele era um convite carregado de significado. Todos presumiriam que estávamos retomando nosso noivado.

Takkan deve ter percebido o que eu estava pensando. Ele começou a falar, proferindo um amontoado de bobagens educadas sobre como eu não precisava convidá-lo, mas eu o interrompi com um gesto.

Falei por cima de sua voz com firmeza:

– Vejo você no jantar.

CAPÍTULO DEZENOVE

Eu havia subestimado o quanto minha família ficaria satisfeita em ver Takkan no jantar. Assim que sua presença foi anunciada à porta do imperador, meus irmãos começaram a sorrir de orelha a orelha.

Ficou claro que Takkan conhecera minha família enquanto estive em Ai'long. Quando meu pai não estava olhando, Reiji deu as boas-vindas a ele com um tapinha nas costas, e Yotan pôs um copo de madeira cheio de vinho de arroz em sua mão.

– Beba – ele disse. – Mas não muito rápido. Não vai querer ficar bêbado em seu primeiro jantar de *família*, não é?

Takkan se engasgou com a própria respiração, e eu levantei a manga para esconder uma risada. Sempre poderia contar com Yotan para aliviar qualquer clima.

Você vai ficar bem, falei apenas com os lábios para Takkan. Precisei de todo meu autocontrole para não pegar sua mão e apertá-la.

Ele estava vestindo azul – a cor da sua família, e a cor que eu mais amava vê-lo usar. Um manto simples de linho envolvia os largos ombros, e eu não sabia como, mas o cinto de amarras pretas na cintura o fazia parecer robusto e erudito ao mesmo tempo. O "conjunto rústico", como Yotan teria descrito, confirmava que Takkan não dava muita atenção às modas da corte. Qualquer outro lorde teria se coberto de seda, jade e ouro para jantar com o imperador, mas eu duvidava que

Takkan tivesse pensado naquilo. Provavelmente estava mais preocupado com as manchas de tinta nas pontas dos dedos. Elas estavam sempre ali, desde que o conheci em Iro, embora mais fracas do que estavam naquela noite. Ele deve ter esfregado os dedos por um bom tempo antes do jantar.

– Seja bem-vindo, Takkan – meu pai disse, dirigindo-se ao jovem lorde ajoelhado.

– Obrigado, Vossa Majestade.

– É a primeira vez em muito tempo que Shiori não está atrasada. Acho que eu deveria agradecê-lo por isso.

– Deveria, papai – respondi por Takkan. Esperava que a resposta atrevida escondesse meu nervosismo. – Mas também deveria agradecer aos cozinheiros. Ouvi dizer que eles serviriam pato e ovos cozidos no vapor.

De fato, serviram.

Depois da viagem a Ai'long, eu teria me contentado com apenas uma tigela de arroz e sopa. Mas uma variedade surpreendente de pratos começou a chegar: queijo de soja que derretia na boca feito seda líquida, ovos cozidos no vapor tão perfumados e amarelos quanto flores de lótus no verão e pato assado macio e crocante, com um molho apetitoso que reguei sobre o arroz.

Se ao menos eu pudesse aproveitar a refeição sem brincadeirinhas pela presença de Takkan. Até Wandei, que geralmente é mais reservado, agitava as sobrancelhas em minha direção a cada chance que tinha.

Coloquei a tigela na mesa com relutância e limpei a garganta.

– Meu pai perguntou esta manhã se eu gostaria de realizar a cerimônia de noivado com Bushi'an Takkan novamente. – Minha voz tremeu. – Eu deveria... antes que Reiji parta para A'landi. – Olhei para Takkan. – Mas entendo se ele quiser esperar, já que a família está em Iro.

Um sorriso apareceu nos lábios de Takkan.

– Aprendi com você, Shiori, que é melhor não esperar muito.

Meus irmãos esconderam as risadas por trás das taças levantadas, mas pela primeira vez não olhei para eles. Eu também sorri.

– Então está resolvido – meu pai disse. – Já pedi ao sumo sacerdote Voan para escolher uma data. O nono dia deste mês parece ser o mais propício.

Aquilo seria em apenas três dias! Acomodei-me no meu lugar, o sorriso no rosto rapidamente perdendo o brilho. Eu deveria estar feliz. Queria estar.

Mas continuei olhando para o lugar vago ao lado de meu pai, onde Raikama se sentaria, e minha promessa não cumprida me corroeu. Takkan sabia que eu ainda tinha a pérola, mas não disse a ele – nem a ninguém – que precisava ir para Lapzur.

– Ao lorde Bushi'an e à Shiori – Andahai disse, levantando sua taça. – Que seus fios sejam atados desta vida até a próxima. Desejo a vocês toda a felicidade.

Reiji seguiu o brinde.

– E que alívio que finalmente não sou o centro das atenções – ele acrescentou. – Durante toda a semana celebramos meu casamento com uma princesa de papel.

– Sim, e rezando para que ela seja tão bonita quanto parece ser nos quadros – Hasho brincou.

Reiji bufou, mas bebeu o copo inteiro em um gole mesmo assim.

Levei minha taça de vinho aos lábios e bebi devagar. Nunca gostei de vinho de arroz, e aquele estava particularmente amargo, como se eu estivesse mastigando um punhado de folhas de chá cruas.

E então algo começou a queimar.

Cuspi o vinho de volta na taça, mas o veneno agiu rápido. Uma dor brutal atravessou meu peito e comecei a engasgar, o sangue deixando meu rosto. A taça de vinho escorregou da minha mão e caiu no chão ladrilhado.

Quando me dei por mim, tinha caído e minha bochecha estava pressionada contra os azulejos frios.

O mundo girou enquanto passos corriam em minha direção. Meus irmãos – todos os seis – estavam ao meu lado, os rostos indistinguíveis entre si.

– Veneno! – Hasho gritou.

– Alguém peça ajuda!

Os gritos deles foram ficando abafados, e tudo que via era Qinnia tentando afrouxar meu colarinho para que eu pudesse respirar. Fumaça preta circundou meus olhos, e quando o ar escapou dos meus pulmões, uma sombra envolveu Qinnia. Sua pele ficou pálida, e as pupilas estavam vermelho-sangue.

– Bem-vinda de volta, Shiori – Bandur falou através dos lábios rosados de Qinnia. – Você não me esqueceu, não é?

– Como... como você está aqui? – engasguei-me. – Aqui... Dentro de Qinnia?

– Não se lembra? – Qinnia pegou um punhado de tâmaras vermelhas. O movimento foi lânguido, e meu coração deu uma guinada quando ela os esmagou no punho.

O suco escorria entre seus dedos feito sangue, em finos riachos sinuosos.

– Seu sangue me libertou. Não estou mais preso às montanhas, como os outros estão. Eu estive aqui. Observando você.

Meus olhos se arregalaram de horror.

O rosto de Qinnia se deformou em um horrível sorriso de escárnio.

– Por que está chateada? Você deveria me agradecer pela ajuda enquanto esteve fora. Nove sacerdotisas das Montanhas Sagradas juntaram-se ao Senhor Sharima'en, graças a mim. Três entraram no fogo, duas no mar e as outras quatro... bem, elas sentiram vontade de provar da ponta de uma adaga. – Ele lambeu os lábios. – Não podia arriscar transformarem você em cinzas. Seu sangue é precioso demais para isso.

– Saia de Qinnia – sussurrei. – Deixe-a em paz.

– O rosto dela incomoda você? – Bandur fingiu fazer biquinho. – Em quem prefere que eu more? Eu poderia ser qualquer um que você conhece. Um de seus servos, seu pai. Até mesmo seu amado Takkan.

Aquilo foi o bastante. Lancei-me em Qinnia, mirando em seus olhos.

Graças aos grandes deuses, ela gritou. Andahai a empurrou para longe de mim um segundo antes que eu a acertasse.

Sombras apagaram as lanternas, e a risada de Bandur ecoou pelas paredes. *Economize suas energias, Shiori. Ou você pretende matar a esposa do príncipe herdeiro? Ela quem morreria, não eu.*

Horrorizada, cambaleei para trás e meu mundo todo girou. Eu estava no chão. Hasho tentava enfiar algo em minha boca. Mordi os lábios, recusando-me a beber. Não confiava em mais ninguém, nem mesmo nele.

Pare de resistir, Bandur disse. *Seu irmão está tentando salvar você.*

Seu conselho só me fez fechar a boca ainda mais forte.

Acha que envenenei você? Ele riu. *Apenas um imbecil a mataria enquanto estivesse ligada à pérola do Espectro. Embora eu possa dizer que estou aliviado por você não ter entregado ela ao Rei Dragão.* A sombra de Bandur passou por cima de mim, refletindo através da mecha branca em meu cabelo enquanto ele ronronava: *Eu estava preocupado de não ter chance de pegá-la.*

– Nunca – vociferei.

Nazayun falhou porque ele não soube a maneira certa de... seduzir você. A voz de Bandur encontrou meu ouvido. *Não vou cometer esse erro. Paciência é a virtude de um demônio, não a de um dragão.*

Um dos meus irmãos beliscou meu nariz e, enquanto eu resistia, um líquido quente escorreu pela minha garganta. O amargor em minha boca se dissolveu quase no mesmo instante.

Isso... Respire. Bandur inspirou, zombando da minha respiração ofegante. *Pronto, pronto.*

O mundo começou a clarear, e meus irmãos e Takkan pairavam preocupados sobre mim. Qinnia havia recuado para o outro lado da sala.

Espirais de fumaça saíram de seus olhos – fumaça que, ao que parecia, apenas eu conseguia ver. À medida que evaporava e sumia, ainda era possível ouvir Bandur. *Aproveite o tempo em casa, Shiori. Não deixe que matem você antes de mim.*

Ele desapareceu num sopro de nuvem, e Qinnia tremeu violentamente antes de afundar na cadeira.

– Estou bem – ela disse quando Andahai se aproximou. Os olhos dela estavam nublados, e pela maneira como sorriu, eu duvidei que soubesse o que tinha acontecido. – Estou bem – repetiu. – Ajude Shiori.

Takkan pressionou meu pulso, então me pôs de volta na cadeira.

– Isso, Shiori. Respire. Devagar.

Enquanto eu tentava respirar, Hasho colocou uma pequena garrafa em minhas mãos.

– É de Raikama – ele disse. – Beba mais se você ainda se sentir mal.

Raikama?

– Ela deixou para nós – meu irmão explicou, percebendo que ouvir sobre ela me confortava. – É um antídoto para os tipos mais comuns de veneno. Ela deve ter imaginado que um dia precisaríamos dele.

Finalmente parei de morder o lábio. Mesmo depois de morta, minha madrasta me salvara.

Agarrei a manga de Hasho, me puxando para cima.

– Ele estava aqui – sussurrei com a voz rouca. – Bandur…

Meu irmão e Takkan trocaram olhares.

– Tem certeza? – Hasho perguntou.

– Sem dúvida nenhuma. Ele… estava dentro de Qinnia. – Olhei para ela. – Ela está bem?

A princesa consorte parecia tão confusa quanto abalada. Ela largou as tâmaras que estavam em suas mãos, visivelmente trêmula enquanto limpava as manchas dos dedos em um pano. Não olhou para mim, o que era compreensível. Pelo menos seus olhos estavam claros agora.

Bandur não estava lá. Por enquanto.

– Você está bem? – Andahai perguntou à esposa. Sua voz estava tensa. Ele não tinha ouvido o que eu disse a Takkan e Hasho, e devia estar furioso.

Quando Qinnia deu um aceno manso com a cabeça, alguns dos servos franziram a testa. Dava para imaginar no que estavam pensando. Que eu estava com ciúmes da nova princesa, e havia enlouquecido durante a viagem. Que eu realmente *era* uma feiticeira perigosa.

Minha boca ficou seca. Queria explicar tudo, mas aquele não era o momento.

– Eu gostaria de me retirar – disse ao meu pai com a voz mais baixa e calma que consegui. – Takkan pode me escoltar até o quarto?

Aquele normalmente era o papel de Hasho, ou mesmo de Benkai, mas papai olhou para Takkan, e então assentiu.

– Vá. E não saia de lá até que eu mande chamá-la.

Antes de sair, troquei um olhar com Hasho, sabendo que poderia confiar nele para liderar a investigação. Ele explicaria aos meus irmãos – especialmente a Andahai – o que havia acontecido.

– O que você viu? – Takkan perguntou baixinho assim que estávamos a sós no corredor.

– Bandur. – Eu me arrepiei, ainda assustada. – Ele falou comigo através de Qinnia.

– O que ele disse?

– Estava de bom humor. Gabou-se do fato de poder assumir o corpo de qualquer pessoa que desejar. Disse que não foi ele que me envenenou, mas que matou nove sacerdotisas das Montanhas Sagradas.

Takkan parou de andar.

– Talvez não devêssemos ir à fenda amanhã.

– Não devêssemos? – exclamei. – Bandur sabe que voltei. Não adianta me esconder.

– Shiori, ele tentou matar você.

– Não foi ele.

– Como você sabe?

Ele me disse, foi o que quase falei antes de perceber como aquilo soaria ridículo.

– Tem que haver um ritual para cortar meu vínculo com a pérola.

– Ele quer você nas Montanhas Sagradas. Você estaria caindo nos truques dele.

– Eu preciso ver a fenda – insisti. – Posso encontrar um jeito de prendê-lo lá de novo.

Takkan não discutiu, embora fosse visível que ele não estivesse convencido.

– Vamos discutir isso amanhã. Você precisa descansar. – Ele deu um passo para trás. – Manterei guarda lá fora.

– Você não é meu guarda-costas.

– Não sou – ele concordou. – Sou seu noivo. Oficialmente a partir de hoje, mais uma vez, o que significa que você não pode me dispensar. – Então ele se acomodou em um canto. – Agora vá dormir.

Continuei de pé na porta do meu quarto.

– Você é impossível, Bushi'an Takkan – murmurei, alto o suficiente para que ele ouvisse. – Gostava mais de você quando eu tinha uma tigela na cabeça e você não fazia ideia de quem eu era.

Era mentira, e nós dois sabíamos.

Ele se curvou, completamente imperturbável.

– Vejo você amanhã, Shiori.

De alguma maneira, em meio ao perigo que nos espreitava, aquelas foram as palavras mais doces que ouvi em meses.

CAPÍTULO VINTE

A manhã tinha acabado de começar e Hasho ainda estava roncando quando entrei em seu quarto. Desde a infância, meus irmãos e eu tínhamos quartos conectados, e aquela não era a primeira vez que eu estava roubando as roupas deles para sair do palácio sem avisar. Geralmente pegava as de Hasho, já que o quarto dele ficava ao lado do meu. Sortudo.

Eu já havia colocado vestes mais simples, mas precisava de um chapéu para esconder o cabelo e o rosto. Hasho tinha vários, então peguei emprestado um azul que combinava com a túnica de algodão listrada que vesti. Lembrei-me depois de tirar duas adagas da coleção de armas dele e as amarrei no cinto.

Takkan já estava acordado e esperando por mim. Ele realmente *ficou* a noite toda do lado de fora do meu quarto.

– Onde estão os guardas? – perguntei em vez de cumprimentá-lo. Costumava haver pelo menos dois do lado de fora de cada um dos aposentos de meus irmãos.

– Foram dispensados. As criadas também. Seu pai não confia em mais ninguém para servi-la até que o assassino seja encontrado. – Takkan fez uma pausa, percebendo meu disfarce com uma leve levantada da sobrancelha. – Suponho que você não tenha mudado de ideia sobre as Montanhas Sagradas.

– Parece que mudei? – Mexi no chapéu de Hasho, enfiando uma mecha de cabelo prateado esvoaçante para debaixo dele. Então toquei a bolsa. Dentro estavam a pérola e o espelho da verdade. – Vamos.

Takkan deu um passo para o lado, bloqueando o caminho.

– Seu pai proibiu você de sair do quarto.

– Se ele quisesse que eu o ouvisse, não teria mentido para mim sobre os demônios.

– Seus irmãos também me pediram pra garantir que você fique aqui.

– Então eles é que deveriam vigiar meu quarto, não você. Não preciso da permissão deles... nem da sua.

Passei por ele, e a mandíbula de Takkan se tensionou num claro sinal de que não aprovava o que eu estava fazendo. Kiki também não, porém ela foi muito mais explícita em relação ao seu desagrado.

Ainda tem água do mar na sua cabeça, Shiori? Alguém tentou matar você ontem à noite. Você deveria ficar em casa, onde é mais seguro.

– Seguro? – repeti. – Bandur estava no palácio. Ele possuiu Qinnia... – Fechei os punhos. – Não voltei de Ai'long só para ficar aqui parada. Eu vou encontrá-lo.

Mas...

– Quem tentou me matar ainda está no palácio. Não vão parar de tentar só porque estou presa no meu quarto. Estarei mais segura lá fora.

A ave de papel puxou o cabelo de Takkan, implorando pelo seu apoio.

Antes que ele pudesse falar algo, avisei:

– Você não vai me fazer mudar de ideia. Pode vir comigo, ou eu posso ir sozinha.

Ele não queria ceder. Pelos Fios de Emuri'en! Tinha esquecido como Takkan conseguia ser teimoso.

– Shiori, por favor, fique no quarto.

– Afaste-se – ordenei com arrogância. Coloquei a mão na testa dele. – Seryu me ensinou um feitiço para dormir, e não tenho medo de usá-lo em você.

Um músculo na mandíbula de Takkan tremeu, e ele tentou de novo, de uma forma gentil.

– Pense no que aconteceu ontem à noite...

– Eu *estou* pensando em ontem à noite. Há um demônio à solta, e sou a única que pode detê-lo. – Joguei Kiki dentro do chapéu antes que ela também protestasse. – Agora, você pode vir comigo como meu guarda-costas, ou pode tirar uma soneca e me receber quando eu voltar.

– Os portões estarão fechados...

Os portões eram a menor das minhas preocupações.

– Eu conheço um atalho.

Embora Takkan não dissesse uma palavra, dava para perceber que estava confuso quando, em vez de irmos para os portões de entrada, eu o levei ainda mais fundo no palácio. Evitamos os corredores e os caminhos mais utilizados, cortando pelo pomar de frutas cítricas e pelos jardins de pedras até o lugar que um dia tanto amei e temi.

– Os aposentos do Portão da Lua – murmurei, abrindo as portas de madeira.

A residência de Raikama sempre foi silenciosa, mas era desconcertante não ver guardas a postos por todo canto, ou servos rondando os quartos. Lá dentro, buquês de crisântemos e incensos velhos inundaram minhas narinas – cheiros de oração e luto.

As portas da sala de audiências estavam totalmente abertas, algo que nunca acontecia quando Raikama estava viva. Ela não costumava receber visitas.

Entrei com passos hesitantes.

– Quando eu era pequena, costumávamos correr atrás uns dos outros nesta sala – falei, gesticulando para as paredes douradas. – Depois, quando ficávamos tontos, costumávamos nos encher de bolos e de pêssegos e fingíamos viver na Lua. – Senti tanta falta daquela época que era até difícil respirar. – Um dia entrei escondida no jardim e perdi a confiança de Raikama. Na última vez em que estive aqui, pensei que meu pai tinha me chamado para me desculpar com ela, mas na verdade ele pretendia anunciar meu noivado... com você.

Takkan, porém, não titubeou. Ele sabia muito bem o quanto eu *não* queria me casar com ele.

– Suponho que você não tenha aceitado bem a notícia – ele disse.

– Eu preferiria ser condenada à morte – respondi de maneira seca. – Chorei tanto que meu pai quase anulou o noivado ali mesmo, mas Raikama não deixou.

Mesmo depois de todos aqueles anos, a lembrança ainda era vívida.

Tinha me jogado no chão, praticamente beijando a madeira enquanto me curvava. Esperava que aquilo pudesse compadecer meu pai, mas estava errada.

– Já terminou o espetáculo? – ele havia perguntado.

Eu tinha nove anos, mas já estava bem familiarizada com a ira do imperador para saber que, quando ele não demonstrava raiva, a situação era séria. A voz dele estava calma, com apenas um leve indício de desagrado.

O comportamento de Raikama só aumentou minha preocupação. Ela nem sequer se movia. Além de não ter dito absolutamente nada.

– Madrasta – implorei, me jogando em sua direção. – Por favor, não me mande embora por ter ofendido você. – Pressionei a testa no chão, todo o meu orgulho tendo se esvaído. – Vou me comportar. Eu prometo.

Raikama levantou o leque bordado de cobras e orquídeas brancas. Ela o abriu num estalo que pontuou suas próximas palavras:

– Promessas não são brinquedos para serem jogadas pra lá e pra cá. – Um brilho dourado passou pelos olhos dela. – Você aprenderá essa lição, Shiori, para o seu próprio bem.

Comecei a protestar, mas minha cabeça ficou leve de repente. O grande discurso que ensaiei fugiu da língua, e meu corpo amoleceu, atordoado, até formar uma reverência. Repeti:

– Sim, madrasta. Deixarei Kiata, se é isso que deseja. Você não voltará a me ver.

O leque de Raikama vacilou e, quando olhei para cima, seus olhos estavam levemente úmidos. Por um instante, esperei que ela fosse ceder. Que me envolveria num abraço e me perdoaria.

Mas os olhos dela ficaram frios de novo, e então ela fechou o leque com tanta força que pensei que se quebraria ao meio. Sem dizer mais nada, ela se levantou e deixou a sala.

Foi naquele dia que aprendi a endurecer o coração. E que perdi uma mãe.

Takkan tocou meu ombro.

– Shiori?

Eu esperava enfrentar demônios hoje, não meu próprio passado. Engoli o nó na garganta e segui pelo corredor.

– A essa hora, ela estaria na sala de bordado – eu disse. – Costurando bordados de orquídeas-da-lua ou lírios. Ela estava sempre costurando, embora não tivesse muito talento para isso. Duas senhoras ficavam do seu lado, mas ela quase nunca lhes dirigia a palavra. Elas deviam morrer de tédio.

O bastidor ainda estava lá, mas as linhas e os carretéis haviam sido guardados, as janelas foram fechadas e as lanternas, retiradas.

Fiz um gesto em direção a um canto perto da janela.

– É onde eu me sentava – disse a Takkan, com a voz suave. – Fiquei trabalhando, encolhida naquele canto, em uma peça de tapeçaria para me desculpar com você e sua família. Demorou quase um mês, e a cada duas horas Raikama vinha checar se meus pontos não estavam tortos. – Um sorriso melancólico se abriu em meus lábios. – Naquela época, eu a odiava… e odiava você, por me fazer perder o verão.

Takkan sorriu de volta.

– Fico aliviado que seus sentimentos mudaram em relação a nós dois.

– Eu também.

Agachei-me ao lado do baú de costura, nervosa para abri-lo. Ontem à noite, procurei em meu quarto pelo novelo de linha vermelha que Raikama uma vez guardara. Eu podia jurar que o deixei no armário por segurança, mas não estava lá.

Pelas Cortes Eternas, rezei para que de alguma forma ele houvesse encontrado o caminho de volta para cá, entre os pertences de Raikama.

Com dedos trêmulos, abri o baú e vasculhei o interior dele. Aninhado debaixo de um grande estoque de fios e linhas de costura, havia um pequeno novelo vermelho, tão simples e comum que ninguém jamais acharia que era algo especial.

Eu mesma não achei que fosse.

– O que é isso? – Takkan perguntou enquanto eu tirava o fio vermelho do baú, manuseando-o com o mesmo cuidado que teria se fosse um ovo de grou.

Peguei a mão dele, trazendo-o em direção ao Jardim da Lua.

– Você vai ver.

O lago ainda estava cheio de carpas, e nos canteiros, flores de lótus flutuavam em completa paz. Os dosséis de glicínias roxas aumentaram de tamanho, caindo sobre as árvores altas que davam sombra ao jardim. Mas algo estava diferente: não havia mais cobras.

– Este era o santuário de Raikama – eu disse. – Ela costumava vir aqui todos os dias para se sentar à beira da água e conversar com as cobras. Ela trazia meus irmãos aqui, mas nunca me trouxe. Nunca soube o porquê, e isso me incomodava bastante. Éramos próximas naquela época, como mãe e filha. Sempre quis vir aqui, então um dia entrei escondida por causa de um desafio. Eu deveria roubar uma das cobras dela, mas Raikama me pegou.

– Isso fez ela parar de confiar em você – Takkan disse, juntando as peças do quebra-cabeça.

– Ela ficou furiosa. Depois disso, nunca mais foi a mesma. – Minha voz ficou pesada. – Durante anos, achei que fosse por causa do que fiz, mas não era. As cobras são sensíveis à magia. Elas sentiram a minha e contaram para Raikama. Ela fez tudo o que pôde para esconder meus poderes e impedi-los de se manifestar, mesmo que fosse preciso ficar longe de mim.

– Ela sabia o que aconteceria se as pessoas erradas descobrissem que você era o sangue puro – Takkan concluiu. – Ela estava protegendo você.

– Estava. – Afundei no capim alto, ajoelhando-me ao lado do salgueiro-chorão que abrigou minha madrasta nos últimos momentos de sua vida. – Ela estava sempre me protegendo.

Vasos de orquídeas-da-lua haviam sido dispostos pelo jardim sobre rochas planas para homenagear a consorte imperial, mas algumas das flores começaram a secar sob o calor do verão. Toquei nas pétalas caídas, liberando um pequeno fio de magia para carregá-las até o céu brilhante.

Por um momento, eu pude vê-la nas nuvens. Os olhos iridescentes, o longo cabelo preto que brilhava mesmo no escuro, a misteriosa cicatriz na bochecha. Mas logo ela desapareceu, vivendo apenas em minha memória.

Engoli em seco, reencontrando a voz aos poucos.

– Ela não era perfeita. Cometeu erros, erros egoístas. Mas se importava comigo mais do que eu poderia imaginar. – Ergui o novelo de linha vermelha. – Antes de morrer, ela usou isto para me ajudar a escapar das Montanhas Sagradas.

Takkan tocou a ponta solta do fio, enfiando-o de volta no novelo.

– Está encantado.

– Com magia de Emuri'en – confirmei. *O poder do destino.*

Girei o novelo nas mãos.

– Estou começando a pensar que a magia nunca saiu de Kiata. Não completamente. Os deuses apenas a enterraram no coração de nossa terra, onde ela ficou adormecida.

Imaginei um jardim sob uma nevasca perpétua, raízes e bulbos aguardando pelo degelo.

A magia estava despertando. Conseguia senti-la no novelo de minha madrasta, e em Kiki, que a cada dia se tornava ainda mais viva. Conseguia senti-la até quando me inclinava em direção ao lago, procurando nas profundezas pela passagem encantada que havia ali embaixo.

Segurei o novelo sobre ele, e as águas ondularam sutilmente. Como se estivessem esperando.

– Leve-me para as Montanhas Sagradas.

CAPÍTULO VINTE E UM

Seguimos o novelo e surgimos em meio à floresta, não muito longe das Montanhas Sagradas. Uma viagem que, como Takkan havia me informado, geralmente levava uma manhã inteira a cavalo.

A fenda estava a uma curta distância de nós, mas Takkan queria explorar melhor a área antes de chegarmos mais perto.

– Os demônios sabem que você está de volta – ele explicou de maneira sombria. – Todo cuidado é pouco.

Takkan me levou por um caminho que dava em uma passagem pelas montanhas, e subimos devagar, em silêncio. Quando finalmente o brilho da fenda veio à tona, prendi a respiração. Eu já a havia vislumbrado através do espelho da verdade, mas, de perto, parecia diferente.

Está maior, percebi.

A fenda agora se estendia até a metade do pico de montanha mais alto, tão alta e larga quanto uma árvore de salgueiro. Uma luz escarlate irradiava da abertura tortuosa, que parecia uma ferida pingando sangue. Ou um rio com olhos de demônio.

Agarrei um galho baixo de árvore e subi para enxergar melhor. Na base da fenda havia um acampamento de sentinelas e soldados formando um cordão ao redor da montanha.

– É prudente ter todos aqueles homens ali para nos proteger contra Bandur? – perguntei a Takkan. – Se ele pode possuir Qinnia…

– Ele não é invencível – Takkan respondeu. – Nem pode ficar longe da fenda por muito tempo. Sempre volta depois de algumas horas. Os soldados avisam Benkai quando há algum movimento e quando ele retorna à fenda. É mais difícil conseguir vê-lo quando ele sai, pois geralmente é de noite.

– Ele está lá dentro agora – afirmei.

Takkan acenou com a cabeça.

Era um alívio, mas ainda assim franzi o rosto.

– Entendo as patrulhas, mas não precisamos de tantos soldados assim.

– Acontece que não são apenas os demônios que nos preocupam. – Takkan chamou a minha atenção de volta para a floresta. – Vê aqueles trechos queimados?

Subi mais um pouco para ter uma visão mais ampla, mas já sabia do que ele estava falando. O espelho da verdade havia me mostrado, e eu tinha notado os bosques de árvores carbonizadas quando chegamos.

– Não foi Bandur?

– Não. São os moradores de Kiata. – Takkan baixou a voz. – A notícia de que há um demônio em Gindara está se espalhando. Seu pai e seus irmãos tentaram ao máximo abafá-la, mas o medo se espalha mais rápido do que qualquer incêndio. Desde que você se foi, muitos vieram para a fenda e tentaram queimar a floresta para acabar com o mal.

Engoli em seco. Era uma questão de tempo até que o país inteiro soubesse sobre Bandur. No fundo, aquilo me incomodava mais do que o próprio Rei Demônio.

– Os soldados são reforços necessários até encontrarmos uma maneira de fechar a fenda – Takkan disse. – Seu pai permitiu que um par de feiticeiros viesse investigar as montanhas. Esperamos que eles encontrem uma solução.

Aquilo foi uma surpresa. Nenhum feiticeiro visitava Kiata há séculos.

– Eles estão na fenda? – perguntei, saltando da árvore. – Gostaria de conhecer...

Parei a frase no meio. O ar havia mudado. O calor fora embora, junto com a camada pegajosa de umidade. O frio pinicou minha pele.

– Shiori… – sussurrou o vento. – Shiori.

O chão começou a tremer. A princípio, era apenas uma vibração, chacoalhando as árvores mais próximas. Então um tremor feroz sacudiu a terra. Pássaros saíram gritando e pedras caíram da encosta da montanha, forçando os soldados a se dispersarem e saírem de seus postos.

Dobrei os joelhos para recuperar o equilíbrio, e Kiki escorregou sob o chapéu de Hasho. Ao longe, a fenda brilhou avermelhada.

– *SHIORI!* – o vento sussurrou de novo, agora com mais urgência. – *SHIORI!*

Não era o vento. Eram os demônios. Eles sabiam que eu estava lá!

– O sangue puro chegou – eles clamaram.

– Ela veio para nos libertar.

– Devemos acordar o rei…

– Não vim libertá-los – declarei. Ousei dar um passo à frente. – Vim garantir que vocês nunca sairão.

– Isso é o que veremos.

A ira dos demônios pulsou sob meus pés, e agarrei Takkan pela mão. Juntos, tropeçamos repetidamente a cada passo, até a terra se aquietar de novo e o frio se dissipar.

– O que foi isso? – Takkan perguntou.

Não consegui responder. Das árvores saiu o maior e mais feroz falcão que eu já havia visto, com listras de tigre nas plumas lustradas e orelhas pontudas como as de um gato. Kiki soltou um grito horrível quando as garras dele derrubaram o chapéu de minha cabeça, por pouco não a atingindo.

– Heedi! – gritou uma voz invisível. – O que eu ensinei a você sobre atacar nossos amigos? Peça já desculpas.

O falcão baixou a cabeça para Kiki, e depois mergulhou para o braço de um garoto. Um garoto de sorriso torto que eu reconheceria em qualquer lugar.

– Gen! – gritei.

O feiticeiro se curvou.

– Minhas desculpas pela feiticeira Heedi. Ela fica animada quando há atividades demoníacas por perto. E ainda bem, senão eu não teria visto você e Kiki! Vocês parecem estar tão bem, recém-exiladas do reino dos dragões. – Ele mandou um beijo para a minha ave. *Especialmente você, Kiki.*

Você consegue *me ouvir!*, ela exclamou, logo perdoando Gen pelo incidente com o falcão. *Fiquei me perguntando sobre isso.*

– Sempre tive afinidade com os pássaros – Gen confessou. – Eles costumam ser mais inteligentes do que os humanos.

Kiki se envaideceu, e eu soltei um suspiro com a facilidade com que minha ave conseguia ficar lisonjeada.

Você também parece estar bem, ela disse.

Era verdade. As bochechas de Gen estavam coradas, os cachos estavam bem penteados e ele estava até usando vestes de Kiata. Se não fosse pelos olhos azuis, poderia se passar por um de nós.

– Venha – Gen chamou. – Vamos conversar um pouco mais longe da fenda. Os demônios estiveram irritados o dia todo.

– Vocês todos se conhecem? – Takkan perguntou, mais ciente do que nunca de que não conseguia ouvir o lado de Kiki naquela conversa.

– Se nos conhecemos? – Gen disse. – Nós dividimos a mesma masmorra em Ai'long. Depois de tudo pelo que passamos juntos, Shiori é praticamente minha tia.

– Tia? – desdenhei. – Você passou vinte anos como uma estátua. Só porque não envelheceu não quer dizer que é mais jovem do que eu.

– Mas pareço mais jovem. Especialmente com você vestindo *isso aí*. – Gen julgou minhas roupas. – Você estava mais bem vestida em Ai'long, mesmo com todos os dragões tentando matá-la.

– São do meu irmão – respondi, pegando de volta o chapéu que estava com o falcão. – Não é fácil dar uma fugidinha quando se é uma princesa. Achei que eu parecia convincente o suficiente.

Gen torceu o nariz.

– Talvez para os soldados. Mas não para mim. – Ele provou que tinha razão gesticulando para a bolsa casualmente escondida sob minha capa. – Você ainda está com a pérola. Acha que é prudente carregá-la por aí?

– Mais prudente do que deixá-la sozinha no meu quarto – respondi, ríspida. Coloquei as mãos na cintura. – Você não disse que Kiata era o último lugar que gostaria de visitar?

– Era, mas você mentiu para mim sobre o problema com os demônios – Gen disse. – Vim assim que consegui um convite.

Achei difícil acreditar que meu pai e seus ministros aceitariam o conselho de um rapazinho superconfiante.

– Meu pai convidou *você*?

– Convidou minha professora. – Gen acariciou o falcão em seu ombro. – Feiticeira Heedi.

– Essa é a Feiticeira Heedi?

Gen riu.

– Não, a verdadeira Feiticeira Heedi morreu há duzentos anos. Mas vocês kiatanos são tão ignorantes com relação à magia, que escolhi o nome mais famoso em que consegui pensar. – Ele deu uma piscadinha. – Um segredinho não faz mal a ninguém.

– Um segredinho que pode levá-lo para a masmorra se o imperador descobrir. – Takkan disse com severidade. – Convidamos uma grande feiticeira, não o seu aprendiz.

Gen lançou um olhar para ele.

– No entanto, durante esse tempo todo você guardou meu segredo, Lorde Takkan. O que faz de você um cúmplice.

– Como *vocês dois* se conhecem? – perguntei.

– Seu noivo foi quem persuadiu seu pai a me dar uma chance. – Gen deu um sorriso malicioso. – Ele é um garoto esperto. Agora entendo por que você recusou a proposta de Seryu.

– O que você quer dizer com a proposta de Seryu? – Takkan indagou.

Lancei a Gen um olhar de desgosto.

– Ela não contou? – Gen sorriu. – É uma história e tanto.

Takkan *não* estava sorrindo.

– Fiquei curioso para ouvi-la.

De repente, desejei que um daqueles redemoinhos de Ai'long aparecesse para me engolir.

– É... é como eu falei – gaguejei. – O Rei Dragão ia me matar por ter me recusado a entregar a pérola de Raikama. Seryu o convenceu a poupar minha vida, mas só havia um jeito de fazer isso.

– Um casamento? – Takkan disse.

Ele não deixava escapar nada. Assenti nervosa com a cabeça.

– Dragões têm a tradição de tomar pessoas nascidas em terra como suas companheiras. Eu... precisei fingir que ia ser a dele.

– Não se preocupe – Gen me interrompeu antes que Takkan pudesse reagir. – Foi uma encenação de ambas as partes, se bem que, se fosse eu, teria aceitado a oferta de imortalidade dos dragões. – Ele batucou no queixo, como se estivesse acariciando uma barba imaginária. – Agora, se me lembro bem, Shiori nunca mencionou você.

Meu desgosto pelo jovem feiticeiro triplicou.

– Não houve tempo de mencionar *ninguém*, já que você ainda era uma estátua – disse a ele com frieza. – Se eu soubesse que era tão fofoqueiro, teria deixado você em Ai'long.

Gen deu um sorriso, maldito seja esse menino.

Virei para Takkan, tentando organizar as palavras antes de falar. Ele não ligava tanto para classe ou posição social, mas eu sabia que todos se perguntavam o motivo de meu pai ter decidido prometer minha mão a ele. Conseguia imaginar as fofocas do palácio durante os meses em que ele esperava meu retorno: por que a única princesa de Kiata estava noiva de um lorde qualquer quando ela poderia escolher entre todos os príncipes de Lor'yan?

Até mesmo um príncipe dragão.

– Cheguei a levar a oferta de Seryu em consideração – admiti com a voz baixa. – Só porque pensei que Kiata estaria mais segura se eu não voltasse nunca mais. Mas a cada segundo que eu passava em Ai'long, sentia mais falta de casa. Sentia a sua falta.

A mão de Takkan se ergueu, e ele despenteou as pontas de meu cabelo prateado.

– Estou feliz que tenha mudado de ideia – ele disse suavemente. – Mais feliz do que você imagina.

Meu estômago se agitou. Ele era tão sincero e compreensivo.

– Também estou feliz – Gen falou. – Agora que você está de volta, vou poder finalmente visitar o palácio.

– Vai, é? – Olhei feio para o menino. – De repente, começo a entender a tradição de Kiata de banir feiticeiros.

O sorriso de Gen tornou-se ressentido.

– Kiata é o único lugar no mundo onde não somos bem-vindos. Os burocratas de seu pai não me deixam ficar nem na cidade mais próxima, quanto mais no palácio. – Ele fez um drama esfregando o pescoço. – Tenho acampado por aqui com os soldados há semanas. Acho que meu leito está cheio de pedras, já que está todo irregular.

Kiki saltou em meu ombro. *Você consegue um quartinho para ele no palácio, não consegue? O coitadinho merece uma boa noite de sono – depois de ter virado pedra e tudo.*

– Vou ver o que posso fazer – cedi, jogando as mãos para o ar. – Não fique tão animado, Gen. Não é uma promessa. E, pra ser sincera, preferiria que você ficasse aqui. Takkan disse que os ministros de meu pai estão criando problemas e…

O falcão de Gen cortou minha frase soltando um guincho, o único aviso antes que uma grande pedra voasse das árvores e atingisse o jovem feiticeiro bem no nariz.

Com os olhos esbugalhados, ele tocou o rosto e soltou um gemido. E então caiu no chão, inconsciente.

CAPÍTULO VINTE E DOIS

– Gen! – gritei.

Sangue de cor intensa e vívida escorria por seu rosto, e o nariz estava em um tom roxo bastante preocupante. Com certeza estava quebrado.

Inclinei-me para acordá-lo, mas outra pedra veio voando em minha cabeça.

– Feiticeira! – Dezenas de homens e mulheres saíram de trás das árvores, empunhando facas e lanças de pesca.

Levantei Gen, e Takkan o jogou sobre o ombro. Não podíamos ficar ali.

Enquanto corríamos para um lugar seguro, os aldeões nos seguiam e atiravam lanças que caíam com uma precisão surpreendente.

– Maldições de Sharima'en – murmurei. – E pensar que eu estava preocupada com os demônios. – Empurrei Takkan à frente. – Leve Gen para o acampamento.

Takkan, teimoso, não escutou. Ele segurou minha mão, praticamente me rebocando. Os aldeões estavam se aproximando.

Kiki bateu em minhas bochechas com as asas. *Faça alguma coisa!*

– Tipo o quê?

Tudo o que eu podia fazer era correr, rezando para que as árvores continuassem a nos proteger até chegarmos ao acampamento perto da fenda.

Outra lança passou voando, perfurando um galho acima de mim. Eu me abaixei pouco antes de ela derrubar o chapéu de Hasho da minha cabeça. Meu cabelo se soltou.

– Peguem ela! – uma mulher entre os aldeões gritou. – É a princesa demônio!

Takkan apareceu ao meu lado num instante com a espada levantada.

– Os sentinelas de Sua Majestade estão a caminho! – ele disse aos aldeões. Foi a primeira mentira que o ouvi dizer. Os soldados de meu pai não estavam em lugar algum, nem viriam tão cedo. – Vão para casa, voltem para seus vilarejos!

A mulher que havia gritado abriu caminho e veio à frente. As bochechas estavam afundadas com sulcos profundos, e o cabelo branco estava preso num coque simples. De vestes lisas de algodão e cajado, até parecia uma velhinha gentil. No entanto, algo sobre a sujeira cinza espalhada em seu rosto me gelava por dentro.

– Afaste-se, soldado. Você desonra seu juramento a Kiata defendendo a traidora Shiori'anma.

– Não estou vendo problema nenhum aqui – Takkan respondeu. – Jurei proteger meu país, meu rei e minha princesa.

– A princesa é o sangue puro. Ela tem que morrer, para o bem de Kiata. O feiticeiro também. – Ela apontou o cajado para o corpo inconsciente de Gen. – A magia deles é o motivo pelo qual os demônios despertaram. Ela não é natural. Ela é proibida pelos deuses! Somente as mortes deles podem selar as montanhas de novo.

Seu fervor incitou ainda mais os aldeões, que se aglomeravam cada vez mais perto.

Essa velha não é nenhuma vovozinha da aldeia, Kiki comentou, cautelosa. *Você não acha que ela poderia ser uma... uma...*

Uma sacerdotisa das Montanhas Sagradas? Concordei com um aceno da cabeça. *Ela não está sozinha*, respondi. Na multidão, dava para identificar pelo menos três outras cultistas – todas com a mesma mistura cinzenta nas bochechas.

Fixei a atenção nos aldeões.

– Não deem ouvidos a ela – eu disse, estendendo as palmas das mãos em um gesto de paz. – Não precisam ter medo de mim.

– Ter medo? – a sacerdotisa gritou, repetindo as palavras com escárnio. – O mal aflige estas montanhas, que estavam seladas há mil anos... até ela interferir. Se Shiori'anma liberar o exército de demônios, eles matarão nossos irmãos e irmãs, nossos pais e mães... nossos filhos! Os homens de Kiata serão condenados a uma batalha sem fim, pois como venceremos inimigos que não podem morrer? Diga-me, como podemos não ter medo?

A multidão concordou aos gritos.

– Tragam-na para mim! – a sacerdotisa urgiu. – Somente sua morte pode nos livrar deste mal!

Era a ordem que os aldeões esperavam. Eles avançaram, investindo contra Takkan para me capturar.

– Corra, Shiori! – Takkan gritou enquanto se defendia dos ataques vindos de todas as direções. Ele não queria ferir os aldeões, desejo esse que não era mútuo. – Corra!

Fiz exatamente o oposto. Tirei as adagas de Hasho do cinto e bati com os cabos na cabeça de alguém. Eu me preparava para outro ataque quando Kiki puxou meu cabelo, salvando-me por pouco de uma flecha com a ponta flamejante.

Não deu tempo de agradecê-la. As sacerdotisas colocaram novas flechas nos arcos, e meu coração saltou de surpresa quando outra saraivada delas cortou o ar.

Pare as flechas, eu disse, invocando minha magia. As adagas que estavam em minhas mãos voaram para cima, ganhando vida, e desviaram as flechas atiradas contra nós.

As sacerdotisas deram um calmo passo à frente e armaram os arcos novamente. O grupo a que pertenciam já havia tentado me queimar viva antes, então não desistiriam tão fácil assim. Elas sabiam que usar magia me cansaria, e que Takkan sozinho não poderia nos defender de tantos deles.

O que iríamos fazer?

A próxima onda de flechas flamejantes estava prestes a cair sobre nós, e enquanto me preparava para o pior, a pérola dentro da bolsa começou a zumbir e tremer. O som foi ficando cada vez mais alto, amplificado pelo grunhido repentino que emanou das montanhas.

– *DEIXEM SHIORI'ANMA EM PAZ!* – o vento retumbou, levando a mensagem dos demônios pela floresta. – *ELA É NOSSA.*

Um tremor se iniciou nas montanhas e reverberou até o local onde estávamos. As árvores balançaram. Uma delas caiu na minha frente e, quando cambaleei para trás, os aldeões gritaram de terror.

As flechas no céu pararam bruscamente com um silvo, caindo em espiral sobre as sacerdotisas. Em meio à confusão, agarrei a mão de Takkan.

– Você se machucou?

A rapidez com que ele levantou Gen por cima do ombro respondeu à pergunta. Takkan agarrou meu braço, prendendo-me a ele.

E então fugimos.

Corremos para bem longe da fenda, nos embrenhando na floresta. Assim que tivemos certeza de que ninguém havia nos seguido, nos abrigamos num arvoredo marcado por dois pinheiros caídos. Havia uma poça ali perto, e Takkan colocou Gen ao lado da água, lavando o sangue do rosto do menino enquanto eu afundava em um toco de árvore.

De todos os heróis que poderiam surgir para nos salvar, tinham sido os demônios a vir em nosso socorro!

Isso porque são eles mesmos que querem ter o prazer de me matar, pensei. Eu me senti como um peixe em Ai'long, livre dos tubarões apenas para ser morto por dragões.

– Está tudo bem? – Takkan perguntou. – Você está tremendo.

Eu estava.

– As sacerdotisas… e os aldeões. Quase mataram o Gen… e você.

– E *você* – Takkan disse baixinho.

Estava grata por meu noivo não ser do tipo que jogaria na minha cara que eu devia ter ficado no palácio. Eu teria jogado.

Enfiei os calcanhares na terra.

– Eles estão certos, sabe… – eu disse finalmente. – As pessoas estão morrendo por minha causa.

– As pessoas estão morrendo por causa de Bandur.

– Fui eu que o libertei – respondi. – É minha responsabilidade encontrar uma maneira de prendê-lo nas montanhas de novo.

Ou você pode ir embora de Kiata para sempre, Kiki sugeriu. *Tenho certeza de que o Garoto Rabanete iria com você. Ele seguiria você até o fim do mundo.*

Meu rosto esquentou, mesmo que Takkan não pudesse ouvir a ave de papel. *Nunca pediria isso a ele*, eu a repreendi. *Além disso, se quisesse me esconder, teria ficado em Ai'long.*

Bom, você não pode mais fazer isso, ela brincou. *Duvido que você seja bem-vinda de volta… talvez nem daqui a dez vidas isso aconteça.*

Kiki não estava sendo útil.

– Ainda tenho a pérola – eu disse em voz alta, abrindo a bolsa. – Foi o poder dela que selou as montanhas. Talvez eu possa usá-la para prender Bandur lá dentro de novo.

– Acho difícil – Gen disse com a voz fraca. Ele estava acordando, gemendo enquanto procurava apoio para se levantar e se sentar. – Malditos sejam os Sábios, meu nariz está quebrado, não é? Está ardendo que nem fogo demoníaco.

Pare de chorar como se seus ossos estivessem quebrados, Kiki o repreendeu enquanto pulava no ombro dele. *É só uma fratura. Takkan já limpou a maior parte.*

Gen reclinou-se sobre o tronco, pressionando o nariz com um lenço para estancar o sangue. Ele soltou um claro suspiro de alívio.

– Foi só a cartilagem – disse, dispensando a ajuda de Takkan. – Nada que algumas boas noites de sono não resolvam. Queria poder dizer o mesmo sobre a pérola.

A pérola do Espectro emergiu da bolsa e pairou, trêmula, sobre meu colo feito uma lua rachada.

– Ela já está prestes a se quebrar. Não está vendo? – Gen apontou para a rachadura no centro. – Era apenas um arranhão da última vez em que a vi.

Shiori a usou contra o Rei Dragão, Kiki disse. *Quase matou as duas.*

– Trágico – Gen disse bem baixo. – Não terá o poder para selar Bandur nas montanhas. Não que você fosse conseguir, de qualquer jeito. Assim que chegasse perto de lá, ele teria arrastado você para dentro para alimentar seus irmãos demônios. – Ele sorriu. – A menos que seus leais súditos não a matem primeiro.

Franzi as sobrancelhas.

– Nem *todo mundo* me odeia.

– A maioria, sim – Gen falou. Ele não media palavras. – A Feiticeira Heedi costumava dizer que os humanos são os piores inimigos de si mesmos. Estou começando a entender o que ela quis dizer.

– O que ela *quis* dizer?

– Que os humanos são tolos de mente fraca e volúvel. As sacerdotisas das Montanhas Sagradas, por exemplo. Foram, por gerações, tidas como hereges fervorosas. Mas se tornaram heroínas do povo agora que você se tornou a maior inimiga dele.

– O medo une os inimigos mais díspares – Takkan concordou com um murmúrio.

Fiz uma careta.

– Está dizendo que eu deveria me preocupar mais com os aldeões do que com os demônios?

– Depende do demônio – Gen respondeu. – A maioria é perigosa, mas previsível. São como criaturas selvagens, só que com magia. Com as proteções adequadas, isto é, proteções *mágicas*, que não existem mais no seu país, é possível evitar a maioria dos danos que eles causam.

– E se for um demônio feito Bandur? – perguntei.

– Bandur pertence a uma classe diferente de demônio – Gen disse sombriamente. – A mais perigosa e poderosa, capaz de roubar a alma de alguém com apenas um toque, entrar na mente e possuir pensamentos, e fazer com que todos os outros demônios o obedeçam. Bandur escolheu Kiata exatamente porque sabe que o povo não está preparado contra magia. Agora ele pode liderar um exército de demônios que vêm há mil anos desejando liberdade. Se ele os libertar, será impossível detê-lo.

– Então vou me certificar de que isso não aconteça – falei. Minha mente estava girando, montando um plano com as peças do quebra-cabeça que Gen havia apresentado. – Vou atrair Bandur para fora de Kiata.

– Para onde você quer levá-lo? – Takkan perguntou.

Hesitei, sabendo que ele não iria gostar da resposta.

– Para as Ilhas Esquecidas de Lapzur – respondi. – Também tenho que ir lá encontrar o Espectro. Acho que ele é o guardião de Lapzur… e se não conseguirmos prender Bandur em Kiata, talvez possamos em Lapzur. É uma ilha que quase ninguém conhece, longe de tudo. Podemos prendê-lo lá com a ajuda do Espectro.

A voz de Takkan estava tensa.

– Você nem sabe quem é esse Espectro, Shiori. Ele pode ser bem pior do que Bandur.

– Então vamos usar a pérola dele para negociar. Vamos fazê-lo nos ajudar.

Takkan não parecia estar convencido por completo.

– Gen, o que você acha?

O jovem feiticeiro estava quieto, cutucando a terra com um galho comprido e retorcido antes de responder.

– Acho que é a ideia mais louca que já ouvi. Mas... se você não morrer imediatamente, pode funcionar. – O galho se quebrou de repente. – Desde que você consiga o amuleto de Bandur.

– Amuleto? – repeti.

– Todos os antigos feiticeiros, assim como Bandur, têm um. É a fraqueza deles. Pode se dizer que é o coração deles. Você não vai atraí-lo para fora de Kiata sem isso.

– Por que não? – perguntei.

– Porque o amuleto é a fonte do poder e a âncora do corpo físico dele. Para onde o amuleto vai, ele também vai.

Lembrei-me de como Bandur veio até mim no palácio, se contorcendo em sombras e fumaça, e tomando emprestado o corpo de Qinnia. Gen estava certo.

– Então quer dizer que ele está preso.

– O amuleto dele está preso – Gen me corrigiu. – Está alojado no interior das Montanhas Sagradas, que por sua vez prendem Bandur.

– O que acontece se tivermos o amuleto? – Takkan perguntou. – Poderíamos controlá-lo?

– Isso ajudaria a dominá-lo – Gen disse com cuidado. – Até certo ponto. O que você deveria se perguntar é como vai conseguir extrair o amuleto. Tirá-lo das montanhas terá um custo, que não vai ser suportável por muito tempo. – Ele não entrou em detalhes. – Uma hora ou outra, você vai ter que devolvê-lo.

– Ou prendê-lo em outro lugar – eu disse, voltando à minha ideia original. – Como Lapzur.

– Seria necessário um poder enorme – Gen afirmou. – Mas talvez o Espectro possa, com a pérola.

– Então temos um plano – falei, soltando um suspiro animado. – Ou pelo menos um começo. Acho que você merece um quarto no palácio, Gen.

Ele deu de ombros.

– Sei uma coisa ou outra sobre demônios. – Ele fez uma pausa. – É uma boa ideia, Shiori, mas há grandes riscos. Lembre-se de que as Ilhas Esquecidas estão repletas de fantasmas e demônios... ali é o espaço deles. Os fantasmas de Lapzur podem transformá-la num deles com apenas um toque, e os demônios... vão brincar com você, bem devagarinho. Vão atiçar seus medos e distorcer suas memórias até que você não consiga se lembrar nem do próprio nome. Só então eles vão matá-la.

– Parece o lugar ideal para deixar Bandur – respondi. – Ele vai se sentir em casa.

Gen franziu a testa, como se estivesse incomodado com minha resposta irreverente.

– Já tive experiência o bastante com demônios – eu o tranquilizei. – Não vou cair nos truques deles.

– Devido ao tamanho do poder demoníaco naquelas ilhas, a força de Bandur será maior lá – ele alertou. – A primeira coisa que ele vai tentar fazer é pegar o amuleto de volta. Tome cuidado para que ele não consiga fazer isso.

– Vou tomar.

Takkan também assentiu. Ele esteve quieto aquele tempo todo, provavelmente refletindo sobre o plano de todos os ângulos. Ele confirmou minha suposição ao perguntar:

– Sabe como fazemos para chegar em Lapzur?

– Tenho mapas que fazem menção à sua localização – Gen respondeu. – Mas Lapzur é um lugar mantido em segredo pelos feiticeiros. – Ele fez uma careta. – Se ao menos eu tivesse conseguido roubar aquele espelho para Elang. Eu...

– O espelho da verdade? – enfiei a mão na bolsa e ergui o fragmento que havia ganhado de lady Solzaya.

– Você tem um dos pedaços dele? – Gen exclamou, apanhando o fragmento. – Por que não me contou? Ele… é com *ele* que você vai encontrar Lapzur.

– Lady Nahma já me disse que ele não vai me mostrar as Ilhas Esquecidas.

– Por si só, não vai mesmo – Gen concordou, e antes que eu pudesse impedi-lo, ele jogou o vidro na poça logo atrás de nós. – Mas se tiver uma ajudinha, vai.

– Gen!

O menino levou o dedo aos lábios.

– Olhe. A água é encantada. Consegue ver? Mesmo com o nariz quebrado, consegui sentir.

Eu me virei, finalmente observando os arredores. Havia algo familiar naquele lugar, naquele lago… Minha mente voltou ao dia em que Raikama nos expulsou do palácio. Eu a segui até aqui! Não sabia naquela época, mas ela tinha vindo perguntar às águas se eu estava em perigo.

– São as Lágrimas de Emuri'en – eu disse, finalmente me lembrando. – As águas revelam as possibilidades do destino. – Algo que eu gostaria de ter sabido há muito tempo. Talvez então eu não tivesse pensado que Raikama estava tentando me matar. Talvez agora ela ainda estivesse viva.

– A magia de Emuri'en pode aumentar a capacidade do espelho – Gen falou. – Vá em frente.

Quando me aproximei do lago, meu próprio poder se manifestou, e fios pálidos em tons de dourado e prateado saíram da ponta de meus dedos.

– Os fios da minha alma – murmurei, fascinada. – Eu os vi pela primeira vez em Ai'long.

– Sua magia é sua – Gen respondeu diretamente. – Sempre foi possível que você pudesse vê-la, só não estava procurando o bastante.

Eu não conseguiria mais ignorá-la. Arrastei os dedos sobre a água, e os fios brilharam, como se estivessem me chamando adiante. Devagar, puxei as calças até os joelhos e me aproximei das Lágrimas de Emuri'en. A pérola do Espectro seguiu em minha sombra. Assim que entrei na água, o pedaço do espelho emergiu borbulhando na superfície.

Estendi a mão para recuperá-lo, mas quando meus dedos agarraram as bordas lisas, meu reflexo desapareceu. Em seu lugar estava a pérola do Espectro, e as águas ao redor escureceram para combinar com a superfície negra e brilhante da pérola.

E então, em lampejos, eu vi.

As Ilhas Esquecidas, em forma de longos dedos esqueléticos cortando o oceano. Uma torre onde caía o sangue das estrelas. Uma tempestade assolando os oceanos.

Ali eu encontraria Khramelan. O Espectro.

Comecei a me afastar, mas as Lágrimas de Emuri'en ainda não haviam terminado. As águas ainda estavam tão turvas quanto a pérola. Elas se reuniram ao meu redor, lançando-me ainda mais fundo no lago – e no futuro.

Seis grous me levavam sobre um mar de fogo demoníaco, vermelho e furioso. Estávamos indo para uma torre escura delineada contra uma Lua quebrada, e éramos seguidos por centenas de pássaros de papel batendo as asas de desespero enquanto centelhas as chamuscavam.

Ali, nas muralhas, cercado por demônios, estava Takkan. Sangue cobria seu cabelo e o rosto, e o corpo estava pairando no ar, suspenso por cordas invisíveis.

– Takkan! – gritei.

Bandur apareceu à vista, os olhos rubros envoltos em trevas. Seu sorriso se curvava feito uma foice, mas ele não disse nada, nem deu nenhuma forma de aviso. Com um golpe terrível, ele dilacerou o peito de Takkan.

E, como se meu próprio coração tivesse sido atingido, eu gritei.

CAPÍTULO VINTE E TRÊS

O som de meu próprio grito me trouxe de volta ao presente, onde ainda me encontrava submersa no lago. A água correu para dentro de minha boca, queimando a garganta com um calor brutal e abrasador. Eu me debati, precisando desesperadamente de ar.

– Shiori! – Takkan me agarrou pelo braço e me puxou à superfície. – Shiori, abra os olhos.

Kiki tocou minha bochecha com a asa. *Shiori?*

A ave de papel tentou ver o que se passava em minha mente, mas não a deixei entrar. Uma fortaleza invisível bloqueou meus pensamentos dos olhos curiosos dela.

Ela não me deixa entrar, Kiki disse a Gen, nervosa. *Não posso ver no que está pensando.*

– Ela está se recuperando da visão que teve – o feiticeiro respondeu, retirando o pedaço de espelho da água. – Dê um tempinho a ela.

Ainda estava tossindo e cuspindo quando me deitei de lado. A luz do Sol penetrou meus olhos, o borrão verde da floresta foi entrando aos poucos em foco. O lago estava cristalino, e eu me perguntei se as águas escuras tinham sido uma alucinação – assim como o terrível futuro que me mostraram.

Quem me dera.

Gen me cutucou no ombro.

– O que você viu?

Meus olhos encontraram Takkan e não o deixaram. *Vi você morrer*, quase falei, mas as palavras murcharam dentro da garganta.

Não poderia contar a ele. Eu sabia que ele diria algo tão racional que seria irritante, como, por exemplo, que havia mais de uma maneira de ver o futuro num casco de tartaruga. Ou que as águas mostravam apenas um dos arranjos de folhas do destino.

Ele insistiria em ir comigo. E então morreria.

– Desenhe um mapa – pedi numa voz baixa. – Sei onde fica Lapzur.

Minha compostura me surpreendeu. Por dentro, minhas emoções estavam uma bagunça. Não queria mais ir para Lapzur. Queria desistir da promessa e arremessar o coração de Khramelan no fundo do mar para que nunca mais fosse visto.

Mas a pérola dentro da bolsa pesava cada vez mais. O tempo estava se esgotando.

Enquanto isso, Takkan pegou o pincel de escrever e preparou a tinta. Ao seu lado, Gen rasgava páginas de seu caderno e as colocava sobre a superfície plana do toco de árvore. Depois que Takkan esboçou um mapa de Lor'yan, apontei para o canto inferior esquerdo do Oceano Cuiyan.

– As Ilhas Esquecidas ficam aqui.

– Aqui? – A testa de Takkan se enrugou enquanto ele marcava o local. – É tão perto de Tambu. Isso não deve ser coincidência.

Gen soltou um assobio baixo.

– Impressionante, lorde Takkan. Você sabe das histórias. Os primeiros demônios realmente nasceram em Tambu.

Reprimi um arrepio. *O que as águas mostraram é apenas uma das possibilidades*, lembrei-me. *Se Takkan não for para Lapzur, ele ficará a salvo.*

Takkan e Gen estavam tão preocupados com toda a história dos demônios que nenhum deles me notou encolhendo o corpo, puxando forte os lados da túnica.

Mas Kiki percebeu.

Foi muito rude me deixar de fora, ela me deu uma bronca enquanto pousava no meu colo. *Sua alma também é a minha, Shiori. Você pode mentir para eles, mas não para mim. O que está escondendo?*

Ela mergulhou em meus pensamentos de novo, rompendo as paredes que eu tinha construído desajeitadamente. Num susto, Kiki teve um vislumbre do que as águas me mostraram: meus irmãos como grous mais uma vez, levando-me através de tempestades e mares até Lapzur.

As paredes se ergueram antes que ela pudesse ir mais além.

Shiori!, Kiki gritou.

Eu a ignorei. Em voz alta, falei:

– Teremos que voar para Lapzur.

O pincel de Takkan caiu.

– Voar?

– Lapzur fica do outro lado do mar, e a ilha é protegida pelas águas encantadas do Lago Paduan – expliquei. – Elas conseguem afundar qualquer navio. Temos que voar.

– Mas como? – Takkan soprou a tinta para secar o mapa. – Como nós vamos voar para Lapzur?

Estremeci ao ouvir o *nós*.

– Há muitas opções – Gen disse, com a voz subindo de tom. Claramente, aquele era um assunto que o deixava animado. – Poderíamos conjurar asas para criar um cavalo voador... enfeitiçar um tapete... convocar pássaros para nos carregar. – Ele franziu a testa. – Mas isso exigiria uma magia muito grande, uma ainda maior do que a contida nas Lágrimas de Emuri'en.

Kiki me cutucou. *Você sabe a resposta, Shiori. Não vai dizer nada?*, ela perguntou, seca.

Não respondi. Meu peito se agitou de inquietação quando a imagem de seis grous voando surgiu mais uma vez na minha mente.

– Que tal um feitiço que a pérola já lançou? – sussurrei.

– Pode funcionar – Gen concordou. – Se a pérola já estiver familiarizada com ele e se os objetos enfeitiçados ainda estiverem em sua posse... Podemos pensar nisso como reler um livro. – Ele riu da metáfora, então levantou uma sobrancelha. – Por favor, me diga, no que você está pensando?

Mordi o lábio inferior. Tinha que haver outra maneira. Não poderia envolver meus irmãos naquilo de novo. Não poderia colocá-los em perigo de novo. Mas parecia que não havia escolha.

– Gen – eu disse, tão baixo que mal me reconheci. – Descanse um pouco. Deixe-me falar com meus irmãos enquanto isso.

Eu os encontrei reunidos nos aposentos de Benkai. Depois da maldição de Raikama, os príncipes costumavam ficar juntos com mais frequência. Aquele foi o presente de nossa madrasta para nós. Por causa de nossas provações e de tudo pelo que passamos, estávamos mais próximos do que nunca. Até mesmo Qinnia estava lá, jogando xadrez com Yotan.

– Não sou muito mais simpático que o Reiji? – Yotan perguntou a ela. – Acho que a filha do khagan iria gostar mais de mim.

Reiji bufou.

– Sim, você é tão encantador que revelaria todos os segredos de Kiata depois de apenas uma semana em A'landi.

– Melhor do que começar uma guerra com essa eterna careta sua.

– Shiori! – Qinnia exclamou, parecendo aflita quando eu cheguei. Não nos falávamos desde o incidente do jantar.

Ao me verem, meus irmãos se levantaram e começaram todos a falar ao mesmo tempo:

– Nós ouvimos o que aconteceu nas montanhas, que você quase morreu! Está machucada?

– Como pôde sair assim, ainda mais depois do que aconteceu ontem à noite? Nosso pai está morrendo de preocupação.

– Você devia ter pelo menos contado a alguém.

– Ela *contou* para alguém – Wandei comentou. – Olha quem está do lado de fora da porta.

Tinha pedido a Takkan que esperasse do lado de fora, mas nada passava despercebido para Wandei. Enquanto ele trazia meu noivo para dentro, falei:

– Eu precisava ver a fenda.

– Você agiu por impulso, irmã. Você…

– Não diga que vou ter que ficar no meu quarto – avisei a Andahai. – Ou que não há nada com que me preocupar. Você não vai derrotar Bandur sem minha ajuda.

À menção do demônio, o corpo todo de Qinnia ficou tenso. Ela tocou a manga de Andahai, sussurrando algo em seu ouvido.

– Takkan, minha esposa está passando mal – Andahai disse de maneira rígida. – Você poderia fazer o favor de escoltá-la aos nossos aposentos? É a última porta do corredor.

Takkan assentiu com uma reverência e seguiu a princesa. Ao sair, Qinnia estava apertando a faixa da veste, e eu olhei, preocupada, para Andahai.

– Ela está…

– Bem – ele me interrompeu. – Não há nada com o que se preocupar. Descobriu alguma coisa na fenda hoje ou a visita foi em vão?

Encarei-o com um olhar furioso, mas eu *tinha* novidades para contar.

– Acho que encontrei uma maneira de derrotar Bandur e preciso da ajuda de vocês.

– Você a terá – Benkai respondeu sem hesitação. Meus outros irmãos concordaram com a cabeça. – O que podemos fazer?

Engoli em seco. Se fosse tão simples assim…

– Preciso ir para Lapzur – eu disse. – É uma ilha a oeste de Tambu, esquecida por todos, exceto por feiticeiros e demônios. Há um meio-dragão preso lá como guardião da cidade. Ele é o verdadeiro dono da pérola de Raikama.

Andahai franziu a testa.

– O que isso tem a ver com Bandur?

– Eu ainda tenho a pérola – enfim admiti. – Irei devolvê-la ao guardião e libertá-lo de Lapzur. – Fiz uma pausa. – E então prender Bandur no lugar dele.

Agora eles estavam prestando atenção.

– É uma boa ideia, irmã – Wandei falou. – Mas como vamos fazer isso?

Yotan concordou.

– Bandur não é exatamente alguém que você possa atrair para um navio.

– Não há nenhum navio que possa me levar para onde preciso ir – falei, evasiva. Baixei o rosto, encarando os pés e desejando nunca ter olhado para as Lágrimas de Emuri'en. – Preciso voar.

– Voar? – Reiji repetiu.

– Pare de dizer besteiras, Shiori – Andahai me repreendeu, sem entender. – Você disse que precisava de ajuda. Benkai pode nos arranjar o navio mais rápido de sua frota.

– Ela sabe bem o que está dizendo – Hasho disse, os olhos escuros fixos em mim. Nós sempre fomos próximos, e ele conseguia ver o que estava por trás da minha angústia. – A resposta é sim, Shiori. Nós vamos ajudar. Viraremos grous de novo.

Maldito Hasho. Minha cabeça se ergueu, assim como a dos meus irmãos, e a sensação horrível de algo inevitável se agitou em meu âmago. Eu sabia que era o único jeito, e ainda assim não conseguia suportar a ideia de ter que colocar meus irmãos sob aquela maldição de novo.

– Não...

– Pra onde quer que você precise ir, nós a levaremos – ele disse com firmeza. – Não vamos, irmãos?

Um por um, eles assentiram. Até mesmo Andahai, embora tivesse sido o último.

– Mas para transformá-los em grous de novo... – Eu inspirei. Olhei para todos, expressando o que mais me preocupava. – E se eu não puder transformar vocês de volta?

O sorriso de Hasho era fraco.

– A vida como um grou não seria das piores. Sinto saudades de poder falar com os pássaros.

– Eu gostava de voar – Yotan acrescentou. – Mas não tanto de comer minhocas e ratos.

– Raikama não teria lhe dado a pérola se não acreditasse em você – Benkai me disse. – Também acreditamos. Agora, pare de morder o lábio. Deixe-nos ajudá-la.

Olhei para meu irmão mais velho, que me deu um aceno de cabeça sombrio.

– Vamos levar você – Andahai confirmou. – E comer minhoca e tudo. Mas antes me responda: como levaremos Bandur? Você *já* pensou nisso, não pensou?

– Precisamos do amuleto dele para fazê-lo sair de Kiata – respondi. – Gen diz que está dentro das Montanhas Sagradas.

– Agora você está dando ouvidos ao menino feiticeiro? – Reiji perguntou. – Quantos anos ele tem, doze?

– Treze – corrigi. – Entre nós, ele é quem mais sabe sobre demônios. Vai ser uma grande ajuda.

Uma pitada de ceticismo nublou a expressão de Andahai, mas ele assentiu.

– Se você confia nele, então nós também confiaremos – disse. – Amanhã, Benkai mandará os homens dele investigarem. Hasho e eu também iremos. Reiji vai lidar com os a'landanos, e Yotan e Wandei vão arranjar um jeito de levar Shiori e Takkan para Lapzur.

Hesitei ao ouvir o nome de Takkan. Eu não o havia convidado.

– Quando você vai para a fenda? – perguntei. – Gen ainda está lá, e eu posso...

– Você? – Benkai riu. – *Você* não pode ir, irmã... ou esqueceu que a sua cerimônia de noivado é daqui a dois dias? Há muito o que fazer amanhã. A menos que pretenda perder seu noivo pela segunda vez.

Pelos Nove Infernos de Sharima'en, eu *tinha* esquecido da cerimônia de noivado.

Mordi o lábio de novo.

– Talvez eu possa pedir a nosso pai para adiá-la.

– E quebrar o coração de Takkan? – Yotan brincou. – Ele está esperando você há meses. E provavelmente teria esperado por anos.

– Ele poderia esperar um pouquinho mais – eu disse, de forma fraca. – Talvez distraia o papai e o conselho. Até estarmos de volta.

Andahai franziu a testa.

– Takkan não irá para Lapzur? Você ainda tem dúvidas sobre ele?

Minhas bochechas esquentaram.

– Não é isso. É que... Takkan não pode ir. De qualquer forma, vocês seis não conseguem carregar *ambos*.

– Tenho certeza de que os gêmeos podem inventar algo resistente para levar vocês dois – Hasho falou com ironia. – Não vamos colocar você de novo num lençol.

Lancei um olhar repreensivo a ele. Normalmente dava para contar com o apoio de Hasho, mas durante os meses que passei fora, meus irmãos e Takkan formaram uma forte amizade. Não ficariam contra ele.

Kiki também não estava ajudando. *Posso recrutar outros pássaros para ajudar*, ela se ofereceu. *Se é com o peso de Takkan que você está preocupada.*

– Não é isso... – falei.

Então?, Kiki e meus irmãos perguntaram na mesma hora.

Pulei da cadeira, frustrada.

– Ele não pode ir com a gente – repeti veementemente. – As Lágrimas de Emuri'en me mostraram o que vai acontecer. Se Takkan for, Bandur o matará.

Demorou um pouco até que meus irmãos reagissem. Benkai, o segundo mais velho e o mais gentil – ao menos comigo – se aproximou de mim.

– Então é por isso que você está assim – ele falou. – Agora faz sentido. Deixe-me adivinhar, não contou isso a ele?

– Claro que não. Ele é um idiota corajoso. Vai insistir em bancar o herói.

– Esse idiota corajoso é muito bom em batalha – Benkai afirmou. – E eu não digo isso de qualquer um.

Era verdade que ele raramente elogiava as habilidades de outras pessoas, mas eu não iria me deixar levar.

– Bandur não é como os outros demônios.

– Não comece sua vida junto a ele com uma mentira – Hasho falou baixinho. – Diga a Takkan o que você viu. Ir ou ficar deveria ser decisão dele.

– Hasho está certo – Andahai concordou. – Diga-lhe a verdade, Shiori.

– Olha quem fala – rebati. – Você pediu a ele que acompanhasse Qinnia.

– Minha esposa não tem nada a ver com isso – Andahai retrucou. – Ela está em um estado delicado.

– Delicado? O que há de errado com ela?

– Nada – meu irmão mais velho disse de forma extremamente brusca. – O bem-estar dela é assunto pessoal. O envolvimento de Takkan no plano é da conta de todos.

Comecei a discutir, mas Wandei interrompeu a conversa.

– Você ama Takkan – ele falou com a mesma naturalidade de como se tivesse nos informado que todos respiramos ar. – Nem sempre podemos proteger aqueles que amamos ao deixá-los de fora do assunto. Esse foi o erro de Raikama.

As palavras dele me silenciaram. Eu estava acostumada com o meu irmão mais calado sempre apelar à lógica e à razão, mas não ao coração. Fiquei surpresa, e meus ombros afundaram em derrota.

– Vou contar a ele – concordei, quase sem forças.

Não estava mentindo. No entanto, as palavras se alojaram em minha garganta como três espinhos afiados, cravados ali até que a verdade os libertasse.

CAPÍTULO VINTE E QUATRO

Como havia prometido, mandei chamar Gen no dia seguinte, desafiando o desgosto de papai por ter que ouvir que escapei do castelo, para que assim pudesse dizer que o jovem feiticeiro havia me salvado de uma emboscada nas montanhas. Era uma meia verdade, mas pareceu apaziguar meu pai um pouco e, além disso, a alegria no rosto de Gen quando chegou fez valer a pena o esforço.

– Finalmente, o palácio imperial! – ele exclamou com grande emoção na voz. – É tão grande quanto eu imaginava. E limpo, também.

Não pude deixar de sorrir. A companhia dele servia para me distrair dos pensamentos sombrios que me atormentavam.

– Achava que com sua vasta experiência já tivesse visitado dezenas como este. – Inclinei a cabeça. – Você faz parecer que é o primeiro castelo que visita.

Gen tentou sorrir ironicamente, mas o esforço fez com que ele se retraísse.

– Bem, se você não contar com o do Rei Dragão. Quase não vi nada além daquela masmorra... e a moradia de Elang parecia mais uma caverna do que um palácio.

– Que exigente – eu o provoquei. – Acredite, a vida no palácio não é tão empolgante quanto parece. Até o final desta semana, você vai querer voltar ao acampamento.

– Duvido. Estou ansioso para ver a corte. – Ele espanou as mangas, então se endireitou para que ficasse quase tão alto quanto eu. – Haverá alguma festa em que eu possa ir? Algum festival ou banquete?

– Na verdade, não. O Festival de Verão não acontecerá este ano.

– Nem mesmo um jantar pelo casamento do seu irmão?

– Houve apenas uma pequena cerimônia. Minha madrasta faleceu há pouco tempo. Ainda estamos de luto.

– Ah – Gen aquiesceu. – Então, por que todos esses casamentos um atrás do outro? O de Andahai, o de Reiji, o seu...

– Nosso pai não tem escolha a não ser nos casar. Kiata ainda está se recuperando da rebelião de lorde Yuji.

– Entendo... para garantir alianças, coisas assim. É a mesma coisa em todos os reinos. – Gen segurou um bocejo, como se ficasse entediado só de pensar naquilo. – Não invejo vocês da realeza, mas pelo menos você tem Takkan... onde ele está?

– Em uma reunião com os ministros – mudei rápido de assunto. – Como está o seu nariz? Ainda não foi ver o médico?

Gen bufou.

– Consigo me curar melhor do que seus médicos.

– Como queira. – Fiz um gesto para o caminho de paralelepípedos à nossa frente. – Sua acomodação fica no pátio sul. Já avisei que você é meu convidado, portanto ninguém deve incomodá-lo. Tente ficar longe de problemas.

Que os demônios me levem, eu estava começando a soar igual a Andahai. Normalmente, era *eu* quem recebia aquele tipo de aviso.

– Não vai me mostrar o lugar? – Gen pediu. – Pelo menos diga onde fica a biblioteca. Vou encontrar algumas coisas para você. Ainda tem muito o que aprender sobre magia, sabia?

Lembrei de Seryu e de nossas aulas à beira do lago. Da vez em que criou um bando de pássaros feitos de água e me ensinou a ressuscitar Kiki depois que Raikama a rasgou em pedacinhos.

– Gostaria de aprender, mas isso terá que esperar – eu disse, me desculpando com um aceno de cabeça. – Tenho um dia e tanto pela frente... minha recompensa por ter fugido ontem. Uma manhã repleta de cerimônias para o casamento de Reiji, depois uma prova de roupa com as costureiras da corte para meu noivado. – Tentei não fazer uma careta ao citar aquilo. – Depois tenho que ir ver Qinnia.

– A princesa consorte?

Fiquei impressionada que ele soubesse.

– Wandei me pediu para dar a ela minhas roupas mais resistentes. Mas não me disse o porquê. Quando está planejando algo, ele fica cheio de segredos.

– Você não parece estar a fim de encontrar com ela.

Não estava. Tinha visto a esposa de Andahai com meus irmãos e durante as orações matinais, mas desde minha primeira noite de volta em casa – quando quase a apunhalei com os palitos de comer – eu a estava evitando, e percebia que o gesto era mútuo.

Ela está em um estado delicado, Andahai dissera.

Li nas entrelinhas da fala de meu irmão: ela deve ter ficado traumatizada por causa de Bandur, graças a mim. Devia me odiar. Não dava para culpá-la.

– Tem algo errado? – Gen perguntou. – Você parece estar passando mal.

– Só espero não ter que costurar – falei. Estava evitando responder, mas não *menti*.

– Compreensível – ele respondeu. – É um trabalho tedioso.

Depois de um aceno alegre, Gen sumiu no imenso pátio, e eu soltei um suspiro. Pelos deuses, rezei para que ele não atraísse muita atenção. Pelo menos não trouxera aquele falcão enorme.

– Pode ficar de olho nele pra mim? – perguntei a Kiki.

Ao meio-dia, ela já havia me relatado que o jovem feiticeiro andava fazendo truques de mãos para as crianças da corte e tinha conseguido dos pais delas vários convites para jantar. Além disso, fizera uma ilusão para parecer mais velho e se aproximou de alguns ministros, conquistando-os com elogios oportunos e charme radiante. Gen disse que pretendia deixá-los deslumbrados com a magia.

– Ah! – exclamei. – Ele não conhece bem os burocratas, não é?

Gen está brincando com o fogo, Kiki murmurou. *Consegue ser mais imprudente e ousado que você.*

– Ele vai sair dessa quando crescer.

Como você saiu?

Encarei a ave e joguei pesadas vestes vermelhas por cima do ombro. Por instinto, inclinei o pescoço para sentir o forro de seda, macio feito creme.

Tem certeza de que quer doá-las?, Kiki perguntou.

Eram as vestes de inverno que ganhei no meu aniversário de dezesseis anos, forradas com lã e seda bem forte. Roupas que adoraria ter usado durante os longos meses em Iro no ano passado.

– Wandei pediu as mais resistentes que eu tivesse – respondi. – São estas. E elas também são vermelhas, com desenhos de grous. Todos bons presságios.

Os ombros pequenos de Kiki se ergueram. *Acho que vamos precisar de toda a sorte que pudermos ter.*

Concordei em silêncio. Então fechei a porta do armário e me arrastei para a última reunião da tarde, a que eu mais temia.

Qinnia atendeu a porta ela mesma, dando-me as boas-vindas aos aposentos que dividia com Andahai.

– As criadas foram dispensadas para esta tarde – ela disse, embora eu não tivesse perguntado. – Achei que seria melhor se ficássemos a sós.

Suas feições estavam bem treinadas para exibir a máscara de polidez que todas as damas da corte dominavam bem. Ainda assim, percebi que estava nervosa em me ver. As mãos dela estavam dobradas rigidamente sobre a faixa roxa em seu vestido, como se quisesse evitar que os dedos se mexessem, e toda vez que os brincos faziam um barulho audível, Qinnia limpava a garganta. Ela tinha uma seriedade gentil que não era comum em Gindara. Não me admirava que Andahai a amasse.

Qinnia pegou as vestes que eu trouxe, colocando-as ao lado da cesta de costura. Havia uma pilha perfeitamente arrumada de mantos e roupões – um para cada um dos meus seis irmãos.

– Suponho que Wandei não contou a você para que elas servem – falei.

– Nem sequer Yotan me deu uma dica – ela respondeu, balançando a cabeça. – Eles esperavam que você perguntasse, então não me disseram nada. A não ser que tudo seria revelado no Lago Sagrado.

– No Lago Sagrado?

Qinnia deu de ombros, e eu torci os lábios, irritada. Takkan saberia do que se tratava, mas eu o esnobei em todas as oportunidades que tive desde que o plano foi posto em ação. Temia vê-lo mais do que temia ver Qinnia.

Virei-me para sair, mas Qinnia fez sinal para que eu me sentasse. Ela estivera me aguardando com dois pratos de pêssegos, as fatias amarelas belamente dispostas em formato de flor sobre a mesa.

– Chegaram do pomar da minha família esta manhã – ela disse, oferecendo-me um prato. – Pegue um pouco antes que Andahai volte e coma tudo. Não vou ser humilde: eles são tão doces que as abelhas até pensam que é mel.

Meu estômago foi facilmente conquistado e, ao ver a sobremesa, esqueci do nervosismo e dos modos. Sem insistir para que Qinnia comesse primeiro, como ditavam as regras – já que ela estava acima de mim –, devorei uma fatia, depois outra e mais outra.

– Este é o gosto que eu achava que os pêssegos da imortalidade teriam. – Limpei os lábios. – Agora sei por que Andahai se casou com você. Foi pelos pomares da sua família.

– Vou mandar uma caixa para você e Takkan – Qinnia respondeu. Era minha imaginação ou o sorriso dela havia aumentado um pouco? – Um presente de noivado antecipado.

– Talvez você devesse esperar até *depois* da cerimônia – murmurei com a boca cheia. – Para se certificar de que desta vez vou aparecer.

O sorriso de Qinnia transformou-se numa risada que ela logo escondeu atrás da manga. Ela se sentou um pouco mais ereta e voltou ao tom formal.

– Queria falar com você sobre o que aconteceu na outra noite.

Engoli em seco e coloquei o prato de volta na mesa. Mas era isso. Já era hora.

Ficar longe de casa havia desgastado meu orgulho, então juntei as mãos sujas de pêssego e me ajoelhei diante dela.

– Eu imploro seu perdão, princesa Qinnia. Causei-lhe grande angústia e afronta, eu queria apenas...

– Shiori, o que está fazendo? – Qinnia fez eu me levantar. – Andahai mandou você fazer isso? Por favor, levante-se. Levante-se.

Sentei-me no divã e me inclinei nos travesseiros rígidos atrás das costas, repentinamente grata pelo apoio deles ali.

– Não me chamou aqui para que eu me desculpasse?

– Chamei você porque Wandei precisa de mim para ajudar a costurar estas vestes. – Ela gesticulou para a área ao redor da cesta de costura. – E porque eu... *eu* queria me desculpar.

– Você? – Minhas sobrancelhas se juntaram. – Mas eu... eu a ataquei. Poderia ter machucado você. Eu que libertei Bandur das montanhas. É culpa minha ele ter... – Torci as mãos, sem saber como expressar que ele havia possuído a mente dela.

– Talvez tenha sido *eu* que envenenei você. – Ela mordeu o lábio. – Quatro sacerdotisas foram capturadas nas Montanhas Sagradas. Andahai acha que foram elas que forneceram o veneno que quase a matou... e alguém no palácio deve tê-lo utilizado. Alguém em quem todos nós confiamos.

Evitei fazer uma careta. O espelho da verdade havia confirmado aquilo, mas não me mostrou nenhum rosto.

– Com a capacidade de Bandur de trocar de corpo, poderia ter sido qualquer um – Qinnia disse. – Minha preocupação é que... possa ter sido eu. Rezo para que não tenha sido eu.

– Não foi – respondi com certeza. – Bandur tem seus próprios planos para mim.

Qinnia amassou com o punho o tecido rosa das vestes.

– Tem certeza? Eu podia sentir a ira dele contra você.

– Do que mais você se lembra?

– Eu estava com muito frio. – Ela se arrepiou. – E... dormente. Era como estar presa num pesadelo.

– Também senti o frio – eu disse, baixinho. Foi como soube que Bandur estava por perto.

Qinnia levantou a manga, me mostrando uma pulseira de contas de madeira.

– Uso isto desde menina. A pedido de minha mãe, o sumo sacerdote Voan a abençoou para me proteger do mal. Muitos no palácio têm usado essas bugigangas para afastar os demônios. Mas elas não ajudam, não é?

– Não contra Bandur.

– Achei que não. – Qinnia soltou a pulseira, e as contas chacoalharam. – Cresci tão supersticiosa que contava todos os passos para ter certeza de nunca dar quatro de uma só vez. Não comia nem quatro fatias de pêssego ou vestia flores brancas no cabelo... para evitar que qualquer tipo de desgraça caísse sobre minha família. Porém, nunca acreditei em magia, nem em dragões ou em feitiçaria. Muito menos em demônios.

Ela abaixou a manga.

– Mas então você e os príncipes desapareceram por meses. Andahai me contou que foi transformado em grou, e você teve que quebrar a maldição dele. No começo, não acreditei, mas às vezes, à noite, o espírito de grou ainda o assombra. – Qinnia mordeu o lábio. – Em lendas antigas, dizem que quando se é tocado pela magia, ela nunca sai de você por completo.

Fiquei quieta. Seryu havia me dito algo parecido sobre Kiata – que os deuses não poderiam apagar todos os vestígios de magia da terra. Que minha própria existência provava aquilo. Será que eu precisava ser exterminada e arrancada feito uma erva daninha? Ou será que eu era uma semente – um sinal de que era hora de a magia retornar? Torci as mãos. Ter ou não ter magia? O que seria melhor para Kiata?

Era um problema que eu não sabia como resolver, então o deixei de lado por um instante.

– Andahai contou a você sobre a maldição?

– Ele me contou tudo – Qinnia respondeu. – Sobre a tigela em sua cabeça, a pérola que Raikama deixou para você, a sua jornada para Ai'long. Mas desde aquele horrível jantar, ele ficou mais distante. Sei que ele está tentando me proteger, já que… – A voz dela flutuou para longe, as mãos tocando a própria barriga.

Entendi na mesma hora e coloquei a mão sobre a boca.

– Pelos cabelos de Emuri'en! Essa notícia é maravilhosa.

– Ainda está cedo – Qinnia disse, acanhada. – Contei a Andahai um dia antes do seu retorno. Mas gostaria de ter esperado um pouco mais. Fui mencionar uma vez que estava me sentindo cansada, e desde então ele tem feito o médico me visitar todos os dias. Ele se tornou…

– Autoritário? – sugeri. – Superprotetor e difícil de lidar?

Compartilhamos uma risada.

– Sim. Exatamente.

– É o Andahai que sempre tive de aturar – eu falei. – Somente perto de você ele é assim, terno e doce.

– Sou sortuda – Qinnia admitiu. – Mas você também é. Todos nós gostamos de Takkan.

Corei, e uma onda de calor tomou conta do meu coração. Ele havia mesmo conquistado minha família, como imaginei que faria. Outra razão pela qual eu tinha que mantê-lo seguro.

– Você está melhor agora? – perguntei a Qinnia.

– A comida ajuda com os enjoos. O cansaço vem de vez em quando.

– A comida também faz eu me sentir melhor de uma forma mágica – respondi. – É como se qualquer coisa doce tivesse poderes mágicos. – Enquanto mordemos nossas fatias de pêssego ao mesmo tempo, trocamos sorrisos tímidos. Não havia como explicar o porquê, mas parecia que éramos amigas há anos. Amigas que passeavam todas as semanas em Gindara para fazer compras e fofocavam durante o café da manhã de mingau com palitos de pão fritos.

– Se Andahai ficar cansado de responder às suas perguntas, pergunte para mim – eu me ofereci. – Vou contar o que souber.

Qinnia se aproximou da beirada da cadeira, aceitando o convite pessoal com um aceno agradecido da cabeça. Eu também me inclinei para a frente. Sabia o que ela queria perguntar.

– Acho que encontramos uma maneira de derrotar Bandur – falei. Não poderia compartilhar muito para não a comprometer, mas queria sua permissão. – Vou precisar da ajuda de Andahai. Nós sete teremos que partir de novo. Em breve.

Qinnia parecia pensativa.

– Tudo o que peço é que traga Andahai de volta com vida – ela disse. – Isto é uma ordem, irmã.

Ela nunca havia me chamado de irmã, e eu sorri, animada pela nossa nova amizade.

– Vou trazê-lo.

Eu estava de bom humor quando saí dos aposentos dela, mas logo aquilo mudaria.

Takkan estava no final do corredor.

CAPÍTULO VINTE E CINCO

Fugi, me distanciando ao máximo de Takkan, até já estar quase alcançando o Templo Sagrado. Ironicamente, aquele era o lugar onde teríamos nossa cerimônia no dia seguinte.

Ele nem pensaria em me procurar naquele lugar.

Tirei o manto, uma monstruosidade bordada e brilhante que com certeza chamaria atenção demais, e o enfiei debaixo de um pé de begônias. Então me afastei do templo, indo em direção à cozinha mais próxima.

Era a menor das três cozinhas do palácio, e todos os servos congelaram ao ver eu me esgueirando para dentro dali, até enfim lembrarem de me cumprimentar com reverências. Na primeira oportunidade que tiveram, debandaram para fora do prédio. Fingi não ouvir os sussurros que diziam *bruxa*.

Por ser a mais distante dos salões de banquetes reais, aquela cozinha era pouco usada, e os produtos na despensa eram mais antigos. Sinceramente, alguns dos vegetais pareciam estar ali desde antes de eu partir para Ai'long. As batatas tinham brotos nodosos, os repolhos estavam murchos, e as cenouras caíam moles quando eu as levantava.

Uma chance perfeita para praticar magia.

– Voltem à vida – eu disse às cenouras.

Elas ficaram mais gordas, e as cores – esbranquiçadas pelo tempo – ficaram de um roxo e um laranja vívidos. Fios de magia em tons de dourado e prateado sustentaram o feitiço, e depois me voltei para também reviver os rabanetes, as batatas e os repolhos. Quando terminei, a água já estava fervendo.

Eu havia feito sopa de peixe tantas vezes que conseguia seguir a receita de olhos fechados. Já a havia servido para meus irmãos quando estavam doentes, para Takkan quando estava ferido e para os pescadores da Estalagem do Pardal quando fui forçada a trabalhar lá. Mas nem uma vez sequer a fiz para mim.

Estava atenta a cada cenoura que descascava, cada queijo de soja que cortava, cada rabanete que fervia – e na panela, conjurei um sabor de épocas mais felizes, quando era apenas uma garota na ponta dos pés tentando ver a mãe cozinhar. O cheiro trouxe uma dor feroz ao meu coração e, por um momento, eu era a Shiori de antes. Correndo pelos jardins com pipas roubadas, pulando em poças e chegando atrasada às aulas, encantando e irritando todos que conhecia. Eu era uma garota sem segredos, sem sombras invadindo meus sonhos. Uma garota que não precisava se perguntar se seu lar voltaria a fazê-la se sentir em casa novamente.

Como eu sentia falta daquela garota.

Estava tão imersa no trabalho que não ouvi a porta se abrir.

– É difícil seguir você, Shiori. Se não lhe conhecesse bem, diria que está me evitando.

Prendi a respiração.

Quando Takkan entrou na cozinha, soltei a concha que estava usando para cozinhar.

Será que ele tinha me visto sair correndo dos aposentos de Qinnia mais cedo? Ou será que meus irmãos o mandaram ali? Será que haviam contado sobre minha visão?

Sem saber da desordem que causou em meus pensamentos, Takkan falou:

– Os mensageiros disseram que você não leu meus convites para o almoço. Ou para o chá… ou para o jantar.

Aqueles dedos-duros. Eles costumavam ficar do *meu* lado.

– Estava ocupada. Mal tive tempo pra mim mesma até agora.

– Ah... – Takkan piscou para afastar a confusão e passou a mão pelo cabelo escuro. – Devo ir embora?

Sim, minha mente disse.

– Não – meus lábios traiçoeiros proferiram. Quis bater em meu rosto com a concha.

Mas os olhos de Takkan se suavizaram e o alívio atenuou o vinco profundo em sua testa.

– Procurei por você. Tive a sensação de que a encontraria numa cozinha. – Ele se inclinou sobre a panela e se animou com o cheiro. – Fazendo sopa de peixe de novo?

Quase ri de seu comportamento esperançoso.

– Não é para tomar – eu disse, pegando a concha. – Está vendo?

Com um suspiro, quebrei a concentração e soltei os fios de magia que segurava. As cenouras ficaram cinzentas, as batatas criaram brotos de novo e a cabeça de peixe emergiu do fundo da panela.

Takkan ficou encarando.

– Estava praticando magia – expliquei, franzindo o nariz para a sopa estragada. – Minhas habilidades estão enferrujadas. Fazer rabanetes ficarem frescos de novo não é grande coisa, mas é um começo...

Minha voz foi sumindo. Eu precisava de mais do que um começo para poder lutar contra Bandur. A visão de Takkan sangrando até a morte retornou à minha mente, e minha garganta se fechou.

– Tenho que voltar aos meus aposentos – eu disse, exagerando um bocejo. – Praticar magia sempre me deixa com sono.

– O sol está se pondo agora. Não vai jantar?

– Não estou com fome – menti, quatro palavras que, juntas, eu nunca havia dito antes.

Takkan inclinou a cabeça de desconfiança, e não ajudou em nada quando meu estômago roncou, me incriminando.

– O que está acontecendo, Shiori? Pode olhar pra mim?

– Preciso voltar – murmurei. – Wandei esteve na oficina o dia todo, e eu deveria dar uma olhada nele...

– Wandei é quem me disse para encontrá-la – Takkan respondeu. – Ele e Yotan disseram que você poderia estar assim.

– Assim... assim como? – gaguejei.

– Evitando falar comigo. Eles não me disseram o porquê.

Primeiro os mensageiros, agora os gêmeos. Não havia ninguém em quem eu pudesse confiar?

Takkan me passou um pano quando derramei um pouco de sopa na mesa, mas ainda assim não o olhei. Ele tocou meu braço.

– Shiori, não fique assim.

Sua voz estava tensa. Ele tinha o direito de ficar com raiva de mim por ignorá-lo sem nenhuma explicação depois de ficarmos tanto tempo separados. Mesmo sendo paciente, dava para ver sua frustração.

– Lembra do que eu disse a você? – Takkan falou, mais gentil. – Muitos meses atrás, quando você ainda estava presa naquela tigela de madeira? Se há algo incomodando, não esconda de mim.

– Não há nada me incomodando – menti, imediatamente me arrependendo daquilo. – É que estive bastante ocupada.

– Não minta para mim. Por favor. – Ele parecia preocupado. – Deixe-me pelo menos adivinhar o que é?

– Não há nada para a...

– Foi o que aconteceu com os aldeões?

Não respondi nada. Com a mão livre, apaguei o fogo sob a panela com um pouco de água.

– É a cerimônia de noivado? – O tom dele se equilibrava sobre a tênue linha entre cautela e bom humor. – Se você e Kiki estão planejando dar outro mergulho amanhã à tarde...

Maldito Takkan. Olhei para cima, e vendo a preocupação gravada em sua testa, a alegria brilhando em seus olhos, não consegui evitar baixar a guarda.

– Não vou nadar. – Era tudo que eu diria. Joguei a sopa fora e limpei as mãos.

– Que desperdício. – Ele olhou, triste, para a panela vazia.

Takkan parecia decepcionado com tanta sinceridade que não consegui sufocar a risada a tempo, e enquanto ele sorria, minha última gota de determinação em evitá-lo se desfez, como se fosse mágica.

– Vou fazer outra sopa para você – prometi. – Com vegetais frescos, não encantados. – Ainda rindo, cruzei meu braço com o dele. – Vem, me leve para casa.

O palácio era lindo à noite. Lanternas balançavam-se nos beirais e vaga-lumes tremeluziam sobre os lagos do jardim. Takkan e eu caminhamos lado a lado, nossos passos seguindo num ritmo natural. Teria sido uma noite perfeita se não fosse pelos segredos que eu guardava. Também sentia que Takkan escondia algo de mim.

Ele geralmente não falava muito, mas nosso silêncio costumava ser confortável, fácil. Mas não naquela noite.

– Takkan... – Eu me ajoelhei. – No que você está pensando?

– Na reunião desta manhã com os ministros – ele confessou. – Acabou não indo muito bem. Acho que teremos de partir para Lapzur mais cedo do que planejamos. Você não está segura aqui.

Quase ri. Hawar e o ninho de burocratas eram o menor dos meus problemas.

– Não me diga que você está preocupado com as vespas – eu disse, soltando uma risada de desdém. – Como você é paranoico. Papai os esfolaria se olhassem torto para mim.

– Pode até ser, mas eu não descartaria a influência deles, Shiori. Especialmente a de Hawar. Depois do que aconteceu nas montanhas, seu pai prometeu que você não deixaria o palácio novamente.

Aquilo *era* novidade, e eu revirei os olhos.

– Prometeu, foi? E o que o rato do Hawar disse a ele? – remexi a bolsa, procurando o espelho da verdade. – Não, não me diga, vou procurar por conta própria. Já está na hora de aprender a usar isto aqui, de qualquer jeito.

Esfreguei o vidro para limpá-lo e o segurei no alto.

– Espelho, mostre a mim o que os ministros disseram.

O espelho se embaçou, e então mergulhou dentro do Ninho das Vespas, mostrando os ministros sentados ao longo das paredes com painéis e meu pai de pé no centro, com uma faixa de luto sobre as vestes reais.

– Você não pode ignorá-la, Sua Majestade! – o ministro Pahan protestou com um grito feroz. – Ainda ontem, Shiori"anma visitou as Montanhas Sagradas. E enquanto esteve lá, a terra toda tremeu...

– A terra treme com frequência, independentemente da presença de minha filha – meu pai disse de forma brusca.

– Os demônios reagiram à influência dela – o ministro Caina insistiu. – Ela é um perigo... sua magia assola nossa terra! Temos que mandá-la embora.

– Mande o feiticeiro embora também! – os ministros clamaram.

– E se mandá-la embora não for o suficiente? Existem milhares de demônios nas Montanhas Sagradas, senhores. Se um deles conseguiu escapar, é apenas uma questão de tempo até que os outros também consigam. Talvez devêssemos ouvir as sacerdotisas. Existem sangues puros há séculos. Todos foram sacrificados para manter Kiata segura, e Kiata esteve segura... até Shiori'anma nascer!

Takkan, sentado na primeira fila, já estava farto daquilo. Ele ficou de pé.

– A morte da princesa apenas perpetuará o ciclo imprudente de sangues puros morrendo a cada geração. Ela tem o poder de lutar contra os demônios. Eu mesmo vi. Temos que dar uma chance a ela.

Os ministros discordaram.

– Uma morte por geração é um preço pequeno a se pagar pela segurança de nossa grande nação.

– É mesmo? – Takkan rebateu. – Outras nações lidam com demônios e magia todos os dias...

– E o caos as governa. Kiata é a principal luz de Lor'yan justamente por nos encarregarmos de nosso próprio destino. Mas como saberia disso, lorde Takkan? Você mal visitou o interior de Kiata.

– Vocês são rápidos em chamar os outros de bárbaros – Takkan disse com frieza. – Mas olhem para si mesmos. Prontos para derramar sangue inocente sem nem considerar outras opções.

Suspiros e fungadas se seguiram. Takkan foi ignorado enquanto os ministros voltavam a atenção ao imperador.

– Sua Majestade, ouça a voz da razão. Dê sua filha para as sacerdotisas antes que seja...

– Chega. – Meu pai se esforçou para parecer calmo, mas um indício de raiva pulsava em suas palavras. – Eu não colaborarei com essas cultistas. O próximo a sugerir isso acordará amanhã no reino de Senhor Sharima'en.

Os ministros ficaram em silêncio.

– Ela também não se tornará uma arma contra demônios – o imperador disse, voltado para Takkan. – Mesmo que queira.

O ministro-chefe Hawar havia se mantido em silêncio até aquele momento. Quando todos na sala pararam, ele falou:

– Então deveríamos manter a princesa confinada no palácio, Sua Majestade. Pelo menos até que tenhamos a chance de questionar completamente as sacerdotisas capturadas e executá-las por traição. Fico

feliz em me juntar ao comandante imperial no interrogatório... assim que a cerimônia de noivado de Sua Alteza estiver concluída, é claro. Para a própria segurança dela.

– Sua Majestade – Takkan protestou. – Eu não acho...

– Sim – o imperador o interrompeu. – Essa é uma boa ideia, ministro Hawar. Lorde Takkan, peço que garanta que minha filha não saia do palácio.

Joguei o espelho no chão. Tinha visto o suficiente.

– Não posso acreditar que papai daria ouvidos a Hawar. Ele é um mentiroso de duas caras. – Soltei um longo suspiro, ficando desanimada enquanto o ar me deixava. O mesmo poderia ser dito de mim, só que Takkan não sabia daquilo.

– Acho que seu pai não confia em Hawar – Takkan disse, sempre leal. – Mas ele quer que você esteja segura. É por isso que me nomeou como seu...

– Guarda-costas? Deve estar encantado agora que seu papel foi oficializado. – Fui ao chão e cravei as unhas na terra. – Obrigado por pelo menos votar para não me matarem.

– Tenho razões egoístas em querer mantê-la viva.

Aquilo me fez sorrir, apesar de tudo.

– Eu acredito em sua magia, Shiori. E em você – ele falou. – A magia se foi há tantos séculos que nosso povo não se lembra mais do bem que ela pode fazer.

– Tipo deixar maduros de novo os rabanetes mofados?

– Ou tipo isso – Takkan respondeu, gesticulando para as flores silvestres que desabrocharam onde minha mão havia tocado a terra. Gen estava certo sobre eu precisar praticar magia... nem percebi que fiz aquilo.

– Flores não vão conquistar Kiata – falei, pensando em como os servos do palácio agora me evitavam, como se minha magia fosse uma doença.

– As pessoas têm mais medo de mim do que de Bandur. Esse medo não vai mudar mesmo se o derrotarmos. – As flores murcharam e desapareceram enquanto eu puxava de volta os fios de magia. – Muitas pessoas se machucaram por minha causa. – Engoli em seco. – Talvez eu *seja* uma ameaça para Kiata.

– Do jeito que você fala, parece que tem mais alguma coisa na sua cabeça. – Takkan se inclinou para perto, e nossas mangas se encostaram. – Está se afastando de mim porque acha que vai me colocar em perigo?

Como ele me conhecia tão bem?

Olhei para o chão, até que ele inclinou meu queixo para cima.

– Aí está sua cara de desagrado. Você é uma ótima mentirosa, Shiori, mas sua boca não engana.

Eu estava prestes a protestar, mas Takkan ainda não havia terminado:

– Esqueceu que passei um inverno inteiro observando você? Cada sorriso, cada careta, cada reação, para ter um vislumbre do que se passava aí dentro. Agora que posso ver seus olhos, não há muito o que você possa esconder de mim. Você sempre se preocupa com a segurança dos outros – ele continuou. – Desta vez, deixe que eu me preocupe primeiro. Pode me dizer o que a está incomodando?

A culpa se acumulou sob minha pele. Aquela noite era a última chance que eu tinha de contar a ele sobre a visão antes da cerimônia de noivado. Separei os lábios, preparando uma confissão, mas minhas costelas se apertaram e a boca ficou seca. As palavras não vinham.

Eu já tinha perdido Raikama, e a possibilidade de perder Takkan doía mais que tudo. Era melhor se ele me odiasse do que se morresse. Era melhor cancelarmos a cerimônia de uma vez.

Fechei os olhos.

– Talvez você devesse voltar para Iro. Talvez devêssemos cancelar o noivado.

Pronto. Eu falei.

Esperei que Takkan ficasse com raiva, que o orgulho dominasse seus sentidos, da mesma maneira que me dominou quando o abandonei um ano atrás.

Mas ele estava quieto e, embora os ombros tivessem ficado mais rígidos, ele permaneceu imóvel ao meu lado.

– Se você vai dizer isso… – ele enfim falou. – Acho que mereço uma explicação melhor.

Eu nunca tinha sido covarde, mas me sentia naquele momento. Estava de costas para Takkan. Não conseguia nem reunir coragem para encará-lo direito.

Você não costumava dizer que o medo é um jogo?, Kiki tinha me repreendido naquela manhã. *Você ganha jogando, não fugindo. Que é o que você estaria fazendo se não contasse a ele.*

Ela estava certa.

Olhei para minhas mãos cheias de cicatrizes.

– Vi você morrer – admiti, falando bem baixo. – As Lágrimas de Emuri'en me mostraram Bandur matando você em Lapzur.

Takkan me virou lentamente pelos ombros.

– É por isso que você quer romper o noivado. É por isso que quer que eu vá embora.

– Sim. – Fiz uma pausa. – Você vai?

– Não – Takkan respondeu, como se não pudesse acreditar que eu perguntaria uma coisa daquelas.

– Você tem que sair daqui – implorei. – Bandur sabe que você é a minha fraqueza. Ele vai matar você!

– Não – Takkan disse de novo, em um tom duro. Ele respirou fundo. – Sabe como foi ficar aqui quando você partiu para Ai'long? Todos os dias eu me perguntava se ainda veria você de novo. Depois de um inverno inteiro sem ouvir sua voz nem ver seu rosto, eu queria ouvir você rir. Queria…

– O quê?

Com muita ternura, ele afastou o cabelo em minha têmpora e colocou os fios prateados atrás das minhas orelhas. Seus olhos estavam fixos nos meus o tempo todo, fazendo minhas bochechas queimarem e meus nervos formigarem. Se ele me beijasse naquele momento, eu faria com que nós – não, com que o pátio inteiro – voasse, e então os ministros com certeza me prenderiam. Mas Takkan me soltou e pôs a mão na terra, tão perto da minha que eu conseguia sentir a eletricidade entre nossos dedos.

– Você não é um pássaro numa gaiola, Shiori. Nem eu. Vou com você.

– Acabei de dizer que...

– Agradeço por você estar com medo por mim, porque agora sei que devo tomar todas as precauções. – Ele estreitou o espaço entre nós, só um pouquinho. – Então... quando partimos?

Lancei a ele um olhar de esguelha.

– Ainda assim, não falei que você poderia ir. De qualquer maneira, você seria pesado demais para que meus irmãos nos carregassem.

– Você poderia me transformar num grou.

– Mas é claro que não! – Fiquei pasma. – Não tem ideia do que está pedindo.

– Eu tenho. Terá que me amarrar se quiser que fique em Gindara. Não vou ficar parado e ver você se colocar em perigo, Shiori, nunca mais. Não importa se sou seu marido, seu noivo ou simplesmente seu amigo.

– É impossível lidar com você – resmunguei. – Está bem. Se quiser vir, não vou impedi-lo. Mas não vou transformar você em um grou.

– Muito bem – Takkan concordou. Ele havia ganhado, e estava se esforçando para não sorrir.

– Não banque o corajoso de forma inconsequente – continuei. – Se morrer, eu nunca vou perdoar você. Entendeu?

– Essa regra também se aplica a você?

Bufei.

– Eu nasci inconsequente.

– E eu, corajoso.

– Takkan!

– Prometo – ele disse, agora sério. – Mas não acha que é bastante egoísta me fazer jurar quando você mesma não vai? Eu preciso de você também, Shiori.

Eu preciso de você. Uma onda de calor tomou conta de mim, colocando fogo em qualquer resposta em que eu pudesse ter pensado. Pelos deuses, ele seria o motivo da minha desgraça.

– Tudo bem, eu prometo.

– Muito bem – Takkan disse. Ele tirou da capa um pequeno pacote que se encaixava perfeitamente na palma de sua mão. – Há outra razão pela qual eu queria vê-la hoje.

Um presente? Estava embrulhado em tecido com estampa de peônias e amarrado com um cordão dourado que reconheci de uma das lojas mais famosas de Gindara.

– Você comprou isso para mim? – perguntei.

– Não. Quer dizer... não. – Ele limpou a garganta enquanto eu o olhava com curiosidade. Será que estava nervoso? – O embrulho é de Qinnia. Eu não tinha nenhum.

A cada segundo, eu ficava mais e mais intrigada. Qinnia o ajudou?

– O que é isso?

– Abra.

Normalmente, eu teria rasgado o tecido, mas levantei cada dobra com bastante cuidado, como se fosse a asa de uma borboleta. Ali dentro havia um simples pente, primorosamente esculpido e polido. Levei-o ao nariz, inalando o cheiro de pinheiro.

– A madeira é de Iro.

– Como você sabe?

Sorri com timidez.

– Cheira que nem você.

Takkan costumava ser bom em esconder sentimentos, mas constatei um leve rubor subindo por seu pescoço, espreitando pela gola alta.

– Vire-o.

Tinha um coelho segurando uma pipa de fio vermelho e estampa de grous voando pintados do outro lado do pente. A mesma pipa que Takkan e eu quase fizemos juntos quando éramos crianças.

– Na lenda... – ele falou. – Os pretendentes de Imurinya lhe traziam joias e ouro, riquezas de todo canto de Lor'yan. Mas o caçador lhe deu um simples pente para prender o cabelo, para que ele pudesse ver os olhos dela e iluminá-los de alegria.

Meu rosto esquentou. Nunca tinha pensado em como aquela parte da história de Imurinya era como a minha. Durante um inverno inteiro, Takkan não pôde ver meu rosto, e tentou, com bravura, fazer eu me sentir melhor, mesmo quando não sabia quem eu era. Agora, meses depois, me dar um pente, como o caçador havia feito, era igual a fazer uma promessa. De afeição. De amor.

Mal consegui respirar quando Takkan pegou o pente e o colocou com cuidado em meu cabelo.

– Sei que faz anos – ele disse, com o ritmo de suas palavras acelerando um pouco de nervosismo. – E você nunca teve o poder de dizer nada quando éramos crianças, mas eu queria perguntar agora, antes de nós...

– Pare de enrolar, Takkan – falei com pressa. – Vai perguntar se quero me casar com você?

Eu o deixei sem palavras, pelo menos por um momento. Ele se recuperou com maestria, e eu queria me chutar por ser uma tola impulsiva. Mas tola ou não, ainda estava curiosa.

– Ia perguntar com mais formalidade – ele disse devagar. – Se você... aceitaria ser minha noiva. – Ele abriu um sorriso irônico. – Acho que, no fim das contas, é a mesma coisa.

Usei de todo meu autocontrole para manter a voz uniforme e calma.

– Na lenda, o caçador deu um pente a Imurinya para tentar conquistar seu coração. – Minhas mãos tremiam enquanto eu falava. – Mas o meu já foi conquistado. Então a resposta é sim, Takkan. – Olhei para ele, tentando conter a alegria que estava explodindo dentro de mim. Então voei para os braços dele, radiante de felicidade. – Sim.

Ele ficou de pé e me levantou com os braços, me abraçando tão apertado que nossos narizes se encostaram, e a respiração dele fazia cócegas em meus lábios.

– Você finalmente vai me beijar? – murmurei com atrevimento.

Takkan tocou meu queixo, e eu fechei os olhos um pouco, pronta para ele se inclinar e tirar meu fôlego.

Mas ele apenas riu baixinho.

– Você vai descobrir amanhã – ele respondeu, tão atrevido quanto eu. Ele me beijou no nariz, e então me colocou no chão. – É um incentivo para que você apareça, desta vez pra valer.

Foi um incentivo. Não achava que Takkan era do tipo espertalhão e descarado, mas ele deve ter aprendido uma coisa ou outra comigo.

Gostei.

– Eu estarei lá.

CAPÍTULO VINTE E SEIS

Finalmente, havia chegado a manhã da cerimônia de noivado. Eu já estava acordada quando as criadas chegaram para me vestir, e estava de muito bom humor. Sem reclamar nem perder a paciência, me sentei num banquinho de almofada, permiti que me enrolassem em uma dúzia de camadas de seda e deixei que escovassem meu cabelo até fazê-lo brilhar.

– Por favor, enrolem isto no meu cabelo – pedi, passando a elas o novelo de linha vermelha que peguei do baú de costura de Raikama. Já que ela não poderia estar presente naquele dia, eu prestaria uma homenagem.

Levou a manhã toda para me vestir. Eu tinha muitos defeitos, e mesmo que vaidade nunca tenha sido um deles, estava bastante constrangida por causa da mecha branca em minha têmpora. As criadas tentaram desesperadamente tingi-la de preto, chegando a polvilhá-la com carvão e pintá-la com laca, mas nada adiantou.

Inclinei a cabeça em direção ao espelho e olhei para o meu cabelo. De um jeito estranho, combinava comigo.

– Vamos deixar assim – eu disse finalmente.

– Mas Alteza...

Não tenho nada a esconder, quis dizer. Todos já sabiam que eu era uma feiticeira. Mas fui sábia, segurando a língua, e em vez daquilo, entreguei o pente de Takkan a elas.

– Deixem assim.

As criadas concordaram com uma reverência silenciosa. No fim, prenderam a mecha e a esconderam atrás dos enfeites de cabelo. Sorri, me perguntando se Takkan perceberia o pente ali atrás de todas aquelas penas.

Meu rosto foi pintado de branco ritualístico, os lábios e bochechas foram tingidos de um vermelho vívido, e os cílios foram cobertos com kajal preto. Pingentes de rubis, opalas e esmeraldas pendiam do meu cabelo, e discos de jade tilintavam nas orelhas e nos pulsos. E então, as vestes finais: o manto e o vestido cerimoniais.

Um ano atrás, eu estava usando aquelas mesmas vestes – o mesmo manto bordado, a mesma saia trabalhada, com uma cauda que se arrastava pelo chão atrás de mim, a mesma gola e os mesmos punhos adornados em ouro. Entretanto, as vestes não pareciam tão pesadas quanto antes. Talvez porque eu estivesse mais forte agora. Ou talvez porque estava realmente ansiosa para a cerimônia.

– Você está linda, Shiori'anma. – As criadas se afobaram assim que terminaram de me vestir. – Uma verdadeira princesa.

Um sorriso fez meus lábios se curvarem, e quando assenti em agradecimento, Kiki saiu de seu esconderijo atrás de um vaso.

Elas estão mentindo, ela disse, pousando em meu ombro para examinar minha aparência. *Seu rosto está mais branco do que uma casca de ovo e você está parecendo mais um monte de roupa suja do que uma noiva.*

– Fico tão feliz em poder contar com você para fazer eu me sentir mais confiante – respondi.

Eu não mentiria para você. Kiki fungou. *Só estou surpresa de você ter conseguido andar com todos esses panos, e ainda ter fugido para o Lago Sagrado no ano passado.* Ela se inclinou contra meu pescoço como se eu fosse uma árvore. *Não está planejando fazer isso de novo, não é?*

– Claro que não. Ontem à noite eu contei a verdade para Takkan.

Sério? A incredulidade em seu rosto de papel era quase humana.

– É verdade – eu me gabei. – Pode perguntar a ele.

Hasho chegou para me escoltar até o templo. Quando viu que eu estava vestida e pronta para sair, inclinou a cabeça.

– Pelos milagres de Ashmiyu'en, você vai chegar cedo?

– Sorte sua que estes enfeites estão cobrindo meus olhos, irmão. Porque agora eles estão se revirando pra você.

Hasho riu.

– Kiki vai ficar na sua manga desta vez?

– Hoje ela vai ficar sob a gola. – Dobrei o pescoço para que a ave de papel voltasse ao lugar. Enquanto os enfeites de cabelo tilintavam, Hasho deu uma piscadinha para Kiki.

– Espere – eu disse, pegando o travesseiro redondo no divã. Atrás dele, escondi a bolsa. – Faça-me um favor e vigie a pérola durante a cerimônia.

Hasho se desanimou.

– Não pode escondê-la debaixo da cama?

Eu tentei. Tentei guardá-la no armário, colocá-la debaixo da cama e até enterrá-la sob os arbustos de crisântemo do lado de fora da janela. Mas nunca me sentia segura a não ser quando ela estava por perto, ainda mais agora que sabia que Bandur a queria.

– Não é como se fosse uma ervilha, Hasho. É uma pérola de dragão.

– Acho que me sentiria melhor cuidando de Kiki. Talvez você devesse dar a pérola ao Gen.

– Não posso. – Apertei a alça da bolsa nas mãos de meu irmão, confiante de que ele encontraria uma maneira de escondê-la sob suas fartas vestes. – Eu o mandei para longe daqui.

– Para longe?

– Para o próprio bem dele.

Não podia dizer mais nada. *Era* para o próprio bem de Gen. Depois da reunião do conselho que observei através do espelho, procurei o jovem feiticeiro assim que pude.

– Quero que você descubra onde o amuleto está escondido – disse a ele. – Benkai estará nas Montanhas Sagradas. Ajude-o enquanto todos estiverem em minha cerimônia de noivado.

– Quer dizer que não fui convidado?

– Você é um feiticeiro, Gen. Hawar e os outros ministros não ousariam me machucar, mas isso não vale pra você. Fique fora do palácio até que alguém possa ficar de olho em você.

Gen fungou.

– E quem vai ficar de olho em você?

– Não se preocupe comigo. Basta encontrar o amuleto. – Dei-lhe o espelho da verdade como suborno. – Use isto.

Seus olhos azuis se acenderam.

– Posso ficar com a perola também?

– Não.

Um resmungo saiu dos lábios do menino, mas fiquei aliviada quando ele me obedeceu.

Quando cheguei ao templo, tive certeza de que mandar Gen para longe foi a decisão correta. Todos os ministros e senhores mais nobres tinham comparecido, abanando-se ao mesmo tempo para combater o calor. Eles me lembravam os dragões, sedentos por um espetáculo. O pior era o ministro-chefe Hawar. Lá estava ele, zumbindo alegremente com as outras vespas, como se não tivesse pedido minha morte ontem.

Quando o cortejo me deixou na almofada vermelha em frente a Takkan, afundei no lugar como se tivesse viajado por horas, não minutos.

Ele me deu um sorriso antes de assumirmos as posições de costume. Parecíamos dois bobos. Takkan com as borlas prateadas e douradas caídas em frente aos olhos, eu com acessórios pesados e véu. E nossas vestes! Parecíamos uma caravana de peregrinos.

Era encantador – e estranhamente apropriado que estivéssemos sofrendo juntos com toda a ladainha cerimonial. Gostaria de poder pegar sua mão e dizer aquilo a ele.

– Neste nono dia do mês do vaga-lume... – o sumo sacerdote Voan começou. – Estamos aqui para unir os destinos de Shiori'anma, amada princesa de Kiata e única filha de Sua Majestade Imperial, Imperador Hanriyu, e lorde Bushi'an Takkan, filho e herdeiro da província de Iro.

Os sacerdotes e as sacerdotisas do palácio nos cercaram, carregando uma longa fita vermelha e entoando orações em kiatano antigo. Eu queria ouvir o que estavam dizendo, mas era impossível por causa dos sons de tambores.

Eles giraram e giraram, envolvendo a fita sobre nossas cabeças. Andaram ao nosso redor noves vezes, o número da eternidade. Durante nossa cerimônia de casamento, aquela mesma fita seria atada para selar nossa promessa de um para o outro.

Estava começando a ficar tonta com tantos giros, então concentrei a atenção na janela atrás de Takkan. Uma nuvem pairou sobre o sol, e uma escuridão se esgueirou para o interior do templo, numa corrente rítmica que fez o telhado estremecer.

Ninguém mais parecia ouvir. Ou sentir. Mas o suor escorrendo em meu pescoço logo evaporou, sendo substituído pelo mesmo arrepio gelado que senti nas Montanhas Sagradas.

Kiki?, procurei por ela com a mente. Minha ave decidiu de última hora sentar-se com Hasho em vez de ficar comigo. *Diga que você também está sentindo isso. Esse frio.*

Frio?, ela zuniu. *Meu bico está ficando encharcado de tanta umidade.*

Não estava mais ouvindo nada. A escuridão se espalhou pelo templo, escura feito tinta preta e pesada como uma mortalha. Logo ela já havia envolvido meu pai, o sumo sacerdote, e então Takkan.

Eu era a próxima. Minhas mãos estavam firmemente entrelaçadas sobre a saia, e enquanto eu olhava para o colo, uma onda de sombras rastejou sobre mim, afogando os grous bordados e manchando de preto as flores de contas.

Parabéns, Shiori'anma.

A voz vinha da direção de meu pai. Ergui o olhar de pavor. A fumaça dos braseiros do lado de fora entrava pelas janelas, os tentáculos se enrolando na garganta do imperador até seus olhos ficarem vermelhos.

Observei horrorizada. Comecei a me levantar, mas os sacerdotes ainda estavam realizando o ritual de amarrar a fita. Os enfeites em minha cabeça retiniram, os fios de joias tocando como um alarme de sinos.

Num instante, os olhos de papai eram os mesmos de novo. Mas meu coração acelerou, e instintivamente tentei agarrar algo na cintura, esquecendo que dei a bolsa para Hasho.

Qual o problema?, Takkan murmurou sem emitir som. Seus olhos escureciam de preocupação.

Eu precisava ficar calma. Estavam todos assistindo. Não podia causar um vexame.

Nada, murmurei de volta.

Baixei a cabeça, tentando me convencer de que havia apenas imaginado aquilo. Determinada a me concentrar na cerimônia.

Seis, contei as vezes que a fita passou por Takkan e eu. *Sete.*

Durante o nono e último giro, uma onda de frio acariciou minha bochecha, e os músculos de meu corpo ficaram rígidos.

Sem pérolas no dia do seu noivado?, Bandur ronronou. Sua voz causou arrepios em meu pescoço como uma lâmina gelada pressionada contra a pele. *Uma pena, elas combinam com você. Uma em particular.*

Meus olhos voaram em todas as direções, mas não consegui encontrá-lo. Onde ele estava? Em *quem* ele estava?

Segurei forte a barra da saia. *Que insolência você vir aqui. Este solo é sagrado. O sumo sacerdote e…*

Suas patéticas orações podem afastar um demônio comum, mas eu sou um rei.

Não é tão rei assim enquanto estiver preso às montanhas, retruquei. *Mesmo se lhe entregasse a pérola, você não conseguiria segurá-la.*

Bandur rosnou, finalmente manifestando-se numa nuvem de fumaça atrás do trono de meu pai. *Eu teria algum respeito se fosse você.* Ele deslizou as garras por cima do ombro do imperador. *Ou esta cerimônia de noivado pode se tornar um funeral.*

Você não ousaria.

Não? Não seria a primeira vez que eu mataria um rei.

Contive-me ao máximo para não pular e atacar o demônio. Mas ele era apenas uma sombra. Ninguém, nem mesmo meu pai, o notou. Enquanto isso, o ministro-chefe Hawar silenciosamente registrava com os olhos caídos cada movimento que eu fazia.

Tudo aquilo inflamava ainda mais a tortura de Bandur.

Eu poderia fazer com que parecesse que você assassinou o imperador, Shiori, o demônio contemplou. *Você seria presa, fácil de ser capturada e levada para as montanhas.*

O ódio inundou meus pensamentos. *Ninguém jamais vai acreditar que matei meu pai.*

Ficaria surpresa como algumas facas bem colocadas podem mudar a mente das pessoas. Principalmente tendo a sua reputação. Bandur grunhiu. *Os ministros aproveitariam a oportunidade para acorrentá-la de uma vez.*

Odiava que ele estivesse certo. Mais do que tudo, odiava o fato de não poder fazer nada.

Bandur flutuou para longe do trono de papai, em direção a Takkan. *Mas por que se incomodar, quando conheço sua maior fraqueza?*

Raiva e medo convergiram em minha garganta. *Deixe-o em paz.*

Que emoção peculiar, esse amor humano, Bandur disse, circulando por trás de Takkan. *Nunca senti isso quando eu era um.*

Comecei a me levantar, ignorando os olhares dos sacerdotes. *Estou avisando...*

Não, eu estou *avisando, Shiori. Você viu seu destino nas águas. Se não me der o que quero, vou matar quem você mais ama.* Unhas tão afiadas quanto foices saltaram das patas de Bandur, roçando a mandíbula de Takkan. *Você vai acabar sangrando de qualquer jeito.*

Então, num movimento preciso, Bandur cortou a garganta dele.

– Não! – gritei. – Takkan!

– Shiori! – meu pai gritou. – O que está...

Com o coração rugindo, me virei para Takkan. Ele estava ajoelhado, e a cabeça levemente inclinada em oração, como a minha deveria estar. Sem sangue, sem corte no pescoço. Ele olhou para mim com as sobrancelhas franzidas e confusas.

Em um lugar ao fundo, Bandur uivava de rir, sabendo que havia me enganado. Meu horror desapareceu, transformando-se em um pânico gelado.

– Shiori, sente-se – papai exigiu. – Agora!

Eu mal o ouvia. A sala estava girando, e todos sussurravam entre si, começando a espalhar fofocas. Era fácil ler seus lábios.

– Por que ela gritou? – as senhoras perguntaram umas às outras.

– Veja os olhos dela, como são selvagens – os lordes murmuraram.

– Que impróprio. Hawar estava certo... há algo de errado com ela. – Enquanto o próprio Hawar tagarelava alegremente para aqueles ao seu lado:

– Não lhes falei? Ela é perigosa.

Era tarde demais para me sentar de novo. Eu tinha que desviar a atenção de qualquer conversa sobre magia ou demônios. Precisava agir como a Shiori que eles conheciam – impulsiva, imprudente e imprevisível.

Sem pensar duas vezes, arranquei o acessório de cabeça e chutei as fitas vermelhas enroladas nos pés.

– Não vou me casar com Bushi'an Takkan – declarei num tom insolente.

Minhas palavras deixaram a sala atordoada e quieta. Supus que fosse uma vitória.

A confusão no rosto de Takkan se transformou em uma compreensão consternada. *Shiori, não.*

Inspirei fundo uma vez para criar coragem.

– Não prosseguirei com esta cerimônia – falei, batendo o pé para dar ênfase. – Não ficarei amarrada àquele deserto infértil, nem serei mandada tão longe ao norte que o Sol parece mais uma pedrinha de seixo no céu. Lorde Bushi'an Takkan retornará a Iro imediatamente. Este noivado não existe mais.

Levantei um pouco a saia, pronta para fugir. Ninguém ficou mais surpreso do que Takkan quando o peguei pelo braço, puxando-o para que ele ficasse de pé.

– Corra! – mandei, e ele me lançou um olhar de total perplexidade. Mas graças às Cortes Eternas, Takkan não perdeu tempo. E correu.

CAPÍTULO VINTE E SETE

Podia ouvir meus irmãos sendo mandados para nos seguir, então cortei caminho pelos jardins, desviando dos trajetos que já existiam e desaparecendo dentro dos pomares. Não sabia para onde estávamos indo, apenas que eu precisava nos levar para o mais longe possível do templo.

Tínhamos chegado aos pessegueiros quando senti um puxão na ponta da faixa. Invoquei minha magia, pensando em fazer as frutas nos galhos voarem e atingirem quem estivesse atrás de mim. Então eu vi quem era.

Os pêssegos caíram no chão.

Era Hasho. Ele estava sem fôlego, mas aquilo não o impediu de me dar um sermão:

– Não lance sua magia em mim, irmãzinha. Não estou a fim.

– Não vou voltar – falei, puxando a faixa de volta.

– Então se explique.

O que você estava pensando?, Kiki gritou. *Sinceramente, Shiori, pensei que depois de quebrar aquela tigela na sua cabeça, você tivesse parado de ser tão estúpida. Mas é claro que eu estava errada.*

– Basta – Takkan disse, de pé entre mim, meu irmão e Kiki. – Já basta.

– Bandur possuiu você? – Hasho exigiu saber. – É a única razão em que consigo pensar para explicar aquilo.

O suor fez a tinta branca em meu rosto escorrer pela testa e pelas bochechas, fazendo meus olhos arderem e cobrindo os lábios com um gosto amargo. Limpei os olhos com a parte de trás da mão.

– Não está muito longe da verdade.

Assustado, Hasho deixou as mãos caírem nas laterais do corpo. Ele soltou um suspiro que se transformou em uma risada triste.

– Eu devia ter deixado que um dos outros pegasse você. Cancelar a cerimônia e ainda fugir *com* o seu noivo... como vou explicar para a corte? Isso é novidade, até pra você.

Odiei Kiki e Hasho por estarem rindo.

– Vão e encontrem um lugar para se esconder – Hasho disse, acenando para que Takkan e eu fôssemos embora. – Vou esclarecer as coisas com papai.

E você esclareça as coisas com Takkan, Kiki acrescentou antes de sair com meu irmão.

Eu me virei para Takkan, que estava tão quieto que me deixava nervosa.

– Acho que outra peça de tapeçaria não vai ser suficiente para pedir desculpas – murmurei, sem saber mais o que dizer.

– Não perca seu tempo com agulhas e linhas – ele respondeu, dobrando meu manto sobre o braço. – Você está bem?

– Se *eu* estou bem? – olhei para ele, incrédula. – *Você* está bem? Acabei de humilhá-lo na frente de toda a corte. *Mais uma vez*. Não deveria estar furioso comigo?

– Não – Takkan disse de maneira simples. – Você não fugiu de mim. Fugiu *comigo*. Bem diferente.

– Não quer saber o que aconteceu?

Ele me segurou pelo queixo para que pudesse limpar a tinta que escorria pelo meu rosto. Aquilo fez cócegas.

– Você já me disse o bastante – ele falou. – Deixe os outros pensarem no que quiserem. Hoje está um dia lindo e deveríamos aproveitá-lo. Como ele está...

Takkan acenou desajeitadamente para alguém atrás de mim.

– Bom dia, senhor Ji.

O senhor Ji era um jardineiro que estava pegando frutas caídas no pomar e agora olhava para nós, de queixo caído. Ao ver a saudação de Takkan, rapidamente fez uma reverência sem palavras.

Fiquei horrorizada. Agarrei Takkan pelo braço e o arrastei por uma ponte de madeira que levava mais fundo aos jardins. Os milhafres gorjeavam e as cigarras cantavam, alto e estridente, mas pelo menos ficaríamos longe de olhares alheios.

Takkan estava rindo.

– Não é engraçado – eu disse, angustiada de verdade. – As fofocas se espalham mais rápido que o fogo demoníaco aqui em Gindara. Todos pela cidade já devem estar sabendo o que fiz. E a sua família! – Quis enterrar o rosto nas mãos. – Sua família vai me odiar.

– Iro fica bem longe de Gindara – Takkan me lembrou. – Eles vão ficar sem saber por pelo menos alguns dias. Além disso, nada do que fizer fará Megari odiar você.

– Com sua mãe é outra história.

– Minha mãe ficará satisfeita quando tiver netos. E meu pai ficará satisfeito quando ela estiver satisfeita.

Os olhos dele brilharam, e eu não sabia dizer se ele estava falando sério ou brincando.

– Netos? – repeti enquanto meu estômago dava uma cambalhota. – Eu disse que o noivado acabou.

– Bem, se esse for o caso, talvez você *devesse* fazer outra tapeçaria como pedido de desculpas.

Mostrei a ele minha carranca mais feroz, mas não consegui conter o irritante tremor nos lábios.

– Como consegue fazer piada disso?

Takkan colocou meu manto sobre a mureta da ponte.

– Faço piada porque não me importo com o que os outros pensam de você ou de nós. Mesmo que nunca saibam a verdade, isso não importa pra mim. Teremos muitas provações e mal-entendidos no futuro, Shiori. Estamos fadados a brigar, e às vezes poderei ficar bravo demais para correr atrás de você. Quanto mais para correr com você. – Ele riu. – Mas tenho fé que sempre vamos rir juntos no final das contas. Sinto que daqui a alguns anos vamos rir do que aconteceu hoje.

Daqui a alguns anos. O modo como ele disse aquilo fez meus olhos marejarem.

Entrelaçando firmemente nossas mãos, eu o puxei mais adentro dos jardins, para longe do templo, até encontrarmos refúgio sob uma glicínia esquecida por ali. Lá, peguei o pente no cabelo e o escovei para soltar um dos fios de contas pendurados contra minhas bochechas.

– O que você está fazendo? – Takkan perguntou.

– Tirando as contas – respondi, com os dedos trabalhando habilmente. – Eles limparão o templo, então não podemos voltar. Mas isso não quer dizer que não podemos terminar a cerimônia. – Retirei a última conta com o pente e mostrei o fio vermelho na palma da mão. Então, percebendo o que disse, corei. – De... de qualquer maneira, prefiro que seja aqui do que naquele templo sufocante com todos os fofoqueiros da corte nos assistindo.

Takkan sorriu ao ouvir meu linguajar desrespeitoso.

– Tem certeza de que quer amarrar seu destino ao meu? – ele questionou. – Um lorde de terceira classe de um deserto tão longe ao norte que o Sol lá mais parece uma pedrinha de seixo no céu?

Minhas bochechas esquentaram de vergonha. Eu tinha falado aquilo antes.

– Não foi isso que quis dizer.

A voz dele parecia entretida.

– Eu sei.

– Takkan...

– Seus irmãos me avisaram que uma vida inteira ao seu lado significaria ter meu orgulho ferido com frequência. Mas meu amor por você é muito maior que qualquer orgulho, Shiori. Muito maior do que qualquer coisa. – Ele inclinou a cabeça e me olhou de maneira carinhosa. – Agora, o que você disse sobre terminar a cerimônia?

O modo como Takkan conseguia afastar toda a escuridão que atormentava minha mente era uma das magias mais poderosas. O modo como transformava a vergonha que esquentava minhas bochechas em alegria, e como aquela alegria irradiava por todo o meu corpo, passando através dos poros e cabelos, me iluminando de tal maneira que eu poderia competir com o Sol. Até mesmo minhas vísceras estavam radiantes.

Desenrolei o fio vermelho na mão e retribuí o olhar dele.

– Cerque-se de quem sempre vai amar você – comecei. – Mesmo com seus defeitos e suas falhas. Forme uma família que a achará mais bonita a cada dia, mesmo quando seu cabelo estiver grisalho. Seja a luz que faz a lanterna de alguém brilhar.

Aquelas foram as palavras que Raikama me disse – seu último desejo de felicidade para mim.

Com muito cuidado, comecei a enrolar o fio no pulso de Takkan.

– Foi assim que Imurinya se amarrou ao caçador para que pudessem viajar para a Lua juntos, você sabia?

Uma pergunta tola. Claro que sabia. Takkan era um grande conhecedor dos contos.

Passei o fio em torno dele uma, duas, três vezes.

– Eu ligo você a mim, Bushi'an Takkan. Não porque meu pai, minha madrasta ou meu país me pedem, mas porque *eu* assim desejo. Sempre escolheria você. Você é a luz que faz minha lanterna brilhar.

Dei um nó. Então Takkan pegou o fio, amarrando a outra ponta em volta do meu pulso.

– Eu ligo você a mim, Shiori'anma – ele disse. – Que nossos fios estejam sempre atados enquanto enfrentamos alegria e tristeza, riqueza e pobreza, e passamos nossos anos da juventude até a velhice. Somos um só coração, unidos pela honra, e um só espírito, seja na terra, seja no céu. Agora e daqui a dez mil anos.

Inclinei seu queixo em minha direção.

– E agora, você não tem uma promessa a cumprir?

Dando um passo, ele eliminou o espaço que havia entre nós, e então seus lábios cobriram os meus em um beijo. Não era um beijo rápido e tímido na bochecha ou na testa, como ele já me dera no passado. Nem como o beijo carinhoso que me deu no nariz ontem à noite. Um beijo de verdade, boca a boca e fôlego a fôlego, fazendo meus joelhos baterem um no outro e o meu mundo girar – exatamente como eu sabia que faria.

Sem perceber, fiquei na ponta dos pés quando Takkan me puxou para perto, nossos braços se envolvendo e os dedos se entrelaçando – ainda atados pela cerimônia. Nós nos beijamos várias vezes, até ficarmos embriagados um do outro e nossos pés deixarem marcas profundas na terra e as pétalas roxas da glicínia coroarem cada centímetro de nossas cabeças.

– Agora seu destino está ligado ao meu – sussurrei, os lábios contra os dele. – Seu coração é meu, e onde você estiver, ali será meu lar. O que quer que enfrentemos, enfrentaremos juntos.

– Juntos – ele repetiu com firmeza. – Para sempre.

Takkan era a ponta do meu fio. Não importava para o quão longe minha pipa vagasse, ela sempre encontraria o caminho de volta para ele. E embora o impossível ainda nos esperasse, meu coração ficou um pouco mais calmo sabendo que ele nunca me deixaria.

CAPÍTULO VINTE E OITO

Não importava o quanto desejasse, Takkan e eu não poderíamos nos esconder nos jardins para sempre. Cedo ou tarde teríamos de enfrentar o palácio. Pela primeira vez, eu escolhi ir primeiro – enquanto Takkan foi procurar Gen, que ainda não havia mandado mensagem das montanhas.

Aí está você!, Kiki disse, esvoaçando sobre minha cabeça quando apareci nos caminhos do jardim. *Seus irmãos estão esperando por você na Corte da Libélula. Eles arranjaram uma desculpa que... Shiori! Não é por aí! O que você está fazendo?*

– Indo ver meu pai.

Ele não está bravo com você?

Hesitei.

– É o que vou descobrir. – Toquei a asa de minha ave. – Fique aqui. Tenho que fazer isso sozinha.

O santuário de mamãe ficava no canto nordeste dos jardins, cercado por salgueiros. Aquela era a parte mais tranquila do palácio, e muitos presumiam que eu não respeitava minha mãe por não a visitar com frequência, mas aquilo não era verdade. Ir àquele lugar era como abrir uma antiga ferida.

Meu pai já estava lá, subindo as escadas de madeira. Pálidos raios de sol caíam sobre suas costas, e quando nossas sombras se sobrepuseram, ele não me reconheceu.

– Posso me juntar a você? – perguntei.

Ele olhou para cima devagar, com uma expressão de cautela. Eu acreditava que Hasho tinha dado alguma explicação para minha saída abrupta da cerimônia, mas ele ainda parecia descontente. E com razão.

– Por favor, papai? – perguntei numa voz baixa.

Até que, finalmente, ele acenou com a cabeça.

Eu o segui até o santuário. Estava bem fresco lá dentro, apesar da porta aberta e do calor da tarde. Bandeiras de marfim estavam penduradas nas vigas, desejando à minha mãe uma passagem segura para os céus. Havia três sacerdotisas cuidando do fogo do santuário, um poço em chamas que queimaria para sempre em homenagem à imperatriz. Quando nos viram, fizeram reverência e se retiraram de maneira obediente.

Atrás do arroz, ouro e vinho ofertados no altar, havia uma estátua de madeira de mamãe. Meu pai costumava dizer que me parecia com ela, mas eu via pouca semelhança, exceto por nossos longos cabelos pretos e queixos pontudos. Os olhos dela eram redondos e gentis. Os meus eram afiados e rebeldes.

Papai fez uma profunda reverência para a estátua e murmurou orações.

Também me curvei, mas por mais que tentasse, não conseguia pensar em nada para dizer a minha mãe. As poucas lembranças que tinha dela nem sequer eram reais. Raikama as havia plantado em minha mente para me trazer paz e alegria, mas agora que eu sabia a verdade, sentia apenas remorso.

– Como ela era? – perguntei quando papai se levantou.

Era uma pergunta da qual ele sempre desviava dizendo algo vago, como "Ela era muito gentil. Muito bonita".

Eu esperava o mesmo hoje, mas papai fez uma última reverência diante do altar. Então respondeu, de maneira vaga:

– Ela odiava incenso porque a deixava com sono. Uma vez, ela dormiu durante a cerimônia de nomeação de Andahai.

– Sério?

– Sim. – Papai virou-se para as escadas. – Ela era mais parecida com você do que imagina.

A reprimenda causou uma pontada em meu peito.

– Sinto muito pelo que aconteceu esta manhã. Meu comportamento foi… injustificável.

Ele parou abruptamente.

– É uma sorte que Bushi'an Takkan seja um homem paciente. Um bom homem. Pois, sendo você princesa ou não, eu não consigo pensar em mais ninguém que a aceitaria depois de ter desonrado a família dele daquela maneira.

Baixei a cabeça, aguentando a bronca. Quis argumentar que não havia desonrado a família dele tanto quanto antes. Eu tinha fugido *com* ele, afinal de contas. Mas fui sábia e mantive os pensamentos para mim mesma.

– Você me decepcionou, filha. Eu esperava que tivesse um senso de responsabilidade mais forte. Ainda mais depois de tudo o que aconteceu com você e seus irmãos.

A pausa que ele fez foi intencional, me dando um tempo para me encolher.

– Não irei mais repreendê-la no santuário de sua mãe. – Meu pai cruzou os braços, as mangas compridas dobradas para não tocar no solo sagrado. – Tudo o que direi é que pretendia mandá-la para longe como punição, mas seus irmãos imploraram para que eu reconsiderasse. De qualquer forma, não é o meu perdão que você deve pedir, mas o de lorde Takkan.

Ergui o olhar, talvez um pouco ansiosa demais.

– Sim, papai. Você está totalmente certo.

Minha compreensão o fez franzir a testa.

– Palavras raras da minha única filha. Suponho que depois de sua… corrida de mais cedo você já tenha conversado com ele?

Quando assenti com cuidado, ele soltou uma gargalhada.

– Que os deuses recompensem o jovem Takkan pela paciência. – Papai soltou um suspiro. – Venha. Caminhe comigo pelos jardins antes que o resto do palácio descubra que estamos aqui.

O pôr do sol iluminou as copas das árvores, pintando-as de um vermelho vivo. Apreciei a vista, sabendo que ela desapareceria em questão de minutos. Então engoli em seco, imaginando se papai costumava trilhar aquele caminho com mamãe.

– Você sente falta dela? Da minha mãe.

– Sua mãe foi ligada a mim por Emuri'en. Se os deuses forem gentis, eu a encontrarei novamente quando subir aos céus.

– Gostaria de ter conhecido ela melhor.

Meu pai continuou andando, e pensei que aquele seria o fim do assunto – até que ele parou na ponte de madeira sobre um lago de carpas.

– Sua mãe era teimosa e, muitas vezes, impertinente, assim como você. Mas sempre se importou com os outros antes de se importar consigo mesma. Quando adoeceu, jurei nunca mais me casar. Mas ela não concordou. Ela queria que você crescesse com uma mãe. Mesmo que aquilo significasse que você a esqueceria.

Um nó cresceu em minha garganta, tornando difícil falar.

– É por isso que você se casou de novo.

– Meu casamento com sua madrasta não foi por amor, mas éramos amigos. Ver meus filhos se apaixonarem por ela, e ela por eles, aliviou um pouco a dor de perder sua mãe. Também ajudou sua madrasta.

– Ela também estava de luto – murmurei. – Pela irmã.

– Ela lhe disse isso?

– Sim, antes de morrer – respondi com a voz rouca. – Você não achava estranho ela nunca falar do passado nem ter um nome?

– Ela tinha um nome quando eu a conheci, mas queria esquecê-lo. A vida dela na terra natal não era feliz. Nos conhecemos apenas porque o pai dela estava tentando casá-la por meio de uma...

– Uma cerimônia de seleção – murmurei.

– Sim. – Papai pareceu surpreso por eu saber daquilo, então desviei os olhos enquanto ele continuava. – Reis e príncipes que haviam ouvido falar de sua beleza se reuniram em Tambu com oferendas de joias e ouro. A princípio, eu também fui. Tinha ouvido dizer que ela era gentil e piedosa, e eu esperava encontrar uma nova mãe para você. Mas fiquei inquieto por causa da disputa, então resolvi sair.

– Então como ela se casou com você? – perguntei.

– É uma longa história – papai respondeu. – A disputa durou muitos meses, causando diversos conflitos entre os pretendentes. Um dos grandes reis de Tambu temia que uma guerra se iniciasse. Então ele pediu que eu voltasse para ajudá-la a tomar uma decisão. Quando a encontrei de novo, ela estava de luto pela irmã. A pobrezinha havia morrido pouco tempo depois do início da seleção.

Levantei a cabeça, a respiração ficando superficial.

– Você chegou a vê-la?

– Uma vez – papai disse. – Mas não me lembro muito bem. Sua madrasta nunca gostou de falar sobre o passado. Menos ainda sobre a irmã dela.

Recuei, sentindo que Raikama pudesse ter algo a ver com as lacunas na memória de meu pai. Mas então ele falou novamente:

– O que lembro é que ela tinha os olhos mais solitários que já vi. – A voz dele flutuou para longe, como se estivesse vasculhando as memórias. – E que tinha uma cobra ao seu lado. Sempre achei que era por isso que sua madrasta encontrava algum conforto em meio às cobras. Porque a lembravam da irmã.

Meu peito doeu, e tive que desviar o olhar, fingindo prestar atenção em uma abelha voando de flor em flor. Havia tanto sobre Raikama que papai não sabia. Talvez um dia eu lhe contasse que ela tinha sido uma poderosa feiticeira, que fora ela a mandar meus irmãos e eu embora para nos proteger de lorde Yuji e Bandur – mas nunca lhe contaria toda a verdade. O último dos segredos de minha madrasta morreria comigo.

Que meu pai havia se casado com a irmã perdida. E que seu nome era Channari.

– Nossa dor nos uniu – ele disse baixinho, continuando a história. – E assim nos tornamos próximos. Uma noite, na véspera de escolher seu marido, ela me fez uma pergunta peculiar: se realmente não havia magia em Kiata.

Apesar da dor no peito, inclinei-me para frente. Papai nunca havia me dito aquilo.

– Quando eu disse que era verdade, ela me explicou que a magia havia matado sua irmã, e que queria ficar o mais longe possível dela. Então anunciou que tinha decidido me escolher, caso eu considerasse renovar minha proposta. – Ele suspirou. – Era a última coisa que eu esperava que acontecesse.

– O que você disse?

– Lembrei-lhe de que uma centena de soberanos de Lor'yan tinha passado meses declarando amor eterno a ela – ele riu baixinho. – Que ela deveria escolher um deles, pois meu coração pertencia à mãe dos meus filhos. Mas ela estava decidida. "As fraturas em nossos corações nunca irão cicatrizar", ela disse. "Mas eu procuro tornar o meu inteiro novamente. Não é um amante, nem mesmo um marido, que será capaz de fazer isso, mas uma família. Vamos ser família um para o outro". Ela cumpriu a palavra – meu pai disse. – Você se lembra de quando a conheceu e a chamou de Imurinya?

– Porque ela brilhava – respondi. – Como a Senhora da Lua.

– Nunca a tinha visto tão feliz. – O vislumbre de um sorriso apareceu em sua boca antes que ele ficasse sério mais uma vez. – O abismo que surgiu entre vocês duas a feriu profundamente, Shiori. Ela amava você. Muitíssimo.

Meus olhos e meu nariz ficaram quentes.

– Sinto falta dela, Baba – falei, sentindo uma dor no peito.

Eu quase nunca o chamava de Baba. Sempre foi estranho saber que ele era o Imperador de Kiata, um homem reverenciado, amado e temido – até mesmo pelos filhos. Mas, naquele momento, ele era meu pai em primeiro lugar e imperador em segundo.

Numa voz bem baixa, eu disse:

– É ruim que eu sinta mais falta de Raikama do que de mamãe? Mama teve seis filhos que a conheceram e a amaram. Em meu coração, também a amo, mas eu era jovem demais para conhecê-la. Raikama... não tinha ninguém. Exceto eu.

– Ela amava você como se fosse sua mãe. Você era a filha do coração dela.

Não teria como ele saber que aquelas foram as mesmas palavras de Raikama antes de morrer. Meu autocontrole se desfez, e as lágrimas inundaram minhas bochechas antes que eu pudesse detê-las.

Papai se inclinou sobre a ponte, olhando para uma carpa mordiscando algas. Sua voz estava distante, pensativa.

– Ela o escolheu para você, sabia?

– Quem? – Pisquei. – Takkan?

– Eu planejava casar você com um rei no exterior ou um dos filhos do lorde Yuji para fortalecer o apoio dos chefes militares ao trono. Sua madrasta brigou para que você escolhesse o próprio parceiro, mas o conselho não permitiria. Então ela jurou que seu casamento pelo menos lhe traria felicidade.

– Achei que ela pretendia me mandar para o mais longe possível de Kiata.

Meu pai deu um sorriso fraco.

– Lembro bem de você achar que Iro era o canto mais escuro do mundo. Não faz apenas algumas horas que você o chamou de deserto infértil?

Eu me encolhi de vergonha.

– Acredito que Iro *fique* um pouquinho longe. Mas por que Takkan? Ele nunca tinha vindo aqui.

– Ele veio, uma vez. Eu lhe disse que Bushi'an Takkan não é o tipo de rapaz que se sairia bem na corte. Acho que nunca expliquei o que quis dizer.

Nunca explicou, e eu concluí que Takkan era um bárbaro insensível, um lorde inferior de terceira classe. Estava muito errada.

– O pai dele nunca se importou com o poder – o imperador explicou. – Algo que passei a valorizar mais e mais com o tempo de reinado. A mesma coisa vale para Takkan. Mesmo quando criança, faltava-lhe a perspicácia necessária para encantar a nobreza.

– Ele é honesto demais – eu disse secamente.

– Sim – meu pai concordou. – Uma característica que eu gostaria que vocês compartilhassem.

Retraí o corpo.

– Durante a visita, ele conseguiu impressionar sua madrasta.

– Raikama? – Fiz uma careta, minha curiosidade se acendendo. Raikama tinha a fama de ser fria com os cortesãos. – Como?

– Tenho certeza de que não foi intencional. Uma noite, as crianças da corte se reuniram em torno dela. Os pais as tinham instruído a elogiar sua beleza, e assim elas fizeram, mas você sabe como aquilo irritava sua madrasta. Então ela perguntou o que achavam da cicatriz em seu rosto. Todas as crianças mentiram dizendo que mal a notavam.

– Exceto Takkan – sussurrei. Ele não mentiria, e a cicatriz de Raikama era a primeira coisa que alguém notava nela. Havia um corte na diagonal, longo e marcante, em seu rosto, mas ela nunca o escondeu ou abaixou a cabeça de vergonha.

Meu pai assentiu.

– Ele não tinha dito uma única palavra até aquele momento, mas nunca me esquecerei de sua resposta. "Se desejasse que lhe dissessem que é bonita, você a esconderia. Mas não a esconde. Ela conta a sua história, uma história que é destinada apenas a quem é digno de ouvi-la".

– Ah, Takkan – murmurei. Tentei imaginar o encontro entre Takkan, praticamente insultando a consorte imperial, e Raikama, não dando nenhum indício do que pensava. – Os pais dele devem ter ficado envergonhados. A mãe, principalmente.

– Ela ficou. – papai riu. – Durante meses, ela nos enviou peças de tapeçaria e um número assustador de coelhos esculpidos em pinheiro como pedidos de desculpas. Sua madrasta mandou jogar tudo fora. Então você imagina minha surpresa quando ela escolheu Takkan para ser seu noivo. Até hoje, não entendi como aquelas palavras a fizeram simpatizar com ele.

Eu também não. A cicatriz de Raikama ainda era um mistério para mim.

– Por que você concordou?

– Confiei no julgamento dela. Ela estava sempre cheia de segredos, mas em relação a Takkan, conseguiu ser bastante convincente. Assim que concordei em considerá-lo, ela me fez prometer que não contaria a você. Ela sabia que você não daria uma chance a ele.

– Ela estava certa – sussurrei. Mas o destino encontrou uma maneira de nos unir de qualquer forma. Eu me perguntava se Raikama já sabia que seria assim.

– Estava. – Meu pai caminhou até o final da ponte. – Ela costumava ter uma ótima intuição. Quando você e seus irmãos estavam fora, ela sentiu que algum feitiço sombrio havia caído sobre você, mas nunca perdeu a fé de que um dia você voltaria para casa.

A ironia daquelas palavras deveria ter me feito estremecer, mas acreditei nelas. Raikama havia amaldiçoado meus irmãos e eu, nos exilando nos confins do país, mas fizera aquilo para nos proteger. Deve ter sido doloroso para ela.

A voz de meu pai ficou baixa.

– Não quero que vá embora de novo, mas você não está segura em Gindara. – Fiz menção de falar, mas ele me silenciou com a mão. – Não discuta comigo, nem fale em voltar para as Montanhas Sagradas.

Mordi a língua. Papai me conhecia muito bem.

– Os soldados que estão lá já sabem dos planos do Rei Demônio. Se virem você por perto da fenda, vão supor que ele invadiu a sua mente e a fez prisioneira.

Arregalei os olhos.

– Isso é necessário?

– Todo cuidado é necessário, Shiori. As pessoas a culpam pelos ataques do demônio, e o conselho está me pressionando para exilá-la de Kiata.

Lá se vai a ideia de dizer a ele que iríamos roubar o amuleto de Bandur e levá-lo para Lapzur. Meus irmãos estavam certos – não havia chance de que ele fosse aprovar aquilo.

– Há um lado bom no estardalhaço que você causou hoje – meu pai disse. – As pessoas estão confusas com o que aconteceu, até os que estavam sentados mais próximos a você e a lorde Takkan. Eles pensam que eu a enviarei para um templo, para que possa refletir sobre seu comportamento.

– Na verdade, vou para Iro – falei. Era uma mentira que eu havia praticado, mas, enquanto falava, minha voz ficou rouca de emoção. – O Castelo Bushian é bem fortificado, e eu o insultei tanto durante a cerimônia que ninguém vai esperar que eu vá para lá. Nem mesmo Hawar.

Papai pensou um pouco.

– Pelo menos leve um de seus irmãos com você. Eu ficaria mais tranquilo se alguém a acompanhasse até o Norte. Há muitos que desejam o seu mal, filha. – A voz dele ficou tensa, e eu sabia que estava pensando em Hawar e nas vespas insurgentes. – Vá embora assim que puder.

Acenei com a cabeça e disse:

– Partiremos amanhã.

Era uma mentira, claro, e eu me odiava por isso. Por fazê-lo pensar que estava me mandando para Iro – para um santuário – quando aquilo não poderia estar mais longe da verdade.

Eu *iria* partir amanhã. Só não estava fugindo do perigo – estava me jogando em direção a ele.

Tinha acabado de anoitecer quando voltei para a área residencial. Meu estômago deu um ronco rabugento, e eu estava mais do que pronta para comer. Irrompi no corredor que meus irmãos e eu compartilhávamos, pronta para chamar seus nomes e convocá-los para jantar, quando vi Takkan na frente de minha porta.

– Shiori... – Ele me pegou pelo braço. – Rápido.

Meus lábios se abriram de surpresa. Ia perguntar o que estava acontecendo, mas Kiki saiu do quarto voando feito louca, mordendo meu cabelo e me arrastando para dentro.

Temos que nos apressar!, ela gritou. *Hawar pegou ele!*

– Quem? – perguntei, não entendendo nada. – Kiki! Quem o Hawar pegou?

Sem explicação, minha ave de papel mergulhou entre as rachaduras das portas, ainda frenética.

Takkan e eu a seguimos, e meu coração quase parou.

O falcão de Gen espreitava do lado de fora da janela de treliça, um fragmento de espelho brilhando nas garras arqueadas. Seus olhos redondos e amarelos piscaram, e então ele soltou um grito alto enquanto deixava o espelho cair em minhas mãos.

O vidro estava manchado de sangue, e um forte pressentimento ruim me revirou o estômago.

– Gen – sussurrei. – Eles prenderam Gen.

CAPÍTULO VINTE E NOVE

O falcão saltou em direção às nuvens, onde multidões de pássaros se reuniam. Eles se aglomeraram acima do portão sudoeste – próximo das masmorras imperiais.

Gen tem mesmo uma afinidade com a minha espécie, Kiki comentou.

– Sim, e pelo jeito que estão gritando, ele parece estar em apuros – falei enquanto a lançava para fora da janela. – Encontre meus irmãos – eu a instruí. – Benkai primeiro.

Meu segundo irmão logo seria o alto comandante, e cada sentinela, soldado e guarda estava sob sua autoridade.

– Takkan, venha comigo.

Uma grande tropa vigiava as masmorras. Um músculo se contraiu de irritação em minha mandíbula quando avistei o ministro-chefe Hawar, cercado por um punhado de sentinelas de meu pai.

– Soltem o garoto – exigi.

– Minhas desculpas, princesa Shiori – Hawar disse, fazendo uma breve reverência. – Acredito que esteja se referindo ao feiticeiro? É uma pena, mas ele está detido.

– Sob qual acusação?

– Ele foi encontrado lançando magia das trevas sobre a fenda – Hawar respondeu. – Pelo que sabemos, ele pode estar conspirando com os demônios das Montanhas Sagradas para machucá-la, Alteza.

Minhas narinas se dilataram.

– Você sabe que isso é mentira. Gen veio para Kiata... ele foi *convidado* para Kiata para ajudar. Fui eu que o mandei para a fenda.

– Então isso é deveras lamentável – Hawar continuou. – Seu pai *e* o príncipe Benkai deixaram claro que a área é restrita. Se você deseja contestar as ordens deles...

– Meu irmão já está a caminho – retruquei com raiva.

– Espero que ele se apresse. Infelizmente, não posso garantir o bem-estar do jovem feiticeiro.

Fechei os punhos.

– Se você o machucou...

– Nós nos esforçamos para tratá-lo com a maior cordialidade, Alteza, mas o menino insistiu em lutar.

Outra mentira.

– Que luta um menino de treze anos poderia travar contra todo um regimento de guardas imperiais treinados?

– Olhe para cima – Hawar falou, dissimulado. – Agora mesmo, ele está conjurando uma poderosa magia.

– São só pássaros! – vociferei. Encarei os sentinelas espalhados entre a multidão. – Estão todos sob as ordens de Hawar agora? O que aconteceu com a lealdade de vocês à família imperial?

– Os sentinelas juraram proteger Kiata acima de tudo – Hawar respondeu. – Kiata está sob ameaça.

Takkan agarrou o ministro-chefe pelo colarinho.

– Deixe a princesa entrar na masmorra. Agora.

Pego de surpresa, Hawar se debateu e acertou o leque na cabeça de Takkan.

– Solte-me imediatamente! Imediatamente, Bushi'an Takkan! Como ousa? Seu pai ficará sabendo disso! Farei com que toda a corte denuncie sua família...

Takkan não se conteve mais. Agarrou o leque do ministro e o partiu ao meio com a mão.

– Você já deixou claro o que pensa sobre minha família – ele disse com frieza. – O Norte está cheio de brutos e bárbaros, não é mesmo? – Ele largou o leque quebrado para que pudesse desembainhar a adaga e cutucar a lâmina contra a protuberância oscilante na garganta do ministro. – Fico feliz em provar que você está certo. Agora, deixe Shiori entrar!

Foi a coisa mais sábia que já vi Hawar fazer: estalar os dedos para mandar os guardas se afastarem. Entrei às pressas na masmorra.

– Onde está o feiticeiro? – exigi saber. Um dos guardas apontou para as escadas. Desci correndo e encontrei Gen na primeira cela à esquerda.

O rosto do menino estava machucado e ensanguentado, com o nariz quebrado de novo. Deitado em uma cama de palha, seu cabelo preto estava uma bagunça. Quando me viu, levantou a mão e acenou – tanto uma saudação quanto uma garantia de que estava mesmo vivo.

– Dizem que *eu* tenho um talento especial para me meter em encrencas – falei, ajudando-o a se levantar. – Mas parece que você não está muito melhor.

– Problemas e poder andam de mãos dadas – ele murmurou, tocando o nariz para avaliar o dano e grunhindo. – Droga, ainda não consegui terminar o processo de cura, agora a ponte do meu nariz vai ficar torta para sempre.

– Não é hora de ser vaidoso. Consegue andar?

Ele soltou um gemido, mas assentiu.

– Foi esperto chamar os pássaros. – Tentei animá-lo com um sorriso. – Kiki ficou bem impressionada.

– Sabia que ela ficaria – foi tudo o que Gen disse.

Lá fora estava um pandemônio. Enquanto estive na masmorra, Kiki tinha liderado o exército de pássaros contra Hawar e seus homens. Águias e falcões avançavam contra os soldados, e corvos bicavam o nariz e as orelhas de Hawar. O ministro-chefe recorreu a um balde de madeira no chão para proteger o rosto enquanto fugia.

São só pássaros, Kiki disse, imitando o que eu havia dito a Hawar. Seu peito de papel se inflou de orgulho. *Acho que você não vai poder usar essa desculpa de novo.*

– Espero não precisar – respondi, mas acariciei a cabeça dela. – Muito bem.

Até que gosto de liderar um exército, Kiki continuou. *Posso fazer isso de novo algum dia. É sempre bom ter mais asas para nos ajudar.*

Ela debandou pouco antes de Benkai e seus homens chegarem. Queria ficar e ouvir meu irmão repreendendo os guardas, mas Gen precisava de ajuda. Ignorando os protestos dele, Takkan e eu o levamos para a enfermaria para fazer curativos, depois para os aposentos de Takkan, para pegar novas vestes e descansar.

Pilhas de livros, pergaminhos e papéis se amontoavam pelo chão de madeira, e pincéis sujos estavam espalhados pela mesa. Lancei um olhar curioso para meu noivo. Seus aposentos em Iro costumavam ser extremamente bem arrumados.

– Estive fazendo algumas pesquisas – Takkan explicou, envergonhado.

– Sobre demônios? – Gen perguntou. Ele levantou um dos pergaminhos e folheou seu conteúdo. – Uma pena que o conhecimento de Kiata sobre o assunto esteja desatualizado.

–Ainda bem que temos você – falei, me jogando em uma almofada.

Gen baixou o pergaminho.

– Não consegui pegar o amuleto – ele disse finalmente. – Cheguei perto, mas... – Ele hesitou. Dava para ver que fracassar era como ferir seu orgulho. – Mas fiquei com medo.

– Dos sentinelas? – Takkan perguntou.

Gen bufou.

– Eles nem me notaram. – E então sua voz baixou. – Mas Bandur, sim.

– Ele está dentro da fenda? – perguntei.

– Não se preocupe, não falei nada pra ele – Gen logo disse. – Já estava bem longe de lá antes mesmo que ele pudesse chegar até mim. Achei que os sentinelas seriam o menor dos males. Não sabia que agora o ministro-chefe tinha poder sobre eles.

Hesitei.

– Também não acho que papai sabia. Desculpe, Gen, eu não devia ter pedido pra você ir lá.

– Era melhor que *eu* enfrentasse Bandur do que um de seus irmãos – ele respondeu. – Além disso, agora sei exatamente onde o amuleto está. Você pegou o espelho, não foi?

– Seu falcão me entregou – falei, pegando o fragmento dentro da bolsa. Estava com tanta pressa para salvar Gen que nem tive tempo de limpar o sangue do vidro. E então vi que não era sangue, mas um estranho pó acobreado que brilhava um pouco em meus dedos enquanto o esfregava.

– Há uma pequena brecha na fenda, diferente do resto – Gen explicou, soando cansado. – A rocha ali é bem mais escura, num tom quase escarlate. Parece a pupila de um olho. De acordo com o espelho, o amuleto de Bandur está preso sob aquela camada de rocha.

Rocha nenhuma iria me impedir de derrotar Bandur.

– Vou encontrá-lo.

– Não pode ser você – Gen disse. – É isso que ele quer. Ele vai atraí-la para as montanhas e pegar a pérola.

Takkan ficou em silêncio aquele tempo todo, mas no momento em que abriu a boca, eu sabia exatamente o que iria dizer.

– E se eu… – Ele parou de repente quando viu meu rosto.

Você não vai chegar perto daquele amuleto, meu olhar o informou. *Nem pense nisso.*

Takkan se retraiu, mas seus lábios estavam pressionados numa linha fina e inflexível. Aquele não seria o fim da discussão.

– Quem for pegar o amuleto precisa tomar cuidado – Gen continuou, com as pálpebras caindo de exaustão. – Ficar tão perto assim de Bandur será um fardo horrível. Vai despedaçar e esmagar a sua alma.

– Obrigado, Gen – eu disse, começando a empurrar Takkan para fora da sala. – Meus irmãos e eu discutiremos isso amanhã. Descanse um pouco.

Antes que o jovem feiticeiro pudesse protestar, fechei a porta bruscamente. Takkan e eu nos acomodamos na sala adjacente. Soltei um suspiro.

– Deve ser assim que meu pai se sente quando fica preocupado comigo.

– Ficarei de olho nele – Takkan declarou. – Temo que os guardas dos príncipes não sejam mais confiáveis. Nem os seus.

– Obrigada.

Meus ombros caíram, como se eu carregasse o peso do mundo inteiro, e espiei Gen do lado de dentro. Seu sono era profundo, o peito vibrando enquanto respirava.

– Aqui não é mais seguro para ele – eu disse a Takkan. – Vou mandá-lo para casa. Será a primeira coisa que farei amanhã.

– Ele não vai gostar disso.

– Não me importo – retruquei. A decisão estava tomada. – Vou pedir a Andahai que reserve um navio para ele. Sairá pelo Lago Sagrado. Sem fazer alarde. – Uma ideia me surgiu. – Direi a meu pai que também estou no navio, a caminho de Iro para meu exílio.

– Mas na verdade iremos para as Montanhas Sagradas – Takkan falou, entendendo o plano.

– O momento é perfeito.

Ele concordou.

– Dois pregos com uma martelada só! Bem pensando, Shiori.

Era bem pensado. Mas a esperteza não costumava fazer eu me sentir tão culpada. Queria não ter que mentir para Gen ou para papai.

Dei de ombros para minha consciência.

– Temos que conversar sobre o amuleto – falei, sentindo que aquilo ainda estava na mente de Takkan.

Takkan se animou, achando, com ingenuidade, que eu havia mudado de ideia.

– Eu é que tenho que ir pegá-lo.

– Claro que não – eu disse em um tom que não toleraria desacordo. – Eu lhe contei o que vi nas águas, e você me prometeu que não seria corajoso de forma inconsequente.

– Isso não tem nada a ver com ser inconsequente ou corajoso. Sou o único que pode fazer isso.

– Tenho seis irmãos – falei com firmeza. – Se eu não puder ir, um deles irá.

– Eles serão grous – Takkan argumentou. – Como poderão proteger o amuleto de Bandur?

– Eles têm experiência com magia. Você, não.

– Não vejo como isso é relevante.

– É extremamente relevante – insisti, com mais convicção do que poderia explicar. Pelos deuses, tinha esquecido como nós dois podíamos ser teimosos.

Estendi a mão para tocar seu braço.

– Confie em mim.

Ele soltou um suspiro silencioso.

– Eu confio em você – Takkan falou. – Apesar de, na última vez que alguém me pediu que eu confiasse nela, ter levado uma bola de neve na cara.

Aquilo foi dito de maneira tão inexpressiva que pisquei.

– Megari?

– Quem mais?

Dei risada, imaginando a irmã lavando o rosto sisudo dele com uma bola de neve certeira. Megari e eu compartilhávamos a mesma índole: almas sábias, porém desavergonhadas.

– Não é à toa que somos suas favoritas.

– Vocês são – ele respondeu com um sorriso. – Embora minha irmã faça eu me arrepender disso com frequência.

– Eu não vou – jurei. – Não tenho bolas de neve aqui. Tenho apenas...

– Pássaros de papel?

Sorri.

– Apenas pássaros de papel.

Minha mão ainda estava em seu braço, e Takkan a pegou, entrelaçando nossos dedos. Com aquele simples gesto, nos reconciliamos. Apesar do crescente silêncio entre nós, encontrei força nas palavras que deixamos não ditas.

No dia seguinte, Gen já parecia bem melhor. Conseguia caminhar ao lado de Takkan e ao meu, o vento bagunçando os cachos, as bochechas um pouco queimadas de sol. Se ele tinha alguma suspeita do que eu estava tramando, não disse nada. O que me deixava preocupada. Já tinha me acostumado à sua incessante tagarelice.

– Shiori! – Hasho gritou quando nos aproximamos do Lago Sagrado. – Aqueles biscoitos todos no café da manhã transformaram suas pernas em geleia? Estamos esperando por você!

Meus irmãos estavam reunidos numa fila. No rosto de cada um deles havia o mesmo tipo de sorriso orgulhoso, e quando me aproximei, eles se separaram para revelar o que criaram.

– Contemplem – Yotan declarou, gesticulando logo atrás. – Está pronta!

Era uma cesta para voo!

Bem arredondada e com a forma de um grande cesto de pesca, parecia bem mais robusta do que a velha cesta em que voei para o Monte Rayuna:

as laterais foram feitas com uma trama simples de finas tiras de bambu, enquanto a base era reforçada com tábuas de cedro.

– É linda – suspirei. – Parece bem forte também.

– Você ainda não viu a melhor parte – Yotan disse. – Gen!

Bem na hora, o jovem feiticeiro gritou:

– Voe!

Seis cordas elegantemente tecidas saíram de dentro da cesta, as pontas subindo aos céus e se dobrando com o vento.

Bati palmas, maravilhada. Então era aquilo que Qinnia tinha feito com todas as vestes de seda.

– É uma pipa!

Gen sorriu.

– Ela me lembrou o polvo de Solzaya.

Vi a semelhança assim que ele a mencionou, e aquilo me fez rir.

– Descobrimos que não haveria Festival de Verão neste ano – Hasho disse. – E *é* tradição fazermos uma pipa juntos. Esperávamos que você desse o último nó. – Ele me passou uma corda de seda. A sétima e última a ser amarrada à cesta.

O pedido era uma referência ao meu nome, que literalmente significava "nó". Minha mãe me dera aquele nome por saber que eu seria a sétima e última filha, aquela que manteria meus irmãos unidos, não importava o quanto o destino tentasse nos separar.

Passei as mãos ao longo do tecido vermelho da corda, reconhecendo nela minhas velhas vestes de inverno. Um par de olhos de grous bordados na seda me espiava, o que me fez sorrir enquanto amarrava o último nó da cesta. E então, depois de um suspiro, a soltei.

Como se tivesse asas, a sétima corda voou e se juntou às outras. Eu sabia que era apenas a magia de Gen que as carregava, mas a cena ainda me encheu de encanto. Levantei os braços para o céu, imitando as cordas e tentando alcançar o mais alto que podia.

– O que está fazendo? – Hasho perguntou.

– Estou me esticando – falei. – Tirando um momento pra respirar e ouvir o vento cantar. Lembrando como é estar em casa e me aquecer sob o sol.

Abaixei os braços de novo. Perto dos meus pés havia uma caixa de suprimentos que Wandei trouxera, e eu me abaixei para pegar um punhado de pincéis. Joguei um para cada um dos meus irmãos.

– A cesta ainda parece um pouco sem graça – eu disse, dando uma piscadinha. – Que tal se a pintássemos, como nos velhos tempos?

Durante o resto da tarde, decoramos a cesta com desenhos de pipas que tínhamos construído juntos ao longo dos anos – uma tartaruga, um bagre, uma raposa e um coelho. E no fundo da cesta, Takkan escreveu, em caligrafia elegante: *Sete fortes nós.*

Ninguém disse nada sobre demônios, sacerdotisas ou pérolas. Parecia mesmo um dia de Festival de Verão, tirando o fato de que não havia comida. Mas não me importei. Simplesmente estar com meus irmãos de novo, do jeito que as coisas eram antes da maldição, era maravilhoso.

Em algum momento, Gen se afastou em direção ao Lago Sagrado sozinho. Dei uma desculpa para meus irmãos e fui atrás dele. Se Gen me notou, não se virou. Continuou andando ao longo do lago, e eu contornei a margem para espiar sob a água.

Trouxe bolinhos de arroz?, quase conseguia ouvir Seryu me perguntando. *Não? Então terá que esperar mais um pouco para me ver, princesa.*

Sua voz, seu sorriso, seu desdém habitual, ainda estavam todos em minha cabeça. Nenhum chifre de prata saiu da água, assim como nenhuma cauda sinuosa ostentando escamas de esmeralda. Seryu não estava lá.

Ainda não havia completado nem uma semana de meu retorno, e os dias em Ai'long já pareciam ter acontecido há muito tempo. Lady Solzaya, rei Nazayun e Elang eram pouco mais que um sonho. A amizade de Seryu era uma memória distante. Eu me perguntava se com Gen também seria assim.

O menino tinha escolhido um lugar à margem e estava jogando pedras de seixo no lago. Elas pularam uma, duas, três vezes.

Eu me aproximei dele.

– Procurando dragões?

O lago ondulou ao som da minha voz, e Gen reconheceu meu olhar através de nosso reflexo.

– Foi aqui que você conheceu Seryu, não foi? – ele perguntou.

– Sim, foi onde ele me salvou antes que eu me afogasse. Depois daquilo, começamos a nos reunir aqui para ter aulas de magia.

– Parece que ele não ensinou muito a você.

Fiz uma careta, e Gen pôs as mãos para o alto.

– Estou brincando! Ou quase isso. – Ele suspirou, mexendo no novo curativo no nariz.

– Qual é o problema?

– Acho que não me levar para Lapzur foi uma boa decisão. Apesar de ser um grande feiticeiro, parece que preciso ser salvo com frequência.

Foi a minha vez de suspirar, e eu o ajudei a se levantar.

– Vamos, não adianta ficar deprimido. É uma magnífica tarde de verão, não está nem muito quente, nem muito úmido. Deveríamos aproveitar.

Chutei as pernas dele de leve, forçando-o a caminhar ao longo do lago.

– Por que procurou o reino dos dragões? Você não terminou de me contar sua história, depois da parte em que Elang lhe pediu para roubar o espelho de Solzaya.

Minha pergunta arrancou um pequeno sorriso dele.

– Começou com um desafio – Gen respondeu. – Ninguém vê um dragão há séculos. Meus amigos de escola diziam que eles não existiam mais. Eu discordei. Então me desafiaram a mergulhar no mar e a trazer de volta uma prova daquilo.

– Você foi procurar Ai'long por causa de um desafio?

– Foi por honra! – Gen exclamou, petulante.

– E por uma pérola de dragão, se me lembro bem.

Gen estalou os dedos.

– É uma das únicas formas de ganhar poder sem fazer o juramento de feiticeiro. Nenhum jamais foi capaz de adquirir uma pérola.

Bandur conseguiu, pensei. *Pelo menos por um curto período de tempo.*

– Levei mais de um mês para planejar tudo – ele continuou. – Li todos os livros que tinha à disposição, mas a maior parte do que aprendi estava errada. Li que comer algas brancas moldadas sob a Lua cheia permite a alguém respirar debaixo d'água.

– Não funciona?

– Não o suficiente para chegar a Ai'long – Gen disse. – Apenas sangi consegue fazer isso, e eu não sabia como fazer. Então amarrei os braços aos pés de uma tartaruga. Elas são lentas em terra, mas bem mais velozes debaixo d'água. Foi assim que Elang me encontrou. O resto você já sabe.

Sabia mesmo.

– Ele iria me ensinar a magia dos dragões em troca daquele maldito espelho. – Gen fez uma longa pausa. – Seryu ensinou algo útil a você?

– Apenas um feitiço para dormir – respondi, os olhos atraídos pelo lago. Uma nuvem de algas flutuou à superfície, e continuei pensando que me lembrava o cabelo de um certo dragão. – Mas ainda não o usei.

Gen olhou para trás, notando o quanto havíamos nos afastado dos outros. Ele pegou outra pedrinha e a jogou na água, vendo-a pular três, quatro, cinco vezes.

– Você deveria ter usado em mim ontem à noite – ele disse. Então me olhou com intensidade. – Quando o barco chegará?

Titubeei, entregando o jogo.

– Que barco?

– Não minta para um feiticeiro, Shiori.

– Você ainda não é um feiticeiro.

– Ouvi você e Takkan conversando ontem à noite através da porta.

Claro que tinha ouvido. Eu queria poder me dar uns bons chutes. Havia me tornado uma terrível mentirosa.

Gen cruzou os braços.

– Deixe-me ficar... pelo menos até depois de você pegar o amuleto de Bandur. Nenhum *deles* tem magia. – Ele gesticulou para Takkan e meus irmãos perto da cesta. – Você vai precisar da minha ajuda.

Eu não iria ceder.

– Já fez o suficiente por nós, Gen. Mais do que o suficiente. Não vou me perdoar se Bandur machucar você.

Ele não disse nada, voltando-se para o lago. Um navio de velas de um forte tom de laranja deslizou sobre a água, sua cabeça de dragão de madeira olhando para nós com um sorriso esculpido.

– Pelo menos é um barco impressionante.

– Meu pai acha que o barco é para mim – confessei. – Para me levar através do lago para o Mar de Taijin... em direção a Iro.

– A filha do imperador não deveria ter uma comitiva maior para vê-la partir?

– É uma viagem secreta – eu disse, chutando as saias.

Elas eram muito compridas, feitas para serem usadas com sandálias de salto alto em vez de botas, mas a barra com babados cobria bem as calças.

– Não tinha certeza se teria a chance de voltar para o palácio antes de hoje à noite – expliquei, dando um tapinha na bolsa redonda no quadril, do tamanho certo para transportar o fragmento de espelho e a pérola. – Não se preocupe, não vou enfrentar demônios num vestido com mangas bufantes.

– Eu *estava* achando que iria – Gen ponderou. – Bem, espero que este barco esteja mesmo indo para algum lugar mais quente do que Iro. Apesar de acreditar que um clima frígido ainda seja melhor que um deserto.

– Meus irmãos o reservaram para levar você para casa. – Parei um momento, lembrando de que Gen não possuía lar e que sua família havia morrido há muito tempo – Ou aonde quer que você queira ir. Seus pertences já estão a bordo.

Ele não me agradeceu.

– Parece difícil de ser afundado – ele disse em vez disso. – Tive de encantar um bote de pescar camarão para conseguir chegar a Gindara. Isto vai ser bem mais divertido.

– Você não vai nem protestar?

– Sei admitir quando fui derrotado – ele respondeu. – É mais astuta do que imaginei, Shiori. Se lutássemos agora, você lançaria o feitiço de sono de Seryu sobre mim.

Torci os lábios como era de costume, mas não neguei.

– Parece que é útil mesmo.

Gen expressou, rouco, um relutante tom de respeito.

– Sua magia é maior do que parece.

– Obrigada – agradeci, sarcástica.

– A animação de Kiki é particularmente impressionante, e acredito que você possa realizar um pouco de telecinesia com facilidade, quem sabe até ressuscitar uma flor ou uma árvore morta. Mas ainda poderia fazer muito mais... Poderia estudar com os mestres e beber o sangue das estrelas, tornar-se uma verdadeira feiticeira. Kiata vai precisar de feiticeiros agora que a magia está despertando de novo. Você poderia ser a primeira.

Odiei o brilho da tentação que se acendeu em mim, uma agitação na barriga por querer algo que sabia que não deveria. Eu já havia provado magia muitas vezes. Imaginava como seria fácil desejar mais dela, acreditar que tinha recebido o dom de fazer algo de bom para o mundo. Eu gostaria de ter mais, o bastante para selar as montanhas e mandar Bandur para tão longe que ele nem se *lembraria* mais de Kiata.

Neguei veementemente com a cabeça.

– Se você me perguntasse há um ano, eu teria dito que sim. Teria fugido para me tornar uma feiticeira e poder ver o mundo, viver o suficiente para testemunhar novas eras virem e partirem. Mas tenho meu pai, meus irmãos e meu país. Quero passar os dias aqui, com eles. – Minha voz suavizou. – Gostaria de ter uma vida tranquila. Em algum lugar no Norte com muita neve.

– Como em Iro? – Gen sorriu, entendendo. – Eu nunca seria feliz com uma vida assim. Nasci para me tornar um feiticeiro, para ajudar grandes líderes e fazer coisas grandiosas. Vou me tornar uma lenda.

– Mas daqui a mil anos, todos que você conhece terão partido. Você vai ver morrer todos aqueles de que gosta.

– Não há ninguém de que eu goste.

– Talvez goste um dia.

Gen bufou.

– Feiticeiros não se apaixonam.

Não havia nada que eu pudesse dizer para convencê-lo. Reconheci o brilho obstinado em seus olhos e a determinação na mandíbula. Ele cometeria os próprios erros, assim como eu cometera.

– Todas as lendas possuem uma centelha de verdade – foi tudo o que consegui dizer. – Às vezes, mais do que uma centelha. Não se esqueça de quem você é durante o caminho para se tornar uma. Uma lenda, quero dizer.

– Obrigado, *tia* Shiori. Não esquecerei.

Apesar do tom irreverente, Gen se arrastou em direção ao barco.

– O que foi? – perguntei.

Sua longa franja preta caiu sobre os olhos, e então ele ficou subitamente pensativo.

– Poucos estão dispostos a pagar o preço do juramento de um feiticeiro. Eu também tive seis irmãos, assim como você. Eles não se importavam comigo tanto quanto os seus se importam com você, mas se ainda estivessem vivos... Também me pergunto se optaria por uma vida tranquila.

Ele soava como uma pessoa mais velha. Mas, de fato, ele já tinha visto mais do que a maioria das pessoas veria em dez vidas.

Eu o cutuquei.

– Venha, deixe-me levá-lo até o barco.

Gen ainda não tinha terminado.

– A guerra é uma coisa terrível – ele murmurou. – Talvez até pior do que os demônios. Torço para que você encontre uma maneira de salvar Kiata dos dois.

– Também estou torcendo por isso.

Juntos, nos aproximamos da beira do lago onde meus irmãos e Takkan esperavam. Gen se despediu de cada um deles, então fez uma pausa antes de me dar adeus.

– Ensine-me aquele feitiço para dormir antes de eu partir. Use-o em mim.

– Agora?

– Se não puder provar que estive em Ai'long, magia de dragão vai ter que servir. – Ele encolheu os ombros. – Além disso, detesto barcos e não sei nadar muito bem. Iria preferir ficar dormindo de qualquer forma.

– É fácil – eu disse, lembrando das instruções de Seryu. – Tudo o que precisa fazer é tocar a testa de alguém e pensar em coisas sonolentas.

– Só isso?

– Bem, o dragão disse que também ajuda se a pessoa não estiver esperando pelo feitiço.

Gen fungou.

– Acho que não vai funcionar comigo, então. Talvez você devesse tentar mais t…

Ele não conseguiu terminar a frase. Minha mão disparou rápido para tocar sua testa. Enquanto seus calcanhares balançaram para trás, Takkan o pegou com cuidado e o carregou para o navio.

Não os segui. Meus pés estavam fixos no chão, ancorados pelo peso repentino no peito. Primeiro Raikama, depois Seryu, agora Gen. Eu havia me despedido de muitas pessoas ultimamente, e cada uma delas pesava no meu coração.

– Você parece mais triste que o garoto – Takkan comentou enquanto voltava do navio.

Se ele tivesse esperado mais um pouco, eu teria me recomposto. Mas quando me virei para ele, meus olhos estavam inchados por conter as lágrimas.

As palavras saíram do meu âmago, sem fazer barulho. *Fique comigo.*

Takkan entendeu na mesma hora. Ele envolveu meus ombros com o braço e me abraçou apertado.

– Não vou te deixar. Prometo.

Eu sabia que ele acreditava naquilo. Os fios do destino de Emuri'en haviam nos amarrado, afinal. Fios que transcendem o tempo e o espaço, nos atando de uma vida até a próxima.

Mas fios podiam ser cortados, e os fios do destino não eram exceção.

O que era o caos senão uma faca cortando o tecido do destino?

CAPÍTULO TRINTA

O crepúsculo avançou devagar sobre as Montanhas Sagradas. A Lua era uma fraca coroa de luz contra o céu escuro feito carvão, mas a fenda irradiava um vermelho profundo e visceral. Um lembrete gritante de que o Rei Demônio estava lá dentro, esperando por mim.

Papai havia espalhado o boato de que eu estava sendo secretamente mandada para exílio em Iro, e que deixara o palácio sem avisar, com meus irmãos todos fingindo se despedir de mim. Até aquele momento, ninguém que encontramos questionou para onde estávamos indo *de verdade*. Mas alguém deve ter notado que nunca pegamos, de fato, as estradas e, ao invés daquilo, desviamos para as florestas.

Eu me agachei na frente de um pinheiro, pressionando, ansiosa, a terra úmida com os dedos enquanto meus irmãos repassavam o plano uma última vez. Por ser o mais rápido, Benkai iria escalar até o centro da fenda e extrair o amuleto. Eu convocaria Bandur, em seguida, transformaria meus irmãos em grous, e então sairíamos voando para Lapzur.

Eles pareciam tão pragmáticos quanto cozinheiros preparando a porção diária de arroz cozido. Como se nada pudesse dar errado.

Seryu havia me avisado que as emoções afetavam minhas habilidades, mas aquilo nunca tinha sido tão aparente quanto naquele momento. A magia se agitava, descontrolada, sob minhas mãos e meus pés, fazendo com que folhas de gramíneas brotassem do nada, e logo em seguida murchassem, como se não conseguissem decidir entre viver ou morrer.

Acalme-se, Kiki me repreendeu. *Você vai deixar os demônios saberem onde estamos.*

Tentando me conter, apertei as mãos contra o colo. Tudo o que eu mais amava estava em jogo naquela noite.

– Precisamos ficar alertas – Benkai disse. – O ministro-chefe se tornou nosso inimigo, e suspeito que não acredita que Shiori partiu para Iro nesta tarde. Ele fará um escarcéu se nos encontrar aqui.

– Ficaremos de guarda, comandante – Wandei falou. – Shiori não vai pisar nem perto da fenda, vai, irmã?

Neguei debilmente com a cabeça.

– Que bom – Benkai disse. – Então vamos começar?

Um por um, meus irmãos apertaram as mãos e assentiram com a cabeça para mostrar que concordavam. Mas quando chegou a vez de Takkan, ele abaixou a lanterna.

– Takkan! – sussurrei, segurando sua manga enquanto ele se levantava. – O que você está...

– Deixe-me ir em seu lugar – Takkan disse a Benkai. – Vão precisar de você para voar como um grou. Se algo lhe acontecer, Shiori nunca vai chegar a Lapzur.

Benkai olhou minha mão no manto de Takkan.

– Você fala como se fosse descartável – ele respondeu. – E não é. Principalmente para minha irmã.

Takkan não iria desistir.

– Bandur vai atacá-lo assim que sentir que você está atrás do amuleto.

– Então serei rápido – Benkai respondeu. – Não fique tão preocupado, lorde Takkan. Meus irmãos e eu já lidamos com magia das trevas. Tudo o que pedimos é que você proteja nossa irmã.

Dito aquilo, Benkai montou no cavalo e partiu para a fenda. Kiki também havia saído para buscar reforços alados para a jornada que nos aguardava.

Fui para o lado de Takkan. Sua mandíbula estava tensa, e eu conseguia praticamente sentir a frustração emanando de seus ombros. Mas ele não reclamou.

Enquanto ele e meus irmãos faziam ajustes de última hora na cesta, me inclinei contra uma árvore e tirei o fragmento de espelho da bolsa.

– Mostre-me Benkai.

Fiel à sua palavra, Benkai foi rápido. Ele já estava escalando a montanha, mantendo-se dentro das sombras e movendo-se tão silenciosamente que nem mesmo os soldados logo abaixo notaram sua presença. Torcia para que o Rei Demônio também não notasse.

– Depressa – sussurrei enquanto ele subia, usando uma adaga como picareta quando não conseguia encontrar uma rachadura ou um ponto de apoio. Ele mantinha certa distância da fenda, seu encantamento lançando um brilho escarlate sobre meu irmão.

Soltando um grunhido, Benkai se acomodou em uma saliência na metade do caminho para o topo da montanha e começou a procurar o amuleto. Prendi a respiração até que ele encontrou o pequeno pedaço de rocha vermelho-escuro – a pupila, como Gen havia chamado. Então, enfiou a adaga com toda a força em uma fissura, e a terra soltou um estalo.

Benkai trabalhou rápido, cavando ao redor e dentro do olho. Agarrei o espelho, com os ombros tensos – até que, finalmente, a lâmina tiniu contra o metal.

Meu irmão retirou a adaga e enfiou o braço inteiro lá dentro. Puxou. Uma corrente tilintou, e uma lasca de preto irrompeu da rocha rubra.

Suspirei. Era aquilo! O amuleto.

Ele abriu a rocha por fora da fenda e puxou com mais força, mas o amuleto ainda estava preso em algo. Conforme ia cortando mais fundo, uma fumaça escura escapou da fenda com um sibilo.

Soltando um rosnado, a fumaça mudou de forma para a de um lobo. *O que você pensa que está fazendo, mortal?*

Pelo menos meu irmão manteve a compostura. Ele puxou várias vezes, mas o amuleto não cedia. Bandur deu uma risadinha. *Empacado? Talvez você precise cavar mais fundo.*

Antes que Benkai tivesse a chance de fazer aquilo, o demônio agarrou a corrente enferrujada de seu amuleto. No momento em que ele o tocou, seu corpo se solidificou em carne e osso, e ele agarrou meu irmão pelo pescoço.

Agora, onde está sua irmã?, Bandur perguntou em sua voz áspera.

Eu me retesei. Um calafrio arrepiou minha nuca e não me atrevi a responder.

Shiori, eu sei que você está ouvindo, Bandur me provocou enquanto Benkai tentava lutar com ele. Toda vez que meu irmão cravava a adaga no corpo do demônio, névoa e sombras remendavam a ferida em segundos.

Venha me encontrar, princesa. Antes que tenha apenas cinco irmãos. O demônio pressionou uma das unhas afiadas contra o peito de Benkai. *Vamos ver se você se lembra de como voar.*

Então ele o empurrou da montanha.

O espelho ficou escuro.

Estava horrorizada demais para gritar. Impulsivamente, me levantei para ajudá-lo, mas Andahai deixou cair uma mão pesada sobre meu ombro.

– Não vá a lugar nenhum – ele disse. – Reiji e eu vamos encontrá-lo. Iremos trazê-lo de volta. Esteja pronta ao nosso sinal para lançar o feitiço.

Tive de lutar contra todos os instintos para não discutir.

– Depressa – foi tudo que falei.

Enquanto Andahai e Reiji se dirigiam para a fenda, abri a bolsa – apenas um pouquinho – para guardar o espelho. Um zumbido alto vinha da pérola, e ela empurrou a bolsa com força.

– Pare com isso! – exclamei, batendo na bolsa e alertando a pérola para ficar quieta. Raios rebeldes de luz escaparam por entre meus dedos. – Pare. Você vai nos entregar.

A pérola não ouviu. Ela se contorceu em minha mão e abriu caminho para fora da bolsa. Wandei tentou pegá-la, Hasho também. Takkan jogou a capa sobre ela, mas a pérola não parou. Ela o derrubou com um golpe e disparou contra as árvores.

Corri atrás dela, perseguindo o brilho inconstante até que mergulhasse na escuridão. Para onde estava indo? Eu havia perdido seu rastro, então me embrenhei pela floresta até derrapar por uma colina e chegar a uma clareira, praticamente colidindo com ela.

– Peguei você – sibilei, colocando a pérola de volta na bolsa. Raikama estava certa sobre ela ter uma mente própria; seria melhor mantê-la trancafiada antes que me colocasse em apuros.

Assim que fechei a bolsa, ouvi o estalo de um galho atrás de mim.

Aconteceu tão rápido que nem tive tempo de fechar os punhos. O braço de um sentinela veio em minha direção, as manoplas de metal zunindo pelo ar, e um instante depois minhas costas estalaram contra o punho de sua espada.

Caí no chão.

Quando abri os olhos, era uma prisioneira. Cordas me prendiam pelos pulsos e tornozelos, e uma dúzia de sentinelas ergueram as espadas, cercando-me com as lâminas de aço. Pelas caretas que faziam, pareciam desconfortáveis com suas ordens, mas ninguém ousou se opor.

Estúpida, Shiori estúpida. Cerrei os dentes e chutei a terra. A bolsa não estava mais comigo, é claro. Onde ela tinha ido parar?

A única boa notícia era que Benkai estava vivo.

Eu tinha sido colocada de frente para ele, a não mais que dez passos de distância. Suas mangas pretas estavam rasgadas e havia novos arranhões no rosto orgulhoso, assim como folhas no cabelo. Uma árvore devia ter amortecido sua queda.

Benkai *comandava* o exército. Por que seus próprios homens o prenderiam? Quem estava possuído por Bandur dessa vez?

Estiquei os dedos, tentando manifestar um pequeno fio de magia nas cordas. Mas minha cabeça ainda estava latejando devido ao golpe nas costas, e o mundo ainda estava girando. Não conseguia me concentrar.

– Temo que sua libertação seja contra a lei de Sua Majestade, senhor comandante – alguém disse atrás de mim. – A única desculpa que explicaria a presença de sua irmã é que o Rei Demônio tomou a mente dela. A sua também, ao que parece, já que agiu como cúmplice.

Virei o pescoço e vi o ministro-chefe Hawar em pé atrás de mim. Suas mangas compridas estavam dobradas para trás para que a poeira não sujasse a imaculada seda que vestia, e minha bolsa pendia de seu pulso. Ele a segurou longe do corpo, como se contivesse gafanhotos e ossos em vez de uma pérola mágica.

Seus olhos estavam límpidos. Bandur não residia nele. Ainda assim, adoraria tirar a expressão presunçosa de seu rosto com um soco.

– Liberte-nos, Hawar – Benkai disse. – Não teme a ira de meu pai?

– Eu deveria? – Hawar perguntou. – Talvez possamos falar com Sua Majestade juntos.

Naquele exato momento, um palanquim dourado chegou e o imperador saiu dele, suas brancas vestes de luto contrastando com a luz escarlate da fenda. Os soldados se separaram para que ele passasse e viesse em minha direção, a testa enrugada de preocupação e raiva.

– Papai – implorei. – Eu posso explicar…

As palavras morreram em minha garganta. O ar esfriou num estalido invisível, e uma fumaça assobiou para fora da floresta. Ela pousou sobre meu pai e deslizou ao redor de seu pescoço.

– Não! – sussurrei. Medo e horror se apoderaram de minhas entranhas quando Bandur se fundiu com o corpo do imperador. *Bandur, não!*

Então papai piscou, e ele já não era mais o mesmo.

Bandur riu de um jeito que meu pai nunca fizera, a risada saindo da garganta num timbre lento e perverso.

Este não é o Imperador Hanriyu, quis gritar. *É o Rei Demônio!* Mas segurei a língua. Decisões precipitadas me trouxeram até aqui, e ninguém acreditaria em mim se dissesse que o demônio estava possuindo meu pai. Eles acreditariam que *eu* estava possuída.

– Eu avisei para não vir às Montanhas Sagradas – Bandur disse pela boca de papai. – Os demônios querem seu sangue, e você vem aqui, praticamente se oferecendo a eles. A loucura tomou conta de você, minha filha? E ainda por cima enfeitiçou seu próprio irmão para se juntar a esta traição? – Ele olhou para Benkai, ainda acorrentado. – Você deve aprender uma lição.

O olhar do Rei Demônio me penetrou, mas só eu pude ver o vermelho em seus olhos, me provocando. *Não fique tão aflita, Shiori. Eu disse que não era seu único inimigo. Hawar fez a maior parte do trabalho.*

Saia dele, mandei, furiosa. *Saia.*

Devo dizer que gostei de ser o imperador. O poder, o respeito... o efeito que causa em você. Ele forçou um sorriso de escárnio nos lábios de meu pai. *Deveria ter visto o rosto dele quando Hawar lhe disse para onde você tinha ido. Ele mesmo dirigiu uma carruagem até aqui – estava preocupado que eu fosse sair e morder alguém.*

A raiva ferveu em meu peito, ardendo ainda mais. Doía segurá-la, então cerrei os dentes. Deixaria Bandur me provocar e não cederia. Ele queria que eu fizesse um espetáculo na frente dos sentinelas. Mas não cairia naquele truque de novo.

Em vez disso, entrei em contato diretamente com meu pai. *Papai!*, gritei na mente de Bandur. *Papai, eu sei que você está aí. Lute com ele. Não o deixe vencer.*

O queixo do imperador se ergueu. Ele endireitou os ombros, e os olhos se voltaram sem pressa em minha direção. Não adiantou. Bandur era forte demais.

Mas eu não desistiria.

– Papai! – gritei, avançando em direção a ele. – Pare!

Enquanto eu me movia, o chão tremeu. Pequenas rochas e pedrinhas caíram da fenda, que agora brilhava mais forte do que antes. Os sentinelas me puxaram para longe do imperador, suas lâminas agora apontando para minha garganta.

Ora, ora, Alteza, Bandur zombou. *Você deveria controlar esse temperamento. Está deixando os demônios atiçados.*

– Veem como as montanhas reagem à presença dela? – Hawar gritou. – Foi o que eu avisei, Sua Majestade. Ela está invocando os demônios!

Bandur fingiu ficar abalado com meu ataque. Cambaleou para trás e cruzou as longas mangas bordadas.

– Você está certo, ministro Hawar. É hora de eu ensinar uma lição à minha filha. – Bandur imitou o sorriso de meu pai, dando-lhe um tom perverso. – É hora de voltar para casa, Shiori.

Todos achavam que o imperador me levaria para o palácio, mas eu sabia o que Bandur realmente queria dizer. Os demônios me aguardavam lá dentro, a magia inquieta deles fazendo a terra tremer.

Shiori!, eles clamavam. *Shiori, você veio. Liberte-nos.*

Eles soavam diferentes do que eram no passado, quase como se estivessem implorando. Mas eu estava impassível. Aquelas criaturas eram tão manipuladoras quanto o rei delas.

E pelas Cortes Eternas, Bandur *não* me levaria de volta para a montanha.

Eu me preparei. O brilho vermelho nos olhos de meu pai já estava desaparecendo, como duas brasas transformando-se em cinzas, e nuvens de fumaça saíam de suas narinas. Bandur voou para fora do corpo dele em uma torrente de sombra e fumaça – mas eu estava pronta. Assim que me abaixei, as cordas em meus pulsos ganharam vida, atacando o ministro-chefe para pegar a bolsa de volta.

Eu a abri e soltei a pérola. Ela flutuou diante de mim, as fraturas irregulares ao longo da superfície escura emitindo uma luz.

Bandur riu. *Boa jogada, Alteza. Mas se usar a pérola em mim, não terá forças para transformar seus irmãos depois.*

Sou mais forte do que pareço, eu disse.

Talvez. Mas a pérola também é?

Um grito indignado partiu do ministro-chefe Hawar. Bandur era invisível para ele, logo, tudo o que via era eu segurando a pérola no alto sobre o corpo inconsciente do imperador.

– Shiori'anma atacou o imperador! – Hawar gritou histericamente. – Matem-na. Matem-na!

– Chega! – Benkai exclamou, dando um salto. Andahai e Reiji correram para o seu lado. – Prendam o ministro-chefe.

Metade dos sentinelas obedeceu ao comandante, mas a outra metade seguiu Hawar. Espadas foram empunhadas, apenas para colidirem contra as correntes de Benkai e aqueles leais a ele.

Nunca tinha visto meu segundo irmão em combate e, de repente, compreendi por que os soldados lutavam para se juntarem ao seu comando. As correntes que o prendiam tornaram-se um borrão prateado, derrubando todos os homens no caminho. Nem mesmo o sentinela mais experiente teve chance.

Enquanto todos estão distraídos, venha comigo, Bandur falou, envolvendo meu pulso com as garras.

Joguei a pérola para ele, pronta para invocar seu poder. Então o corpo dele estremeceu, e uma fumaça começou a sair de seus membros e cauda. Bandur rosnou, mas continuou tremendo.

– Você não irá tocar nela! – um grito veio do alto da fenda. – Retorne ao seu receptáculo.

Tive que apertar os olhos para ver quem era, e meu coração pulou de susto.

Takkan.

Durante todo aquele tempo, ele esteve escalando a fenda – e agora tinha o amuleto!

– Retorne a mim! – Takkan gritou de novo.

Os olhos de Bandur se encheram de raiva, mas ele não teve escolha. Ele se dissipou em fumaça, e quando o amuleto o sugou de volta para o seu interior, a montanha tremeu mais uma vez.

– Precisamos ir embora! – Andahai gritou, me arrastando pelo braço enquanto mais tremores sacudiam a floresta. – Vamos voltar para a cesta. Lance a maldição.

– Mas Takkan...

– Benkai e eu vamos ajudá-lo. Ele está a caminho. Vai!

Meu coração retumbava nos ouvidos, mas corri, tropeçando enquanto a terra tremia. Meus pulmões já estavam queimando quando avistei um pedaço de seda brilhante por entre as árvores.

– Lance a maldição! – Hasho exclamou enquanto me ajudava a entrar na cesta. – Rápido.

Enquanto me jogava na cesta, rasguei a bolsa. A pérola brilhou ao meu toque. Da última vez que havia usado seu poder, quase não sobrevivi. Só os deuses sabiam o que aconteceria dessa vez.

Ela flutuou acima da palma da minha mão, escura e brilhante ao mesmo tempo, como se estivesse ansiosa para agir. Antes que perdesse a coragem, falei aquilo que tanto ansiava quanto temia dizer:

– Proteja meus irmãos como já fez uma vez. Transforme-os em grous para que possamos devolvê-la ao Espectro.

Falei apenas uma vez, incutindo poder em cada palavra, como se fosse um juramento sagrado. Por sua vez, a pérola me escutou. E pelos milagres de Ashmiyu'en, ela obedeceu.

Sua luz inundou meus irmãos, atingindo até os que estavam mais longe de mim – Andahai e Benkai, que ainda estavam correndo para a floresta junto de Takkan.

Lágrimas arderam em meus olhos enquanto eu os observava se transformarem. As espadas caíram no chão, e os gritos e choros humanos foram interrompidos quando os pescoços e membros se esticaram, penas pretas brotando ao longo das gargantas e asas afiladas se projetando dos dedos. Então, finalmente, seis coroas escarlates familiares mancharam suas cabeças. Após a transformação se completar, eles bateram as asas freneticamente em minha direção e, num lampejo brilhante, toda a luz da pérola lançou-se de volta ao seu interior. As metades se fecharam, emitindo uma onda sísmica que me fez voar contra a cesta.

Quando me levantei, uma legião de águias, gaviões e falcões atravessou as nuvens. Fiel à sua palavra, Kiki recrutou dezenas de pássaros para voar conosco. Junto com meus irmãos, eles agarraram as pontas das cordas da cesta com os bicos.

– Esperem! – gritei. – Esperem por Takkan!

Ele estava perto e saltou para dentro da cesta, os dedos apanhando as bordas trançadas.

Estendi a mão e o agarrei pelo braço.

– Peguei você – arfei, puxando-o para cima.

Ele caiu sobre mim, e o impacto nos derrubou no chão. Conseguimos.

Todos estão a bordo!, Kiki gritou para meus irmãos. Eles bateram as asas e subiram até que estivéssemos voando sobre as copas das árvores. A imagem de suas asas com penas de neve e a emoção de deslizar pelas nuvens eram igualmente familiares. Minhas costelas se enrijeceram enquanto eu os observava voando. Era como se tivéssemos voltado no tempo. Esperava que eles não se arrependessem de acreditar em mim mais uma vez.

Quando as Montanhas Sagradas da Perseverança desapareceram atrás de nós, soltei um longo suspiro. Usar a pérola havia me deixado exausta, e meu corpo implorava por um descanso.

Rastejei até Takkan.

– Essa foi a coisa mais inconsequente, mais tola...

– E mais corajosa que você já viu? – Takkan terminou para mim.

Ele tocou minha bochecha, respirando com dificuldade, e eu engoli qualquer outra crítica.

– *Foi* corajoso – admiti.

Ajudei ele a colocar a corrente de Bandur no pescoço e observei o amuleto balançar sobre seu peito. Era preto feito obsidiana, com uma rachadura no centro não muito diferente da pérola do Espectro. O instrumento de um demônio.

– Durma – eu disse, passando os dedos sobre a testa de Takkan. E eu não soube dizer se foi meu encantamento ou sua exaustão que fez aquilo, mas a respiração dele se estabilizou e o pulso se acalmou. A mão dele não soltou a minha.

Deitei a cabeça em seu ombro, coloquei os pés ao lado dos dele e estendi um cobertor sobre nós para nos aquecer. A última coisa que vi antes de adormecer também foi o brilho do amuleto e, enquanto meus irmãos nos carregavam por terra e mar, a risada de um demônio ecoou em meus sonhos.

CAPÍTULO TRINTA E UM

Acordei com o lamento do céu noturno se rompendo.

Trovões sacudiam as nuvens, logo seguidos por relâmpagos. Estávamos pegando carona nas asas de uma tempestade que se formava. O vento ficou violento e nos seguiu sobre o Oceano Cuiyan.

Protegendo-me da chuva, fiquei de joelhos e espiei por cima da borda da cesta. Vinte pássaros liderados por Kiki voavam ao lado de meus irmãos, nem um pouco incomodados com a tempestade.

– Onde estamos? – perguntei.

Kiki não olhou para trás. *Não muito longe das Ilhas Tambu.*

– Tão rápido assim?

Os ventos ajudaram. A única coisa boa que posso dizer sobre esse temporal.

Descansei o cotovelo na borda da cesta e agarrei uma das cordas de seda enquanto olhava para baixo. Nuvens sombrias obscureciam a paisagem, mas, quando consegui enxergar por entre elas, pude ver centenas de ilhotas salpicando o mar iluminado pelos trovões. A terra natal de Raikama.

Um nó subiu à garganta, um que tive de engolir, focando-me no horizonte ao longe. Teríamos de pousar antes de o sol nascer, ou meus irmãos perderiam as asas enquanto ainda voavam sobre a água.

A chuva estava ficando mais forte, e o vento batia na cesta, sacudindo as cordas como se fossem as de uma cítara. Meu estômago se embrulhou, e eu me encolhi de novo, chegando perto de Takkan.

A cabeça dele repousava aos meus pés, e os olhos estavam bem fechados. O amuleto de Bandur pressionava seu peito, pesado como uma pedra de amolar, escura e sinistra. Queria libertá-lo daquele fardo, mas não me atrevia a tocar no amuleto. Outra saraivada de trovões irrompeu no céu, mas a respiração de Takkan mal se alterou. Tive a sensação de que o que ele estava enfrentando durante o sono era bem pior.

Gentilmente limpei um pouco da água da chuva de suas bochechas. A pele dele estava fria, então esfreguei suas mãos nas minhas, tentando aquecê-las.

Da última vez que cuidei dele, ainda não o conhecia muito bem – na verdade, o detestava. Tinha costurado suas feridas com o mesmo cuidado com que eu remendaria um par de calças velhas. Pelo visto, ele ainda carregava as cicatrizes.

O calor subiu até minhas bochechas. Graças aos Fios, meus irmãos estavam ocupados demais voando, e não me pegariam reparando nos músculos e na pele lisa de Takkan através dos rasgos da túnica. Nunca mais iriam parar de falar naquilo.

– Eu devia ter notado que era você – Takkan murmurou, com as pálpebras ainda sonolentas se abrindo.

– O quê? – eu me aproximei, preocupada. – O que você disse?

– Aqueles pontos irregulares que fez em mim. – O canto da boca dele se curvou para cima. – Eram os mesmos da tapeçaria que você enviou como pedido de desculpas. Eu devia ter reparado naquele detalhe, Shiori.

Não pude evitar meus reflexos. Eu soquei o ombro dele, provavelmente um pouco mais forte do que deveria.

– Doeu? – assim que perguntei, me senti horrível. – Você está... – Meu olhar recaiu sobre o amuleto em seu peito. – Machucado?

Takkan conteve uma risada.

– Não. Eu merecia.

Agora os olhos dele estavam abertos, mas não tinham o ânimo de sempre.

– Você deveria ficar com minhas armas – ele disse com a voz rouca. – Não vou deixar Bandur machucá-la, mesmo que ele tome meu corpo… mas é melhor não arriscar e se proteger.

Mordi a bochecha e dei um aceno com a cabeça. Encontrei apenas o arco esculpido em vidoeiro que ele carregava quando nos conhecemos. O brasão da família de Takkan estava pintado na parte mais larga do punho: um coelho numa montanha, cercado por cinco flores de ameixeira – e uma Lua cheia branca. Eu o peguei.

– Algo mais?

– A adaga no meu cinto. E duas facas na bota.

– Sem espadas?

– Não trouxe.

Estreitei os olhos na direção dele.

– Que sentinela não traz a espada?

– Aquele a quem você se comprometeu feito uma boba. – Um pequeno sorriso apareceu na boca de Takkan. – De qualquer forma, sou melhor com um arco do que com uma espada. Ela só faria peso.

Justo. Escondi a adaga na faixa, e então encontrei as facas. Estava pronta para guardá-las quando a corrente do amuleto começou a se enrolar no pescoço de Takkan.

– Ele está acordando – ele murmurou. – Shiori… Saia de perto de mim…

Takkan cobriu o amuleto com as mãos, tentando conter Bandur. Seu rosto empalideceu. Os olhos piscaram, castanhos terrosos em um momento, vermelhos como fogo demoníaco em outro.

– Takkan. – Peguei seu braço, tentando ajudar.

Foi um erro. O olhar de Takkan ficou injetado, então ele agarrou meu pulso enquanto soltava um rosnado de lobo. *Você deveria ouvir seu noivo, Shiori'anma.*

Dobrei o cotovelo e o joguei contra o queixo dele, mas Bandur foi rápido demais. Ele me empurrou para trás, rindo alegremente enquanto eu caía contra a lateral da cesta.

– Shiori! – Os olhos de Takkan voltaram a ficar castanhos, e ele agarrou o amuleto do Rei Demônio, tentando mais uma vez enfrentá-lo. Mas Bandur já havia vencido.

Fios de fumaça se desenrolaram dos dedos de Takkan, e seu corpo inteiro estremeceu, perdendo as forças até ele cair de joelhos. Então a fumaça transbordou do amuleto, enrolando-se e fumegando até que a forma de um lobo se estabelecesse.

Peguei o arco de Takkan do chão, atrapalhando-me com uma das flechas de pena azul.

– Seu noivo é mais forte do que parece – Bandur falou, rondando a cesta para me perseguir. – Mas todo mortal tem sua fraqueza. E você é a dele.

A corda do arco roçou meus dedos, e eu cerrei os dentes.

– Você sabe que flechas não fazem nada contra fumaça, não sabe?

Ajeitei a flecha e levantei o arco.

– Quer apostar?

– Aqui... vou ficar paradinho para você. – Bandur sentou-se e abanou o rabo como um cachorrinho. Mesmo em sua forma mais nebulosa, ainda encontrava maneiras de zombar de mim.

Rindo, Bandur dissolveu-se em uma névoa disforme.

– A feiticeira foi esperta em uni-la à pérola – ele disse. – Mas se ela pensou que isso protegeria você por mais tempo, estava enganada. Olhe. Veja o que você fez.

Não precisava olhar. A pérola estava mais rachada do que nunca, como duas metades de uma lua conectadas pela mais fina ponte.

– Vai conseguir chegar a Lapzur antes que ela se desfaça em pedacinhos? – Bandur perguntou. Ele soprou uma lufada de ar, soltando a mecha branca atrás de minha orelha. – Combina com você, Alteza. Eu ficaria feliz em tirar esse peso de suas mãos.

– E libertá-lo do seu juramento? – vociferei. – Prefiro morrer.

– Então parece que a sorte está sorrindo para você, pois esta é uma parte crucial do plano.

O amuleto tremeu no peito de Takkan, e Bandur começou a falar, sussurrando palavras de magia das trevas que eu não conseguia compreender.

Rastejei até ao lado de Takkan e o chacoalhei.

– Acorde! Acorde, Takkan. Você precisa fazer Bandur retornar ao amuleto.

Enquanto tentava acordá-lo, os pássaros que Kiki havia recrutado para nos ajudar a carregar a cesta soltaram guinchos horripilantes. Durante todo aquele tempo, estavam voando em harmonia, mas algo mudou. Eles começaram a fugir aos bandos, como se tivessem sido assustados por algo.

– O que está acontecendo? – gritei para Kiki. – Por que eles estão indo em...

A pergunta se transformou em um grito. A cesta sacudiu, pega por um vento turbulento, e me jogou contra Takkan enquanto despencávamos das nuvens.

As cordas caíram e se enroscaram, fazendo a cesta girar. Procurei algo em que me segurar enquanto meus irmãos tentavam desesperadamente recuperar o controle. Mesmo sem os outros pássaros, eles deviam ter sido capazes de suportar o peso. Mas algo nos puxava para baixo.

Eu podia sentir. E eles podiam ver o que era. Estavam tão agitados quanto os pássaros de Kiki, mas não haviam me abandonado. Eles desviaram bruscamente, batendo as asas.

A cesta tremeu, e Bandur abriu um sorriso ameaçador.

– Prepare-se, Alteza. Eles estão vindo.

Quem eram *eles*? Nem sequer conseguia ver o que estava acontecendo.

– Kiki! – gritei. – O que está havendo?

Demônios!, ela exclamou. *Logo abaixo!*

O medo se agitou na boca de meu estômago.

Os demônios de Tambu surgiram feito uma massa fervilhante, o brilho de seus olhos vermelhos iluminando raposas, morcegos, tigres e cobras. Os rostos eram de uma aparência desconcertante, como as máscaras que as crianças usavam para espantar os maus espíritos durante o Ano Novo.

Também soavam feito crianças, gritando e rindo enquanto cercavam meus irmãos. Suas caudas se enrolavam nas cordas e as asas batiam ávidas contra a parte inferior da cesta. Quando garras começaram a cortá-la e rasgá-la, meu coração apertou de medo.

Tiras curvadas de bambu voaram para longe, um olho de tartaruga pintado e uma sedosa cauda de raposa se perdendo no mar de nuvens, sumindo para sempre.

Avancei sobre os demônios com a adaga.

– Vão embora! – gritei. – Tomem! Tomem!

Eles riram.

A adaga era inútil. Minha magia também. Toda vez que eu lançava um ataque, mais demônios apareciam.

Um tigre alado golpeou as penas de Benkai com a pata, e um morcego mordeu as asas de Kiki com os dentes afiados até que minha ave de papel fugisse aterrorizada. Outros estavam mais interessados na cesta, rondando pelas laterais e arrancando pedaços.

Sentindo-me encurralada, recorri mais uma vez à pérola.

Ela emitia uma melodia grave, do jeito que costumava fazer frente a algum perigo. Quando a tirei da bolsa, seu poder se espalhou para além do meu controle, prendendo os demônios numa nuvem de forte luz branca.

Os gritos deles eram como facas contra vidro, altos e estridentes. As asas batiam e as caudas chicoteavam, patas e garras se debatiam enquanto os demônios lutavam para se livrar daquela luz cor de pérola. Eu me virei, observando-os se reagruparem em bandos e se retirarem para as ilhas logo abaixo.

Soltei um suspiro de alívio. Um *prematuro* suspiro de alívio, infelizmente.

Havia me esquecido de Bandur.

Ele pulou na cesta, de pelo eriçado e olhos vermelho-sangue penetrantes. Dessa vez, não esperou. Ele atacou, e eu me preparei.

O ataque não veio.

Takkan tinha se mexido e erguido o amuleto para o céu. Já estava quase amanhecendo, e os últimos fios de luar penetraram através das nuvens, tocando o amuleto.

– Retorne! – Takkan gritou. – Bandur, retorne!

Seguindo a ordem, o corpo de Bandur começou a se contorcer, como se estivesse sendo puxado por cordas invisíveis em direção ao amuleto. O demônio se virou enraivecido para enfrentar Takkan.

– Você acha que tem força suficiente para me derrotar?

Takkan não respondeu, mas se levantou, ficando cara a cara com Bandur. Uma guerra silenciosa estourou entre eles, com o demônio fazendo pressão e resistindo ao controle de Takkan. O suor cobria as têmporas de Takkan. Ele deu um passo para trás e apertou a mandíbula, seus olhos ficando brancos enquanto lutava contra o demônio.

Por fim, Bandur se afastou.

– Eu tomarei a sua alma por conta disso – ele jurou.

Em um último esforço, Bandur lançou a garra e atingiu a asa de Hasho, rasgando penas e ossos. Então, com um silvo, ele desapareceu novamente no interior do amuleto.

A cesta inclinou-se e as cordas foram escorregando, primeiro do bico de Hasho, depois de meus outros irmãos.

Descendo cada vez mais, fomos mergulhando em Tambu, o berço dos demônios – e o local de nascimento de minha madrasta, a Rainha Sem Nome.

CAPÍTULO TRINTA E DOIS

A frondosa copa de uma árvore amorteceu nossa queda. Takkan e eu saímos rolando da cesta em direções opostas, caindo através de um emaranhado de galhos e ramos até atingirmos o chão da selva.

Pah!

Insetos saltitaram, folhas se amassaram e galhos estalaram. A luz brilhava em ondas, reluzindo feito óleo quente, e o suor escorria de meus poros.

Com a força que ainda tinha, me apoiei nos antebraços, os cotovelos afundando na terra quente e úmida. Então eu parei, demorando a me lembrar de procurar por mais demônios.

Não havia nenhum ali.

Quando tive certeza de que era seguro, me levantei, afastando a folhagem que roçava minha cintura.

– Takkan? – chamei. – Kiki?

A chuva tinha acabado, e a luz do sol estava abrindo caminho através do dossel da floresta, uma visão que me estimulou a me mover. Já havia amanhecido, logo meus irmãos deveriam ter voltado às formas humanas. Mas onde estariam eles? A transformação não era exatamente tranquila e discreta. Com certeza eu teria ouvido seus gritos.

Um vislumbre de seda vermelha cintilou no nevoeiro, e eu me arrastei até ele. Ali, não muito longe da cesta, estava Takkan. Assim como Kiki e meus irmãos – mas eles ainda eram grous!

Sujeira e folhas estavam grudadas à pele de Takkan. Ele respirava, mas estava inconsciente. Com o coração batendo acelerado, rapidamente o inspecionei. Havia novos rasgos em sua túnica, expondo o ombro bronzeado e as cicatrizes que eu tinha deixado em seu peito. Mas ele estava ileso, graças a Emuri'en. Encostei-o numa árvore e retirei as gotas de suor em seu nariz com os dedos.

Um músculo em sua mandíbula se contraiu.

– Hasho... – ele murmurou, os olhos começando a se abrir. – A asa dele...

Sem entender, encarei meus irmãos. Ali estavam apenas cinco deles, todos emitindo sons que não conseguia compreender.

O pânico tomou conta de mim.

– Onde está Hasho?

Assim que perguntei, a neblina se dissipou e eu vi.

Meu irmão mais novo estava encolhido, o corpo em posição fetal. A garganta zumbia de dor, e a barriga tremia a cada vez que respirava. Eu me agachei perto dele, examinando as asas dobradas firmemente na lateral de seu corpo. A esquerda estava fumegante, com as penas carbonizadas.

– Hasho – engasguei-me ao falar seu nome.

– Foi Bandur – Takkan respondeu, o tom agudo de sua voz foi ficando mais grave. – Não consegui detê-lo a tempo. Sinto muito.

Eu não sabia o que dizer. Minha atenção se fixou nos feixes de luz que tocavam a asa negra de Hasho – um profundo sinal de que ele ainda não tinha se transformado de volta em humano. Nenhum dos meus irmãos tinha.

Andahai acha que o feitiço está diferente desta vez, Kiki disse. *Eles não vão ficar mudando de forma como antes.*

Inspirei, a mente girando. *Isso é bom*, disse a mim mesma. No estado em que estava, Hasho não suportaria se transformar de novo.

– Precisamos encontrar ajuda. Deve haver algum vilarejo nesta ilha.

Vou procurar, Kiki se voluntariou, saltando para ter uma visão de cima. Um segundo depois, ela voou de volta para nós, gritando: *Cobras! Cobras!*

Cobras nos cercaram, saindo das árvores, das rochas e até dos arbustos. As maiores pendiam dos longos galhos das árvores, as escamas pintadas se camuflando com a exuberante paisagem da selva. Aquela imagem me lembrou de como costumava ser o jardim de Raikama. Era a única razão pela qual eu não estava com tanto medo.

Elas parecem famintas, Kiki disse, nervosa. *Estão olhando para mim. Talvez essas serpentes de Tambu achem que meu papel é gostoso... a cada dia que passa eu me pareço mais com uma ave de verdade, sabe.*

– Você ainda está longe de ser uma, Kiki – respondi. – Além disso, grous comem cobras, não o contrário.

– Então peça aos seus irmãos para comê-las.

– Ninguém vai comer ninguém. Já tentou falar com elas?

Já. Minha ave de papel levantou uma asa medrosa. *Espere... alguém está vindo.*

As cobras se separaram, abrindo caminho para a maior serpente que já vi na vida. Suas escamas se misturavam às folhas de palmeira se dobrando sob o corpo, mas quando ela deslizou para fora da folhagem, elas se transformaram. Primeiro mudaram para combinar com a terra marrom, depois ficaram pálidas feito pergaminho branco – o mesmo tom do rosto de cobra de Raikama.

Apenas os olhos dela não mudaram. Eram como diamantes lascados contra uma lua amarela e líquida. Hipnotizante.

Ela se levantou, ficando à altura da minha cintura. Uma língua bifurcada saiu, e ela soltou um longo silvo.

Kiki estremeceu.

– O que está dizendo? – perguntei.

Ela disse que seu nome é Ujal e perguntou se você é filha da senhora Cobra Verde.

– Senhora Cobra Verde?

Ela se foi há muitos anos, Kiki continuou, *mas Ujal ainda consegue sentir o cheiro da magia dela em você... filha de Channari.*

Ao ouvir aquele nome, uma nota de tristeza soou em meu peito.

– Ela conhecia minha madrasta?

– O pai dela conheceu.

O passado de Raikama era um mistério que eu desejava desvendar, mas mordi a língua, segurando a vontade de fazer mais perguntas à serpente. Aquele não era o momento.

Ajoelhei-me, mostrando respeito ao deixar o olhar no mesmo nível do de Ujal.

– Meu irmão está ferido. Sabe onde podemos buscar ajuda?

Suas escamas mudaram novamente de cor enquanto ela rastejava de volta na direção em que veio.

Assim que me levantei e Takkan pegou Hasho nos braços, Ujal havia desaparecido na densa vegetação. Temi tê-la perdido de vista, mas as cobras esperaram. Elas nos mostraram o caminho, movendo-se em uníssono e em uma velocidade impressionante, como um tecido ondulando sobre a terra.

Mantive sempre os olhos no chão. Raízes grossas se projetavam pelo caminho, muitas vezes escondidas sob um manto de folhas e flores silvestres. Passamos por um bosque de bambus pretos e inúmeras cachoeiras, mas todo o resto era verde. Ujal podia estar me fazendo andar em círculos e eu nunca saberia.

A aurora incendiou-se, trazendo a manhã, e o sol nos castigou, esquentando o ar e tornando-o denso. Comecei a respirar com uma série de arfadas, e as roupas pesaram sobre mim, pegajosas de suor. Os dias mais quentes de Kiata não eram nada comparados àquilo.

Olhei rápido para Takkan. Normalmente ele estaria ao meu lado, fazendo comentários aqui e ali sobre a selva para me distrair do calor.

Mas não naquele dia. Notei que seus passos estavam pesados e que sua pele carregava um certo tom acinzentado. As sombras sob os olhos formavam duas meias-luas escuras, e os ombros largos estavam inclinados para baixo, como se carregasse bem mais do que um grou ferido. Mas seu ânimo não estava abalado. Quando me pegou o observando, acenou com alegria. Em vez de acenar de volta, envolvi o braço dele com o meu, andando ao seu lado pelo resto do caminho.

Chegamos, Kiki anunciou quando Ujal parou diante de uma pequena cerca de madeira. Ela enrugou o bico. *Este é o santuário.*

Era um prédio solitário ao final de uma estrada de terra: uma casa ampla feita de teca e que já tinha visto dias melhores. Musgos revestiam as paredes, cuja pintura laranja fora desbotada por anos de chuva, e os sinais de oração pendurados estavam rachados ou quebrados. Aventurei-me além da cerca de madeira, seguindo a fila de estátuas de pedra até a soleira da porta.

– Olá? – falei em meu melhor tambuano. – Olá?

Havia uma garota de pele bronzeada varrendo as folhas do pátio. Ela largou a vassoura assim que viu as cobras atrás de mim.

– Tio! – ela gritou, desaparecendo dentro santuário.

Não muito tempo depois, um homem de meia-idade com um lenço laranja e sandálias de palha apareceu. Era magro e não muito mais alto do que eu. Profundas rugas de irritação marcavam sua testa; talvez estivesse no meio de uma oração quando foi interrompido. Seu olhar duro passou das cobras para o grou nos braços de Takkan, depois para os outros cinco voando sobre nós de maneira protetora. Nada daquilo pareceu surpreendê-lo muito.

Tentei lembrar as palavras em tambuano para pedir ajuda, mas não precisei me incomodar. O xamã falava kiatano.

– Dizem que uma tempestade traz cobras para dentro de casa – ele disse. – Que problema você carrega consigo para que a Rainha Serpente venha em pessoa à minha porta?

– Precisamos de ajuda – respondi, apontando para Hasho. – Este grou está ferido.

– A Rainha Serpente trouxe você aqui pela vida de um pássaro? Que curioso. – O xamã recolheu as mangas esfiapadas e cruzou os braços. Ele não parecia nada curioso. – Entre.

Enquanto ele se virava para o santuário, Ujal e as cobras começaram a recuar em direção à selva.

– Esperem! – eu as chamei, seguindo a Rainha Serpente. Sua pele havia mudado novamente, dessa vez para combinar com as pedras cinzentas da estrada. Quando ela parou, eu me curvei e disse, quase sem fôlego: – Verei você de novo?

Ela murmurou uma resposta.

Ela disse que a selva está cheia de demônios, Kiki explicou. *Não se aventure nela junto dele.* Ela inclinou a cabeça para Takkan. *Especialmente à noite.*

Não foi isso que tinha perguntado, mas a Rainha Serpente já estava se afastando, desaparecendo nos arbustos ao lado da estrada.

Então não fora Hasho quem deixou as cobras inquietas. Foi Takkan.

– Você – o xamã disse, apontando para ele enquanto entrávamos no santuário. – Espere lá fora.

Com bastante cuidado, Takkan passou Hasho para mim. As penas do meu irmão roçaram meus cotovelos quando o envolvi com os braços. Ele era leve e frágil, quase como uma criança.

A sala era pequena, mobiliada com uma mesa baixa e um incensário para espantar mosquitos. Em silêncio, coloquei Hasho em uma esteira de palha para que o xamã o examinasse.

– O demônio que o marcou – o xamã começou a falar com uma voz inexpressiva, como se estivesse falando de uma abóbora d'água, não de um pássaro que ainda respirava. – Qual era o nome dele?

– Bandur.

Ele franziu a testa.

– Não o reconheço.

– Ele foi… recém-criado – respondi. – Em Kiata.

Os cantos dos olhos dele se contraíram, e dava para ver no que estava pensando – que não havia demônios em Kiata. Que Kiata reprimiu sua magia por séculos, até que nossos deuses ficassem em silêncio.

Ele soltou a asa de Hasho e colocou os dedos em volta do comprido pescoço do meu irmão.

– É melhor deixar que as coisas sigam, por mais infelizes que sejam. A marca de um demônio é algo difícil de se desfazer. Ele terá uma vida melhor ao renascer.

– Não! – exclamei, percebendo com horror o que o xamã iria fazer. Pulei para impedi-lo. – Não… por favor. Ele é meu… Meu irmão.

Se tivesse dito tais palavras para uma pessoa de Kiata, era provável que tivesse me achado louca. Mas o xamã nem hesitou.

Calmamente, ele soltou Hasho.

– Você devia ter dito isso antes. O feitiço de grou também é obra do demônio?

– Não – respondi, inquieta. – Fui eu.

– Entendo. – Ele estava refletindo. – Meus acólitos isolarão o toque do demônio à região da asa. Mas não posso garantir que ele se recuperará por completo. Você irá descobrir apenas quando ele for humano de novo.

Uma pontada de preocupação doeu em meu peito.

– Ele vai viver?

– Sim. – O xamã olhou para Takkan, cuja longa silhueta se esgueirava pelas paredes. – É com ele que estou mais preocupado. Ele não pode ficar no templo. Sua presença atrairá demônios. Já atraiu, eu presumo.

– Como você sabe? – perguntei.

O xamã ofereceu a água de um jarro para Hasho.

– Estou especulando. Demônios são atraídos por aqueles que carregam sua marca.

– Você parece saber muito sobre eles.

– Tambu é a terra natal dos demônios. Já são parte de nossas vidas.

Aquela ideia era tão estranha para mim que precisei de um momento para deixar as palavras me convencerem. Mas acreditei. A magia ali não havia sido reprimida como em Kiata; estava atrelada ao próprio tecido que formava Tambu. Eu conseguia sentir – no ar, nas árvores e até nos pequenos lagartos que subiam pelas paredes – o potencial para maravilhas, caos e milagres. Como a maioria dos kiatanos, nunca estive no exterior. Nunca estive em um lugar onde deuses, demônios e mortais viviam lado a lado. Aquilo era impensável em minha terra natal. No entanto, parecia ser a coisa mais natural ali.

– Você não tem medo de demônios? – perguntei.

– Tenho mais medo de humanos do que de demônios – o xamã respondeu. – Existem muitos tipos de demônios, mas a maioria é simplória. A maioria deles aqui em Tambu se restringe às florestas, embora um ou dois causem estragos no vilarejo uma vez por ano. No mês passado, havia um que não saía do poço local... e ficava tornando a água salgada.

Inclinei a cabeça. Aquela travessura era bem diferente das experiências que tive com demônios.

– Ensinamos as crianças a tratá-los como vespas – ele continuou. – Desde que não os incomodemos ou chamemos sua atenção, eles nos deixam em paz. – O xamã endireitou as pregas de sua faixa, o tom da voz tão calmo que poderia muito bem estar falando sobre lavar roupas. – É raro que um demônio possua astúcia e poder para causar grandes danos. Mas esse Bandur...

– Era um feiticeiro – sussurrei. – Antes que se tornasse demônio.

– Como imaginei – o xamã respondeu. – Os demônios são atraídos por poder, dos mais fracos aos mais fortes. É da natureza deles causar ruína e caos, mas eles tendem a agir seguindo exemplos. Então, quando um feiticeiro vira demônio... a combinação entre ganância humana, magia de encantamento e fome demoníaca lhe traz muitos servos. Como você pôde ver quando chegou.

Os olhos do xamã estavam em Takkan, e eu entendi no que ele estava pensando.

– Takkan não é um...

– Eu sei que ele está marcado – o xamã me interrompeu. – E sei o que carrega naquele amuleto. Há um lugar não muito longe daqui que será seguro para ele. Vou levá-los até lá enquanto meus acólitos cuidam de seu irmão.

Engoli em seco, desconfortável em deixar Hasho sozinho.

Seus irmãos vão vigiá-lo, Kiki disse. *Não se preocupe, eles vão garantir que nada aconteça.*

O xamã ainda esperava minha resposta.

– Obrigada... – hesitei, sem saber como chamá-lo.

– Oshli está bom – ele disse. – Não precisamos de honoríficos.

Sem dizer mais nada, Oshli me levou para a parte de trás do templo e por uma estrada sinuosa de terra. As casas que encontramos no caminho estavam em ruínas, os telhados desbotados pelo sol e os jardins deixados para morrer. Pareciam abandonados há muito tempo.

– Esta é a estrada principal? – perguntei.

– Já foi – o xamã respondeu. – As pessoas geralmente só passam pelo vilarejo Puntalo no caminho ao santuário. Elas acreditam que esta área é amaldiçoada.

– Amaldiçoada?

Ele não sorriu.

– É uma superstição. Vivi toda a vida aqui e estou muito bem.

Ele nos conduziu até o último terreno na estrada.

– Aqui. Os demônios não virão a este lugar.

Era um pequeno pedaço de terra, há muito tempo abandonado, com ervas daninhas se proliferando nas rachaduras do caminho de pedras. No pátio aberto havia três cabanas de madeira, cobertas de teias de aranha e musgo. Uma cozinha, um quarto e uma despensa, imaginei. As casas de vilarejo no sul de Kiata eram bem semelhantes.

Um lampejo de movimento atraiu meus olhos para a cabana maior – lá dentro, uma cortina de musselina ondulava no vento quente, e através das janelas quebradas eu conseguia ver um banco balançando. Não havia mais ninguém por perto, mas era possível ouvir alguém cantando baixinho – a melodia cadenciada de uma canção que eu conhecia desde a infância.

– Por que os demônios não vêm aqui? – perguntei. – De quem é esta casa?

Oshli não deve ter ouvido as perguntas, pois não respondeu.

– Esta árvore advém de um bosque sagrado – ele disse. – Todas as casas desta rua já tiveram uma árvore assim, mas apenas esta ainda vive. Quando anoitecer, você deve amarrar seu companheiro à árvore e acender os braseiros.

– Amarrá-lo? Na árvore? – repeti, chocada com a ordem. – Achei que demônios não entrariam aqui.

– E não entrarão – Oshli respondeu com um tom afiado. – Mas o que está dentro dele poderá sair.

– Existe alguma maneira de subjugar Bandur? – Takkan perguntou com calma.

A tranquilidade dele competia com a do xamã, e apenas eu estremeci.

– Os demônios são imortais. Só a magia pode matá-los. – Oshli fez uma pausa. – Mas nós, humanos, temos meios de nos defender. – Ele circulou a árvore, sem deixar de olhar para Takkan. – Voltarei com incenso e corda antes do pôr do sol. Faça como mandei, e os demônios de Tambu a deixarão em paz. Mas não posso falar o mesmo do que está dentro dele.

Sentindo que sua presença não era totalmente bem-vinda, Takkan permaneceu próximo à árvore.

– Vou esperar aqui enquanto você mostra a casa para Shiori.

Antes que eu pudesse protestar, ele retornou ao jardim, deixando-me sozinha com o xamã de rosto severo.

Muito obrigada, Takkan, resmunguei em pensamento.

Oshli entrou na cabana à direita.

– Você pode ficar na cozinha esta noite – ele disse. – Há uma cama do outro lado da cortina e um pouco de comida na despensa para se alimentar. Não é muito, mas deve durar até eu voltar.

– Pensei que ninguém mais morasse aqui.

– Ainda venho às vezes, para prestar condolências. – Um leve movimento na testa parecia perturbar sua calma.

– Quem morava aqui antes? – perguntei de novo.

Ele hesitou por um segundo.

– O proprietário partiu há muitos anos para a capital – Oshli respondeu. – Só eu venho aqui, às vezes, deixar oferendas na árvore.

Aquilo explicava a comida na despensa.

– Oferendas para a árvore?

Ele não olhava para mim.

– Para as duas irmãs que uma vez residiram aqui.

Os cabelos da minha nuca se arrepiaram.

– O que aconteceu com elas?

– Ambas foram perdidas para Tambu, mas de maneiras bem diferentes.

Meus olhos tentaram encontrar os do xamã. Duas irmãs.

– Esta era a casa *delas*, não era? De Vanna e… de Channari.

Channari. Toda vez que dizia aquele nome, meu coração sentia uma pontada. Channari era o nome verdadeiro de minha madrasta, um segredo que ela tinha escondido de todos, até mesmo de meu pai.

– Esta era a casa delas – repeti. – Você as conhecia.

Finalmente tinha conseguido quebrar a serenidade do xamã, e ele apertou os lábios com força.

– Todo mundo as conhecia. A bela e a cobra.

Não havia malícia na resposta, mas eu ainda assim me encolhi.

– Vocês eram amigos?

– Channari não tinha amigos. – Ele fez uma pausa. – Mas eu conhecia Vanna.

– Como ela era? – perguntei.

As duras linhas na boca de Oshli se suavizaram, permitindo-me ver por um momento o menino que ele uma vez foi.

– Ela era boa, generosa e gentil. Tinha o poder de fazer qualquer um adorá-la... até mesmo seu rígido adah nunca conseguia dizer não a ela. As meninas da aldeia costumavam brigar para decidir quem escovaria o cabelo dela, e os meninos competiam apenas para tocá-lo.

– Mais macio que as penas das aves aquáticas – murmurei, lembrando do cabelo de Raikama.

– Sim.

Eu o observei, e a melancolia em seu rosto demorou um pouco a sumir.

– Você era apaixonado por ela? – perguntei, surpresa com minha própria ousadia.

Mas Oshli não vacilou.

– Todos éramos. Todos a adoravam. Costumavam achar que a misteriosa luz em seu peito era um presente dos deuses. Uma que havia nascido com ela, sabe? Quando ela ria, a luz emanava de suas roupas feito um sol. A Dourada, era como costumavam chamá-la.

O rosto de Oshli tornou-se uma máscara.

– Meu pai era o xamã naquela época, e ele me pediu para mantê-la longe de atenção indesejada até que se casasse. Foi assim que nos aproximamos. Ela confiou em mim. – Ele fez uma pausa para respirar. – Mas depois que Channari morreu, ela mudou. Parou de falar com as amigas...

e até mesmo comigo. – As mãos dele caíram nas laterais do corpo, e eu me perguntei quais histórias ele estaria deixando de contar.

– O que mudou? – perguntei.

– A luz dentro dela brilhou de forma diferente, seu espírito tornou-se... mais forte. Ninguém mais percebeu, mas eu conhecia Vanna. Apesar de todo o seu esplendor, ela nunca havia sido tão forte quanto a irmã. As pessoas me achavam um louco, mas sempre me perguntei se na verdade tinha sido Vanna a ser enterrada na selva pelo pai. – A expressão de Oshli ficou dura mais uma vez. – Hoje, quando a Rainha Serpente trouxe você aqui, enfim tive minha resposta.

Eu sussurrei:

– O verdadeiro nome de minha madrasta é um segredo que prometi guardar.

– Vou guardá-lo também – Oshli disse solenemente. – Há poucos que se lembram de Vanna tão bem quanto eu. Ou de Channari.

Ele mesmo tinha dito que era amigo de Vanna, mas não de Channari. Por que se lembrava de ambas, quando outros não lembravam?

– Meses atrás, as cinzas da Rainha Sem Nome chegaram ao meu santuário – Oshli continuou, mencionando Raikama como se tivesse lido meus pensamentos. – Foi você quem as enviou, não foi?

Assenti com a cabeça.

– Pensei que fosse. Considerei levá-las ao Rei de Tambu, para serem enterradas no palácio, mas agora que sei que é mesmo o espírito de Channari ali dentro... Irei enterrá-la junto à árvore sagrada na selva. Não é muito longe de onde moram Ujal e as demais serpentes.

– Ela gostaria de estar com as cobras – concordei. – Queria me juntar a você, se tiver tempo.

– Amanhã, então – Oshli disse. – Não foi coincidência você ter desembarcado em Sundau. Os espíritos mais fortes vivem mesmo após a morte, e suspeito que Channari a trouxe aqui.

– Por quê?

– Vai saber. Encontrar respostas? Proteger você? Apenas o tempo dirá. – Ele parou na soleira. – O destino a observa de perto, Shiori'anma, assim como fez com ela. Mas isso nunca a favoreceu. Não pense que isso a favorece.

As palavras eram sérias. Eu pretendia ponderá-las com a dedicação que mereciam, mas assim que o portão se abriu e Oshli deixou o local, meu estômago soltou um ronco alto e grosso.

Olhei para fora, espiando Takkan dormindo debaixo da árvore e Kiki zanzando pelas cabanas. Repousei a mão sobre a barriga. Há quanto tempo não comia? A fome se agitava dentro de mim em ondas tempestuosas. Ainda bem que Oshli mencionou a comida na despensa.

Moscas e mosquitos zumbiam sobre uma tigela de polpa de coco podre, mas dentro do armário encontrei um talo de cana-de-açúcar, um pote de amendoins e duas mandiocas cruas. Também havia vestígios de suco de pandan e gergelim moído. Especiarias que custariam uma fortuna em Kiata, mas eram comuns por aqui.

Passei mais alguns minutos invadindo a despensa, então coloquei tudo o que encontrei na mesa ao lado do fogão. Sabia exatamente o que fazer.

– Channari era uma garota que vivia à beira-mar – cantei. – Sempre no fogo com uma colher e uma panela. Mexendo e mexendo a sopa para ficar com a pele bela. Cozinhando e cozinhando um ensopado para cabelos pretos e grossos. Mas o que ela fazia para ter um sorriso feliz? Bolos, bolos com feijão doce e cana-de-açúcar.

Quando finalmente olhei para cima, segurando a tigela com massa, Takkan estava do lado de fora da janela, com os braços cruzados sobre o parapeito e Kiki no ombro. Ouvindo com atenção.

Quase deixei cair a massa, mas Takkan estendeu as mãos pela janela para agarrar a borda da tigela e me equilibrar ao mesmo tempo. Então ele inspirou fundo, sentindo o cheiro de coco e amendoim que impregnava a cozinha.

– Há quanto tempo está parado aí? – questionei.

– Parado? Eu estava protegendo esta tigela com a minha vida. O que também foi bom.

Foi animador ouvir o humor em sua voz, mesmo que fosse apenas uma fração de sua alegria habitual. Abaixei os ombros.

– Achei que estivesse dormindo.

– Estava, até ouvir você cantando. Não foi minha intenção fazê-la parar.

Deveria continuar assim, Kiki brincou. Olhei para minha ave, dessa vez feliz por Takkan não poder ouvi-la.

– É só uma canção boba que Raikama costumava cantarolar. Devo ter errado todas as notas.

– Não há notas erradas quando você está feliz – Takkan respondeu com seriedade. – Você parece estar mais feliz do que já esteve nos últimos dias.

– Eu… gosto daqui – admiti. – É quase como se ela ainda estivesse aqui comigo.

Uma onda de dor me atingiu no peito, então foquei em continuar mexendo a massa.

Takkan tocou minha mão.

– Você vai me ensinar quando formos para casa?

– A canção?

Ele acenou com a cabeça, e de repente eu quis abraçá-lo e chorar em seus braços. Virei-me para limpar o nariz na manga.

– O almoço estará pronto em uma hora. Consegue esperar?

– É claro. – Ele pegou dois baldes vazios virados contra a parede. – É tempo suficiente para achar um poço.

– Você vai sair com esse calor?

– Não me importo.

Sua voz estava leve, mas carregava um certo tom. Um que me fez notar a distância entre nós. Notar o fato de ele ter permanecido um pouco afastado de mim, e de ainda não ter entrado na cozinha.

O que eu não daria para expulsar aquelas sombras de seus olhos. Mas decidi que faria bem a Takkan se ocupar com alguma tarefa, mesmo que fosse apenas para manter a mente longe de Bandur por um instante.

– Muito bem – eu disse. – Mas leve Kiki com você.

E se houver algum sinal de Bandur, venha me chamar imediatamente, instruí minha ave.

Ela deu um brusco aceno com a cabeça. *Ah, não se preocupe. Você vai ouvir meus gritos por todo o vilarejo.*

CAPÍTULO TRINTA E TRÊS

À tarde, o calor da ilha passou de todos os limites suportáveis, e eu me senti a maior idiota de Tambu por cozinhar os bolinhos num fogo aberto. Até os mosquitos fugiram da cozinha à procura de um lugar mais fresco.

Foi assim que Oshli me encontrou: num canto, me abanando e observando as massas cozinharem.

Ele largou a bolsa, causando um baque descontente.

– Você está sozinha.

– Takkan foi procurar um poço. Você disse que ele só precisava ficar perto da árvore depois do pôr do sol. Ainda faltam algumas horas pra que isso aconteça. – Ao ver Oshli franzindo a testa, logo mudei de assunto. – Como está meu irmão?

– O grou está se recuperando e deve voltar a conseguir voar amanhã. No entanto, os outros cinco grasnam sem parar, e as penas estão espalhadas pelo santuário todo. – A carranca dele se aprofundou. – Está dando trabalho para minha sobrinha limpar.

– Sinto muito…

– Poupe-me de suas desculpas – o xamã disse secamente. – Ela não se importa muito. Está gostando de se ocupar com os pássaros como forma de evitar suas orações. – Ele fez um som rouco de desaprovação. – Você irá embora amanhã, eu presumo. Sundau não é o destino final de ninguém. É assim desde a seleção da Dourada.

De novo aquele nome: a Dourada. Eu sabia que se referia a Vanna, mas ouvir o título me fazia estremecer.

– Em Kiata, nós a chamamos de Sua Esplendorosa. – Fiz uma pausa, sem ter certeza de onde estava indo com aquilo. – Como você aprendeu kiatano?

– O rei me pediu. Quando a Dourada partiu para Gindara, ele pensou que ela poderia mandar me chamar. Mas isso nunca aconteceu.

Oshli começou a desembalar os itens que trouxe: um maço de incenso, uma corda, um pequeno saco de arroz, duas maçãs, ovos e meia carpa. Ele sentiu o cheiro no ar.

– O que você está assando?

– Bolinhos – respondi. – Quer experimentar? Estão quase prontos.

Oshli levantou a tampa da panela em banho-maria, espiando as pequenas bolinhas crescendo ali dentro. Ele pegou um bolinho e mastigou.

– É um pouco mais duro do que eu me lembrava. Os bolinhos de Tambu costumam ser macios e pegajosos. – Ele deu outra mordida. – Mas acho que ainda lembra vagamente o sabor.

– Você já os comeu antes? – perguntei.

– Vanna costumava trazer bolinhos como esses. Ela os cortava no formato de flores e os decorava com pétalas de rosas.

Separei um prato para Takkan e me sentei com Oshli à mesa. Durante toda a tarde, minha mente ficou agitada com perguntas sobre Raikama.

– Pode me contar sobre Channari?

– Contar o quê? Nós não éramos amigos.

A resposta de Oshli foi brusca, um sinal claro para conversarmos sobre qualquer outra coisa. Mas também nunca fui famosa por ter tato. Insisti:

– Qualquer coisa. Por favor.

Ele abaixou o bolinho. O rosto dele endureceu, e não achei que fosse realmente dizer algo.

– As outras crianças e eu costumávamos jogar ovos de tartaruga nela quando ela andava pela estrada. Nós a chamávamos de monstro, uma cobra-demônio, uma feiticeira. E muitos outros nomes bem mais cruéis.

O xamã fechou os olhos. As palavras eram pesadas, e pude sentir como o passado fazia um peso horrível em sua consciência há algum tempo.

– O adah dela a forçava a usar uma máscara para onde quer que fosse, mesmo em casa. Eu conseguia ouvi-lo batendo nela quando ela desobedecia. Acho que ele era a única pessoa que Channari temia. Ele era bastante duro com ela, sempre dando tarefas para mantê-la fora de vista. Ela tinha o rosto de uma cobra, entende. Os olhos dela... por si só já fariam homens adultos se acovardarem.

– Ela foi amaldiçoada – falei.

– Ela era uma feiticeira – Oshli disse. – Havia rumores de que ela poderia fazer você mudar de ideia num piscar de olhos e chamar as cobras para fazer o que ela mandasse.

Não eram rumores. Meus irmãos e eu testemunhamos a magia hipnótica de Raikama muitas vezes.

– Costumávamos dizer que Channari enfeitiçou Vanna para amá-la. Vanna era a única pessoa que a tratava com gentileza, a única que lamentou quando ela morreu. Embora agora eu acredite que seja o contrário.

– Como ela morreu? – perguntei. – Como você *acha* que ela morreu?

– Houve um incidente – Oshli respondeu. – Um demônio a atacou no meio da cerimônia de seleção. Mas apenas Vanna presenciou a situação. Ela disse que Channari tentou protegê-la e, ao fazer aquilo, acabou morrendo.

Meu peito se apertou com a mentira. Raikama tinha me contado a verdade pouco antes de morrer, que o demônio matara Vanna, não Channari. E enquanto Channari chorava, a pérola no coração de sua irmã se enterrou dentro dela – realizando seu desejo de ser bonita da maneira mais terrível: dando-lhe o rosto de Vanna.

– Quando saiu do período de luto, ela estava diferente. – Oshli desviou o olhar, comprimindo os ombros. – Estava mais fria, e sua luz, fraca como a da Lua. Alguns temiam que tivesse enlouquecido. Veja bem, ela se cortou. No rosto.

A revelação surgiu, e um arrepio percorreu minha espinha. A misteriosa cicatriz no rosto de minha madrasta – o porquê de ostentá-la de forma tão visível – foi fonte de boatos no palácio por muitos anos. Até eu me perguntava de onde teria vindo. Agora sabia.

– Eu odiava ver o rosto de minha irmã no espelho – Raikama me disse antes de morrer.

Ela *intencionalmente* causou a cicatriz a si mesma. Como um lembrete de sua vida como Channari.

– Seu adah ficou furioso com aquilo – Oshli continuou. – Mas não foi o suficiente para espantar os pretendentes. Eles continuaram a disputar sua mão, passando por tarefas impossíveis, obtendo coisas como corações de mosquito e ouro do fundo do mar para dar a ela. Aquilo eliminou a maioria. No final, ela acabou escolhendo o mais improvável dentre eles.

– Meu pai – eu disse.

– Ele nem era um dos pretendentes. Mas eles saíram uma noite, tão rápidos e silenciosos que ninguém percebeu nada até terem sumido. Pensávamos que todos os reis e príncipes declarariam guerra contra Kiata, mas foi como se tivessem caído em um transe. Todos se esqueceram dela. *Todo mundo* se esqueceu dela.

– Exceto você – respondi.

– Minha memória não escapou ilesa. Mas, sim, como disse antes, eu me recordo mais do que a maioria.

Depois de todos aqueles anos, a magia de Raikama continuava forte.

Ainda assim, havia uma peça do quebra-cabeça que não se encaixava.

– O demônio que atacou Vanna... você se lembra de alguma coisa sobre ele?

Oshli balançou a cabeça.

– Só sei que Channari usou uma lança para lutar contra ele. – O xamã começou a se levantar. – Ela se quebrou durante a batalha, mas eu a guardei. Gostaria de vê-la?

Claro que quis. Eu o segui até a árvore no pátio. Uma longa lança estava encostada em seu tronco, com a madeira escurecida pelo tempo.

Oshli pegou a arma e a ergueu. Era tão alta quanto eu, mas a extremidade estava despedaçada.

– Uma vez ela matou um tigre com isto – Oshli disse. – Ele entrou na aldeia e matou os quatro homens que tentaram detê-lo, enquanto o resto de nós fugia. Channari ficou. Não por nós, mas por Vanna... duvido que ela teria se importado se o tigre tivesse nos devorado.

Com ambas as mãos, Oshli me passou a arma com cuidado.

– Aquela foi a primeira vez que vi de relance a verdadeira Channari, a quem até os tigres temiam, e não a garota que se sentava num banquinho quebrado descascando raiz de inhame o dia todo usando uma máscara. Ela era excepcionalmente forte, corajosa e leal. Essa foi a mulher que se tornou sua madrasta.

Estava quieta antes de falar:

– Obrigada.

Oshli assentiu devagar. Por um momento, pensei que ele fosse falar de novo, pois seus lábios estavam separados. Mas antes que eu pudesse questionar o que estava em sua mente, ele se voltou para a estrada e foi embora.

Não fiquei sozinha por muito tempo. Logo Kiki voltou, e avistei a silhueta de Takkan não muito longe dali. A ave de papel pousou em meu ombro, e eu a deixei bisbilhotar meus pensamentos, repassando o que ela havia perdido enquanto esteve fora.

Não disse nada e girei a lança nas mãos, traçando os sulcos e as bordas. Mesmo quebrada, ainda era pesada – eu mal conseguia passá-la pelos ombros sem fazer esforço. O fato de Raikama tê-la usado contra um tigre era uma prova de sua força – e um lembrete de que em duas ocasiões ela me levantou do chão, como se eu não pesasse mais que uma boneca.

Pensei que vir ao local de nascimento de Raikama me daria respostas sobre seu passado. Mas em vez disso, agora eu tinha mais perguntas do que nunca.

A ponta quebrada da lança estava manchada de sangue. Ele estava seco e escurecido pelo tempo. Não dava para dizer se era de minha madrasta ou de outra pessoa.

Tateei a bolsa em busca do espelho da verdade.

– Mostre-me de quem é o sangue nesta lança.

Segundos se passaram, e o vidro apenas se embaçou um pouco com a umidade.

Kiki franziu o bico. *Baita espelho mágico. Espero que Elang esteja aproveitando o dele melhor que você.*

Dei de ombros.

– Lady Nahma disse que ele mostraria apenas o que quer que eu veja. Talvez seja melhor manter certas coisas no passado.

É mesmo? Nunca a considerei uma sábia, Shiori.

Meu rosto se enrugou em um pequeno sorriso cansado.

– Não que eu já não desconfie de quem seja.

Você acha que o sangue é do Espectro.

Era o que achava, então finalmente baixei a lança. Takkan havia retornado carregando dois baldes de água.

– Parece que você empalou um demônio ou dois – ele disse, gesticulando para a lança.

– Era de Raikama – respondi. – Oshli disse que ela a empunhou para lutar contra o demônio que matou a irmã.

Antes que ele fizesse mais perguntas, eu o guiei até a cozinha.

– Guardei alguns bolinhos para você. Coma antes que estraguem.

Takkan pegou um no prato.

– Estes são os bolinhos da Channari. Da canção.

Assenti, impressionada que ele se lembrasse.

– De todas as ilhas e aldeias em Tambu, viemos para a dela – murmurei. – E aqui estou eu, fazendo seus bolinhos na casa de sua infância.

– O fio do seu destino está amarrado ao dela com mais firmeza do que ao de qualquer outra pessoa.

– Até do que ao seu? – brinquei.

Takkan abriu a boca, mas não disse nada. O crepúsculo logo se aproximava, e as sombras aumentavam, destemidas. Elas saíam das rachaduras nas paredes, cobrindo a casa com uma camada de escuridão. Quando tocaram os olhos de Takkan, eles escureceram, como se uma luz fosse apagada.

Ele baixou o bolo e deu um passo para trás, tomando distância de mim novamente.

– Você deveria pegar a corda.

Não perdi tempo. Agarrei as cordas e o incenso que Oshli tinha deixado. Juntos, o amarramos na árvore do pátio. Não consegui deixar de pensar nos fios que havíamos amarrado em nossos pulsos um tempo atrás. Em como aqueles nós tinham sido feitos com amor e risos, enquanto esse que apertei forte contra o peito de Takkan foi feito com medo.

Se ele estivesse no meu lugar, encontraria alguma história para contar e aliviar minha mente, e me distrair de minha provação. Histórias de macacos com pelos mágicos, carpas que realizavam desejos e pincéis que davam vida aos objetos desenhados, como nas cartas que me escrevera. No entanto, eu era inútil. Minha garganta se fechou de preocupação. Tudo o que consegui dizer foi:

– Vou preparar uma fogueira para acender os braseiros.

Ele nem comeu, Kiki comentou quando voltei para a cozinha.

Engoli em seco, pegando os bolinhos intocados. *Dê um tempo a ele.*

Estava procurando algo para acender o fogo e acidentalmente

arranquei o tecido de musselina pendurado na parede. Atrás da cortina tinha um banquinho quebrado – o mesmo que Oshli mencionara. Encostei a lança de minha madrasta na parede, tirando aquele peso dos ombros.

Não fique tão aborrecida, Kiki disse, tentando me animar. *Com Takkan amarrado à árvore, terá a cama só para você. Há apenas uma na casa toda, e...*

Não entendi por que fiquei vermelha.

– Não é isso – falei bruscamente.

É o sangue, então?, Kiki estava a fim de fofocar, o que não era nem um pouco incomum. Ela pousou na lança, bicando as ranhuras deformadas enquanto eu vasculhava a sala. Podia jurar que tinha visto pedras para acender fogo em algum lugar.

Você acha mesmo que Vanna foi morta por...

Senti uma pontada de pânico tarde demais.

– Kiki, não diga o nome del...

Khramelan?

Tarde demais. O nome dele havia sido pronunciado, e eu me levantei, com a adrenalina correndo para a cabeça. Apertei o bico de Kiki e olhei para fora, com o coração acelerado no peito. O sol estava quase afundando no horizonte, e Takkan estava de costas para mim.

Qual é o problema com você, Shiori?, Kiki trinou. *Takkan não consegue me ouvir.*

– Não é com Takkan que estou preocupada.

Um fio de fumaça saiu da vela perto da janela. O problema era que aquela vela nunca tinha sido acesa.

Uma terrível certeza brotou dentro de mim.

Da janela, vi uma fumaça saindo do amuleto em volta do pescoço de Takkan. Ela deslizou entre os nós que o prendiam, então entrou na boca e nas narinas dele.

– Pegue a lança! – ele gritou. – Agora, Shiori!

Arfando, apanhei a arma de Raikama. Tinha chegado até a porta quando Takkan apareceu, as cordas ainda penduradas em sua cintura, os olhos cintilando incessantemente entre tons de marrom e vermelho. Ele bloqueou o caminho, com um sorrisinho distorcendo suas feições.

Girei a lança no ar, mas Takkan se esquivou com facilidade e pegou a haste com uma das mãos. Seus olhos brilharam vermelhos como *goji berries* enquanto me empurrava contra a parede.

Sabe, eu sempre quis conhecer o Espectro. A voz de Bandur penetrou em meus pensamentos. *E agora sei o verdadeiro nome dele, graças a você.* Ele apertou a lança contra meu ombro, e a dor explodiu em minha clavícula como fogos de artifícios.

Kiki se lançou contra o demônio, mas eu a peguei pela asa e a atirei pela janela – ela não tinha chance nenhuma contra Bandur. Não que eu tivesse. Nem conseguia desviar o olhar quando o Lobo surgiu da névoa, sua horrível face se sobrepondo à de Takkan.

– Inteligente de sua parte tentar colocar o Espectro contra mim. Mas está cometendo um erro, Shiori'anma. Você acredita que ele será como eu, aberto à razão e ao diálogo.

– Você? Aberto à razão e ao diálogo? – zombei. Minhas mãos estavam na lança, mas pouco a pouco fui dando passos em direção à cozinha, tentando alcançar as tigelas sujas que havia deixado na mesa. – Não me faça rir.

– Há uma razão para ele ser chamado de Espectro. Há um lado sombrio em sua natureza, e sua estadia em Lapzur certamente já acabou com qualquer bondade que pudesse haver ali. Ele ainda é um demônio por dentro... só que com a força de um dragão. Em breve, você verá.

– Sim – eu disse entre os dentes. – Verei. – Soltando a lança de Raikama, quebrei uma tigela na cabeça de Takkan.

A sala ficou em silêncio enquanto ele caía no chão, inconsciente. Bandur se fora, pelo menos por enquanto.

Não tinha mais tempo a perder. Com o coração batendo forte, arrastei Takkan de volta para a árvore. Seu corpo inteiro se contraiu enquanto eu amarrava as cordas, estremecendo ao ver os nós afundarem em sua pele. Quando pensei em afrouxá-los, um rosnado escapou de seus lábios. Eu não sabia se Takkan estava me ajudando sem querer ou se estava realmente lutando contra Bandur. Mas cerrei os dentes e amarrei com mais força. Então acendi o incenso ao redor da árvore, assim como o fogo de cada braseiro. Quando terminei, já era noite.

Estava exausta, então desabei no banco quebrado de Raikama. Encostei a cabeça na parede, tentando não me preocupar com Takkan e, em vez disso, imaginando a antiga vida de minha madrasta. Ao meu lado, o espelho da verdade estava debaixo de uma pilha úmida de roupas molhadas de suor.

– Eu me pergunto se ela costumava se sentar aqui – murmurei em voz alta –, e ficava só olhando pela janela. A vista não era lá essas coisas. Aposto que a ajudava a dormir.

Enquanto eu falava, Ujal deslizou para dentro da cabana, rastejando silenciosamente até o meu lado.

Ela está mandando você ir dormir, Kiki disse. *Você vai precisar de descanso para as batalhas que virão. A espécie dela irá cuidar de Takkan esta noite.*

– Não estou cansada.

As palavras da Rainha Serpente não eram um pedido. Seus olhos amarelos feito gema de ovo brilharam como os de Raikama, e uma calmaria caiu sobre mim, forçando-me a obedecer a voz dela.

Se ao menos eu tivesse perguntado a Seryu como quebrar o feitiço do sono.

– Dragões e cobras realmente são primos – murmurei antes de cair sobre o banco quebrado, a cabeça inclinada contra a parede.

Enquanto cochilava, tinha a vaga impressão de que Ujal e suas cobras estavam ao redor da árvore, formando um círculo protetor ao redor de Takkan.

O que eu não havia notado era o espelho da verdade tremeluzindo sob meu braço.

Em meus sonhos, eu ainda não tinha nascido, e aquela casa ainda não tinha sido abandonada. Ela pertencia a uma família de duas irmãs. A primeira era uma garota um pouco mais velha que eu, bronzeada e forte, com os membros tão musculosos quanto os de um sentinela experiente. Seu cabelo tinha sido amarrado em uma trança longa e bagunçada, mas quando ela se virou, vi seu rosto coberto por uma fina máscara de madeira.

Channari.

Mesmo naquela época, o banco quebrado era daquele jeito, e ele balançou enquanto ela se sentava. Suas mãos trabalhavam habilmente, descascando a raiz de inhame, mas seus pensamentos vagavam para longe, o mais longe possível da cozinha de seu adah e das quatro paredes que a cercavam como uma gaiola. O que não daria para poder fugir daquele lugar para sempre e desaparecer dentro das florestas?

O que não daria para viver entre as árvores e os animais selvagens? Só assim se sentiria segura. Só lá ela se esquecia de que era um monstro.

Ela pegou o próximo inhame para descascar.

– É uma pena, não é? – a irmã dela disse, alheia aos pensamentos de Channi. – Você sabe que nosso adah vai escolher o mais rico, mas todos os ricos são tão feios. E velhos.

– Você tinha outra pessoa em mente?

A irmã corou, mas respondeu, rápido demais:

– Claro que não.

Channari não disse nada. No fundo, tinha certeza de que sua irmã tinha um amante. No outro dia, tinha encontrado um bilhete no bolso de Vanna. *Você é a luz que faz minha lanterna brilhar*, ele dizia, mas ela não viu sentido em mencioná-lo.

– Costumamos achar que o ouro consegue comprar beleza e saúde, mas não consegue.

– Não. – A mandíbula de Channari fez um tique. Nada conseguiria suavizar as escamas em seu rosto. Ela havia tentado. Tentou cortar as grossas nódoas ao longo das bochechas, mordendo um pedaço de madeira para não gritar e ignorando os lampejos de dor escaldante enquanto a mão firme cortava os sulcos ásperos entre as orelhas e o pescoço. Mas a pele voltava a crescer do mesmo jeito de um dia para o outro. Apenas a dor permanecia, queimando-a profundamente por dentro.

Nada a faria ser bonita. Nem todo o ouro do mundo.

– Não mesmo – ela repetiu. – Sei bem como é.

– Sinto muito, Channi – Vanna implorou. – Não foi isso que quis dizer. Você sabe que não.

As palavras rastejaram para fora da garganta de Channari:

– Eu sei.

Vanna envolveu os braços em torno dos ombros de Channari e encostou as bochechas de ambas, do jeito que costumava fazer quando eram pequenas. A bochecha dela estava sempre muito quente, e a de Channari, muito fria. Juntas, ela dizia, eram perfeitas.

Sua irmã levantou a bochecha e apertou a mão de Channari.

– Quando eu me tornar uma princesa ou uma rainha, darei a você os melhores cremes e tintas que puder comprar.

Vanna tinha boas intenções, mas as palavras doíam mesmo assim. Daquela vez, Channari não conseguiu forçar um sorriso.

– E os meus olhos de cobra?

Vanna deu uma risadinha, não ouvindo a amargura se infiltrando em sua voz.

– Você pode usá-los para hipnotizar nossos inimigos.

– Se eu tivesse esse poder, faria todos se esquecerem de mim por onde quer que passasse – Channari respondeu baixinho.

Vanna não ouviu. Alguém a chamava lá fora.

Channari suspirou, aliviada quando Vanna saiu. Às vezes… não conseguia tolerar o otimismo jovial de sua irmã. Às vezes se perguntava se seria mais fácil se Vanna também a considerasse um monstro. Doeria menos – para ambas.

Channari se levantou do banquinho quebrado e vislumbrou por acidente a si mesma na bacia. Pedaços de inhame flutuavam na água, escondendo os olhos e o nariz. Uma brisa os afastou, e ela estremeceu.

Ao ver o monstro em seu reflexo em vez da garota que deveria ter sido – uma de tranças pretas, olhos de cobre, um nariz suave e lábios carnudos –, ela pensou que a dor diminuiria ao longo dos anos, mas não diminuiu. Apenas enfraqueceu e se tornou parte dela, costurada profundamente em sua alma.

No fundo de seu coração escuro e sombrio, o que ela desejava, ainda mais do que fazer o próprio rosto desaparecer, era alguém para amá-la. Alguém para olhá-la nos olhos e fazê-la se sentir bonita, mesmo que ela não fosse. Alguém para tirar a solidão enraizada em seu coração, que a fizesse rir sem provar a amargura na própria língua assim que o som desaparecesse.

Queria ser a luz que fazia a lanterna de alguém brilhar.

Mas aquilo nunca aconteceria. Não com ela.

Ela bateu na água com o punho até que o reflexo sumisse.

CAPÍTULO TRINTA E QUATRO

Quando amanheceu, as chamas ao redor da árvore tinham se apagado, as varetas de incenso tinham se tornado apenas pequenos restos de cinzas carbonizadas e as cobras que vieram proteger Takkan já tinham partido.

A chuva forte que caiu durante a noite havia diminuído e se tornado uma garoa, e enquanto eu caminhava para o quintal, Takkan mal se mexeu. Mesmo enquanto dormia, ele fazia uma careta, agarrando o amuleto de Bandur com a mão como se tentasse quebrá-lo no punho.

Dois dias carregando o amuleto e ele já estava pagando o preço por ter feito aquilo. Estava visivelmente mais magro, com as bochechas afundadas quando não forçava um sorriso. Seus olhos também estavam menos vívidos e mais fundos a cada hora que passava, principalmente à noite.

Takkan soltou um chiado fraco quando o puxei em direção à cabana. Assim que nos abrigamos, tirei o cabelo de seu rosto e enxuguei sua pele. Foi quando vi as marcas de queimadura ao longo de sua manga.

– O que aconteceu? – sussurrei.

Um silvo baixo chamou minha atenção para a janela, onde Ujal descansava contra as venezianas distorcidas sobre ela.

– O demônio era mais forte do que eu esperava – ela disse enquanto Kiki traduzia. – Mas meus parentes nasceram para lutar contra a espécie dele.

– Obrigada. – Hesitei. Ujal parecia exausta. – Alguém se machucou?

– Sua gratidão não é necessária, nem sua preocupação. É uma honra para nós lutar pela filha de Channari e proteger seu noivo.

Minha cabeça estava abaixada em respeito, mas eu a levantei naquele momento, surpresa.

– Como sabia que ele era meu noivo?

– As cobras são sensíveis à magia. Sempre fomos. E vocês dois estão ligados. – Ela fez uma pausa. – Ele lutou bem. Poucos suportariam uma possessão tão poderosa quanto a de Bandur.

– Channari o escolheu para mim – falei sem pensar. Mas era a verdade.

A Rainha Serpente ficou quieta por um momento que pareceu bastante longo.

– Meu pai disse que ela sabia julgar bem o caráter de uma pessoa – ela respondeu por fim. – Ela conseguia ver a luz nos outros, enquanto viam apenas a escuridão nela. Isso era o que mais lhe doía.

Senti um pouco daquela dor ontem à noite, em meus sonhos. Meu coração ainda sofria com aquilo.

Ujal começou a deslizar para o outro lado da parede, mas eu a chamei:

– Espere!

Uma última pergunta ainda me incomodava.

– Oshli disse que um demônio matou a irmã dela. Foi o... – Parei, sabendo que não deveria dizer o nome de Khramelan em voz alta. – Ele era um meio-dragão?

Ujal hesitou, soltando um longo silvo antes de rastejar pelas ervas daninhas e flores silvestres e sair pelo portão.

Eu me virei para Kiki.

– O que ela disse?

Que seus destinos estiveram amarrados uma vez, e então se separaram. Kiki deu de ombros. *O que quer que isso signifique*.

Também não entendi. Teria que checar se Oshli sabia de algo.

De volta à cabana, Takkan estava se mexendo. A luz do Sol se derramava sobre o rosto dele, afugentando as sombras dos olhos e trazendo um resquício de cor para as bochechas. Ousei imaginar que aquilo significava que ele estaria melhor.

Inclinei-me sobre ele, me sentindo mal enquanto Takkan esfregava a cabeça.

– Se você está se perguntando por que sua cabeça está dolorida... – eu disse. – Dei uma pancada nela com uma tigela.

– Ah. – Takkan me olhou, constrangido. – Isso explica.

Ofereci-lhe um pouco de água.

– Vi as marcas de queimadura. Você está machucado?

– Estou bem – ele me garantiu. – As cobras ajudaram. As cordas também. Conto a você outro dia, quando o zumbido nos meus ouvidos já tiver diminuído.

Takkan estava tentando parecer bem-humorado, mas havia um tom de dor em sua voz que deixou meu coração pesado e leve ao mesmo tempo, e me atrapalhei procurando algo para dizer. Dei um beijo na bochecha dele quando aquilo não deu certo.

A pele de Takkan estava quente. Ainda mais quente quando meus lábios a deixaram. Eu me deleitei com o olhar surpreso que ele me lançou.

– Por que fez isso?

– Para ter certeza de que você não se transformou em um demônio. – Belisquei o queixo dele de brincadeira. – Demônios não ficam com o rosto vermelho.

Um canto de sua boca se ergueu, e eu senti uma sensação de triunfo. *Agora sei como ele se sentiu durante todo o último inverno, tentando me fazer sorrir*, pensei.

Ele se inclinou para a frente para se levantar.

– Sobraram bolinhos? Parece que esqueci de comer ontem, e lutar contra todos os seus demônios deixou um buraco no meu estômago.

– Todos os *meus* demônios? – Cruzei os braços. – Você é a pessoa que os está atraindo, e tinha um exército de cobras ao seu lado. – Mordi o lábio. – Está mesmo com fome?

– Eu poderia comer. Eu *deveria* comer.

– Coma um pouco, então – concordei. – Mas coma mais do que bolinhos... muito doce no café da manhã vai deixar você lerdo. Como vai derrotar todos os meus demônios se estiver com indigestão?

Riso salpicou os olhos de Takkan.

– Ovos farão bem para você – continuei, encorajada. – Oshli trouxe alguns ontem, junto com uns peixes. Estava planejando prepará-los para nosso voo para Lapzur, e uma ajudinha seria ótima. Isto é, se vossa senhoria tiver aprendido a cozinhar enquanto crescia na tundra de Iro.

– Todos nós, sentinelas, aprendemos o básico.

– Ótimo. Então cozinhe um pouco de arroz e ovos enquanto faço o peixe. Kiki irá afugentar os lagartos e as moscas. – Levantei-me e passei a ele o saco de arroz, empurrando Takkan para o fogão. – Não vou deixar que lutemos de estômago vazio com mais nenhum demônio.

Da noite para o dia, meus irmãos se tornaram a atração mais popular de Sundau. Quando Takkan e eu chegamos ao santuário, meia dúzia de crianças do vilarejo se amontoava em volta dos grous, alimentando-os com frutas silvestres e grãos de arroz.

Hasho estava entre eles, e protestou por uma porção. Vê-lo tão animado também me contagiou. Se não fosse por sua asa escura, eu teria esquecido o ataque de Bandur.

Ele parece estar bem, Kiki comentou. *Mais gordo do que ontem, também. Talvez eu devesse ter ficado no santuário em vez de ficar vagando naquela cabana velha e assombrada com você.*

Enquanto eu a encarava, Oshli apareceu.

– Estava me perguntando quando você apareceria – o xamã disse. Uma bolsa de pano estava pendurada em seu ombro, e ele a colocou de lado. – Depressa. As crianças podem estar se divertindo com seus irmãos, mas garanto que os pais já estão planejando cozinhá-los no jantar.

Aquilo me fez agir logo. Assobiei para meus irmãos me seguirem.

Não foi fácil conduzir seis grous estufados e temperamentais pela selva, mas depois que digeriram melhor o café da manhã, suas mentes pareceram se aguçar mais.

O contrário também valia para mim. Quanto mais adentrava a floresta, mais meus pensamentos vagavam. Estava me sentindo desajeitada ali, tropeçando nas vinhas e nas samambaias sinuosas – e minha carne havia se tornado isca para mosquitos. Não poderia estar mais longe de casa, longe de tudo que conhecia e amava. No entanto, parte de mim não estava pronta para ir embora.

Um dia na terra natal de Raikama acendeu minha curiosidade sobre seu passado. Queria poder ficar e aprender sobre a garota que ela era, mas a pérola não podia mais esperar. Nem Takkan.

– No que você está pensando? – ele perguntou, andando ao meu lado, enquanto meus irmãos voavam à nossa frente. – Raikama?

Fiz uma careta.

– Sou tão fácil assim de se ler?

– Mais fácil do que quando tinha uma tigela na cabeça.

– Você não vai esquecer disso nunca, não é?

– Nunca.

Aquilo me arrancou uma risada, mas a diversão foi passageira. Mordi o lábio.

– Eu estava pensando em como costumava implorar para que ela me dissesse de onde era. Ela nunca me falou de seu lar, nenhuma vez. Nem sequer sabia o nome dela… até o fim.

Minha voz suavizou.

– Sonhei com ela ontem à noite. Para ser sincera, não consigo lembrar de muita coisa. – Engoli em seco. – Mas quando fecho os olhos, ainda consigo ver a ilha como ela viu. Não quero perder isso.

– Então me diga – Takkan pediu. – Deixe-me ajudá-la a lembrar.

Respirei fundo, tentando recobrar a memória de Channari para escapar da selva.

– Ela tinha nomes para tudo, até para as flores que se agarram às árvores como fios de contas e pérolas. – Minha voz embargou enquanto eu prosseguia. – Ela sabia quais cascas curavam dores de estômago, quais samambaias tinham um sabor doce se fermentadas por tempo suficiente e quais pétalas ficavam amargas quando fervidas. Sabia onde encontrar orquídeas de todos os tons do nascer do sol e como amaciar os frutos das palmeiras para obter seu precioso óleo. Sabia até onde encontrar vaga-lumes à noite nas colinas baixas com grama ao lado da selva, para que, caso a lanterna se apagasse, ela ainda pudesse encontrar o caminho de volta para a casa de seu adah.

Então esmoreci, e minha boca secou.

– Este era o lar dela. Depois de todos esses anos, finalmente sei de onde ela veio.

Takkan não disse nada, mas pegou minha mão. Era todo o conforto de que eu precisava.

A árvore sagrada não ficava muito longe de onde nossa cesta havia pousado, mas eu nunca a teria encontrado sem Oshli. Ele nos conduziu por um barranco estreito coberto de bambus e palmeiras.

Lá, entre uma moita de vidoeiros de casca clara e um extenso campo de orquídeas-da-lua brancas, havia uma árvore murcha, pouco mais do que um toco.

Eu pisquei.

– Esta é a árvore sagrada?

– É tudo o que resta – Oshli falou. – A árvore em si morreu anos atrás.

– Mas você ainda se lembra.

– É meu dever lembrar do que os outros esqueceram – ele disse solenemente. – Mas sou apenas um receptor. Algumas memórias escapam mesmo que me agarre a elas ao máximo.

Eu sabia que ele estava se referindo a Raikama.

O xamã gesticulou para as orquídeas e um par de borboletas que alçou voo de suas pétalas. A voz dele ficou suave, quase terna.

– Eram as flores favoritas de Vanna. – Ele fez uma pausa. – E também as de Channari. As irmãs eram como o Sol e a Lua, diferentes feito o dia e a noite, mas ambas adoravam orquídeas.

– Vanna está enterrada aqui – eu disse.

Não era uma pergunta, e Oshli não disse nada enquanto repousava a lanterna diante do túmulo de Vanna. Minha testa franziu ao ver que ela estava acesa embora ainda fosse de dia. A luz brilhou sobre as orquídeas, firme e inabalável. Então meu coração se apertou como se tivesse sido atingido por algo.

As lanternas, a luz – elas confirmaram o que suspeitei esse tempo todo.

Ele amava Vanna. Foi por isso que nunca deixou Sundau. Foi por isso que ficou aqui.

– Que seus espíritos finalmente se reencontrem – Oshli me disse baixinho, devolvendo uma caixa de madeira familiar. Dentro estavam as cinzas de Raikama, bem como as coisas que meus irmãos e eu colocamos para acompanhar sua jornada para os deuses.

O fio vermelho que amarrei em torno da caixa ainda estava lá, com a cor desbotada pelo sol e pelo tempo. Ao vê-lo, senti o coração inchar de emoção. Tinha enviado a caixa quando estava em Kiata, certa de que nunca mais a veria. Agora, ali estava eu – do outro lado de Lor'yan, na terra natal de Raikama – reunindo-a com a irmã e o lar.

Mesmo após a morte, o destino de Raikama e o meu ainda estavam amarrados.

– Você é filha dela – Oshli disse. – E uma feiticeira por direito. É hora de desfazer a maldição que foi lançada sobre as irmãs e corrigir os erros contra suas almas.

Oshli partiu antes que pudesse falar com ele de novo, e eu afundei de joelhos nos canteiros de flores. Por sua vez, meus irmãos me cercaram, curvando os longos pescoços.

Eles querem dar a você um momento a sós, Kiki disse, se sentando no meu braço. *Vamos terminar de remendar a cesta e atormentar alguns pássaros daqui até que topem vir com a gente.*

Assenti sem dizer nada.

Ela tocou minha bochecha com a cabeça, e então saiu voando.

Quando fiquei sozinha, coloquei a caixa na terra, entre as orquídeas-da-lua que balançavam suavemente. Usando a lança de Raikama, cavei um pequeno buraco e enterrei a caixa lá dentro.

Eu me curvei, pressionando a testa contra a terra. Quando minha madrasta estava morrendo, não tive tempo de perdoá-la por tudo que havia feito. Mal tinha entendido os sacrifícios que ela fez por minha família. Nossa família.

– Gostaria de poder pedir seu perdão – sussurrei para a terra, acreditando que, de alguma forma, Raikama poderia ouvir. – E gostaria de poder perdoá-la também. Gostaria de saber mais do que um pedaço de sua história. – As palavras queimaram em minha garganta, e eu me puni as engolindo. – Vou sempre sentir sua falta.

O cheiro das orquídeas inundou meu nariz. Gotas de chuva brilhavam sobre as pétalas brancas, e eu colhi a flor mais linda e a coloquei sobre as cinzas de Raikama.

– Que seu espírito encontre paz, madrasta – eu disse. – Seja ficando aqui, entre as cobras, ou encontrando o caminho para os céus.

Eu me curvei mais uma vez. Então, quando me levantei, limpando as mangas, sete pássaros de papel surgiram voando para fora do canteiro de flores. Os mesmos que eu havia colocado na caixa de Raikama para acompanhá-la onde ela tivesse seu último descanso.

Eles levantaram voo, circulando ao meu redor enquanto me levantava.

Eles vão com você, Ujal falou, camuflada entre as orquídeas. Ela surgiu à minha frente. *Que tarefa Channari a delegou que a faz cuidar de você mesmo após a morte?*

Ela estava mesmo cuidando de mim?

Comecei a responder, mas meu queixo caiu quando percebi que Kiki não estava ali. Ninguém estava traduzindo.

– Como... como é que estou entendendo você?

A língua das cobras é compreendida por aqueles que consideramos próximos, Ujal respondeu. *Meu pai compartilhava um vínculo duradouro com Channari. Ele era para ela o que sua ave é para você. De certa forma, somos uma família – você é filha dela, e eu dele. Mas não poderia confiar em você até que entendesse por que carrega essa joia amaldiçoada ao seu lado*. Os olhos cor de enxofre de Ujal caíram sobre minha bolsa. *O coração que amaldiçoou a Dourada e que depois amaldiçoou Channari.*

Ela estava falando da pérola de Khramelan.

– Raikama pediu que eu a devolvesse ao verdadeiro dono – respondi. – Esse foi o último desejo dela.

Ao verdadeiro dono..., Ujal soltou um silvo longo e raivoso. *Foi assim que ela chamou o demônio?*

Meio-demônio, corrigi na cabeça, mas sabiamente deixei de dizer.

A cauda de Ujal se enrolou na lança de Raikama, e as escamas foram ficando vermelhas e pretas para combinar com o sangue seco que havia nela. *Você perguntou sobre o demônio que ela confrontou. Meu pai a avisou para não confiar nele, mas ela pensou que ele era seu amigo. Esse foi seu único erro.*

Então ela vociferou as seguintes palavras: *No final, ele a traiu.*

Já suspeitava daquilo, mas agora... finalmente confirmei a verdade.

– O Espectro – sussurrei. – É o mesmo demônio que matou Vanna.

Sim, sem qualquer necessidade. Channi jurou dar a pérola a ele quando a irmã morresse de causas naturais. Mas esse acordo foi quebrado quando ele a matou, então a pérola o condenou ao seu atual destino. Ujal fez uma pausa. *Ele não ficará feliz em vê-la, Shiori'anma. Nem um pouco.*

– Mas promessas são promessas – eu disse suavemente. – Não são brinquedos pra serem jogadas de lá pra cá. É um pedaço de si que se oferece e não retorna até que a promessa seja cumprida.

Olhei nos olhos de Ujal.

– Channari ainda tem uma parte de mim. Preciso devolver a pérola para poder reavê-la. E para que ela possa descansar em paz.

A raiva de Ujal desapareceu, e ela acenou devagar com a cabeça.

Então os sete pássaros de papel caíram, pousando sem vida entre as dobras do meu manto. Enquanto eu os pegava do chão, Ujal soltou a lança, que começou a afundar na terra, desaparecendo no canteiro de flores.

Ela está cuidando de você, como mãe, a serpente disse enquanto também se misturava às orquídeas. *Meu pai ficaria feliz em saber que ela acabou encontrando uma família.*

Muito depois de ter partido de Tambu, aquelas palavras continuaram comigo. E lembrar delas sempre me faria chorar.

CAPÍTULO TRINTA E CINCO

Saímos de Tambu impulsionados por ventos bastante auspiciosos, com a cesta viajando através da ventania quente sobre as águas cor de esmeralda do Oceano Cuiyan.

Estava tudo indo bem demais para ser verdade.

– Veja – Takkan murmurou, apontando para uma camada de névoa que se desenrolava sobre a água. – Deve ser o Lago Paduan.

As águas esmeraldas se turvavam onde a névoa tocava o oceano. À medida que meus irmãos se aproximavam cada vez mais, o ar foi ficando frio, como se tivéssemos penetrado um véu oculto.

Logo era crepúsculo, e pinceladas de preto e de roxo coloriram as asas deles antes de mergulharem o mundo inteiro em escuridão. Foi lindo no começo. Nenhuma estrela brilhava no céu, e a Lua estava minguante feito uma foice cortando as nuvens. Quando já estava escuro demais para enxergar, tirei a pérola. Ao meu toque, ela se abriu um pouquinho, emanando a luz de estrelas perdidas para nos guiar.

Queria poder dizer que o resto da jornada foi tranquilo, e que usei a pérola para afastar qualquer escuridão que nos aguardava no caminho. Mas não foi assim.

Em pouco tempo, os pássaros que Kiki havia recrutado começaram a guinchar e bater as asas.

De novo, não!, Kiki gritou quando eles nos abandonaram, voltando por onde tínhamos vindo. *Covardes! Voltem aqui. Voltem!*

Sem os pássaros extras para ajudar, a cesta oscilou contra o vento. Meus irmãos seguraram as cordas nas bocas com mais firmeza, os pescoços se envergando de esforço para nos carregar. Mas não adiantou. Estávamos perdendo altura, e meu estômago revirou-se intensamente enquanto tentava conter um grito.

– Ajude-nos! – implorei, voltando a atenção para a pérola. A luz cintilava na fenda, mas em vez de ajudar, ela orbitou em direção às nuvens, deixando-me no escuro.

Maldita seja! Depois daquilo comecei a xingá-la, mas a cesta logo caiu de novo, fazendo meu estômago vir à garganta. Não poderia mais confiar na pérola. Tinha de ajudar meus irmãos.

Joguei os sete pássaros de papel de Raikama para o céu.

– Despertem!

Um por um, eles ganharam vida e pegaram as cordas da cesta com os bicos. Não nos impediriam de cair, mas nos dariam mais tempo. O bastante para chegarmos a Lapzur, se tivéssemos sorte.

Tínhamos que estar perto. As Ilhas Esquecidas surgiram logo abaixo de nós, as águas marcadas com pedras irregulares e penhascos.

Os ventos ganharam força e o Lago Paduan se debateu com violência. Foi sob o disfarce daquela tempestade iminente que a escuridão deu à luz uma monstruosidade sombria. Nenhum de nós viu o guardião de Lapzur nos espreitando, as asas negras escondidas por trás das nuvens.

Até que ele quebrou a cesta.

Colidi com Takkan enquanto o mundo tremia e pedaços de madeira e seda rasgada explodiam em todas as direções. De alguma forma, enquanto tudo ao redor desmoronava, consegui segurar a mão dele – ou talvez ele tenha agarrado a minha, não soube dizer. Um grito entalou na minha garganta, e eu mordi a língua até encher a boca de sangue. Só sentia gosto de ferro enquanto caíamos.

Em meio à escuridão, bati contra penas e asas se agitando. Meus irmãos! Eles me encontraram e envolveram meus braços com os pescoços.

Essa foi por pouco!, Kiki gritou, pendurada no pescoço de Andahai.

Pouco mesmo. Recuperei o fôlego, olhando para Wandei, Yotan e Reiji. Eles também tinham resgatado Takkan, mas estavam lutando para segurá-lo. A princípio, pensei que fosse porque era mais pesado do que eu, mas então vi o amuleto de Bandur chacoalhando contra o peito dele, vibrando feito louco enquanto emitia fumaça…

Os olhos de Takkan encontraram os meus, um tácito pedido de desculpas em seu rosto.

A adrenalina disparou como um relâmpago pelo meu corpo. *Takkan, não se atreva.*

Não soube se foi Takkan ou o amuleto agindo, mas ele se soltou das costas de meus irmãos – e mergulhou no mar.

Joguei-me atrás dele, mas a pérola de repente havia retornado. Ela bateu contra minhas costelas e me puxou bruscamente, me arrancando de meus irmãos. Enquanto Takkan desaparecia nas profundezas do Lago Paduan, a pérola me levou embora sem fazer barulho.

Voamos entre a água e a noite escura, até uma cidade tão velha que tinha a cor de cinzas. Uma cidade esculpida em desespero e decadência.

Lapzur.

A pérola me deixou em um penhasco à beira do mar agitado. Afastei-me da água, apenas para dar de frente com um exército de fantasmas, todos imóveis e silenciosos como se fossem tumbas. Algo me dizia que estiveram me esperando.

Meus joelhos rasparam o chão quando me levantei. Atrás dos fantasmas estavam as ruínas de Lapzur: paredes rachadas e telhados destruídos, estradas com fins irregulares feito ossos quebrados, cemitérios de tocos de árvores. A linha do horizonte era baixa, exceto por uma torre ao centro, tão assustadoramente alta que parecia uma espada fincada no coração da ilha.

Era a mesma torre da minha visão. Vi Takkan morrer no topo dela.

Corri até a beira do precipício.

– Takkan! – gritei. – Kiki! Irmãos!

Apenas as ondas agitadas do oceano me responderam. Kiki, Takkan, meus irmãos – não conseguia vê-los em lugar nenhum.

O vento sussurrou contra meu pescoço, e eu me virei ao escutá-lo, tentando manter a coragem apesar da apreensão se espalhando dentro de mim. Mais fantasmas se reuniram no penhasco.

A presença deles azedava o ar. Tiras de carne morta pendiam dos esqueletos expostos, e cabelos brancos se emaranhavam contra as costas deles. Aqueles com olhos me cumprimentavam com olhares fumegantes. Aqueles sem, olhavam indiferentes para a frente através dos buracos cavados nos crânios.

Eles começaram a avançar até que fiquei encurralada, a poucos passos da beira do precipício.

Não ousei resistir. Sabia o que aconteceria se me tocassem: eu me tornaria um fantasma como eles. Ficaria presa ali, sem alma. Para sempre.

– Khramelan! – gritei, examinando o enxame de rostos vazios em busca do meio-demônio. Onde poderia *estar*? Ele tinha acabado de tentar me matar no Lago Paduan, então deveria estar por ali em algum lugar. Ergui a pérola. – É isto que você quer, não é? Venha e pegue.

Enquanto as palavras ecoavam na noite, os fantasmas pararam. Depois esticaram os pescoços.

A princípio, pensei que Khramelan tinha vindo. Mas quando olhei para cima e vi a mancha de luz vermelha no céu, um calafrio tomou conta de mim. A cor era gritante – uma ferida na paisagem monocromática de Lapzur – e foi o único aviso antes que os demônios aparecessem.

Eles assumiram a forma de diferentes animais, todos grosseiramente remendados: ursos de pelo cinza com caudas de lagarto e asas de morcego, cabeças de tigre com barrigas de cobra e barbatanas de tubarão. Alguns até possuíam feições humanas grotescas. Mas ao contrário dos demônios de Tambu, esses eram feitos de sombra e fumaça, transformando-se em carne apenas quando tocavam a terra. Estavam ligados a Lapzur da mesma maneira que os demônios em minha terra estavam ligados às Montanhas Sagradas.

Caí de bruços e procurei a faca. Mas os demônios me ignoraram e avançaram sobre os fantasmas – perfurando suas gargantas e rasgando seus olhos com as garras.

Gritos agudos quebraram o silêncio da ilha. Aquela era a chance de escapar, mas eu não conseguia desviar o olhar. Demônios e fantasmas guerreavam, rasgando a cabeça e a garganta uns dos outros. O que estava acontecendo, afinal?

Juro, Shiori, é um milagre que sua curiosidade não tenha matado você ainda. Kiki apareceu, seguida dos sete pássaros de papel. *O que está fazendo aí, de boca aberta? Venha comigo. Por aqui!*

Seguindo-a, corri em direção à cidade, instintivamente usando a torre como bússola. Todas as estradas levavam a um beco sem saída, e eu poderia jurar que as construções estavam se movendo. Foquei em uma delas, uma com telhados inclinados de barro e janelas em arco, mas por mais que tentasse, não conseguia alcançá-la.

A cidade era um labirinto, que ia mudando para que eu nunca pudesse encontrar a saída.

Apenas a torre nunca mudava de lugar. Cada vez que a via, me encolhia, pensando no destino que estava reservado para Takkan. Mas então eu a olhei de frente. Olhei *de verdade*. No topo, havia o vulto de um demônio alado, parcialmente escondido nas trevas. Estava tão imóvel quanto a multidão de estátuas que cercava a base da torre, exceto pelo fato de eu saber que não era estátua nenhuma.

– Khramelan – sussurrei.

Kiki pranteou. *Só entregue o coração asqueroso dele para que possamos encontrar os outros e sair daqui logo!*

Eu estava tentando. Gritei o nome dele e corri em direção à torre, mas não conseguia passar pela estátua do Deus dos Ladrões que vigiava as escadas até a base. Sempre que me aproximava, espirais de fumaça saíam de seus olhos, e o encantamento sombrio da ilha me levava de volta aos limites da cidade.

Era como se Khramelan não quisesse que eu o alcançasse. Como se quisesse me prender ali, para ser devorada por um fantasma ou um demônio, quem me achasse primeiro. Agora que a pérola estava em Lapzur, ela chegaria até ele, quer eu vivesse ou morresse.

Meu sangue esquentou. Bem, *eu* com certeza preferiria viver.

Pulei por cima de um portão lunar desmoronado e entrei num beco, me encolhendo atrás da parede meio destruída para evitar ser detectada. Com as mãos trêmulas, pus a bolsa sobre o corpo e fiz um inventário do que ainda possuía. O pedaço de espelho, a pérola – que estava dormente desde que havia me levado àquele lugar amaldiçoado – e duas facas cegas que peguei em Sundau.

Lancei um olhar à torre. Seria seguro tentar correr até lá de novo? Não seria. Os demônios estavam vencendo a luta, e agora vagavam pelas ruas, pisando em crânios quebrados que ainda se moviam e segurando tufos de cabelo branco entre as mandíbulas feito troféus.

Um par de asas planou acima deles.

– Temos ordens – anunciou a todos abaixo. – Encontrem a humana. Ela não deve estar longe.

Os demônios assentiram em uníssono. Eu tinha que fugir. Naquele instante.

Ergui-me pela parede, usando os tijolos quebrados como apoio para os pés, então deslizei até a próxima rua e corri.

Caí feito uma mosca numa teia de aranha. Dois demônios alados estavam me seguindo e desceram para me encurralar. Um por um, os demônios arrastaram Kiki e os pássaros de papel para as sombras, e antes que pudesse gritar, fui cercada.

– Princesa boba... – os demônios falaram como se fossem um só, num degenerado coro de vozes de pessoas que eu conhecia e amava. – Você não quer ir à torre. O guardião está lá, e ele não é nem um pouco divertido. Sempre mata todo mundo rápido demais... Venha conosco... Vamos levá-la ao rei. Mas, primeiro, um pouco de diversão.

Os dois demônios se arrepiaram, e suas asas de águia se encolheram enquanto os rostos com listras de tigre se transformaram nos de Hasho e Andahai. Eles esperavam que eu ficasse abalada e perturbada, mas sinceramente, já havia me acostumado com aquele tipo de truque. E, além disso, já tinha sonhado várias vezes em dar um soco no estômago de Andahai.

Avancei contra Hasho primeiro, cortando-o no peito. Uma fumaça preta ondulou para fora da ferida. Eu sabia que ela logo se fecharia de novo, mas pelo menos tinha ganhado alguns segundos.

Enfiei a faca na parte de trás do crânio de Andahai e afundei bem a lâmina. A carne cedeu sob o golpe, como se a cabeça dele fosse um nabo cozido.

Andahai rosnou de dor. O demônio agarrou meus tornozelos, rindo enquanto eu tentava pular para trás.

– Parece que temos uma guerreira aqui – ele grunhiu. – Guerreiras têm almas deliciosas. Não me admira o rei querer esta aqui para ele.

Eu tinha coisas mais importantes para fazer do que ouvir fofocas de demônios. Girei, brandindo as facas contra os demônios que tinham capturado Kiki e os pássaros de papel, mas assim que libertei meus amigos, os falsos Hasho e Andahai me agarraram mais uma vez. Não estavam mais de brincadeira, já que me içaram com eles no ar, voltando às formas originais enquanto voavam.

Duas flechas disparadas abaixo de nós perfuraram suas asas. Os demônios uivaram de dor e me largaram – diretamente nos braços de um monstro que usava o rosto de Takkan.

A mão dele cobriu minha boca, sufocando meus gritos. E então ele me puxou para as sombras.

Resisti, mas nenhuma garra me furou e nenhum dente se cravou em minha carne. O coração dele estava acelerado, assim como o meu.

Eu me virei para olhá-lo. Na luz fraca e cinzenta de Lapzur, as feições dele estavam mais duras e severas do que já tinha visto antes. Mas então observei o arco de vidoeiro pendurado no ombro, o cabelo molhado de água do mar e um fino corte ensanguentado manchando a bochecha.

Meu coração parou. Era o Takkan de verdade, não uma ilusão.

– *Você está vivo!* – arfei com espanto.

Ele inclinou a cabeça, concordando com um pequeno aceno. Depois me levou por um beco estreito até uma casa abandonada de frontões desmoronados. Os demônios voltaram e marcharam em direção ao nosso esconderijo – agora com reforços.

– Onde está você, sangue puro? – eles rosnaram. – Nós pegamos seus irmãos. Saia antes que rasguemos a carne deles, pena por pena, e façamos um banquete com as suas almas.

Inclinei-me contra Takkan, deslizando o braço sob o dele, reprimindo o impulso de pular e procurar no céu por meus irmãos. Eu não era idiota.

Assim que as provocações se distanciaram, me virei para encarar Takkan. Eu estava cheia de perguntas.

Ele colocou um dedo nos meus lábios. O rosto estava magro; a tensão do amuleto sobre ele era dolorosamente forte ali.

– Os demônios têm ordens para levá-la até Bandur – Takkan sussurrou. – Disse que se for ele, e não o Espectro, a adquirir a pérola, que os libertará de Lapzur.

Eu me acalmei. Então foi por *isso* que fantasmas e demônios estavam brigando. Os fantasmas eram leais a Khramelan, enquanto os demônios se rebelaram contra ele.

Os demônios são atraídos por poder, dos mais fracos aos mais fortes, Oshli havia dito.

No entanto, algo ainda não fazia sentido.

Por que Bandur achava que a pérola o escolheria em vez de Khramelan? É verdade que ela não tinha exatamente pulado direto para o coração dele assim que pousei em Lapzur, mas por quê?

O que eu não estava vendo?

– Estou tentando encontrar Khramelan – falei. Eu já ia sair do esconderijo, mas Takkan me puxou de volta.

– Bandur está esperando por você. Deixe-me ir primeiro.

Lancei a ele um olhar feroz.

– Você prometeu que não faria nada heroico e estúpido, Bushi'an Takkan, mas saltou no Lago Paduan feito um idiota. Não pense que esqueci.

– Pular das costas de seus irmãos não foi heroico *nem* estúpido – ele respondeu. – Foi um movimento calculado para deixar Bandur longe de você.

– Você poderia ter morrido!

– Mas não morri. – Ele encostou o nariz no meu com carinho. – Nem a abandonei.

Meus lábios se separaram. Queria dizer que ele estava fraco, que Bandur o mataria. Mas tentar argumentar só desperdiçaria um tempo precioso. Sabia que ele iria comigo, não importava o que eu dissesse. Então, em vez disso, concordei.

– Vamos juntos.

– Vá na frente.

Agarrei a mão dele e corri. Nossos passos ecoaram atrás de nós, e minha respiração ficou pesada enquanto avançávamos ao centro de Lapzur, em direção à torre. Ao redor, os prédios tremeluziam, mas ignorei as sombrias ilusões que tentavam mostrar.

Por fim, nos aproximamos da estátua do Deus dos Ladrões, e Takkan agarrou o amuleto de Bandur sobre o peito. Não vi o Rei Demônio, mas ele tinha que estar por perto. O amuleto estava nos puxando adiante, como se por um fio. Aquilo nos permitiu ultrapassar a barreira invisível que havia me bloqueado, e subimos as escadas para o pátio.

Lá estava Bandur, cercado pelos demônios de Lapzur. Então era tudo verdade – ele tinha mesmo feito com que mudassem de lado.

Diante de mim, ele se ergueu de uma árvore morta e retorcida e ganhou vida. Já não era mais fumaça, mas um grande lobo de pelagem cinzenta, olhos vermelho-sangue e garras afiadas.

– Aí está você, Shiori'anma, como esperado – ele me cumprimentou. – Por que está tão carrancuda? Eu disse aos demônios que você era esperta, até a poupei dos tormentos habituais deles. Não gostou de minha consideração?

A mão de Takkan agarrou o amuleto de Bandur.

– Retorne! – ele gritou.

O corpo de Bandur convulsionou, e uma fumaça começou a sair de seus braços e de suas orelhas pontudas, mas ele resistiu.

– Você foi bem forte, Bushi'an Takkan – Bandur disse calmamente. – Mas é uma pena que não tenha poder sobre mim aqui, na terra das trevas!

Para provar que falava a verdade, Bandur chamou o amuleto de volta para si. Ele riu quando Takkan e eu recuamos, ambos abalados.

– Deixe-nos passar – exigi, odiando o modo como minha voz tremeu. – Khramelan e a pérola devem se reencontrar.

– Concordo plenamente, Shiori. Afinal, promessa é promessa. Não me deixe impedi-la de honrá-la. – Bandur se afastou com elegância da entrada da torre. – Vá em frente.

Aquelas eram as últimas palavras que esperava dele.

Era uma armadilha. Eu sabia que era uma armadilha, mas que escolha tinha?

– Não – Takkan sussurrou.

Dei um passo à frente e juntos, Takkan e eu, adentramos a torre, subindo as centenas de degraus de dois em dois. Quando enfim chegamos ao topo, a pérola zunia mais alto do que nunca, e retumbava feito um tambor contra meu quadril.

O Espectro ainda estava lá, sentado à beira do telhado. A escuridão o envolvia, tornando impossível ver mais do que o contorno de suas costas quando me aproximei.

Abri a bolsa uma última vez para pegar a pérola e a ergui.

– Trouxe você para casa – eu disse a ela. – Como prometi.

Ao ver o Espectro, a pérola girou para fora de minhas mãos e emitiu uma forte luz. Mas não foi ao encontro dele. Em vez disso, tão veloz quanto um cometa, ela disparou na imensa escuridão da noite.

Khramelan finalmente se virou e levantou uma grossa garra preta. Num único movimento, ele a envolveu em minha cintura – e saltou da torre.

CAPÍTULO TRINTA E SEIS

O dragão subiu, e a Torre do Ladrão desapareceu sob as nuvens. O vento me atingia no rosto, fazendo meus olhos arderem. Eu mal conseguia enxergar.

– Khramelan! – gritei, esmurrando-o com os punhos.

O bater de suas asas sobrepujava meus gritos, e voamos ainda mais alto, girando até que suas costas maciças estivessem voltadas para a Lua. Lá ele pairou, permitindo que o brilho prateado de Imurinya pintasse sua forma escura, dos chifres às garras, cintilando na crista irregular de sua espinha.

Uma fumaça se enrolava nas extremidades de suas asas, que combinavam perfeitamente com a noite sem estrelas, e cada uma das escamas pretas feito ônix era afiada como a ponta de uma lança.

Os olhos eram de cores diferentes, iguais aos de Elang. Um era vermelho escuro e impiedoso – o de um demônio. O outro era azul da cor do mar – o de um dragão. Duas pupilas rachadas cintilavam no centro dos olhos, cada uma dividida ao meio como a pérola.

– Khramelan! – gritei de novo.

Dessa vez, o dragão rosnou. O som fez seu corpo inteiro vibrar e meus ouvidos zumbirem. Tudo doía, como se eu estivesse dentro de um tambor que acabara de ser tocado.

– Você não possui o direito de falar esse nome – ele rosnou. – Diga-o mais uma vez e a poeira de seus ossos se juntará aos outros imbecis que ousaram invadir minha ilha.

– Eu já estaria morta se esse fosse o seu plano de verdade – retruquei, encontrando coragem para me concentrar nos olhos dissonantes em vez de na figura enorme. – Mas vim aqui com sua pérola. Ela deve estar chamando por você.

Onde quer que esteja.

Ele não respondeu. Nem sequer pareceu ter me ouvido, embora eu soubesse que sim.

– Khramelan! – gritei. – Pegue a pérola de volta!

Numa velocidade que fez meu estômago se revirar, ele me levantou, me segurando diante de seus olhos feridos.

– Você a matou?

Quem? Ele está falando de... minha madrasta?

– Não, não! – gritei. – Eu sou...

– Não importa quem você é. – As presas dele roçaram seu lábio inferior enquanto ele me encarava. – Acha que por minha escuridão se dissipar, eu terei misericórdia de você? Garota estúpida e atrevida. Nunca em todos os malfadados anos de Lapzur alguém ousou trazer outro demônio aqui.

Prendi a respiração. De todas as coisas mais absurdas... Khramelan achava que Bandur e eu éramos aliados?

– Você não entendeu.

– Não há nada para entender. Você não é a primeira a vir aqui desde que *ela* morreu. Enquanto for o guardião desta ilha, não importa quanta escuridão me cerque. Não pouparei ninguém.

– Não! – gritei. – Eu trouxe Bandur aqui para que *ele* se torne o novo guardião...e você possa se libertar!

– Então você deu a ele meu nome verdadeiro, permitindo que liderasse meus próprios demônios contra mim? Que ajuda!

– Isso... foi um erro – admiti. – Mas se você recuperar a pérola...

O olho de demônio de Khramelan brilhou visivelmente mais que o de dragão.

– A pérola não me aceitará assim.

Assim? O que ele queria dizer com aquilo?

– Channari queria que eu a entregasse a você – sussurrei. – Ela me mandou aqui. Sou a filha dela.

Khramelan se encolheu ao ouvir aquele nome. Nomes carregavam poder. Channari ainda significava algo para ele.

– A pérola, Khramelan – gritei. – Precisa pegá-la antes que Bandur…

– Como eu disse – ele me interrompeu –, enquanto eu for o guardião desta ilha, não pouparei ninguém. Channari está morta. Você em breve se juntará a ela.

E então fui jogada ao mar.

CAPÍTULO TRINTA E SETE

Era um tipo de terror único saber que, em segundos, meus ossos se quebrariam em milhões de pedaços e toda minha vida seria reduzida a uma poça de sangue. Naquele momento, não conseguia distinguir o intestino dos pulmões ou do coração. Meu corpo se movia mais rápido que os pensamentos, e tudo que conseguia sentir era o gritante pânico de que cada momento poderia ser o último.

– *Kiki!* – Eu não estava pronta para desistir. – *Irmãos!*

Nenhuma resposta.

A bolsa escorregou do meu ombro. E eu assisti, horrorizada, a ela desaparecer na névoa.

Gotículas geladas e afiadas acertavam minha pele enquanto eu mergulhava em direção ao mar furioso. Doía igual ao fogo demoníaco, mas não consegui gritar. Meus pulmões pareciam mais pedras no peito me arrastando para baixo, e todo o ar dentro de mim tinha sumido. Mesmo se pudesse gritar, o que adiantaria? Ninguém poderia me ouvir ou me ver naquela escuridão.

Eu não tinha nada.

Nada, exceto a magia no sangue.

Era torturante tentar me concentrar enquanto despencava. Tentei aguçar os sentidos, procurando por algo, qualquer coisa: folhas presas nos punhos do vento, galhos das árvores murchas de Lapzur, resquícios de pedras. Um pedaço de seda.

Meu coração saltou. Era a seda vermelha das minhas vestes de aniversário. Estendi a mão para ela, usando fios de magia – de minha alma – para envolvê-la, puxando-a para mais perto. Em meu estado delirante, quase conseguia ouvir os grous bordados nelas berrando e grasnando.

Eles *estavam* berrando e grasnando contra o rugido do vento. Grous *de verdade*, com as asas afastando finas gotículas sobre o Lago Paduan enquanto atravessavam a névoa.

Será que eram mesmo meus...

– Irmãos! – arfei.

Vi Kiki primeiro, liderando triunfante na dianteira. O luar agarrava-se às linhas prateadas e douradas nas asas dela, fazendo-as emitir um brilho. Ela soltou uma exclamação, e seis grous mergulharam sob mim, me pegando com os longos pescoços. Os restos de meu manto e vestido de aniversário estavam em seus bicos, estendidos o suficiente para me segurar.

Rolei em por cima das vestes, segurando em suas dobras.

– Kiki, nunca estive tão feliz em ver alguém!

Eu disse para você sempre me chamar primeiro, ela falou, presunçosa. *Não posso deixá-la morrer. Isso também seria o meu fim.*

Algo parecido com uma risada subiu pela minha garganta.

– Obrigada, querida amiga.

Era como nos velhos tempos de novo: eu me agarrando às bordas de um cobertor esfarrapado, e meus irmãos dançando nas margens entre a vida e a morte. Mas geralmente estávamos fugindo de algo. Não seria isso naquele dia.

– Temos que voltar! – gritei para eles. Apesar de não precisar ter dito nada.

Já estávamos a caminho.

A espuma do mar se dobrava em cachos ao bater na costa de Lapzur. Do alto, a ilha parecia uma mão fantasmagórica, com cinco dedos esqueléticos estendendo-se para fora do território. Em vez de ossos e juntas, havia escarpas, penhascos e riachos de água gelada de lago que se agitavam entre as massas de terra.

Demônios alados pairavam sobre os despenhadeiros enquanto nos aproximávamos da torre. Eles estavam ansiosos, na expectativa de que voltaríamos; e assim que atravessamos a neblina da ilha, saíram em disparada.

Os demônios eram rápidos. Meus irmãos não tinham chance de fugir voando ou mesmo de lutar contra eles – não enquanto tivessem de me carregar. Andahai estava ordenando aos outros grous que voassem mais alto e mais rápido, e que eu ficasse abaixada. Mas não consegui ficar. Tinha de enfrentar Bandur.

Assobiei para Kiki e os sete pássaros de papel. E antes que perdesse a coragem, eu pulei.

Kiki e os pássaros pegaram meus pés com as asas. Eles se reorganizaram em uma fina ponte, e eu corri para a torre.

Saltei para o telhado, aterrissando a poucos passos de Takkan. Ele flutuava sobre um poço de pedra. Havia uma linha de sangue escuro em seu rosto e uma luz dourada e prateada cintilava ao redor de sua silhueta.

Meu estômago congelou. Foi esse o momento que vi nas Lágrimas de Emuri'en.

Quando Takkan me viu, os dedos dele se abriram ao lado do corpo e os lábios se separaram. Mas ele não disse nada. Não tinha forças.

– Solte-o – arfei, espiando Bandur espreitando atrás do poço.

– Se ainda fosse humano, eu poderia ter me comovido com essa demonstração de sentimentos – o demônio respondeu. – Mas é uma pena que não seja mais. Não fique tão aflita, Shiori. Ainda não tomei a alma dele. Não que o garoto não tenha oferecido… ele daria a vida por você. Infelizmente, não é a dele que me interessa.

Era a minha.

– Você se entregará em paz agora? – Bandur perguntou, zombando, enquanto dobrava as garras sobre a garganta de Takkan. – Ou vai querer se vingar de mim quando eu o despedaçar?

– Shiori – Takkan sussurrou em uma voz rouca. – Não!

– Dê-me sua palavra de que nenhum demônio machucará Takkan – falei com os dentes cerrados. – Ou meus irmãos.

Bandur tocou em seu amuleto.

– Isso eu posso prometer.

As correntes que prendiam Takkan desapareceram e ele caiu sobre o piso. Não tive a chance de ir até ele antes que os demônios jogassem seu corpo flácido para meus irmãos no céu e algemas invisíveis se amarrassem em meus pulsos, me arrastando para o poço.

– Takkan! – gritei.

Fui erguida acima do poço e inclinada para frente, para que pudesse ver o abismo escuro girando logo abaixo de mim, esperando que eu caísse. Não conseguia me mover ou me virar, e quando tentei invocar magia, as correntes em volta do meu pescoço me apertaram até que não conseguisse mais respirar.

Bandur surgiu por trás e pressionou a bochecha na minha. Ao seu toque, fiquei paralisada. Os pelos dele me espetavam feito agulhas geladas, entorpecendo meus sentidos.

– Devo dizer… – ele falou devagar. – Que aquele tempo nas montanhas me deu muitas oportunidades para pensar. – O amuleto balançava em seu pescoço, me provocando enquanto eu tentava em vão alcançá-lo. – Foi uma dor de cabeça descobrir como lidar com essa sua pérola, mas minha paciência foi recompensada.

Eu não estava ouvindo. Estava silenciosamente chamando pela pérola, várias vezes. Ela tinha que me ajudar contra Bandur – do mesmo modo como me ajudou contra lady Solzaya. Mas onde estaria?

– Está prestando atenção, Shiori'anma? – Bandur puxou o amuleto, e as correntes ao meu redor se apertaram até que me dobrei de dor. Ele riu. – Disseram-me que você não era lá uma estudante de história muito dedicada. Mas deve saber o que está dentro deste poço, não é?

Não tive escolha a não ser olhar. As pedras pareciam se estender até o infinito – mais fundo até do que a altura da torre. Gen era tão apaixonado pelo sangue das estrelas que eu esperava algo mais espetacular daquele poço. Uma imagem deslumbrante que ofuscaria até a beleza da primeira neve de inverno e carregaria todas as cores do universo.

Mas parecia mais uma sopa. Uma sopa grossa, borbulhando de leve com a cor e a densidade de uma pasta de gergelim preto.

– O sangue das estrelas é a fonte da maior magia em Lor'yan – Bandur disse. – Pelo menos, a maior que os mortais conseguem alcançar. – Ele abriu um sorriso largo e feroz. – Dentro deste poço está o poder dos deuses, onde os juramentos são feitos e os vínculos são desfeitos. Mas não precisaremos desse poder hoje.

Gelei de novo.

– Do que está falando?

– A pérola, Shiori. Sua promessa foi cumprida no momento em que o Espectro pôs os olhos nela. Seu vínculo com a pérola foi rompido... portanto, ela não protege mais você.

O medo entalou na minha garganta. Não consegui dizer nada.

– Não acredita em mim? – Ele passou a mão pelo céu, como se indicasse a ausência da pérola. – Onde ela está agora, quando você mais precisa?

Em lugar nenhum. A pérola não estava em lugar nenhum.

– Não pode ser – sussurrei. – Khramelan não a pegou.

– Como eu disse, o guardião de Lapzur sucumbiu à fraqueza e à obsolescência há muito tempo. Nem sua própria pérola o reconhece mais. Ela não o quer. Ela é livre para escolher um novo dono.

– Está se iludindo se pensa que será você.

– Enquanto você e o Espectro viverem, ainda terei concorrentes – Bandur admitiu. – Mas, mais uma vez, a solução é um presente requintado do destino. – Ele lambeu os lábios. – Sua alma é forte e generosa, Shiori'anma. Uma das melhores que já farejei. Ela sustentará meu exército e nos dará a força de que precisamos para matar um dragão. – A voz dele se elevou enquanto meu coração afundava. – E assim que você e Khramelan estiverem mortos, a pérola será minha, assim como os demônios de Lapzur. E nós seremos livres.

A revelação me deu um soco no estômago.

– Você *queria* vir para Lapzur! Você... planejou isso tudo?

– Confesso minha culpa – Bandur ronronou. – Até deixei o amuleto bem na frente da fenda para ter certeza de que você o encontraria. Deveria me agradecer – ele zombou. – Meu único arrependimento é deixar os demônios kiatanos definharem nas montanhas. Eles foram anfitriões muito hospitaleiros. Doeu bastante mentir para eles. Mas estavam tão desesperados e dispostos a acreditar em qualquer coisa que eu lhes dissesse... assim como você.

Um acesso de raiva fez meus músculos se contraírem, e eu lutei contra as correntes, tentando golpear o demônio.

– Uma pequena visão nas águas e você já estava quase pronta para dar a pérola em troca da vida do sentinela. Nunca entendi o que viu nele, Shiori. Mas já que você parece valorizar tanto a vida dele...

Ele moveu o queixo para os demônios que montavam guarda atrás dele.

– Encontre o sentinela e mate-o. Os grous também.

– Não! – gritei. – Você fez um juramento, você...

Bandur se inclinou para perto.

– Um conselho – ele falou sombriamente. – Na próxima vez que for fazer uma barganha com um demônio, certifique-se de usar sua alma como garantia.

O ódio ferveu em mim, e eu me debati, me agitando com todas as forças. Mas não conseguia nem sequer tocar em Bandur. Então cuspi nele.

Bandur não recuou mesmo quando minha saliva escorreu por sua bochecha.

– Não precisa se irritar, Shiori. Mantive minha promessa para você... você ainda vai sangrar. – Ele agarrou minha mão enquanto eu lutava e, com calma e reverência, virou a palma dela para cima. – Afinal de contas... – Bandur disse enquanto a unha delineava profundamente as veias do meu braço. – Nada desestabiliza mais a alma do que a dor.

O sangue se acumulou, vistoso, contra minha pele. No início, jorrava num filete, manchando a bainha amarela de minhas mangas, até se ramificar em pequenos riachos escorrendo pelo braço. Meus joelhos se dobraram enquanto ele saía de mim, e então o mundo começou a girar. *Concentre-se.* Pressionei as mandíbulas uma contra a outra. *Concentre-se, Shiori.*

– Sempre tão boa em ficar em silêncio – Bandur disse. – Não tenha medo de chorar. Não há vergonha em sentir dor.

Eu não daria aquele prazer a ele. Meu corpo doía feito fogo demoníaco, mas eu estava acostumada a reprimir a voz. E a aguentar a dor. *Khramelan!*, gritei em minha mente. *Onde está você?*

Bandur arrastou as unhas com melancolia contra a rocha.

– É bastante poético, não acha? Vim aqui uma vez para tomar o sangue das estrelas. Minha passagem por aqui marcou o fim de uma vida e o início de outra. E assim será para você também.

CAPÍTULO TRINTA E OITO

Meu sangue começou a derramar ainda mais rápido. Caía em redemoinhos vermelhos, girando feito gotas de chuva até o fundo do poço. Então Bandur enfiou uma garra em meu coração – como lady Solzaya havia feito antes – e puxou um fio de minha alma para fora. Enquanto ela era arrancada de mim, como um novelo se desenrolando, meu corpo começou a brilhar dourado e prateado. Um fio se multiplicou em uma centena, caindo em espirais até que eu visse a escuridão abaixo começar a se agitar.

Bandur chamou os demônios para mais perto, acenando os fios dourados e prateados na direção deles.

– Bebam. Tomem o poder dela e usem-no contra seu antigo guardião. Assim que ele estiver morto, libertarei todos vocês, e tomaremos o mundo para nós. Façam desta a sua última hora nesta ilha amaldiçoada!

Os rosnados ficaram em silêncio, e aquele foi o som mais horripilante de todos. Meus olhos rolaram para trás, e eu me agarrei a qualquer reserva de forças que me restasse. Não desistiria sem lutar.

– A alma dela é muito dura – os demônios reclamaram. – Não vai cortar assim.

– Então morda mais forte!

A corrente do amuleto de Bandur chacoalhou sobre o poço, mas eu estava fraca demais até para tentar pegá-lo. Tudo que conseguia fazer era sussurrar:

– Khramelan. Khramelan.

Podia sentir o poder do nome dele enquanto o repetia várias vezes, até que o vento o levasse através de Lapzur, até que o som chegasse nas profundezas sob as pedras da torre, até que a palavra viajasse ao longo da escuridão que ondulava dentro do poço de sangue das estrelas.

Bandur havia empunhado o nome como uma arma contra Khramelan para controlar os demônios de Lapzur. Eu o usaria para convocá-lo de volta.

– Khramelan. Khramelan.

Os pelos no pescoço de Bandur se eriçaram, e o amuleto afundou na pele dele, deixando de zunir. Algo chamara sua atenção.

Era a pérola. Ela tinha voltado, uma brecha de luz escapando do interior rachado. A visão me deixou tonta. As cores do mundo haviam desaparecido, e manter os olhos abertos era algo bem difícil.

– Vá para Khramelan – implorei com a voz fraca. – Reúna-se a ele.

A pérola não respondeu. Ela se ocultou em minha sombra, como um observador indiferente.

– Então finalmente você veio – Bandur disse, virando-se para a pérola. E então a pegou. – E você vai me escolher!

– Não – o guardião de Lapzur rosnou. – Não vai.

A pérola sumiu pelo ar novamente, assim como fez quando Khramelan colidira contra a torre. As asas dele abrangiam todo o telhado, e ele era desproporcionalmente maior que Bandur.

– Curvem-se – Khramelan ordenou aos demônios, mas eles não o obedeciam mais. Agora estavam todos sob o comando de Bandur. E Bandur tinha mandado que o matassem.

Eles dispararam para o ataque, abocanhando e mordendo o antigo mestre. Khramelan os derrubou com as asas, mas ainda assim eles não se curvaram. Mais demônios apareceram, em ondas implacáveis, e por mais formidável que Khramelan fosse, eu temia que Bandur estivesse vencendo.

Um sangue da cor de ouro enferrujado manchou as dobras das asas de Khramelan: vinha de arranhões profundos e diagonais que os demônios lhe infligiram. Do jeito como as coisas estavam, ele não conseguiria contê-los para sempre.

Os fantasmas se levantaram para ajudar Khramelan, e em um confronto silencioso, uma grande batalha foi travada. Humanos, grous e pássaros de papel não tinham lugar naquela luta, apenas morreriam ali. Mas eu não podia fazer nada para ajudá-los.

– Saiam daqui! – gritei quando vi meus irmãos mergulharem através da névoa. Eles haviam voltado, e começaram a morder as correntes invisíveis que me seguravam.

– Seus tolos – sussurrei de alívio por ver que estavam vivos. – Vão embora antes que os demônios matem vocês. Vão!

Claro que me ignoraram. Assim como Takkan. Minha visão estava fraca demais para distinguir seu rosto, mas reconheci o suave ritmo de seus passos, e o calor de sua mão na minha.

– Tenho uma flecha sobrando – ele me disse. – Seus irmãos e eu achamos que se a atirar no amuleto de Bandur, podemos libertá-la.

– Faça isso – falei. – Estou pronta.

Takkan foi rápido. Eu não conseguia imaginar como ele reconheceria um demônio em específico em meio àquela horda, mas ouvi o estalo da corda de um arco e o zunido da flecha voando logo em seguida.

Então, um segundo depois, eu caí. A flecha havia encontrado o alvo.

Meus irmãos me pegaram enquanto meus dedos raspavam a borda do poço. Takkan me apanhou pelos braços, Kiki me agarrou pelo cabelo e os sete pássaros de papel morderam minhas mangas e a gola.

Seis príncipes, oito pássaros e um lordezinho, todos aqui para pegar você caindo em um poço, Kiki disse, balançando a cabeça para mim. *Você já teve dias melhores, Shiori.* Ela pousou no meu ombro, o brilho dourado e prateado em suas asas cintilando mais do que nunca. *Mas também já passamos por coisas piores.*

– Passamos – concordei enquanto pegava a mão de Takkan e me levantava devagar.

De um canto escondido, a pérola veio girando até mim.

Cruzei os braços.

– Você é pior do que uma criança, não é? – repreendi. – Eu a trouxe até o outro lado do mundo, fui quase morta uma dezena de vezes, e você está com medo demais de voltar para ele?

A pérola pulsou – ao que parecia, com bastante tristeza. Ela não saiu das sombras.

Com irritação irradiando de dentro de mim, eu manquei em direção a ela e a enfiei debaixo do braço.

– Seu lar é o coração dele, e o coração dele é o seu lar. Você não pertence a mais ninguém, nem a lugar nenhum. O que quer que tenha acontecido entre vocês dois deve ser resolvido. Agora, ajude-o... ou Khramelan irá morrer.

Um raio de luz me banhou, o que interpretei como concordância.

– Venha – eu disse a ela com firmeza. – Sabemos o que fazer.

Não havia muito tempo. Por mais poderoso que Khramelan fosse, ele não conseguiria derrotar os demônios de Lapzur sozinho. Bandur já estava começando a cantar vitória.

Agarrei a pérola com as duas mãos. As metades começaram a se abrir, faíscas de luz dançando feito vaga-lumes, mas não hesitei. Não estava nem piscando.

– Liberte Khramelan desta ilha – ordenei à pérola. – Ele é o dragão ao qual você pertence, e você é o coração que ele procura. A ilha e todos os seus demônios e fantasmas serão de Bandur. Faça com que assim seja.

Em uma explosão intensamente quente, o poder da pérola explodiu sobre Lapzur. Ela flutuou acima de minhas mãos, girando mais rápido do que já havia feito antes, a grande rachadura no centro estalando como um relâmpago.

Já chega!, Kiki exclamou. *A pérola está matando você!*

Eu mal a ouvia. Luz, vento e calor jorravam da pérola que rodopiava, e minhas costas arquearam-se enquanto ela puxava os cintilantes fios prateados e dourados de minha alma.

A pérola reluziu mais e mais forte. Minhas pupilas queimavam só de olhar para ela, mas não conseguia me afastar. A luz dela cobria toda a ilha, lançando uma rede sobre cada demônio e fantasma, até mesmo Bandur. Eu podia sentir que ela estava à beira de se quebrar, o centro rachando um pouco mais a cada momento para emitir mais luz e mais poder.

– Pare – pedi à pérola. – Já chega.

Claro que ela não escutou. Estendi a mão para segurá-la e impedi-la de se partir ao meio.

Era como segurar uma estrela explodindo. O calor queimou minhas bochechas, e meu cabelo se desfez, voando descontroladamente. Diante de meus olhos, cada fio tingiu-se de um branco-prateado... até que não consegui mais distinguir meu cabelo da luz. Antes que ficasse insuportável de aguentar, a pérola zuniu para longe de mim, indo para o lado de Khramelan.

Uma onda de fogos de luz sacudiu o céu, e os demônios mordendo as asas de Khramelan e perfurando sua carne explodiram. Khramelan emergiu do frenesi, a garra curvada em torno da pérola, e então soltou um rugido ensurdecedor.

Os fantasmas da ilha se ergueram mais uma vez. Pegaram seus crânios caídos e ossos quebrados e se aglomeraram num enxame maciço que dilacerou os demônios. Khramelan também recobrou a força.

Lançando-se do céu, ele mergulhou e aterrissou nas costas de Bandur, prendendo-o no chão.

– Você queria se tornar o Rei dos Demônios – Khramelan vociferou. – Bem-vindo ao seu reino. De agora em diante, seu poder não se estenderá além destas águas. Meu mandato acabou, e agora começa o seu. Eu o acorrento às Ilhas Esquecidas de Lapzur.

Bandur começou a se contorcer, o pelo se borrando em fumaça enquanto a magia da ilha o dominava.

– Não! – ele gritou. – Não!

Os demônios de Lapzur guincharam enquanto o banquete começava, e os fantasmas escancararam as bocas e consumiram cada um deles por completo. Auxiliados pelo poder da pérola de Khramelan, os fantasmas empunharam seu toque amaldiçoado e todos os demônios da ilha se transformaram em seus iguais. Era uma punição adequada por trair seu antigo guardião – e irônica para Bandur, pois agora ele se tornaria o único demônio das Ilhas Esquecidas.

Com sua magnífica força, Khramelan agarrou Bandur pela cauda e o jogou no poço, selando-o com uma chama de fogo demoníaco.

A torre estremeceu terrivelmente quando Lapzur reivindicou seu novo guardião.

Takkan e eu tínhamos fugido para as muralhas da torre, mas agora as escadas estavam bloqueadas pelo fogo demoníaco. Não havia saída.

– Temos que pular! – gritei. Meus irmãos pairavam abaixo, sofrendo com os ventos ferozes.

Você nunca chegará em casa sem a cesta, Kiki se lamentou.

Cerrei os dentes. Ela estava certa, mas sair dali era minha principal preocupação. Kiata ficaria para depois.

De mãos dadas, Takkan e eu mergulhamos para fora da torre.

Enquanto despencávamos em direção ao mar, meus irmãos desviaram para nos pegar, mas os ventos estavam fortes demais e os empurraram para fora da rota.

Saindo da escuridão, Khramelan surgiu à vista. Takkan e eu caímos em sua asa, rolando com o impacto até batermos contra os espinhos ao longo de suas costas.

– Segure-se! – gritei para Takkan, agarrando um deles e me segurando com todas as forças.

Mais rápido que os filhos do vento, Khramelan passou por Lapzur, penetrando na névoa que envolvia as Ilhas Esquecidas. Prendi a respiração, até enfim avistar seis coroas escarlates nos seguindo.

Se todos os músculos do meu corpo já não estivessem totalmente esgotados, eu teria soltado um grito de alegria. Mas me conformei apenas com a onda de satisfação no coração.

Tínhamos vencido. Bandur agora estava preso em Lapzur – para sempre, eu esperava. Observei enquanto a ilha recuava atrás de nós, coberta pelo mar e pela névoa até ficar tão pequena quanto um grão, um pequeno cisco. E então nada mais.

– Descanse – Takkan disse enquanto nos acomodávamos na curva da asa de Khramelan. Ele rasgou a própria manga para enfaixar meu braço. – Você precisa se recuperar.

Abri a boca, pronta para protestar, mas Takkan me cortou.

– Posso não ser capaz de lançar feitiços de sono, mas tenho meu próprio truque.

Estava confusa até ele sorrir e começar a cantar:

Deixe vir os espíritos do sono
para que eles dancem em seus sonhos.
E que com eles você também dance
e desperte para um mundo mais brilhante.

Era uma velha canção de ninar que todas as crianças de Kiata conheciam, uma que eu já não ouvia há anos. A voz de Takkan *era* mágica, e era tudo de que eu precisava.

Pela primeira vez lhe obedeci. Deitei a cabeça em seu colo e deixei que ele lançasse seu feitiço.

CAPÍTULO TRINTA E NOVE

A aurora se abriu sobre as pálidas águas do Cuiyan. Khramelan não disse uma palavra durante todo o voo, mas reconheci as praias de minha terra natal muito antes de ver os botes e barcos que pescavam peixes e camarões pontilhando o mar, e antes de sentir o cheiro dos pinheiros de verão se aguçar nas narinas.

O sol sobre as penas de meus irmãos, de luz suave e familiar, era o mesmo que nascera uma centena de outras manhãs quando estiveram sob a maldição de Raikama. O calor passando pelas asas e se demorando nas coroas escarlates foi o que me informou que havíamos retornado à Kiata.

Estava apenas meio acordada quando Khramelan jogou Takkan e eu sem cuidado na terra. Foi um jeito rude de me acordar, e quase rolei para fora do penhasco em direção ao mar.

Takkan me agarrou pelo braço e me pôs em segurança para longe da beira. Enquanto meu cabelo se agitava em volta de mim em espirais de branco-prateado, eu me lancei em seus braços, rindo incessantemente, incapaz de parar.

Ele estava se esforçando para parecer rígido, para sufocar o sorriso desajeitado que ameaçava sua seriedade – mas falhou com doçura. Não me importei com meus irmãos, que haviam pousado no mesmo penhasco, a poucos passos de distância. Não me importei com Kiki voando acima de nós, gritando ordens à sua nova pequena legião de subordinados de papel para chamar os pombos que passavam. Tudo o que importava era Takkan.

Eu o agarrei pela gola – e o beijei.

Nossos lábios estavam rachados pelo frio e pelo vento, os cabelos despenteados e varridos pela ventania e precisando urgentemente serem lavados, e tinha certeza de que meu hálito estava horrível. E ainda assim, enquanto ele me pressionava contra o corpo e aprofundava o beijo com a mesma sinceridade e paixão que eu, desejei que todos os dias pudessem começar daquele jeito.

– Alguém deve estar se sentindo melhor – Takkan comentou quando finalmente nos separamos para respirar. – Por que fez isso? Não que eu esteja reclamando...

– Por ser você – respondi, dando mais beijos em seu nariz, nas bochechas, nos dentes... por acidente. Nós rimos juntos. – Por ser meu.

Takkan se sentou e se apoiou nos cotovelos. Puxando-me com um braço forte, ele me abraçou apertado.

– Sempre fui seu. Você que levou muito tempo pra perceber isso.

– Levei – murmurei, a um segundo de beijá-lo de novo.

– Já terminaram? – Khramelan nos interrompeu.

Como crianças que foram pegas fazendo travessuras, Takkan e eu logo nos recompomos. Fiquei em pé assim que Khramelan pousou.

A luz do dia salpicava suas costas, deixando as escamas douradas. Ele inclinou a cabeça em direção ao Sol. Aproveitando o calor como se não o sentisse há anos. E então percebi que ele provavelmente não o sentia.

A pérola espreitava em sua sombra. E como os olhos dele, ela ainda estava dividida. Já iria questioná-lo sobre aquilo, mas antes de ter a chance, ele jogou um pedaço de vidro aos meus pés.

– Isto é seu – Khramelan falou rispidamente.

Era o espelho da verdade.

– Evite ter o hábito de deixar seus pertences caírem no Lago Paduan. Você não os verá outra vez.

– Obrigada – respondi enquanto tirava o pó do espelho e o limpava com a manga.

Khramelan estava se dirigindo à beira do penhasco, com as asas já se abrindo, quando corri atrás dele.

– Espere!

Ele rosnou, e por pouco não fui atingida por uma asa.

Cambaleei, deixando uma distância segura entre nós.

– Os meus irmãos... – comecei. – A pérola os transformou em grous para irmos a Lapzur. Por favor, transforme-os de volta.

Khramelan mal olhou para os seis grous aos tropeços na areia.

– O que você fez com a pérola não é da minha conta.

– Mas...

– Vocês humanos são todos iguais. Eu faço um favor, e você pede mais um.

Minha mandíbula travou.

– Não é um favor. Eles arriscaram as vidas para ajudar a salvá-lo.

– E eles as aproveitarão melhor sendo grous.

A fúria borbulhou em minha garganta, mas eu a engoli, sabendo que não adiantaria atacar Khramelan. Ele apenas voaria para longe e deixaria meus irmãos presos para sempre em corpos de grous. Então escolhi minhas próximas palavras com cuidado.

– Os humanos trataram você como um monstro, e você os odeia por causa disso – falei. – Eu entendo. Eles fizeram o mesmo com Channari.

Dessa vez, Khramelan não reagiu quando falei o nome de minha madrasta. Determinada, arrisquei um passo em direção a ele.

– Vocês eram amigos. Muito tempo atrás.

– Sua madrasta cometeu o erro de achar que éramos – ele respondeu. – Isso custou muito a ela.

– Foi o que ouvi dizer – respondi, lembrando das palavras de Ujal. – Tenho certeza de que ela o odiava. Mas você deve ter merecido.

Khramelan ficou em silêncio.

Sentindo uma abertura, perguntei baixinho:

– Por que você matou Vanna?

Khramelan me lançou um olhar sombrio.

– Channari e eu tínhamos um acordo – ele explicou, falando entre os dentes. – Prometi a ela que não machucaria a Dourada e que não reivindicaria a pérola em seu coração até que ela morresse. Afinal, sou imortal. Algumas décadas de espera não mudariam nada.

– O que aconteceu?

– Não esperei, é claro. – Khramelan encarou diretamente o Sol. – Fui coagido a atacar Vanna. Channari falhou em proteger a irmã de mim. Ela teve a chance de me matar, mas hesitou na hora. Mais um de seus erros.

Meus olhos caíram sobre a cicatriz no peito dele. Ao contrário dos ferimentos que sofreu enquanto lutava contra os demônios de Bandur em Lapzur, aquele não havia se curado. Era uma marca profunda, antiga e pálida contra sua pele da cor da noite, a um milímetro de seu coração.

Então foi assim que a lança de Raikama tinha quebrado.

– Ainda dói de vez em quando – Khramelan disse com a voz grossa. – Como você disse, eu mereci.

Fiquei quieta, cheia de pena e de remorso por todos os erros do passado – e de uma triste constatação de que todos eles nos levaram àquele momento.

Mas algumas coisas ainda não faziam sentido.

– Se Vanna morreu, a pérola não deveria ter ido para você?

– Eu quebrei a promessa que fiz a Channari – Khramelan respondeu. – Quando um imortal quebra uma promessa, ele perde um pedaço da alma. A pérola me considerou… indigno dela.

Olhei para ela ainda escondida na sombra do meio-dragão.

– Ela escolheu Channari. Ela se enterrou dentro dela, me forçando a esperar até que morresse. – Ele fez uma pausa. – Channari me amaldiçoou: eu viveria na escuridão até ela partir.

– Você sentiu a morte dela – falei.

– Foi como acordar de um sonho – Khramelan disse. – Os demônios também sentiram a mudança. É por isso que estavam ansiosos para seguir Bandur.

Assenti, entendendo.

– O que aconteceu depois que minha madrasta amaldiçoou você?

– Ela foi embora para Kiata, e o Rei Dragão me aprisionou como guardião de Lapzur. – Khramelan mostrou os dentes. – Eu nunca o perdoarei por ter feito isso.

– Você vai buscar vingança.

– Vou para onde eu quiser – ele continuou. – É isso que significa ser livre. Por dezesseis anos, fui o guardião de Lapzur. Bandur ficará lá por muito mais tempo.

– Espero que ele fique preso naquele poço para sempre – falei.

– Ele encontrará um meio de escapar. Até os demônios merecem ser livres. Ou pelo menos, a maioria deles – Khramelan grunhiu. – A magia demoníaca criou Lor'yan, assim como os deuses e os dragões, e ela merece respeito. Algo de que seus ancestrais claramente se esqueceram.

Respondi ao olhar dele com a testa franzida.

– Meus ancestrais prenderam os demônios nas montanhas para manter Kiata segura.

– E, por toda a vida deles, isso veio funcionando. – Ele rosnou. – Humanos são egoístas e míopes. Mas fique sabendo: quando os demônios finalmente se libertarem, eles estarão cheios de fúria. Infligirão mil anos de vingança sobre sua terra. Então pergunte a si mesma se seus ancestrais fizeram a escolha certa ou não.

O rancor dele me pegou de surpresa, e eu inspirei, desconfortável.

– Você simpatiza com eles.

– Claro que sim. Sou metade demônio – ele respondeu. – Minha espécie também possui sentimentos, e eu posso sentir meus irmãos em Kiata. Eles estão atormentados. Estão sofrendo.

E eu esperando que Khramelan pudesse usar a pérola para selar as Montanhas Sagradas mais uma vez.

Dei um passo para trás, ciente de suas asas e de como seria fácil para ele me jogar do penhasco no mar.

– Sinto muito por tudo o que meus ancestrais fizeram – eu disse, falando a verdade. – Mas se o que diz é verdade, não posso deixá-los livres.

– Então por que eu deveria libertar seus irmãos, se você não libertará os meus?

Era uma boa pergunta, e eu engoli em seco.

– Não sei se consigo responder isso – falei com sinceridade. – Exceto pelo fato de que você sabe como é ser amaldiçoado, estar preso entre mundos.

– Sei como é estar sozinho – Khramelan disse. – Seus irmãos terão uns aos outros.

– Você tinha Channari – falei baixinho. – O último desejo dela era que eu devolvesse sua pérola. Ela não odiava você, afinal.

As palavras desfizeram a ira dele e, pela primeira vez, Khramelan dobrou as asas para as laterais do corpo, permitindo que o sol o banhasse completamente.

Reunindo coragem, empurrei a pérola a ele.

– Por favor – pedi.

Ele olhou para o próprio reflexo na superfície escura da pérola – mesmo ao sol, a luz fraturada brilhava nas pupilas dele, como se tivessem recolhido uma rede de pesca cheia de estrelas. Então seus ombros estremeceram, e ele soltou um rosnado amedrontador.

– Você pediu minha ajuda, princesa. Reze para que não se arrependa.

Sem mais nenhum outro tipo de aviso, Khramelan jogou Takkan e eu sobre as asas mais uma vez e decolou em direção às nuvens.

CAPÍTULO QUARENTA

Eu me arrependi *demais* de ter pedido ajuda a Khramelan. Enquanto ele desviava do oceano e contornava sobre o interior de Kiata, meu estômago revirava de medo.

– Pare! – gritei, desesperada para chamar a atenção dele. – Pare! As pessoas vão vê-lo!

Não soube dizer se ele me ouviu, mas não podia ser coincidência que Khramelan imediatamente tenha feito o oposto, mergulhando logo abaixo e ganhando mais velocidade. Agora, enquanto avançávamos vilarejo após vilarejo, eu conseguia ouvir os gritos.

Ninguém via um demônio há mil anos, então dava para imaginar o terror e o pânico causados por aquele gigantesco pesadelo com asas largas o suficiente para tapar o Sol.

– Não foi isso que eu quis dizer com ajudar – falei a Khramelan. – Chega! Chega!

É isso que você ganha por confiar num demônio, Kiki gritou logo atrás de nós. *Apresse-se e pule nas costas de seus irmãos antes que o lunático derrube você do céu.*

Mesmo se quisesse, não conseguiria. Meus irmãos não eram capazes de acompanhar a velocidade dele, e ninguém poderia prever para onde Khramelan iria em seguida. Ele mudava de direção e mergulhava a cada instante, como se os gritos que provocava o encorajassem.

Por favor, que isso tudo seja um pesadelo, pensei. *Talvez os demônios tenham mesmo me pego em Lapzur e eu ainda esteja dormindo*. Pensando bem, não tinha certeza se preferiria aquilo.

O que eu *tinha* certeza era de que metade de toda Kiata já vira Khramelan quando ele avistou as Montanhas Sagradas. Ao chegar lá, finalmente desacelerou.

Enquanto ele pairava, ignorando a legião de soldados armados e assustados próximos à fenda, senti o vento mudar. Escombros caíram pela encosta da montanha e as árvores da floresta estremeceram. Não soube dizer se os demônios lá dentro estavam reagindo a mim ou a Khramelan.

– Você os ouve? – ele me perguntou, quebrando o silêncio. – VOCÊ OS OUVE?

Shiori..., os demônios sussurravam. *Liberte-nos...*

– Sim, eu ouço! – gritei. – Agora, pode parar?

Os soldados de meu pai pouparam Khramelan de ter de responder. Lanças dispararam contra suas asas, uma ou duas quicando contra os nós dos dedos dele e quase empalando Takkan e eu – louvados sejam os grandes deuses pela pele grossa de Khramelan. Ele girou para longe, até que as armas não pudessem mais tocá-lo. Flechas vieram em seguida, bombardeando as nuvens, formando arcos e caindo feito estrelas cadentes.

Khramelan acelerou pela floresta e sobre o palácio. Minha casa passou pelo horizonte, um borrão de telhados de azulejos azuis, portões vermelhos e jardins exuberantes com algumas árvores de flores rosadas. Não queria nem pensar em como explicaria o passeio de Khramelan para meu pai.

Nossa excursão aérea por Kiata havia terminado, e Khramelan teve a ousadia de pousar no meio da praça comercial de Gindara – bem em frente ao templo da capital. A multidão se separou em ondas, gritando de terror enquanto corriam. Carroças tombaram, mulas e cavalos colidiram com postes de luz, barcos nos canais bateram uns nos outros e carregamentos valiosos caíram na água.

A terra tremeu sob os pés de Khramelan, fazendo lanternas e ladrilhos verdes enferrujados caírem dos beirais do templo. Ele deixou Takkan e eu na barraca de um comerciante de especiarias.

– Você pediu minha ajuda? – ele disse em meio aos gritos. – Aqui está. Não há de quê.

– Que ajuda foi essa? – foi tudo o que consegui falar. Meu estômago tinha subido até a garganta e eu mal conseguia conter a náusea do voo errático de Khramelan.

Ele virou as costas para mim.

– Eu vivi num pesadelo por dezesseis anos, e seu país esteve num sonho por mil. Todos precisam acordar um dia.

Aquelas foram as últimas palavras que ele me disse antes de subir aos céus de novo.

Pedras, laranjas e melões eram atirados em direção ao demônio, e eu sabia que, uma vez que Khramelan estivesse fora de vista, eles seriam direcionados para mim. Takkan e eu começamos a descer da barraca quando algo se ergueu por trás da marquise roxa listrada.

A pérola. Talvez fosse apenas uma ilusão do sol, mas eu podia jurar que ela tinha inclinado a rachadura na minha direção e sua luz tinha piscado. Uma espécie de "de nada", apesar de todos os problemas que havia causado na minha vida.

Então ela partiu atrás de Khramelan, que pairava logo abaixo das nuvens, e envolveu o meio-demônio em um clarão de luz. E enfim, ele começou a se transformar.

As escamas brilharam de repente, passando de pretas feito ônix para azul-esverdeadas como uma floresta de safiras e jades. Os espinhos nas asas agora tinham um aspecto polido, e quando se abriram, vi que os olhos dele também tinham mudado. Eles eram diferentes – um era azul vívido, como o céu que nos cobria, e o outro ainda era vermelho, embora não fosse mais o vermelho-sangue demoníaco que uma vez foi. A cor era mais quente e intensa. Um olho digno de um dragão.

As flechas pararam, assim como as pedras e laranjas voadoras. O medo lentamente se transformou em admiração, e adultos e crianças aos poucos surgiram de seus esconderijos para observar a cena.

– Um dragão! – murmuraram. – Um dragão!

Algumas pessoas começaram a se curvar, e sacerdotisas e monges do templo se puseram a orar em voz alta. Tambores retumbaram, sinos tocaram e alguns dos moradores mais velhos estavam até chorando.

– Os deuses voltaram.

– Rápido, faça um desejo. Aproveite a sorte dos dragões.

– Pelos Fios, um demônio se transformando em dragão? É um sinal dos céus!

Apoiei as palmas das mãos contra a barraca e me inclinei para frente. Minha atenção foi de Khramelan para as pessoas. Fiquei surpresa observando a rapidez com que as reações em relação a ele mudaram.

– Acho que Seryu estava certo sobre o quanto as pessoas amam dragões – comentei com Kiki enquanto ela se empoleirava suavemente em minha cabeça. Uma pontada melancólica voltou ao meu peito. – Consegue imaginar a arrogância dele se estivesse aqui? Seria insuportável.

Ele estaria ganhando dinheiro, isso sim, Kiki disse. Ela apontou a asa para alguém na rua. *Olhe, alguém já está fazendo isso. Aposto que até o final do dia vão vender máscaras de dragão em todo lugar.*

Aquilo me fez soltar uma leve risada.

– Shiori – Takkan sussurrou, chamando minha atenção para o pavilhão do templo, onde meus irmãos haviam pousado. – Olhe.

Eles também estavam mudando, o encantamento finalmente se desfazendo. Pela última vez, as penas se transformaram em carne e as asas formaram braços e pernas de humanos. As coroas escarlates nas cabeças escureceram, virando tufos de cabelo que precisavam urgentemente serem lavados.

– Andahai! – gritei, pulando e correndo. – Benben, Reiji, Wandei, Yotan! Hasho!

Antes mesmo que meus irmãos pudessem se levantar, joguei os braços ao redor de Wandei e Benkai – os mais próximos de mim – e os abracei bem forte.

– Nossos ossos ainda estão se esticando, irmã – Wandei disse, retraindo-se. – Precisamos de um minutinho.

Eu o soltei, mas só para abraçar Yotan e Reiji. Hasho manteve o braço atrás das costas, mas sorriu tanto que não perguntei o que havia de errado.

Ao longe, Khramelan deu um aceno de cabeça tão pequeno que foi quase imperceptível. As asas tinham sumido, mas ele conseguia voar, já que a pérola, finalmente inteira e cintilando no peito dele, mantinha seu corpo flutuando no ar.

Ele se lançou ao céu, se mesclando às nuvens e desaparecendo entre os pássaros – o mesmo que fizera nas memórias de Channari.

Dragão e pérola se reuniram, e minha promessa a Raikama foi cumprida.

Quando me virei para me juntar aos outros, um raio de luz prateado dançou sobre meu braço, iluminando uma pulseira de fios vermelhos no pulso. Dois fios brilharam mais do que o resto: um me conectando a Takkan e o outro… a um fim invisível bem acima das nuvens.

– Madrasta – sussurrei.

Um dos pássaros de papel dela pousou na palma da minha mão, com a cabeça inclinada de curiosidade. Ele não falou nada, mas eu sabia o que estava perguntando.

Senti uma pontada no coração.

– Estou pronta – respondi.

Com um aceno de cabeça, o pássaro cortou o fio de Raikama do meu pulso – e o vento o soprou para longe. Quis ir atrás dele, mas contive as mãos. Observei enquanto o fio soltava um último brilho e desaparecia acima de mim, para sempre.

Levei os braços ao peito, abraçando a mim mesma. Estava sozinha agora.

Os pássaros de papel de Raikama pousaram nos ombros de meus irmãos – e nos de Takkan. Juntos, eles abriram as asas para mim.

Você não a terá por perto, o gesto parecia dizer. *Mas não estará sozinha.*

Depois disso, o vento os levou embora, e os sete pássaros de papel voaram atrás dos fios que haviam cortado. Eu sabia que não voltariam mais.

A pontada em meu coração desapareceu quando me enfiei entre Hasho e Takkan. Peguei a mão de Takkan, mas quando fui pegar a de Hasho, ele se encolheu. Ele mexeu nas dobras de sua capa e enfiou o braço sob ela com pressa.

– Uma flecha machucou você? – perguntei, preocupada.

– Não, não. Só perdi o costume de usar roupas. Preciso de um tempo para esquecer das penas.

Hasho nunca soube mentir direito.

– Seu braço está...

– Estou bem. – Hasho pegou minha mão, apertando com força como se para provar a si mesmo.

Não me convenci, mas o barulho distante de fogos de artifício me distraiu. Ao nosso redor, as crianças cantavam e dançavam pelas ruas, agitando leques coloridos. Comerciantes e vendedores voltaram para as barracas e outra rodada de fogos de artifício explodiu. Algumas pipas deslizaram sobre os parques. Se eu não conhecesse bem Kiata, acharia que era um dia de festival.

As pessoas já estavam limpando a bagunça que Khramelan fizera, e para cada olhar desconfiado em minha direção, havia também uma dúzia de sorrisos radiantes. Disse a mim mesma para me concentrar apenas nos sorrisos e não tanto nas carrancas – pelo menos até que chegássemos em casa para ver papai.

Meus ombros relaxaram, e esqueci o que ia dizer a Hasho. Empurrei ele e Takkan em direção ao resto dos meus irmãos, entrelaçando os braços em volta dos deles até fazermos um nó.

– Foi uma jornada e tanto – murmurei, abraçando forte minha família. Olhei, sem um pingo de vergonha, para os sete jovens. – Temos tempo para almoçar antes de voltarmos para casa?

Era sempre um prazer visitar Gindara, e enquanto percorríamos as ruas da cidade, eu ia ficando cada vez mais tonta. O lugar estava mais agitado do que de costume, graças à confusão que Khramelan havia feito. Mas, em menos de uma hora, os barcos de pesca em forma de meia-lua já estavam descendo os canais de novo, e a maioria dos mercadores tinha limpado as barracas e lojas. Carrinhos carregados de tapetes e louças da Rota de Especiarias circulavam, lanternas de seda estavam penduradas em cada esquina e crianças corriam para os becos para se deliciar com seus lanches favoritos.

Já dava para sentir o cheiro da rua Cherhao. Dedicada inteiramente à comida, era um dos meus lugares favoritos em toda Kiata. Por coincidência, ficava no caminho para o palácio, então não poderíamos contorná-la. Considerei aquilo uma bênção dos deuses.

Yotan comprou um chapéu de palha para cobrir meu cabelo branco. Era um tanto grande e fez eu me sentir boba, mas era mais sensato tentar me disfarçar. Embora já tivéssemos nos afastado há alguns quarteirões de onde tínhamos vindo, quase todas as pessoas ainda falavam sobre o dragão que apareceu no céu. As notícias sobre mim logo se espalhariam. Bem rápido.

– Temos que nos apressar – Andahai disse com cautela. Ele e Benkai observavam os olhares vindo em nossa direção. – Não seja exigente com o almoço, Shiori. Coma qualquer coisa.

– Todo mundo está tão feliz. Por que devemos nos preocupar? – Yotan perguntou. – Talvez Kiata *esteja* pronta de novo para ter magia.

– Eles acham que testemunharam um milagre – Reiji respondeu, sempre pessimista. – Não significa que estejam prontos para ver pássaros de papel voadores e príncipes que se transformam em grous.

– Ou talvez estejam – Wandei retrucou, concordando pela primeira vez com seu gêmeo.

Reiji ainda estava desconfiado.

– Vamos ver o que o conselho pensa sobre o ocorrido.

Fiquei quieta. Não quis preocupar ninguém, mas quanto mais eu andava, mais tonta ficava. A comida ajudaria.

– Você está bem? – Takkan perguntou. Enquanto todos estavam observando as reações ao aparecimento do dragão, ele estava prestando atenção em mim.

Mexi no chapéu.

– Estou apenas com fome. E cansada.

As sobrancelhas de Takkan franziram e ele soltou minha mão.

– Já volto.

Fiz uma careta para ele. Não era de seu feitio sair sem dar explicação, mas não me preocupei com aquilo por muito tempo. Comida era uma ótima distração, e meus irmãos e eu acabávamos de passar por um carrinho de bolinhos de arroz.

O meu preferido, para ser mais precisa. Era cliente da casa em minha antiga vida. A cozinheira e eu sempre tivemos uma boa relação.

Mantendo a cabeça baixa, fui até ela.

– Gostaria de duas dúzias de bolinho meia-lua com recheio de pêssego, uma dúzia normal com pasta de lótus e outra dúzia com feijão vermelho.

– Fiz uma pausa, lembrando que estava viajando com sete garotos que não comiam há mais de um dia. – Na verdade, *três* dúzias dos de feijão vermelho. E dos de amendoim também.

Apesar do chapéu, o pedido enorme acabou me entregando.

– Princesa Shiori, é você? – senhora Hana perguntou. – É você mesmo! Seja bem-vinda de volta!

Lá se foi meu disfarce. Mas em poucos minutos, vendedores de outras barraquinhas também me cercaram. Alguém fez surgir uma bandeja em meus braços, e logo ela já estava coberta de espetinhos de carne, berinjela recheada com queijo de soja e camarão, sopa de macarrão com bolinhos de peixe que boiavam e bolinhos cozidos no vapor que tremiam e dançavam enquanto eu andava.

– Não tinha percebido como você é querida pelo distrito gastronômico de Gindara – Takkan comentou enquanto reaparecia ao meu lado. Ele sorriu de maneira afetada. – Estou começando a pensar que eu deveria ter lhe dado bolinhos em vez de um pente.

– Não. – Larguei a comida, parecendo pensativa. – Só dá para apreciar os bolinhos por um instante. Já o pente, posso guardar para sempre. – Limpei o açúcar dos dedos e dei uma piscadinha para ele. – Mas aceito bolinhos em vez de flores a qualquer hora.

Takkan riu.

– Anotado.

– Agora, experimente. – Enfiei um espetinho de cordeiro temperado com cominho na boca dele. – Aposto que não tem isso em Iro. – Ofereci a ele um bolinho picante no vapor que transbordava de óleo de pimenta, e então, antes que Takkan tivesse chance de terminar de comer, coloquei o maior bolinho de arroz – recheado de pasta de feijão vermelho – na palma de sua mão.

Também não mereço uns?, Kiki perguntou. *Ou só posso comer se forem minhocas de papel?*

Eu ri dela. Era como se tivéssemos voltado ao dia do Festival de Verão do ano passado. Era a princesa Shiori despreocupada de novo, famosa pelo paladar exigente e pela habilidade de me apoderar de todos os pratos do festival.

Em pouco tempo, não foram apenas os vendedores de comida que me rodearam. Os moradores da cidade também. Os mais alegres me abençoavam e gritavam:

– A sorte dos dragões está com você, princesa Shiori.

Os mais curiosos perguntavam:

– Você pode contar o que aconteceu com o dragão? Por que ele costumava ser um demônio?

E, atrás da multidão, revoltosos com medo murmuravam:

– Então é verdade, a princesa *tem* magia... Vejam o cabelo dela, parece um fantasma! Por que um dragão estaria aqui? Os demônios devem estar mais fortes... Aposto que é culpa dela... Foi isso o que meu amigo em Yaman disse, que o feitiço que nos fez dormir durante todo o inverno e que os incêndios que assolaram a floresta... foi tudo culpa de Shiori'anma.

Engoli o último bolinho de peixe do espeto e o enfiei em um bolinho de arroz não comido. Meu apetite tinha sumido. Segurei firme o chapéu sobre a cabeça e abri caminho pela multidão, odiando que Andahai estivesse, de fato, certo. Precisávamos ir para casa.

Benkai estava sussurrando para os sentinelas que patrulhavam a cidade e, ao seu sinal, eles dispersaram a multidão. Como bons soldados treinados que eram, Takkan e meus irmãos me cercaram e me levaram para longe do centro da cidade.

Chutei uma pedra solta na rua enquanto esperávamos uma carruagem para nos levar para casa.

– Quem diria que um dia eu sentiria tanta falta daquela tigela na cabeça.

– Acho que o apetite entregou você mais do que o rosto – Reiji brincou. – Sete dúzias de bolinhos de arroz?

– Eu estava pedindo para todo mundo – respondi. – Mas devia ter tido mais cuidado. Estou cansada. Não estava pensando direito. – Subitamente exausta, afundei em um banco ao lado do jardim público. – Peço desculpas a todos.

Yotan estalou os lábios.

– Não precisa pedir desculpas. Depois de uma semana comendo ratos e vermes, ainda estou tentando me livrar do cérebro de passarinho. Além disso, você precisava de comida. Parecia um fantasma. Não só por causa do cabelo.

Acanhada, passei os dedos pelas mechas prateadas do cabelo, e Takkan sentou-se ao meu lado.

– Ignore-o – ele sussurrou. – Ignore todos eles.

Takkan sempre me entendia. Dei um aceno bem leve com a cabeça. *Vou tentar.*

Uma bolsa de linho pendia de seu pulso, me lembrando de perguntar aonde ele tinha ido mais cedo.

– Você foi fazer compras? – perguntei. – Fiquei me perguntando depois que você desapareceu misteriosamente.

– Comprei curativos e pomada para o seu braço – ele respondeu. – Sei que no palácio haverá remédios melhores, mas ainda estamos a uma hora dos portões. E você perdeu muito sangue. – Takkan começou a abrir o pote. – Isto vai ajudar.

Enruguei o nariz.

– Que cheiro horrível.

– É por isso que eu esperei até que terminasse de comer.

Fiz uma careta, mas por mais que odiasse admitir, a pomada realmente ajudou meu braço a ficar melhor. Quando Takkan terminou, mergulhei os dedos no remédio e o espalhei sobre os cortes no rosto dele. Segurei sua bochecha e disse baixinho:

– Não fui a única que se machucou… então não vou ser a única a ficar com cheiro de esterco.

Takkan tremeu de tanto rir e beijou as pontas dos meus dedos, mesmo com cheiro de esterco. Ele estava prestes a dizer mais alguma coisa quando Andahai arruinou nosso momento.

– Não na frente da família – meu irmão mais velho disse secamente, e eu podia jurar que as costas de Takkan ficaram retas feito uma lança.

Cruzei os braços.

– Ah, fala sério. Você faria o mesmo se Qinnia estivesse aqui.

– É hora de partirmos – Andahai falou, me ignorando. – A carruagem está quase aqui. Você precisa descansar, Shiori. Todos precisamos.

Por que ele olhou para Hasho quando disse aquilo?

– O que eu perdi? – Olhei de volta para o meu irmão mais novo. Ele ficou quieto e reservado o tempo todo, e comeu pouco. Um gato de rua passou ao lado dele, e um pardal se empoleirou em seus ombros, mordiscando pequenos restos de comida. Ele sempre foi meu irmão mais sensível, e eu imaginei que precisasse de mais tempo para se recuperar da transformação. – Hasho está...

– Ele está bem.

A resposta curta de Andahai me provocou suspeitas, então, antes que meus irmãos pudessem me impedir, abri caminho em direção a Hasho.

– Está muito quente para usar capa – falei, puxando o tecido pesado de seu ombro. Ele se encolheu, e finalmente entendi por que esteve mais distante de nossa companhia.

Seu braço direito – o mesmo que Bandur havia amaldiçoado – ainda era uma asa. Escura feito um pedaço da noite.

– Hasho! – exclamei em choque.

Ele levantou a asa, deixando as pontas espreitarem para fora da capa. As penas eram longas e afiladas, numa cruel imitação de dedos. O braço de um pássaro, não o de um homem. Nunca poderia segurar uma xícara, escrever, desenhar ou mesmo passar por uma manga.

– É só um braço – Hasho disse, dobrando a asa ao lado do corpo. – Podia ter sido pior. – Ele conseguiu dar um meio sorriso. – Só preciso de uma mão pra vencer Reiji no xadrez.

– Ah, Hasho – sussurrei, um soluço rasgando meu peito. – Por que você não... por que não disse nada? Talvez Kiki possa rastrear Khramelan, talvez não seja tarde demais e ele possa...

– Não há nada que possa ser feito – meu irmão mais novo me interrompeu. – Já sei disso há algum tempo. Já aceitei.

– Mas...

Hasho acariciou minha bochecha com as penas.

– Não é o fim do mundo. Ainda posso falar com os pássaros... e com Kiki.

Seu tom era gentil, mas firme. *Não discuta*, era o que me pedia.

Meu irmão retraiu a asa.

– Pelo menos, agora as pessoas irão acreditar em nós quando dissermos que passamos dias transformados em grous.

– As pessoas já estão começando a acreditar – respondi com um nó na garganta. – E graças a Khramelan, teremos de enfrentar isso mais cedo ou mais tarde.

Eu esperava que Khramelan pudesse me ajudar a resolver o problema dos demônios de Kiata, mas ele só o piorou. Não poderia continuar ignorando os demônios para sempre.

– É direito nosso mantê-los presos? – murmurei, quase para mim mesma. – Magia... e demônios. Talvez esse tenha sido o erro de nossos ancestrais.

– Você não pode libertar os demônios – Reiji disse. – Seria uma loucura.

Seria. Mas ainda assim... Eu não suportava a ideia de Kiata sufocando sem magia por mais mil anos.

Talvez estivesse sendo egoísta por pensar em como a asa de Hasho iria marcá-lo pelo resto da vida, em como um resquício da maldição de

Raikama sempre assombraria meus irmãos, em como *eu* nunca seria capaz de caminhar pela rua Cherhao – ou qualquer outro lugar – sem ouvir sussurros de que era uma feiticeira ou um monstro. Em como queria desesperadamente me sentir em casa de novo.

Talvez estivesse sendo tola por pensar que desempenhava algum papel no destino de Kiata.

No entanto, se eu não fizesse nada, quem faria? Seria pior ser uma pipa sem fio, vagando perdida no vento, ou uma pipa que não ousava fazer proveito do vento e nunca voava? Uma pelo menos tinha a chance, por menor que fosse, de encontrar um lar. A outra, não.

Assim que entrei na carruagem, eu sabia qual pipa teria que escolher.

CAPÍTULO QUARENTA E UM

– Mandou me chamar? – Minha voz vacilou, e eu me curvei o máximo que pude, do jeito que costumava fazer quando sabia que estava prestes a receber uma severa reprimenda. A única ocasião em que meu pai me pedia que fosse sozinha aos seus aposentos particulares era quando eu tinha feito algo imperdoável, e chegar montada em um dragão no meio de Gindara não se comparava às minhas travessuras do passado.

Minha imaginação foi longe: me preparei para ser exilada, me casar com um príncipe a'landano ou ser colocada em uma cela e alimentada apenas com arroz empapado e chá amargo.

– Você descansou? – papai perguntou, interrompendo meus pensamentos.

Pelo tom áspero, eu sabia que não era um convite para me levantar.

– Sim.

– Pelos demônios de Tambu, minha filha – ele resmungou. – A comoção que você causou nas últimas horas...

Nunca tinha ouvido meu pai xingar antes.

– Sinto muito. Sei que é minha culpa... Eu não devia...

– Quero ver o seu braço – ele falou. – Seus irmãos me disseram o que o demônio fez. Que ele... machucou você.

Não estava esperando aquilo.

Arregacei a manga com cuidado e desfiz o curativo velho. Já tinha tomado banho desde o meu retorno, mas a pomada que Takkan espalhara sobre minha pele ainda cheirava forte e pinicava minhas narinas.

A mandíbula de papai ficou tensa ao ver os cortes no meu braço. Ainda bem que Bandur já estava aprisionado, porque ele parecia pronto para esfaquear o demônio e cortá-lo em pedacinhos para fazer um cozido.

– Suas mãos também? – meu pai perguntou.

– Estas feridas são antigas – expliquei sobre as cicatrizes nos dedos. Normalmente eu as escondia debaixo das mangas na presença de papai, mas agora minhas mãos se moviam enquanto eu falava, e as cicatrizes nos dedos formigavam. Parei de prestar atenção nelas durante a viagem para Ai'long. Elas serviam como um lembrete doloroso do preço que paguei para salvar meus irmãos. Mas, ultimamente, estava começando a vê-las de uma maneira diferente: como um sinal de força e de tudo o que ainda precisava ser feito.

– Os curativos precisam ser trocados – meu pai disse. Havia um balde de água quente atrás dele, o que me fez perceber que esteve esperando por mim.

Ia pegar o balde, mas papai me impediu.

– Eu faço isso – ele falou.

Depois riu baixinho da minha surpresa.

– Nem sempre fui um imperador, sabia? Assim como seus irmãos, treinei para ser um sentinela. Meu pai se certificou de que eu amarrasse e polisse minha própria armadura, lavasse as próprias tigelas, costurasse as próprias feridas... como qualquer outro soldado. Fique parada, pode ser que doa.

Enquanto ele limpava a ferida, mordi o lábio e voltei a atenção à tela de madeira da janela.

Os aposentos de meu pai eram modestos, com uma mesa simples de jacarandá e uma prateleira combinando com ela, cheia de pergaminhos e livros, um longo divã enfeitado com grous e orquídeas, e um espelho de bronze que estava no palácio desde o reinado do primeiro imperador de Kiata.

Depois que a mamãe morreu, seus aposentos se tornaram um santuário particular, e os convidados só podiam percorrer até o pátio. Mesmo meus irmãos e eu podíamos contar nos dedos de uma única mão o número de vezes que fomos convidados para os cômodos residenciais de nosso pai.

No entanto, ali estava eu, deixando cair curativos num tapete de lã presenteado por um rei de Samaran, tendo a ferida estancada por seda pura que percorreu a Rota das Especiarias de A'landi a Kiata, e a carne costurada por um imperador das Nove Cortes Eternas.

Não pude deixar de pensar como, sem a proteção das vestes cerimoniais e o enfeite de cabeça feito de ouro e cintos com medalhas, ele parecia apenas um pai que passou várias noites se preocupando com os filhos.

– Relaxe esses ombros, Shiori. Achou que mandei chamá-la aqui para puni-la?

– Não é mais do que eu mereço.

– Muitos concordariam.

Os ministros, com certeza. Provavelmente a maior parte da corte também. Toda Kiata, na verdade.

– Você falou com o conselho? – perguntei com cuidado.

A pergunta fez o rosto de papai endurecer mais uma vez.

– Ele foi dissolvido por enquanto. – Ele fez uma pausa. – Enquanto esteve fora, Hawar confessou que *ele* a envenenou.

– Hawar *confessou*? – Aquilo me chocou.

– Disse que as ações dele foram justificadas – meu pai falou com uma risada seca. – Depois que você aparentemente me atacou nas Montanhas Sagradas, ele achou melhor admitir que dois cultistas o abordaram meses atrás com o veneno. Disse que se recusou a considerar machucar uma princesa de Kiata, mas quando você mostrou sinais de possuir magia... Hawar disse que não teve escolha a não ser proteger o reino.

Eu me arrepiei.

– O que aconteceu com ele?

– Foi executado ontem – papai respondeu, parecendo não sentir nada. – Os cúmplices ainda não foram identificados, mas tenho fé de que seu espetáculo em Gindara fará com que alguns se apresentem.

Não disse nada. Estava me perguntando quantos no palácio concordavam em segredo com Hawar, que eu era um problema. Talvez tenha sido por isso que o espelho da verdade não me mostrou a identidade do assassino – porque ele não havia agido sozinho.

Meu pai fechou a cara.

– Há poucos em quem confio hoje em dia.

Dava para ouvir o que ele tinha deixado de fora: *Posso confiar em você, filha?*

Hesitei.

– Desculpe por ter mentido. Sobre ir para Iro. Sobre tudo.

– Estou acostumado com as suas mentiras – papai respondeu. – Mas não com as dos seus irmãos.

A repreensão me fez estremecer, mas eu merecia. Curvei-me mais ainda.

Depois de uma pausa, ele perguntou:

– Aonde você foi de verdade?

– Para as Ilhas Esquecidas de Lapzur – respondi. – Raikama me pediu para ir lá para realizar seu último desejo. Levei Bandur comigo, e agora ele está preso lá. Nunca mais voltará a atormentar Kiata.

– Essa é uma ótima notícia – meu pai concordou. Seu tom não deixava nada transparecer, e eu não mencionei o fato de Bandur tê-lo possuído nas Montanhas Sagradas. Compreendia o orgulho dele. Aquele era um segredo que morreria comigo.

Papai gesticulou para o meu cabelo.

– Esse é o preço que você pagou pela nossa libertação?

Ofereci um pequeno sorriso.

– Não mudei tanto quanto parece. Ainda sou impertinente e nada boa em seguir regras.

– Acredito em você. – O imperador passou a mão em minha testa, como fazia quando eu era pequena. – Vai levar algum tempo para se acostumar, mas combina com você. Sempre foi uma filha do inverno.

A mão dele caiu no meu ombro.

– Chega de mentiras. Não haverá mais segredos. Pode me prometer isso?

Dei um passo para trás.

– Baba – falei baixinho em vez de responder. – Você teria protegido todos os sangues puros do jeito que me protegeu… ou só se importou porque sou sua filha?

A pergunta o pegou de surpresa. Ele suspirou.

– Sendo bem sincero, geralmente quando o imperador ouve falar dos sangues puros, eles já estão mortos.

Talvez tenha sido por isso que eu fui escolhida dessa vez. Porque ao contrário dos que nasceram antes de mim, o imperador me dava ouvidos. Eu tinha uma voz.

E tinha que usá-la.

– Também serei sincera – falei. – Vou voltar à fenda. Quero falar com os demônios.

– Perdeu o juízo? – Os olhos de meu pai se contraíram. – Você não tem permissão para chegar perto daquele lugar maldito. Uma regra que você já conhecia muito bem da primeira vez que a quebrou. Quebre-a de novo e não terei escolha a não ser puni-la.

– Se eu tivesse ficado parada, Bandur ainda estaria em Kiata – retruquei. – Deixe-me lidar com o resto dos demônios.

– Os demônios mataram sua madrasta. Não vou deixá-los matar você também. – As olheiras de papai se aprofundaram, e notei pela primeira vez o quanto ele havia envelhecido no ano passado. – Se algum dia tiver filhos, vai entender. Quando você e seus irmãos desapareceram, eu teria dado qualquer coisa... minha coroa, meu reino, minha vida... para tê-los todos a salvo.

Um nó entalou na minha garganta, e eu fiz algo que nunca ousei fazer, mesmo quando era uma garotinha. Peguei a mão de meu pai, apertando-a com força.

Posso nos deixar seguros de novo, eu queria garantir a ele. *Posso parar os demônios*. Mas as palavras não saíram.

Porque não importava o que fizesse, as coisas nunca poderiam voltar a ser o que eram. A casa da qual eu tanto sentia falta quando estava sob a maldição de Raikama se foi, e tudo que poderia fazer era construir uma nova. De algum jeito.

– Kiata é meu lar – eu disse em vez daquilo. – Deixe-me lutar por ela.

Os olhos de papai eram iguais aos meus, refletindo a mesma teimosia e a mesma determinação.

– Não sou um tolo, minha filha. Entendo o que aconteceu com Hasho. – Os punhos dele se fecharam, e custou-lhe um longo suspiro para recuperar a compostura. – Você poderia sofrer algo muito pior.

– Mesmo que seja o caso, não tenho medo. Eu nasci para isso. Por muito tempo, ignorei meu papel de princesa... de uma *filha* de Kiata. Deixe-me cumprir meu dever agora.

As mãos de meu pai caíram nas laterais do corpo. Ele sabia que eu estava usando suas velhas palavras contra ele.

– Sinto falta dos dias em que você se escondia dos professores nas árvores. Não me preocupava tanto com você naquela época como me preocupo agora.

Minha boca se curvou em um sorriso compreensivo.

– Não vai me manter longe das montanhas?

– Eu quero – ele disse baixinho. – Mas conheço você, Shiori, e sei que pode recorrer aos seus irmãos. Assim como a lorde Bushian. Você já escapou uma vez, e faria isso de novo, sem sombra de dúvida. Então é melhor eu oferecer a todos vocês o que precisarem do que deixá-los despreparados para enfrentar aqueles demônios.

– Obrigada – respondi, falando sério. E então minha testa franziu ao pensar mais um pouco. – As sacerdotisas capturadas nas montanhas ainda estão vivas?

– Uma está… por muito pouco.

Quase tive pena dela.

– Você poderia me arranjar uma audiência? – perguntei. – Desejo falar com ela.

A sacerdotisa Janinha era apenas uma sombra da mulher velha e presunçosa que eu havia encontrado nas montanhas. Manchas de sangue estavam incrustadas em suas bochechas, e o cabelo pendia sobre o rosto feito tufos de palha, coberto de sujeira e lama. Sem o cajado de madeira, ela parecia fraca demais para fazer qualquer coisa, mas eu não seria enganada. Não quando os olhos dela me dilaceraram feito duas foices, recém-afiadas e desprovidas de remorso.

Tem certeza de que não posso ir também?, Kiki perguntara. *Não consegui bicar os olhos de Hawar… pelo menos me deixe bicar os dessa sacerdotisa.*

Quase desejei ter cedido. Mas seria melhor se eu falasse com a sacerdotisa a sós.

Os guardas a arrastaram para a sala e a jogaram sobre um lençol preto de algodão no chão da câmara – colocado lá para proteger o piso de madeira do seu sangue. Não havia janelas, mas a luz da lanterna iluminava os inchaços e as feridas sobre suas bochechas pálidas.

No entanto, aquele olhar duro de alguma forma fazia *eu* me sentir a prisioneira.

– Meu pai a condenou à morte por mil cortes – falei com frieza. – Responda às minhas perguntas com sinceridade, e cuidarei para que você tenha um destino misericordioso.

– Estava esperando para vê-la, Shiori'anma – Janinha rosnou, ignorando completamente minha oferta. – O que você deseja saber?

Não deixaria os olhos sombrios dela me assustarem. Eu disse:

– Você tem conhecimento sobre sangues puros. Os que vieram antes de mim sempre foram capazes de ouvir os demônios?

Um assobio vazou das lacunas entre os dentes da sacerdotisa. Levei um tempo para perceber que ela estava rindo.

– Não fale como se você pudesse lutar contra seu destino – Janinha respondeu. – Princesa ou não, você é uma presa, Shiori'anma. Ou você morre por nós, ou morre por eles.

– Responda à pergunta – exigi.

– Sim, todos os sangues puros são atraídos pelas montanhas. Você acha que é a primeira a derramar sangue pelos demônios?

Não era? Meus lábios se contraíram de curiosidade. Ela conseguiu minha atenção.

– A última vez foi há quarenta anos. O sangue puro antes de você era uma garota boba que não tinha ideia do que ela era até que fosse tarde demais. Quando os demônios a atraíram, pensou que eram os deuses falando com ela, prometendo-lhe riqueza, poder e beleza. Ela deu o próprio sangue a eles, criando uma fenda. Uma muito menor que a sua, e mesmo assim… Nós a deixamos fazer aquilo. As pessoas estavam começando a esquecer a perversidade dos demônios, e nada estimula melhor a memória do que um pouco de sangue. Incendiamos seu vilarejo inteiro enquanto ela dormia. Dissemos que tinham sido demônios que ela havia libertado e, ao contrário de você, ela sabia que tinha de pagar pelo erro.

O rosto da sacerdotisa brilhou.

– Ficamos bastante felizes em ajudá-la.

– Seus monstros... – sussurrei.

– Com as cinzas dela, selamos as montanhas antes que um único demônio pudesse escapar. – A sacerdotisa baixou a cabeça. – Podemos fazer isso de novo... com você, Shiori'anma.

Cerrei os dentes.

– Você *assassinou* uma garota inocente... um vilarejo inteiro! E incriminou os demônios pelos seus próprios pecados...

– Se não fosse pelo que fizemos, muitos teriam morrido – Janinha disse, me interrompendo. – Meu culto entende que o sacrifício é necessário. Estamos dispostos a morrer pelo bem de Kiata. E você?

– O bem de Kiata – repeti. – E o que você sabe sobre isso?

Os guardas a ergueram para levá-la embora, mas ela enfiou a mão no fundo da boca e a torceu. De lá, tirou um dente escurecido, coberto de sangue e cárie.

Ela o esmagou entre os dedos. Meu coração deu uma guinada ao ver como ele se desintegrou feito areia escura.

– Pare! – eu gritei.

Os guardas desembainharam as espadas, mas a sacerdotisa jogou as cinzas para o alto, e as lâminas congelaram no meio do movimento, os gumes delas tinindo contra as correntes de Janinha.

– Não precisa se levantar, princesa – ela resmungou quando me levantei num salto. – Estou quase terminando.

Uma a uma, as lanternas de bronze balançando ao longo das paredes se apagaram. E enquanto a escuridão envolvia a câmara, Janinha falou suas últimas palavras:

– Se você não vai entrar no fogo, então, ao amanhecer, Kiata queimará em seu lugar. Apenas suas cinzas podem nos salvar.

Depois daquilo, os guardas foram libertados. Um segundo antes de as espadas afundarem na carne da sacerdotisa, ela caiu morta.

CAPÍTULO QUARENTA E DOIS

– Talvez ela estivesse blefando – Reiji disse depois que relatei o que aconteceu. – Não seria a primeira vez que as sacerdotisas tentam enganar você.

– Ela lançou um feitiço – insisti. – Havia poder nas palavras dela, como da vez em que Raikama nos amaldiçoou. Ela sacrificou a própria vida por ele.

– Acha que é uma maldição? – Benkai perguntou.

Concordei com a cabeça.

Ele acreditou em mim.

– O culto dela recrutou muitos seguidores desde a aparição de Khramelan ontem – Benkai falou. – Estão culpando os demônios por toda a destruição, então é provável que o que quer que tenham planejado começará perto da fenda. Irei avisar aos meus homens. Vamos vasculhar a área e evacuar os vilarejos vizinhos.

– Tenham cuidado – pedi. – Eles ainda têm cinzas dos últimos sangues puros. – Cinzas que lhes concediam magia o suficiente para que eu temesse que a promessa de Janinha de fazer Kiata queimar pudesse se tornar realidade.

– Entendido, irmã.

Wandei inclinou-se para a frente, abaixando o papel que dobrara em forma de leque.

– Se realmente é uma maldição, então encontrar os outros cultistas não impedirá o inevitável. O que poderemos fazer se Kiata pegar fogo como ela avisou?

Hesitei, nervosa para falar no que estava pensando.

– Magia é o que alimenta a maldição, logo, apenas magia pode detê-la.

– Mas como? – Wandei perguntou.

Eu me virei para Benkai.

– Quando você está em guerra, quem procura para ser seu aliado?

– O inimigo do meu inimigo – ele respondeu na mesma hora.

– Exatamente – eu disse. – Os inimigos das sacerdotisas são os demônios. Eu tenho... pensado em falar com eles.

Esperava que meus irmãos discordassem, discutissem comigo e me dissessem que essa era uma ideia perigosa. Minhas expectativas foram atendidas. Os seis começaram a falar ao mesmo tempo, mas eu mal conseguia ouvir o que estavam dizendo. Eles não eram as vozes mais altas em minha cabeça. Ela pertencia à minha ave.

O que você poderia dizer a eles?, Kiki trinou. *Desculpe, mas vocês se importariam de matar todos os meus inimigos por mim? Como agradecimento, trarei bolinhos pelos próximos mil anos enquanto permanecem presos nas montanhas. Ah, e por favor, parem de fazer a terra tremer sempre que se sentirem zangados – está assustando os aldeões e os acordando no meio da noite.*

Do jeito que ela falava, soava mesmo ridículo, mas ainda assim...

– O que você *vai* dizer a eles? – Hasho repetiu a pergunta de Kiki.

– Sinceramente, não sei – admiti. – Achei que teria mais tempo para pensar no assunto.

Wandei deu um tapa com o leque em uma mosca zumbindo sobre Yotan.

– De acordo com as sacerdotisas, você tem um dia. Se for mesmo insistir nesse plano, eu diria que é melhor ir pensando.

Fui dar uma volta para espairecer. O outono havia chegado durante a noite: coroas amareladas manchavam as árvores e o orvalho gelado agarrava-se aos beirais do Pavilhão da Nuvem. Takkan devia estar esperando por mim, mas o ouvi rindo junto de duas crianças próximo ao lago das carpas. Cada uma de um lado puxava Takkan pelo braço, falando tão rápido que eu só consegui pescar as palavras *princesa* e *história.*

Quando elas me viram, pularam. Seus olhos se voltaram primeiro para o meu cabelo, solto e todo branco-prateado, e então para Kiki, sentada em meu ombro, as asas de papel batendo com a mesma vivacidade de uma ave de verdade. As crianças acenaram timidamente antes de se lembrarem de fazer reverência.

Acenei de volta, sorrindo com cautela até que elas começaram a rir. Por qual motivo, eu não conseguia imaginar.

– Esta é a princesa Shiori, não é? – a menina sussurrou para Takkan. – Onde está a tigela na cabeça dela?

Ele contou sobre a tigela? Não é à toa que ela me olhava daquele jeito.

– Você poderia contar à Suli e ao Sunoo o que aconteceu com a tigela? – Takkan me perguntou.

– Quebrou – falei sem rodeios. Eu não era boa em histórias.

– Quando ela encontrou uma maneira de acabar com a maldição... – Takkan continuou de onde parei. – A tigela se quebrou em mil pedaços, salvando Shiori'anma de um fogo terrível e perverso.

– Que bom – o menino respondeu, batendo palmas. – Mas por que seu cabelo está branco?

– Porque fui atrás de fantasmas – respondi. – E lutei contra demônios. – Mostrei os dentes e fiz uma cara de monstro. As crianças riram. E então perseguiram Kiki com entusiasmo, não se importando que ela fosse uma ave mágica de papel que voava. Convidei Takkan para vir até a passarela.

– Sunoo e Suli – repeti, gesticulando para as crianças. – Seus amigos?

– Bons amigos – Takkan respondeu. – O pai deles, senhor Lyu, é o mensageiro-chefe.

Takkan também sabia o nome do jardineiro.

– Você conhece todo mundo no palácio?

Ele encolheu os ombros.

– Conheci alguns funcionários. Eles têm sido gentis comigo.

– Ao contrário dos nobres que lhe fazem companhia?

Pelo silêncio, eu já entendi. A corte de Gindara estava cheia de bajuladores e caçadores de status, e imaginei que não tivesse recebido muito bem meu humilde noivo do Norte. Nem mesmo meus irmãos teriam feito o que Takkan fez por mim no inverno passado: aberto as portas para mim quando achou que eu fosse uma simples cozinheira de taverna e não me tratado tão diferente de uma dama de família rica. Para um lorde, mesmo um de terceira classe, ele era irremediavelmente honesto e despretensioso. A corte deve tê-lo engolido vivo.

E o cuspido fora.

– Não se preocupe – eu lhe garanti. – Também acho que eles são insuportáveis. Por que acha que minha melhor amiga é uma ave de papel?

– E todos os cozinheiros da rua Cherhao? – Takkan brincou.

– Exatamente. – Inclinei-me sobre a ponte, observando as tranças de Suli pularem sobre os ombros enquanto perseguia Kiki ao redor do pavilhão. De costas, lembrava a irmã mais nova de Takkan.

– Você deve sentir falta de Megari – falei. – Não a vê faz mais de meio ano.

– Trocamos cartas com frequência. Foi assim que conheci Suli e Sunoo. Eles levavam as cartas para meu pai em troca de histórias.

– Que tipo de histórias? – eu o sondei. – Também quero algumas.

– A maioria era sobre você.

Ah.

– Senti sua falta enquanto você estava em Ai'long – Takkan disse. – Contar histórias suas me ajudava.

Engoli em seco, incapaz de conter o carinho inflando meu peito.

– Ainda tenho raiva de mim mesma por ter perdido o caderno de desenhos que você me deu – confessei. – Mas nunca vou perder suas cartas. Já decorei metade delas. Tenho as relido todas as noites para me ajudar a dormir.

– Assim você me magoa, Shiori – Takkan disse ironicamente. – Elas são tão chatas assim?

Sorrindo, imitei uma versão jovem dele:

– Nesta manhã, minha irmã encontrou uma centopeia no celeiro e, pensando que era uma lagarta doce e inofensiva, a trouxe para o almoço. Meus ouvidos estão zumbindo até hoje do quão alto nossa mãe gritou.

A palma da mão de Takkan foi até o rosto. Ele parecia desejar pular no lago.

– Eu escrevi isso, foi?

– Foi. – Meu sorriso se tornou perverso. Adorava vê-lo desconfortável e então se recompondo no próximo fôlego. Eu me aproximei até nossos braços se sobreporem no corrimão de madeira. – Suas cartas são um tesouro. Quando as leio, me sinto um pouco menos… perdida. Sinto que estou onde devo.

Olhei para a água, observando uma carpa de manchas laranjas e pretas mordiscar os suportes da ponte.

– O seu coração é a sua casa – murmurei. – Até que entenda isso, você não pertencerá a lugar nenhum.

– Você disse isso para a pérola quando estávamos em Lapzur – Takkan se lembrou.

Eu disse. Estava tão desesperada para que a pérola me ouvisse que tinha esquecido que Elang dissera aquelas palavras primeiro. Uma mensagem de um meio-dragão para outro. Esperava que Elang encontrasse sua casa um dia.

– Ainda não tenho certeza se entendi o que isso significa para mim – confessei.

Uma sombra cobriu os olhos de Takkan, e dava para ver que seus pensamentos retornaram ao nosso atual enigma. Ele se virou para mim.

– O que posso fazer para ajudar?

A pergunta era simples, tão espontânea e tão séria que me fez erguer os olhos da água.

– Não sei o que fazer com os demônios – admiti. – Se eu os mantiver presos, a magia também fica presa. Mas se os libertar… liberarei o caos sobre Kiata.

– O que você acha que deveria fazer? – Takkan moveu meu queixo para cima. – Conheço você, Shiori. Você acredita que há outra maneira. Diga.

Inspirei, trêmula, e reuni coragem.

– Eu… não consigo esquecer o jeito que Khramelan falou sobre eles. Ele sentiu… pena dos demônios. Isso me faz pensar se posso dialogar com eles. Talvez até pedir ajuda.

Takkan piscou de surpresa.

– Bem, não devem ser menos agradáveis do que as sacerdotisas.

Aquilo tirou um leve sorriso de mim.

– Verdade.

Soltei o pente do cabelo. Não levei o presente de Takkan para Lapzur por medo de perdê-lo, como já havia acontecido com o caderno de desenhos. Eu o segurei, admirando os grous, o coelho e a Lua desenhados ao longo do pente.

– Não cheguei a perguntar… foi você que pintou?

– Sim – Takkan respondeu, limpando a garganta. – Foi ideia de Megari incluir o coelho. Ela disse que traria sorte… E os grous cuidariam de você. – Ele fez uma pausa. – Ela anda fazendo dobraduras como você a ensinou. E implorando para que você retorne e os traga à vida com sua magia. Aparentemente, Pao tem lhe dado broncas por escapar da fortaleza, e um exército de pássaros de papel ao lado dela cairia bem.

Um exército de pássaros de papel ao lado dela. Meus olhos saltaram e eu me endireitei, incapaz de conter a animação que borbulhou de repente em meu peito.

– Takkan… eu acho que é isso. – Agarrei as mãos dele, empolgada.

– O quê? – Takkan perguntou.

– Você pode me trazer mil folhas de papel? – pedi. – Envie outra carta para Megari também. E diga que ela é um gênio.

– Vamos fazer pássaros de papel – anunciei ao pequeno grupo que se reuniu em meu quarto. Takkan, meus irmãos e Qinnia estavam sentados em um semicírculo no chão, com pilhas de papel dispostas diante de cada um deles. – Mil pássaros de papel, para ser exata.

Qinnia tirou uma página de sua pilha.

– O que você vai fazer com todos esses pássaros? – perguntou. – Fazer um pedido?

Ela estava se referindo a uma lenda que todos conhecíamos. Para homenagear Emuri'en e seus grous, dizia-se que os deuses concediam um desejo a qualquer pessoa que enviasse mil pássaros ao céu. Passei um inverno inteiro dobrando grous de papel, esperando ser ouvida pelos deuses e quebrar a maldição de meus irmãos.

Mas os deuses estavam em silêncio há séculos. Eu não acreditava que ainda estivessem ouvindo.

– Não é nenhum desejo – respondi. – Os pássaros servirão como o meu exército contra as sacerdotisas… e os demônios, se for necessário.

Pelas carrancas de Benkai e Reiji, o ceticismo era claro: *um exército de pássaros de papel?*

Sim, *meu* exército. Eu precisaria de magia para neutralizar a maldição sobre Kiata. As Lágrimas de Emuri'en ficavam perto da fenda – eu usaria o poder dali caso minha própria magia não fosse o suficiente, e os pássaros me ajudariam a espalhá-la.

– Confiem em mim – eu disse antes de explicar o plano.

Durante a tarde, ensinei a eles o método adequado para dobrar grous de papel. Wandei pegou o jeito mais rápido que os outros, e então começou a brincar com as dobras e a fazer andorinhas, pombas, águias, até uma fênix. Ele ensinou as variações para Yotan e Reiji, que decidiram que eram complicadas demais e preferiam se ater aos grous. Enquanto isso, Benkai, Andahai e Takkan competiam com fervor para ver quem conseguia dobrar cem pássaros de papel primeiro.

Qinnia dobrou os menores que eu já tinha visto. Uma dúzia deles facilmente caberia na palma da mão.

– Você vai precisar de soldados de todos os tamanhos – ela explicou.

Hasho estava sentado num canto com um carretel de linha preta, fazendo os olhos que Qinnia mais tarde costuraria nos pássaros.

– Para que consigam ver – ele explicou quando me pegou olhando. – Como Kiki.

Minha ave de papel sorriu para ele. Durante todo o dia ela ia e voltava ao lado dele, e me animou ver como eles haviam se aproximado.

Trabalhamos juntos, e à noite tínhamos mil pássaros.

Mil e um, Kiki me lembrou. *Não esqueça que eu sou a primeira.*

– E como eu esqueceria? Você nunca ia deixar.

Verdade. Ela beliscou meu cabelo e foi me arrastando para a janela mais próxima. *Veja todas as estrelas. Vê o grou de sete pontas? Eu ando espalhando boatos sobre ele.*

– Que tipo de boatos? – perguntei, suspeitando. – Essa constelação é o grou sagrado de Emuri'en.

Não é mais. Agora é você com seus irmãos. Vocês têm uma estrela cada.

– Isso é…

Estou apenas me certificando de que você seja lembrada, Kiki interrompeu. *Se for, eu também serei.*

– Sempre cuidando de seus próprios interesses.

Eu esperava que Kiki tivesse uma reação pomposa, mas ela assumiu um tom sério que nunca tinha ouvido antes. *Não quero ser esquecida*, ela admitiu. *Nem sei o que é ser uma ave de verdade.*

A seriedade dela me pegou desprevenida.

– Achei que você não queria ser como os outros pássaros – falei baixinho. – Perder penas, sentir calor e frio, comer vermes…

Uma ave pode mudar de opinião. Mas não sobre os vermes.

– Kiki…

Você deveria voltar lá dentro. Fique com sua família. Kiki acenou com o bico em direção a eles. Andahai abria uma cabaça de vinho para comemorar. Yotan tocava com a flauta músicas que conhecíamos desde a infância. Reiji e Benkai reclamavam em voz alta como seus grous não pareciam tão bem dobrados quanto os de Takkan.

Deixe uma lanterna acesa para mim, ela disse.

Antes que eu conseguisse responder, ela saltou pela janela. Com um sorriso nos lábios, pus uma lanterna na janela e contei as sete estrelas do grou sagrado.

Talvez fosse minha imaginação, mas naquela noite elas pareciam brilhar mais intensamente do que todas as outras estrelas no céu.

CAPÍTULO QUARENTA E TRÊS

Senti o cheiro dos incêndios ao amanhecer.

O ar estava mais denso, e eu acordei tossindo e chutando os cobertores para fora da cama. Segundos depois, os sinos do palácio ressoaram, e os tambores de guerra logo seguiram o exemplo.

Corri para a janela, e meu peito se contraiu enquanto eu observava o horizonte. Foi o amanhecer mais escuro que já vi: o Sol estava tão pálido que dava para olhar diretamente para ele, sem precisar piscar. Nuvens salpicavam o horizonte como uma tinta escura. Não conseguia ver as Montanhas Sagradas dali, mas a fumaça ondulante guiou meus olhos até um estranho clarão de luz vermelha.

As florestas estavam queimando. E não era um incêndio comum. As chamas eram de um vermelho berrante, e o centro era preto feito uma noite sem estrelas. Era um fogo que eu conhecia muito bem, um que não poderia ser facilmente apagado, exceto por magia: fogo demoníaco.

Se você não vai entrar no fogo, Kiata queimará em seu lugar, a sacerdotisa tinha me advertido.

E assim, começou a acontecer. Se eu não fizesse nada, o fogo demoníaco se espalharia ainda mais. Tudo seria destruído.

– Diga a Takkan para me encontrar no jardim de Raikama – instruí Kiki, enfiando uma mensagem escrita às pressas em seu bico. – Meus irmãos também. Rápido!

Vesti-me em tempo recorde, amarrando sobre o peito a armadura de couro que Hasho me emprestou e colocando o capacete. Então peguei a mochila cheia de pássaros de papel e joguei o espelho da verdade dentro dela. Ao sair, bati bem alto nas portas de meus irmãos. Graças aos milagres de Ashmiyu'en, todos responderam, prontos para partir.

– É uma armadilha – Andahai declarou, lendo a mente de todos. – As sacerdotisas querem atrair você.

– Basta um toque daquele fogo e você se transformará em cinzas – Yotan concordou.

– Entramos em um acordo sobre isso ontem – eu disse. – O fogo demoníaco não muda nada. Eu tenho que ir.

– Estão perdendo tempo discutindo. – Qinnia apareceu no corredor com uma mão protegendo a barriga, que já começava a se formar. – Deixem-na ir.

– Você deveria estar descansando – Andahai disse, a voz se suavizando, indo de firme a terna.

– Se eu não estivesse grávida, iria com você – Qinnia falou para mim, ignorando o marido. Um dos pequeninos pássaros de papel que ela havia dobrado caiu para fora da minha mochila, e ela o guardou de volta. – Que a sorte dos dragões esteja com você hoje, irmã. Volte para nós em segurança.

Eu a abracei, e então saí antes que mais alguém quisesse discutir.

Takkan chegou ao jardim de Raikama ao mesmo tempo que eu. Como meus irmãos, ele estava equipado com a armadura de sentinela, mas só de vê-lo meu estômago se agitou. Tinha prendido os cabelos pretos para trás, então pude admirar todo o rosto dele. O contorno arredondado das orelhas, as linhas acentuadas das maçãs do rosto, a mandíbula esculpida. Duas das cordas douradas amarradas sobre seus ombros estavam emaranhadas, e eu as desembaracei com os dedos, tentando não corar quando meu olhar foi de encontro às placas de aço sobre seu peito.

– Bom dia.

Ele me presenteou com meu sorriso favorito, um instante antes de me jogar um bolinho de arroz.

– Café da manhã – Takkan disse, também atirando um para cada um dos meus irmãos. – São de ontem, então podem estar um pouco duros, mas imaginei que precisaríamos de toda nossa força. Especialmente Shiori.

– Não entendo como vamos encontrar Benkai – Reiji falou. – Deveríamos estar reunindo as montarias e nos juntando ao resto dos soldados no caminho para as montanhas.

– Você ficará feliz por não ter trazido o cavalo – Takkan respondeu, trocando um olhar comigo. – As escadas são estreitas.

– Escadas? – As sobrancelhas de Wandei franziram de confusão. – Não estou vendo escadas.

– Confiei em você quando disse que tinha planejado tudo – Andahai disse. – Mas...

– Está se esquecendo de que nossa madrasta era uma feiticeira – eu o interrompi. – Uma feiticeira bastante poderosa e habilidosa. Estamos prontos?

Enquanto Takkan e meus irmãos concordavam com murmúrios, Hasho foi até o lago. Ele também estava se preparando de antemão, pois mergulhou um maço de lenços na água.

– Para a fumaça – ele disse, entregando a cada um de nós um dos panos úmidos.

Hasho se sentou novamente à beira do lago. Um trio de cotovias se empoleirou em seu ombro, e ele soltou um assobio baixo enquanto acariciava as penas delas com a asa. Ele conseguia sentir a magia de Raikama, assim como eu.

Dobrei o lenço, coloquei-o no bolso e dei uma última mordida no bolinho de arroz. Então gesticulei para meus irmãos em direção ao lago.

– Vejam.

Segurando o novelo de linha vermelha de Raikama, gritei:

– Leve-me às Lágrimas de Emuri'en.

Ao meu comando, a água se abriu, revelando uma escada de largura suficiente para apenas uma pessoa descer de cada vez.

Espantado, Yotan soltou o ar dos pulmões.

– Raikama tinha isso no jardim o tempo todo?

Vamos economizar horas de cavalgada pelo campo, Kiki disse, esticando o bico com um bocejo.

Hasho, a única outra pessoa que podia ouvi-la, riu.

– Benkai vai ficar chateado de ter desperdiçado tantas manhãs indo e voltando das montanhas.

Conduzi todos pela passagem, até uma luz brilhar na outra extremidade. Em menos de cem passos, já havíamos viajado o equivalente a uma manhã inteira para longe do palácio.

No instante em que emergimos na floresta, uma onda de calor queimou meu rosto. A fumaça pinicou meus olhos e entrou nos pulmões, fazendo-os comprimirem-se dolorosamente. Segurei o pano no rosto e o amarrei firme para que pudesse respirar.

Era impossível saber onde os incêndios haviam se originado, mas já tinham tomado aquela parte da floresta. O que antes era um suntuoso bosque de ciprestes e pinheiros agora não passava de um deserto fumegante. Brasas chiavam na terra sob meus pés enquanto eu corria atrás do novelo de Raikama, e não era apenas a fumaça que fazia meus olhos lacrimejarem. Também era a tristeza.

Para além da colina seguinte, uma batalha estava sendo travada. Espadas ressoavam, lanças se chocavam. Homens e mulheres gritavam. Os gritos ficaram mais altos à medida que nos aproximamos. Só rezei para que Benkai estivesse ganhando. Que ele pudesse manter os sacerdotes e as sacerdotisas distraídos tempo suficiente para que eu encontrasse as Lágrimas de Emuri'en.

Eles ainda não tinham me visto, mas sabia que aquilo não duraria muito. Tinha que ser rápida.

Está aqui, Shiori!, Kiki gritou quando o fio vermelho parou. *Está aqui!*

Segurei um suspiro. Tudo o que restava das Lágrimas de Emuri'en era uma poça de lama quase seca. Uma única orquídea-da-lua jazia sobre a terra rachada, com as pétalas rosadas agora chamuscadas.

Um grande tesouro de Kiata, a última fonte de magia que permaneceu após os deuses partirem, tinha se esvaído.

Ainda havia um certo formigamento no ar quando me aproximei do fosso, e quando me agachei na borda, os resquícios de poder que ainda existiam ali arrepiaram minha pele. Porém, eram apenas fragmentos de magia. Fios de uma tapeçaria que tinha sido rasgada em pedaços. Será que seria o bastante?

A raiva latejou em minhas têmporas, ou talvez fosse a fumaça, o pânico ou o medo. Eu esperava aproveitar a magia da poça para me fortalecer, mas agora teria apenas a mim mesma.

Juntei o fio de Raikama no colo e meus punhos se fecharam quando notei as pilhas de madeira seca ao lado do fosso. Se os sacerdotes e as sacerdotisas das Montanhas Sagradas achavam que poderiam fazer daquele lugar sagrado uma pira, estavam errados.

– Fiquem atentos – avisei meus companheiros. – Eles estão perto.

Era hora de trabalhar. Abri a mochila para libertar os pássaros de papel.

– Despertem! – sussurrei, imbuindo as palavras de poder. Os pássaros se contorceram, ganhando vida. – Voem!

Aquilo foi o máximo que consegui fazer.

Uma flecha passou voando, tão perto que meus ouvidos zumbiram. Takkan me empurrou no chão, e assim que nos abaixamos, mais flechas apareceram. Uma cortou a asa de Hasho. Outra perfurou a coxa de Yotan.

Soltando gritos agudos, nossos inimigos saltaram das árvores fumegantes e mais reforços surgiram atacando por trás. Vestidos de branco da cabeça aos pés, eles se emaranhavam por dentro e por fora da fumaça como fantasmas.

– Lutem! – ordenei aos pássaros.

Num intenso farfalhar de asas, eles se dispersaram. Alimentando-se de minha própria raiva e pânico, eles foram cruéis. Bicos espetaram globos oculares brancos, asas finas feito lâminas cortaram bochechas e dedos. Pássaros de verdade também surgiram, mergulhando do céu numa demonstração de solidariedade. Kiki soltava uma risada sempre que conseguia fazer alguém perder um pouco de sangue.

Logo Benkai e seus soldados nos encontraram. Suor cobria as têmporas de meu irmão, e cada centímetro da armadura estava chamuscada.

– Já era hora – Andahai cumprimentou-o. – Por que essa cara feia? Você conseguiria derrotar esses fanáticos até dormindo.

Não sabia dizer se Andahai estava sendo sarcástico. E aparentemente, nem Benkai.

– São bem mais do que alguns, irmão – Benkai respondeu. Logo entendi o que ele quis dizer. De trás das montanhas surgiram centenas de novos soldados, talvez até milhares.

Os sacerdotes e as sacerdotisas tinham convocado seu próprio exército – de aldeões, pescadores, mercenários, até mesmo nobres e um grupo de sentinelas desleais. Suas bochechas estavam besuntadas de cinzas que lhes permitiam passar pelas ondas de fogo demoníaco saltando da terra.

– Protejam Shiori – Benkai ordenou antes de desaparecer na batalha soltando um grito de guerra.

O fogo demoníaco estalou, correndo pelas árvores queimadas em minha direção. Enquanto Takkan e meus irmãos me protegiam dos ataques, concentrei-me nele.

Tinha de pará-lo. Soltando o ar devagar, liberei minha magia, canalizando os fios em direção ao fogo. Eles se enroscaram em torno de cada chama, sufocando-as até a morte. Mas para cada uma que eu apagava, uma nova nascia.

Não conseguiria fazer aquilo sozinha.

Como se respondendo ao meu pensamento, um estrondo veio das montanhas. Cambaleei para trás sobre os calcanhares. O fogo demoníaco também estremeceu, e então se assomou novamente, mais alto e feroz do que antes.

Olhei para cima. Com as árvores agora sem folhas, eu tinha uma vista nítida das Montanhas Sagradas.

Shiori, os demônios murmuravam através do vento. *Liberte-nos.*

Eles poderiam ajudar? Eles me ajudariam?

O vento assobiou contra a adaga em meu quadril. Tudo o que precisava fazer era oferecer um pouco de sangue, e eles viriam. Bastava um corte rápido no braço.

Mas não consegui encontrar a coragem.

A hesitação me custou caro. O fogo demoníaco saltou de todas as direções, as chamas queimando mais alto do que as árvores. Ele veio até mim sem piedade, se inflamando e rugindo feito uma besta monstruosa. Não importava para onde eu corresse, ele me seguia, destruindo a tudo e a todos em seu caminho.

Andahai estava certo. *Era* uma armadilha. O fogo demoníaco não descansaria até que me pegasse.

Com toda a força que tinha, soltei a mão de Takkan e o empurrei para longe de mim. Meu noivo era forte e firme, mas consegui pegá-lo de surpresa. Ele tropeçou para trás, para fora do alcance do fogo demoníaco.

Um muro de chamas se ergueu, nos separando. O fogo me rodeou, me prendendo ali dentro e mantendo Takkan e meus irmãos do lado de fora.

Enquanto eu vivesse, nunca esqueceria a angústia nos olhos de Takkan enquanto estava ali do outro lado. Seu olhar me deixou e percorreu o sentido da largura e altura das chamas, como se procurasse por um meio de entrar.

Não tem como, pensei. *Takkan, seu tolo insano, saia daqui!*

Sacerdotes e sacerdotisas emergiram por trás da fumaça, avançando até a parede de fogo demoníaco. Até *mim*. As flechas de Takkan dispararam enlouquecidas, e meus irmãos ergueram os arcos para se juntarem a ele.

Corpos caíram. Para frente, para trás, para os lados. Flechas de penas azuis estavam espetadas em suas costas.

Mas os inimigos eram muitos. E assim que os cultistas passaram pela parede, como se ela fosse feita de água, e não de fogo, nenhuma faca ou flecha poderia segui-los.

Meus pássaros e eu atacamos juntos com bravura enquanto eles avançavam. Fiz um corte no abdômen de um sacerdote, furei a clavícula de uma sacerdotisa e errei por pouco o coração de outra. Mas estávamos apenas adiando o inevitável.

Por trás, alguém me agarrou pelo pulso e arrancou a adaga da minha mão. Uma sacerdotisa atingiu uma lança contra minhas costas, e meus ossos soltaram um horrível estalo enquanto eu caía de barriga no chão. Uma enxurrada de chutes foi desferida contra minhas costelas, e meu queixo bateu contra o solo compactado, a boca tão cheia de terra que não consegui nem gemer de dor.

– Onde está sua magia agora, sangue puro? – eles zombaram quando quebrei a concentração e os pássaros de papel caíram sem vida ao meu lado.

– Isto é por Guiya.

Um chute em minhas costas.

– Por Janinha.

– Por Kiata.

A dor veio em uma explosão de branco, o mundo inteiro ficando pálido antes de retornar a cores berrantes.

Mordi o lábio, sentindo gosto de sangue. Eles me incitaram a gritar, xingar ou clamar. Mas não fiz som algum. Aqueles fanáticos não poderiam me matar. Pelo menos, não me espancando até a morte. A única forma aceitável de morrer seria pelo fogo demoníaco, para que pudessem coletar minhas preciosas cinzas.

– Tão cheia de espírito, Shiori'anma – uma sacerdotisa disse, segurando a lança para recuperar o fôlego. – Quem sabe em uma outra vida você teria se juntado a nós.

Eu não estava ouvindo. Meus lábios estavam apertados, e um dos minúsculos pássaros de papel que Qinnia havia dobrado passou pela minha bochecha.

Desperte, implorei. *Ajude-me.*

Enquanto as asas batiam, chamei o resto dos passarinhos. Eram do tamanho de aranhas, e Qinnia estava certa: eu precisava de soldados de todos os tamanhos. Soldados pequenos o suficiente para passarem despercebidos.

Kiki diria que eu estava louca, e talvez estivesse. Mas não sentia mais medo.

Mudei de ideia, disse aos passarinhos. *Digam às montanhas que mudei de ideia.*

Os pássaros de papel voaram sobre o fogo demoníaco, para fora do alcance dos que me atacavam, tão pequenos quanto as faíscas que eram cuspidas pelas chamas. Antes que alguém percebesse que estavam lá, eles já haviam voado para longe.

A surra tinha acabado, e agora dois dos cultistas estavam me arrastando para as Lágrimas de Emuri'en. Logo galhos estavam estalando contra meus ossos quebrados, e então alguém me apoiou contra uma espada fincada no fosso. Estava tão fraca que imediatamente escorreguei e caí de lado.

Ninguém me ajudou a levantar.

Os sacerdotes e as sacerdotisas entoaram cânticos sobre meu corpo. Eles falavam em kiatano antigo, rezando para que minhas cinzas anunciassem o nascimento de uma nova era e que os demônios nunca fossem libertados. Nada daquilo era novidade para mim, então ignorei as palavras hipócritas, tentando ouvir, ao invés daquilo, a terra sob mim.

Ela estava quieta. Silenciosa.

Depressa, pensei para os pássaros. *Por favor.*

O calor queimou minhas costas, e as chamas crepitavam enquanto eu pressionava a bochecha no solo. Estava com tanta dor que não conseguia me mover. Mas aguentei firme – não poderia soltar o fio que me prendia aos pássaros de papel. Não antes que entregassem minha mensagem.

Finalmente, o chão tremeu. Mais forte do que antes. E dessa vez, não parou.

Algumas das sacerdotisas tropeçaram. Os cânticos vacilaram. Enquanto recuperavam o equilíbrio, jogaram punhados de cinzas no ar e voltaram a cantar, agora mais rápido.

O fogo demoníaco ficou ainda mais alto e mais quente. Ele se erguia da terra como uma parede alta e, quando se aproximou de mim, fez meu suor ferver. A madeira se dissolveu em cinzas sob meus tornozelos, e as chamas estalavam contra minha carne. Na melhor das hipóteses, eu teria segundos de vida. Usei toda a minha força de vontade para segurar os gritos, respirar e não entrar em pânico enquanto o fogo demoníaco avançava para me devorar.

– Shiori! – gritou uma voz vinda de cima. – Shiori!

Eu estava tão delirante que, a princípio, pensei que fossem os demônios. Inclinei a cabeça para trás e tentei observar através da fumaça.

Takkan e Hasho! Eles estavam no céu, montados nas costas de águias, cisnes e toda uma variedade de pássaros que eu não conseguia enxergar

– juntos de Kiki! Eles pairaram acima de mim, a centímetros das chamas imponentes.

Takkan tinha seu arco nas mãos e apontava para baixo. Ouvi a corda esticar e vibrar. Três zunidos, um após o outro. Não consegui nem ver as flechas voarem através das chamas.

Um por um, os sacerdotes e as sacerdotisas caíram. Os joelhos afundaram na lama e os dedos se curvaram na terra. Os que sobreviveram continuaram cantando, mesmo enquanto tombavam para a frente.

O fogo demoníaco rugiu. A abertura acima de mim se fechou, os corações sombrios das chamas se contorcendo para me devorar. Os segundos que Takkan e Hasho conseguiram, porém, foram suficientes.

O ar primeiro esfriou. Então um véu escuro se lançou sobre o Sol, sufocando a luz doentia. Sombras varreram a terra. Ao meu redor, as chamas se transformaram em brasas e a floresta escureceu.

Apenas a fenda brilhava. Sua ardente luz vermelha pulsou mais forte e se espalhou pela floresta, procurando pelo que queria. Quando por fim caiu sobre mim, o chão estremeceu ruidosamente.

Os demônios já estavam ali.

CAPÍTULO QUARENTA E QUATRO

Os demônios rasgaram a fenda e invadiram a floresta. Irradiando luz escarlate, eram pesadelos encarnados, remendados de partes de humanos, de bestas e de monstros. Os mais humanos trajavam armaduras pálidas e fantasmagóricas, enquanto outros se utilizavam apenas de partes de animais: peles, penas ou escamas.

Os monstros de olhos vermelhos se lançaram sobre os sacerdotes, acabando com suas vidas antes mesmo de terem a chance de gritar. Lampejos de presas, sibilos de fumaça se apagaram em chamas. Tudo o que restou foram as vestes brancas.

Enquanto o vento varria os restos mortais, Takkan correu para o meu lado. Dava para imaginar como eu estava: murcha e despedaçada como a última orquídea-da-lua que restou nas Lágrimas de Emuri'en. Ele me levantou no colo, sempre tão carinhoso.

– Você vai ficar bem – Takkan disse, segurando meus dedos.

– Não minta. Você não é bom nisso.

– Não está tão ruim assim, irmã. – Hasho entrou na conversa, um mentiroso tão ruim quanto Takkan. Gostaria de poder dizer aquilo a ele, mas a dor atravessava todas as partes do meu corpo, então mordi o lábio.

O sorriso de Hasho desapareceu e Takkan cerrou os dentes como se fosse quebrá-los. Ele tirou o cabelo dos meus olhos e as pontas de seus dedos deslizaram sobre minhas têmporas.

– Não desista, Shiori – ele disse. – Lute.

Eu *estava* lutando – e perdendo. Mal conseguia sentir os hematomas nas costas ou as costelas quebradas. Estava ficando com frio.

Takkan deve ter percebido que eu estava tremendo, pois apertou o corpo contra o meu e murmurou algo para Hasho, que imediatamente jogou a capa sobre mim e começou a esfregar meus dedos.

Mas não adiantou. Eu podia sentir a vida se esvaindo. Estava morrendo.

Nem percebi quando os demônios chegaram – até Takkan levantar a cabeça e Hasho desembainhar a espada curta.

Uma suave luz vermelha os banhava, acentuando os olhos vazios e famintos. Rezei para não ter cometido um erro terrível.

Não atacaram, como fizeram quando Bandur me arrastou para as Montanhas Sagradas. Estavam estranhamente hesitantes.

– Venha conosco – eles disseram, as vozes reverberando nas cavidades dos meus ouvidos. – Há muitos outros esperando para serem libertados.

– Não – Takkan disse. – Vocês não podem ficar ela.

Os demônios o ignoraram e estenderam a luz até mim. Comecei a flutuar, e Takkan agarrou minha mão, recusando-se a me deixar. Hasho também veio, nos cobrindo com o corpo e usando a espada.

Os demônios rosnaram.

– Parem! – grunhi. – Eu irei com vocês… mas vocês não podem machucá-los.

Um dos demônios deu um passo à frente. Quando sua sombra caiu sobre mim, a dor desbotou de intensidade. Minhas feridas ainda estavam lá, mas a dor havia ido embora.

Meus olhos se ergueram de confusão.

– Não há necessidade de você sofrer – o demônio disse. Sua voz não era gentil nem cruel. Apenas firme. – Agora, venha. Não machucaremos seus companheiros.

– Deixe-me ir – sussurrei para Takkan, tentando soltar a mão dele.

Seus olhos estavam marejados de angústia. Ele continuou segurando.

Não.

Encostei o nariz em sua bochecha, acompanhando com os olhos do topo de seu cabelo até a covinha no queixo. Então pressionei a testa na dele e, com nossas mãos ainda entrelaçadas, enfiei a mão no bolso para pegar o novelo de Raikama.

Naquela altura, era pouco mais que um emaranhado de fios, mas ainda havia magia nele. Ele brilhou em minhas mãos, iluminado e quente.

Beijei Takkan sem dizer nada antes de empurrar o novelo em suas mãos.

Os demônios me agarraram.

– Nós a pegamos! – eles gritaram. – Retornem. Retornem!

Disparamos em direção às nuvens, e tudo que consegui ver foi Takkan cortando pelas árvores, rastreando o trajeto de minha sombra entre a massa abismal de demônios. Mantive os olhos nele enquanto pude. Ele foi abrindo caminho, rápido e implacável, com cada músculo do corpo focado em um único objetivo: me encontrar. Nada o deteria, nem as árvores voadoras arrancadas pela terra trêmula, nem os violentos ventos ou as súbitas rupturas no solo.

– Shiori! – ele continuou gritando. – Shiori!

– Takkan – sussurrei.

Uma dor subiu ao meu coração, e afastei o olhar. Outra voz estava chamando meu nome. Uma voz pequena que meus ouvidos captaram imediatamente.

Kiki.

Ela liderava um bando de pássaros de papel em direção à fenda. *Shiori! É melhor você não me esquecer. Estou chegando!*

E logo ela chegaria. Com um leve sorriso no rosto, fechei os olhos e deixei a escuridão me consumir.

CAPÍTULO QUARENTA E CINCO

Acordei no fundo das Montanhas Sagradas. Estava aprisionada entre paredes enormes, deitada num leito duro de pedra não muito longe da fenda.

Ela transbordava de magia, e havia aumentado nos últimos dias, cortando a encosta da montanha com uma veia grossa e tortuosa. Mesmo por dentro, estava brilhando.

Com um esforço tremendo, me apoiei nos cotovelos. Algo farfalhou contra as rochas, e eu segurei a respiração.

– Kiki! – gritei com a voz fraca enquanto dezenas de pássaros de papel me cercavam. – Vocês estão aqui.

A asa de Kiki estava quebrada, perfurada por uma flecha, e ela esticou o comprido pescoço para os outros pássaros que a seguiram, escondidos atrás das rochas. *Não podíamos deixar você sozinha.*

Toquei sua asa, tentando consertá-la. Meu polegar roçou contra o dourado-prateado da estampa de penas, já tão apagada que era difícil de notar. Depois de todos aqueles meses, finalmente entendi o que era.

O pedaço da minha alma que nos unia.

Não se preocupe, a ave disse, puxando a asa de volta. *Nós não vamos sair daqui.*

– Sempre pessimista, não é?

Foi a primeira vez que os olhos dela a traíram. Eles estavam ternos e úmidos, com a tinta se borrando. Quase como se ela estivesse chorando.

Doeu para engolir, e fiquei de joelhos, devagar e com dificuldade.

– Olha – sussurrei. – Estou melhorando.

Mentirosa.

Eu era mesmo, já que ainda estava morrendo. Nossas almas estavam ligadas. Ela devia estar sentindo isso.

– A montanha está mais silenciosa do que da última vez – comentei, inclinando a cabeça para o entorno. Dessa vez não havia ilusões com a minha casa ou com o jardim de Raikama para me enganar, e nenhum demônio disfarçado como um de meus irmãos acenou para mim. Estava tudo parado. Vazio. Quase... tranquilo. – Onde estão os demônios?

A resposta veio assim que fiz aquela pergunta. Uma fumaça atravessou a fenda, assobiando por todos os cantos. Os pássaros de papel formaram um casulo protetor enquanto os demônios se materializavam.

Eles me encurralaram contra uma parede. Centenas de olhos vermelhos me encaravam das sombras, me observando com cuidado, tão curiosos quanto desesperados.

– VOCÊ PEDIU PARA RETORNAR. AGORA, CUMPRA SUA PROMESSA.

Kiki pulou para trás do meu cabelo. *Você não vai libertá-los de verdade, não é?*, ela sussurrou. *Basta mandar, e nós atacaremos. Podemos selar as montanhas.*

Não falei nada, mas o pavor se retorceu em minhas entranhas. Havia dito aos demônios que tinha mudado de ideia, convocando-os para me pegarem – e assim fizeram. Agora estavam me aguardando, e a cada segundo, a raiva deles aumentava mais. Ela esquentava as montanhas e fazia a terra tremer.

Se você tem um plano, agora seria uma boa hora para executá-lo, Kiki guinchou.

Procurei uma pedra solta e pressionei a ponta afiada na palma mão.

– Vou libertá-los – eu disse finalmente.

O quê? Os olhos escuros de Kiki se arregalaram. *Perdeu o juízo? Você não pode libertar os demônios!*

– Eles não podem ficar trancados aqui para sempre – respondi. – Talvez fosse o que meus ancestrais achavam, mas isso tem que acabar.

Vão matar você, Shiori, Kiki implorou. *E eu.*

– Farei eles prometerem que não – falei, mais certa do que nunca. – Os imortais estão presos às suas promessas.

Isso não funcionou muito bem com Bandur.

– Vai funcionar desta vez.

Cortei a mão, segurando um grito enquanto o sangue escorria sobre as linhas da palma, e convoquei o escudo de pássaros de papel para perto.

– Vim por vontade própria – eu disse, a voz saindo mais parecida com um sussurro. – E estou pronta para dar meu sangue. Vou libertá-los, mas em troca, vocês farão algo para mim.

Os demônios pararam, seus olhos vermelhos brilhando contra a escuridão da caverna. Enquanto o sangue escorria pelo meu braço, gotas caíram nos pássaros de papel, pintando suas cabeças de vermelho.

– DIGA.

– Eu darei meu sangue – repeti. – Em troca, vocês jurarão não causar nenhum mal aos seres vivos de Kiata. Aceitem meus termos, e serão livres novamente. A magia estará livre novamente.

Os demônios discordaram em murmúrios.

– A natureza de um demônio é a destruição. Somos servos do caos e não seremos subjugados a nenhum juramento. – Eles arranharam as paredes, e a cacofonia estridente zumbiu em meus ouvidos. – Sua vida não lhe pertence mais, sangue puro. Ela pertence a nós.

– Então veremos quem é mais rápido.

Os demônios avançaram numa velocidade sobrenatural. Em hipótese nenhuma eu poderia tê-los derrotado de forma justa. Mas os enganei.

Sabia que os demônios nunca aceitariam minha barganha. Eu estava indefesa, sem a ajuda de ninguém além de um exército de pássaros de papel. Mas o que eles não perceberam era que eu estava juntando os fios da minha alma e os cortando.

Lady Solzaya me disse uma vez que acreditava que a alma humana era composta de inúmeros pequenos fios que a prendiam à vida. E que esses fios poderiam ser cortados, um de cada vez. Estava contando que ela estivesse certa.

Antes daquele momento, sempre entendi que meu sangue quebraria as correntes dos demônios e os libertaria das montanhas. Mas nunca havia entendido o propósito de meu outro dom como sangue puro: eu conseguia emprestar fragmentos de minha alma para criar vidas novas.

Trouxe muitas coisas à vida durante o ano passado, mas apenas uma vez entreguei uma parte de mim para sempre: quando criei Kiki.

De todos os meus encantamentos, só ela durou, ficou ao meu lado e compartilhou de meus pensamentos. Eu costumava pensar que era porque tinha manchado sua coroa com sangue, mas estava errada. Eram as asas dela: o fio da minha alma formava uma estampa de penas em tons de prateado e dourado – para todos verem.

Aqueles fios agora saíam de meus cabelos, das pontas dos dedos, de cada ponto do meu ser. Eles zuniam como cordas de cítara, e em minha mente, eu passava os dedos por toda a sua extensão, dando vida aos pássaros de papel aos meus pés.

Acordem, eu os roguei.

A magia funcionou rapidamente. Os corações ganharam vida, batendo em sincronia com o meu. A cada um que se erguia, eu caía um pouco, mas não parei até que não tivesse mais nada para dar.

Só então desmaiei. Os demônios vieram sobre mim, dentes roçando minha pele, e garras perfurando minha carne. Não senti nenhuma dor. A cabeça e o corpo pareciam leves, como se eu estivesse flutuando. Voando, como os pássaros que debandavam e deslizavam para fora da fenda, colocando as asas sobre o rasgo escarlate e selando a passagem até que apenas uma pedrinha restasse descoberta.

Sorri e levantei a mão. Um último filamento de alma pendia do meu pulso, e era o único fio que me prendia à vida. Não pensaria duas vezes em cortá-lo e fechar a fenda de novo, mas uma vez que fizesse aquilo, deixaria de existir.

Os demônios congelaram, os dentes e as garras rangendo ao perceberem o que eu tinha feito.

Eu os peguei.

– Aceitem minha oferta – ordenei com a voz fraca. – Se eu morrer, vocês permanecerão presos.

– Então morra – os demônios rosnaram. – Todo sangue puro acaba sendo atraído para as montanhas de alguma forma. O próximo não será diferente. Encontraremos sua fraqueza e a usaremos contra ele.

– Essa estratégia foi o que os levou a esperarem mil anos – falei. – Nenhum sangue puro estará disposto a libertá-los como eu estou. Sem Bandur para liderá-los, vocês ficarão presos aqui por mais mil anos.

– Por quê? – perguntaram. – Por que nos libertar?

Pensei em Khramelan, em como ele havia defendido seus irmãos demônios em Lapzur mesmo depois da traição deles. Pensei no espelho da verdade, que inexplicavelmente me mostrou uma lembrança de Raikama quando perguntei como derrotar os demônios.

E eu sabia que aquela era a coisa certa a fazer.

– Até o caos tem seu lugar – respondi. – Sem vocês, Kiata esteve desequilibrada.

Antes de perder a coragem, respirei fundo e continuei:

– O futuro que eu desejo é uma Kiata onde a magia brote mais uma vez da terra e possa florescer, uma Kiata onde demônios, deuses e mortais vivam e prosperem juntos. Vocês já cumpriram suas penas. Agora prometam que não farão mal ao espírito, à alma ou ao corpo de qualquer ser vivo em Kiata. Prometam, e lhes darei meu sangue. Eu juro.

Os demônios não disseram nada. O silêncio se estendeu por uma eternidade enquanto seus olhos vazios encaravam os meus. Tinha certeza de que morreria antes que eles se decidissem.

Finalmente, eles falaram em um coro sinistro que fez as montanhas tremerem.

– Por mil anos, estivemos confinados dentro destas paredes vazias. Nunca mais – os demônios murmuraram. – Nós juramos. Nós todos juramos. Nós juramos agora.

Os pássaros obedeceram e voaram, carregando meu sangue para retirar as algemas dos demônios. À medida que cada um deles se libertava, acenavam de leve com a cabeça para mim, fazendo expressões indecifráveis.

Foi para isso que nasci: para trazer a magia de volta à Kiata. Para desfazer o que meus ancestrais fizeram. Estava escrito em meu destino – nos fios de magia da minha alma e no sangue que me ligava aos demônios. Logo estaria tudo resolvido.

Quando os demônios foram todos libertados, as correntes evaporaram em pequenas nuvens de fumaça. Mas eles ainda não podiam sair.

Os pássaros voaram acima dos demônios e se fecharam em um círculo unindo as asas de papel. Os fios da minha alma se entrelaçaram em um longo feixe de luz dourada e prateada, e os pássaros formaram um anel ao redor dos demônios, ligando-os à sua promessa.

E então, estava feito. Um longo tremor sacudiu a terra, e a fenda se rompeu enquanto sua luz escarlate piscava. Rachaduras apareceram nas paredes da montanha, e fortes rajadas de vento as atravessaram. *Vão*, os ventos pareciam gritar. *Vocês não são mais prisioneiros aqui.*

Os demônios não precisavam de convite. Voaram em direção ao mundo exterior, esvaziando a montanha e levando meus pássaros de papel com eles. A cada um que partia, um fio de minha alma se desenrolava, e eu conseguia sentir que me tornava cada vez mais leve. Leve demais para permanecer na terra.

Em pouco tempo, apenas Kiki restava, e quando o brilho da Lua tocou suas asas, ela pousou no meu ombro uma última vez.

Agora é a minha vez, ela disse. *Queria tanto ficar com você até o fim e descobrir em que lugar dos Nove Céus o Senhor Sharima'en nos colocaria. Quer dizer, se você for pro céu.*

– Não – sussurrei. Eu a peguei pela asa, trazendo-a ao rosto. – Não, você vai ficar comigo.

Não posso, Kiki respondeu, enquanto os desenhos prateados e dourados em suas asas iam desaparecendo.

Comecei a protestar, com lágrimas nos olhos, mas Kiki parecia mais corajosa do que nunca. *Pelo menos posso dizer que vivi uma vida emocionante para uma ave de papel. Queria que o Garoto Rabanete estivesse aqui para cantar, ou o seu irmão para tocar a flauta dele. Gostaria de ouvir uma música antes de partir.*

Eu a trouxe para mais perto.

– Channari era uma garota que vivia à beira-mar... – comecei, com a voz rouca e falhando. – Sempre no fogo com uma colher e uma panela. Mexendo e mexendo a sopa para ficar com a pele bela. Cozinhando e cozinhando um ensopado para cabelos pretos e grossos. Mas o que ela fazia para ter um sorriso feliz? Bolos, bolos...

O vento foi cruel. Antes que pudesse terminar a música, ele roubou a ave de papel de mim, levando-a num forte vendaval.

– Kiki!

Eu me joguei atrás dela, mas seu corpo já estava rígido e sem vida. Um soluço saiu de mim quando o vento a levou para longe.

– Kiki... – sussurrei.

A montanha ainda estava tremendo, e me arrastei até a fenda. Os últimos demônios já estavam partindo, cada um dos que passava pela fenda fazia a luz vermelha piscar e diminuir, e as bordas foram se tornando cinzas como o resto da parede. A magia das montanhas estava voltando para Kiata – assim como a minha.

– Pelas Cortes Eternas – xinguei ao notar o quão estreita a fenda havia se tornado. Minutos atrás, era tão alta e larga quanto uma árvore, e agora era apenas um pouco mais alta que eu. Estava se fechando!

Pressionei as pedras ainda reluzentes, tentando abrir caminho. Em pânico, cavei uma fissura entre as rochas, deixando cair terra e areia entre os dedos enquanto a montanha estremecia. Mais vento a penetrou, e pude ouvir pássaros do lado de fora. Mas eu não era um demônio e não tinha mais magia. Não conseguiria passar por ali.

– Shiori! – chamou uma voz.

Takkan?

Olhei pela fissura e vi uma borla azul pendurada no cinto de Takkan, depois sua mão se agarrando a uma estreita saliência na encosta da montanha. Meu coração saltou.

– Takkan!

Ele tinha me encontrado. Takkan espiou pela fresta com os olhos ainda brilhando de esperança.

– Shiori. Vou tirar você daí.

Seu rosto desapareceu de vista, substituído pelo som de uma espada raspando contra a rachadura, tentando aumentá-la.

Eu não sabia se xingava ou gritava de alegria. De todos os jovens mais persistentes, teimosos e *estúpidos*...

– Saia daqui, seu idiota – resmunguei, mas Takkan ainda cavava, mesmo enquanto a montanha fazia estrondo. – Chega! A fenda está se fechando. Você não pode me salvar.

– Sou a ponta do seu fio – Takkan me lembrou. – Não importa quanto tempo passe, enquanto me quiser, eu nunca vou deixar você.

Os nós em meu peito se apertaram e as lágrimas aqueceram os cantos dos olhos. Queria ouvir Takkan cantar para nossos filhos um dia, escalar a Montanha do Coelho toda primavera e ver a Lua de seu topo. Queria ler o livro de contos que ele estava escrevendo para Megari, colocar lanternas sobre o rio Baiyun com ele todos os anos durante o Festival de Inverno de Iro, ver nossos cabelos tornarem-se brancos pela idade, mas nossos corações continuarem jovens com histórias e risadas.

– Afaste-se! – Takkan gritou enquanto lançava uma flecha pelo buraco, com um longo fio pendurado na haste.

O fio de Raikama.

Minha madrasta o usou para me tirar das Montanhas Sagradas uma vez, e agora Takkan pretendia fazer o mesmo. Não tinha certeza se funcionaria de novo, mas ele brilhou de magia enquanto eu segurava sua ponta, e aquilo me deu esperanças. Com a respiração trêmula, eu o amarrei em volta do pulso.

– Puxe uma vez quando estiver pronta! – Takkan gritou.

Aproximei-me o máximo que pude da rocha. Então, antes que perdesse a chance, puxei.

Um forte puxão veio de fora. As rochas arranharam meus ombros, e poeira e terra me invadiram o nariz e a boca. Fechei os olhos, imaginando que iria bater contra a montanha e morrer. Mas quando recobrei o fôlego, estava do lado de fora.

Um par de braços fortes me pegou pela cintura. O Sol ainda estava escondido por nuvens e fumaça, mas, sob o brilho avermelhado da fenda, percebi a alegria no rosto de Takkan se dissolver assim que ele me viu.

Minhas vestes estavam encharcadas de sangue, e meu corpo estava leve – quase mole. Eu era praticamente um fantasma, agarrada à vida por um único fio de alma. Já tão longe que mal conseguia sentir a dor.

– Acabou – sussurrei. – Os demônios estão livres. A magia está livre. – Enfiei a cabeça debaixo do queixo de Takkan para me deleitar com seu calor e evitar meu reflexo em seus olhos marejados. – Agora me leve pra casa. Por favor.

Com o braço ainda envolto em minha cintura, Takkan nos levou até a base da montanha com passos lentos e cuidadosos, e eu dei uma última olhada para a fenda. Ela era apenas uma fagulha, como um último vislumbre de sol antes do anoitecer. E então desapareceu.

As montanhas pararam de tremer, a terra voltou ao normal. E o Sol deslizou para fora de uma nuvem de fumaça, dourado e radiante feito uma moeda, lembrando-nos de que ele sempre esteve ali.

CAPÍTULO QUARENTA E SEIS

A chuva caiu das nuvens, extinguindo o que restava do fogo demoníaco. Ela deslizou pelas minhas bochechas, fria e molhada, e lavou a camada de cinzas sobre minha pele. Ao meu lado, a chuva enchia novamente as Lágrimas de Emuri'en, e enquanto a orquídea-da-lua voltava a flutuar no lago, com as pétalas macias florescendo de repente, eu soube que as batalhas que travei não tinham sido em vão.

A magia voltou para Kiata. Podia senti-la como uma música tocando ao meu redor. Fazendo o mundo parecer mais vivo.

– Ela voltou – sussurrei para Takkan. – Está no ar, na terra, em todos os lugares. É maravilhoso.

Quando a chuva diminuiu, dei uma breve olhada para o céu. Estava um lindo dia, azul como flores de feijão-borboleta.

– Vamos esperar aqui, só por um minuto – eu disse.

Com um aceno de cabeça, Takkan parou. Os músculos de seus braços se retesaram enquanto ele me deitava devagar, cada movimento feito com o maior cuidado, em uma rocha plana em frente às Lágrimas de Emuri'en.

A fumaça tinha sumido, e em seu lugar havia uma suave névoa subindo das árvores enquanto a chuva fazia cócegas na terra. A neblina desceu sobre o rosto de Takkan, quase escondendo a umidade em seus olhos.

Ele sabia que não poderia me salvar. Minha vida estava literalmente por um fio – o último pedaço da minha alma que mantive para mim. Tudo o que restava agora era nos despedir.

A chuva respingava em meu rosto, mas não conseguia mais sentir as gotas. Eu já estava à deriva, como uma pipa que foi solta, com apenas a ponta do meu fio me segurando à terra. E logo ele também estaria voando para longe.

Vi uma figura ao longe, avançando lentamente. Não era ninguém que já conhecesse, mas sua presença trazia uma atmosfera pesada e inescapável, como o peso do oceano pressionando meu corpo.

Meu coração afundou no peito. Tive a sensação de que sabia quem era.

Virei-me para Takkan, aproveitando o momento que restava.

– Conte uma história.

Os cabelos negros obscureciam seus olhos, e não soube dizer se era a chuva ou eram lágrimas escorrendo pela rígida curva de suas bochechas. Ele segurou minhas mãos.

– Era uma vez uma menina... que tinha esquecido como sorrir – Takkan disse baixinho. – Ela era tão bonita e inteligente que a notícia de seus encantos se espalhou por todos os vilarejos, trazendo-lhe muitos admiradores. Mas quando a mãe adoeceu, toda a felicidade de seus olhos fugiu, e ela se tornou uma sombra de quem costumava ser. Antes de morrer, a mãe fez a garota prometer usar uma tigela de madeira na cabeça e nunca a retirar. Cobriria metade de seu rosto e a protegeria de chamar atenção demais. Logo se espalhou a notícia de que ela estava escondendo olhos de demônio sob a tigela, mas ela ignorou as palavras cruéis que a seguiam. Aquilo a fez descobrir quem eram seus verdadeiros amigos, assim como a mãe desejara. Depois de vários meses, ela conheceu um garoto que notou não a tigela, mas sua tristeza. E ele tomou para si a missão de ganhar um sorriso dela. Todos os dias ele a acompanhava pelo jardim e lhe contava histórias. Aos poucos, bem aos pouquinhos, a garota foi se abrindo ao coração gentil dele, e os dois enfim se apaixonaram.

– Ele parece um pouco com você – eu disse, inclinando a cabeça para trás. – Um simples e humilde lorde de terceira classe. Um que gosta de correr quando está nevando e pintar livros de histórias para a irmã.

– O garoto queria se casar com ela – Takkan continuou. – Mas os aldeões não permitiriam. Por pensarem que era um demônio, eles tentaram matá-la... porém sua tigela se quebrou em mil pedaços, revelando finalmente os seus olhos, que brilhavam não de um poder malévolo, mas com a luz das estrelas. O garoto não viu a beleza dela, mas a mulher que amava. Eles se casaram assim que ela o aceitou, e seus fios foram amarrados de uma vida após a outra, e além.

Sorri com tristeza, quase esquecendo a dor. Quase me esquecendo da estranha presença que pairava em meu entorno, esperando que Takkan terminasse a história.

– Eu gostei do final da história – sussurrei. – Queria que a nossa acabasse assim.

Takkan baixou os olhos. Eles estavam molhados quando apertou a mão na minha, e sua voz estava rouca de emoção.

– Nós estamos ligados, lembra? Se você não tiver um coração, eu lhe darei metade do meu. Se você não tiver espírito, ligarei o meu ao seu.

– Encontre a luz que faz sua lanterna brilhar – falei suavemente, citando Raikama. – E segure-se nela, mesmo quando a escuridão a cercar. Nem o vento mais forte vai ser capaz de apagar seu brilho. – Inclinei a cabeça para olhar para ele. – Você será essa luz, Takkan. Não importa para onde eu vá.

Minha visão ficou turva e os ouvidos zumbiram, me roubando a resposta de Takkan. Mas finalmente pude ver a figura que invadiu meus momentos finais. Ele não veio envolto numa escuridão aveludada como eu esperava, mas coberto de uma luz tão forte que ardia os olhos.

O próprio Senhor Sharima'en, o deus da morte.

– Venha, Shiori'anma – ele disse, com a voz fria e distante. – Está na hora.

Senti meu espírito obedecendo ao deus da morte e começando a deixar o corpo. O sono soprou em minhas pálpebras, mas lutei para ficar acordada. Lutei para ficar. *Não, ainda não.*

– Você foi muito bem – o deus falou, com um tom de advertência nas palavras. – Parta com dignidade.

Não ligo. Deixe-me ficar. Por favor. Era inútil implorar a Sharima'en, o Coveiro. Todos os kiatanos sabiam disso. Mas eu não me importava com o quão infantil soaria.

– Meu pai, meus irmãos, eles precisam de mim... – engoli em seco. – E Takkan também.

– Eles se juntarão a você quando chegar a hora – Senhor Sharima'en respondeu. – Agora é a sua.

– É mesmo? – uma nova voz soou.

O deus da morte se virou, franzindo a testa para a silhueta brilhante que surgiu atrás dele.

Fraca, eu levantei a cabeça para ver. Banhada por uma coroa de luar, ali estava a Senhora da Lua. Coelhos de olhos prateados brincavam a seus pés, e ela veio deslizando até nós em uma nuvem pálida.

Imurinya, pensei.

– Veja – ela falou, gesticulando em minha direção. Sua voz era quente e harmoniosa, nova para mim, mas ao mesmo tempo estranhamente familiar. – Eles estão unidos pelo fio de Emuri'en.

Olhei para o meu pulso e vi que estava amarrado a um fio luminoso, que me ligava a Takkan. Já o tinha visto antes, quando Raikama estava morrendo.

– Fios são facilmente cortados – Senhor Sharima'en disse. – Retorne para casa e para os seus coelhos, irmã. Aqui não é o seu lugar.

– Realmente, aqui não é o meu lugar – Imurinya admitiu. – Mas também venho trazer notícias de Ai'long. Do Príncipe dos Quatro Mares Supremos, herdeiro do Rei Dragão.

Meus ouvidos se aguçaram. *Herdeiro?*

– O que os dragões querem? – Senhor Sharima'en perguntou irritado. – Eles nunca intervieram em assuntos humanos antes.

– Sua Alteza Eterna Seryu'ginan nos lembra que, muito tempo atrás, precisamos da ajuda dos dragões para prender os demônios nas montanhas. Há um favor que lhes devemos, e eles exigem ter voz no destino do sangue puro que os libertou. – A Senhora da Lua fez então uma pausa e, colocando peso em cada palavra, ela disse: – Os dragões desejam que ela continue viva.

A expressão do Senhor Sharima'en escureceu de desagrado, e irmão e irmã ficaram sem dizer nada – pelo menos, nada que eu pudesse ouvir. Senti que eles *estavam* conversando. Discutindo, para ser precisa, na língua dos deuses.

Por fim, o deus da morte recuou, deixando Imurinya se dirigir a mim. Ela se ajoelhou ao meu lado, acariciando minhas têmporas. Meu espírito estremeceu ao seu toque, ainda agarrado ao corpo por apenas um fio.

– Você demonstrou grande coragem – ela disse de forma solene. – E agradou aos deuses com suas ações nesta terra. Nós sabemos demonstrar misericórdia.

Prendi a respiração, sem saber que tipo de misericórdia esperar.

– O senhor da morte e eu chegamos a um acordo – ela disse. – Decidimos que metade é justo. Metade é mais do que a maioria recebe.

– Metade? – repeti.

– Sim, metade. – Os olhos luminosos de Imurinya pousaram em mim. – Shiori'anma, sua alma oscila entre a vida e a morte... metade ligada a Bushi'an Takkan e metade aos céus. Sendo assim, pelo restante de sua vida, você deverá passar metade de cada ano comigo na Lua.

Kiki surgiu voando agitada por trás das vestes da dama, e se tivesse conseguido me levantar em apenas um salto, eu o teria feito.

Ela se transformara em um pássaro de verdade, agora com penas em vez de asas de papel, e olhos redondos que não piscavam em vez dos que fiz de tinta. As pontas das asas estavam decoradas de dourado, uma coroa escarlate e vibrante pintava sua cabeça.

– Ela achou o caminho até mim – Imurinya explicou com um sorriso.

Você vem?, Kiki perguntou, atrevida como sempre. *Você está horrível. Venha... venha com a gente.*

Hesitei. Eu não estava pronta.

– A outra metade do ano... poderei passar na terra? – perguntei. Minha voz estava aérea. Não soube dizer se tinha falado em voz alta ou não.

– É um compromisso que meu irmão e eu firmamos – Imurinya disse. – Enquanto Bushi'an Takkan viver, este acordo também viverá. Quando a hora dele chegar, você se juntará a ele no reino do Senhor Sharima'en.

Olhei para o senhor da morte, que fez um aceno imperceptível. Então olhei para Takkan, me perguntando se ele conseguia ouvir ou ver os imortais. Ele ainda estava ao meu lado, com os olhos turvos e sensíveis.

– Soa justo – concordei baixinho. – Quando posso voltar?

– Toda primavera e todo verão.

– E eu serei normal? – perguntei, engolindo em seco. – Humana?

Imurinya riu.

– Sim, sim. Humana o suficiente para sangrar, sarar, envelhecer e crescer com felicidade e sabedoria. Até ter filhos... se assim desejar.

Um intenso rubor esquentou minhas bochechas, mas Imurinya deve ter lido minha mente, pois era exatamente aquilo que eu desejava saber.

– Não poderia voltar pelo período do inverno a primavera em vez disso? – perguntei, sabendo que era grosseiro negociar com os deuses, mas incapaz de me conter. – Gostaria de comemorar o aniversário com minha família e ver os grous de inverno. E Iro – acrescentei. – Que fica mais linda ainda no inverno.

Imurinya me silenciou com o olhar radiante, tão intenso que fez meu coração pular. Tive certeza de que tinha cometido um erro, e que ela e Senhor Sharima'en anulariam o acordo.

– Muito bem – Imurinya disse enfim. – Então será no inverno e na primavera, está decidido. Mas para este primeiro ciclo, você deverá esperar pela primavera. O inverno se aproxima e seu corpo precisa se curar.

Ela levantou um dos coelhos a seus pés, e a luz divina nos inundou, penetrando em meio ao reino mortal. Takkan respirou fundo. Agora ele conseguia vê-la.

– A promessa está feita – Imurinya o informou. – Shiori'anma se juntará à terra a cada inverno e primavera, passando metade do ano com você e metade comigo. Quando a Lua se erguer pela primeira vez na primavera, você a encontrará na Montanha do Coelho, Bushi'an Takkan.

Takkan piscou, o único sinal de surpresa que deixou escapar diante da visão dos grandes imortais. Ele enxugou os olhos com a manga e curvou a cabeça.

– Entendido – respondeu calmamente. – Muito obrigado, Senhora Imurinya. Eu estarei lá.

– Agora se despeçam – a Senhora da Lua disse.

Meu espírito se reagrupou dentro do corpo, um pedaço por vez, uma sensação de formigamento inundando cada nervo. Experimentei levantar a cabeça primeiro. Então, quando o resto de mim acordou, dei a Takkan um sorriso com covinhas. Aquilo foi o suficiente para apagar a tristeza do seu rosto. Os olhos dele se arregalaram de surpresa e alívio.

– Ajude-me a levantar – eu disse, e a mão de Takkan imediatamente estava lá, me pondo de pé com delicadeza.

Vi que já não estávamos mais sozinhos. Meus irmãos tinham vindo e se apressaram a chegar perto.

– Pelo menos você não terá que costurar nada quando estiver na Lua. – Yotan brincou. – Ou vai?

– Duvido que Imurinya queira que eu estrague a tapeçaria dela – respondi.

– Verdade, verdade.

Abracei os gêmeos, depois passei para Reiji. Assim como eu, ele também partiria de Kiata em breve.

Não nos demos muito bem durante a infância, e pensei que ficaria sem palavras. Não hoje.

– Não acredito que estou dizendo isso, mas vou sentir sua falta, Reiji.

– Não deveria – ele disse de forma leve. – Ninguém mais vai colocar cascas de cigarra debaixo do seu travesseiro... ou desafiá-la a roubar cobras do jardim de Raikama. Você terá bem menos problemas.

– Então, você finalmente admite que tudo isso foi culpa sua?

Ele deu um sorriso torto.

– Metade minha, metade sua.

Joguei os braços ao redor dele, desejando tê-lo abraçado mais quando éramos mais novos.

– Isto não é um adeus para sempre – falei em seu ouvido. – Sei que você vai conseguir convencer sua princesa de papel a nos visitar quando eu voltar.

Hasho veio em seguida, com a asa dobrada ao lado do corpo.

– Estou feliz que tenha pedido o inverno. Seu aniversário não seria o mesmo sem você.

Abracei meu irmão mais novo. Ele sempre foi o que me entendia melhor.

– Teremos um banquete pronto quando você voltar, irmã – Benkai disse. – Um banquete com os melhores pratos e um céu cheio de lanternas.

Dei uma risada.

– Eu é quem deveria cozinhar para todos vocês.

– E você vai. – Andahai deu uma piscadinha. Será que já tinha visto ele piscar antes? – Vamos fazer uma lista dos nossos pratos favoritos.

Virei-me para ele, percebendo algo.

– Serei tia quando voltar.

– E eu espero ter um novo irmão – Andahai respondeu. Ele inclinou a cabeça para indicar Takkan. – Não se esqueça, você ainda tem que se preparar para um casamento. Talvez vocês dois devessem se casar agora, para que você não tenha a ideia de ficar na Lua pra sempre.

– Não vou. – Troquei um sorriso tímido com Takkan. – O coração dele é minha casa e…

– Onde você estiver é o lugar a que pertenço – ele disse junto comigo. Depois olhou para nossos pulsos, para os fios vermelhos ainda visíveis, as extremidades ainda atadas. – Vou esperar por você.

As palavras dele eram música para os meus ouvidos, e lhe soprei um beijo enquanto seguia Kiki e Senhora Imurinya por um caminho de luar rumo à lenda mais antiga que eu conhecia.

EPÍLOGO

Estava em pé na beira da Lua, um mar de crepúsculo brotando sob os pés, o céu repleto de estrelas, tanto em cima quanto embaixo. Embora o ponto de vista fosse majestoso, naquela noite eu não sentia nenhuma admiração. Apenas ansiedade.

Tinha esperado seis meses por isso. Não perderia um segundo sequer.

– Estou pronta – sussurrei.

Um rastro de luar prateado apareceu, desenrolando-se sobre as dobras do céu tocadas pelas estrelas. Ele levava para baixo, entre campos de nuvens tão macias quanto neve recém-caída.

Movi-me depressa, incapaz de acompanhar o ritmo do meu coração acelerado. Ou de Kiki, cujas novas asas a tornaram incrivelmente ligeira. Enquanto esperava eu alcançá-la, ela brincava entre os feixes de luz que nos seguiam.

Mais rápido, sua lesma!, ela gritou. *Quando chegar lá, a primavera já vai ter acabado. Nunca vou conseguir meus bolinhos assim.*

Eu me apressei, sorrindo com melancolia. Kiki adorava ser um grou de verdade, e nunca mais falou de seu passado de papel. Mas, às vezes, quando se sentia assustada ou sozinha, ela ainda tentava voar para dentro da minha manga, esquecendo que agora era grande demais. Foi assim que soube que ela sentia falta de sua forma original, pelo menos um pouquinho.

Juntas, descemos o caminho enluarado até que uma brisa surgisse, cortando através da quietude dos céus. Imurinya nos contou que os filhos do vento protegiam a divisão entre os reinos mortal e imortal. Era ali que Kiki e eu nos separaríamos.

Lembre-se de trazer os bolinhos, ela disse, me fazendo prometer pela centésima vez. *Os redondos de arroz com pasta de feijão vermelho. Bolinhos da Lua também. Imurinya iria gostar deles.*

– Vou lembrar – respondi, dando um beijo na cabeça de minha ave. – Não cause nenhum transtorno para a Senhora da Lua enquanto eu estiver fora.

Kiki desapareceu atrás de uma cortina de luar, deixando-me sozinha com o Sol e as nuvens. Tinha chegado ao fim do caminho, mas Imurinya não me dissera o que fazer a partir dali.

Eu me abaixei, os dedos acariciando uma nuvem baixa que roçou meus tornozelos. Abaixo, o Sol iluminava o mundo, e eu tinha a vista dos deuses. No Sul, avistei Gen debruçado sobre uma coleção de livros, o espelho da verdade brilhando ao seu lado. E do outro lado do Mar de Taijin, vislumbrei Seryu correndo contra um bando de baleias. Seus chifres haviam crescido e se tornado uma magnífica coroa prateada, e os olhos brilhavam mais vermelhos que o Sol. *O herdeiro do Rei Dragão*, eu me lembrei. Perguntei-me como ele estaria lidando com tudo aquilo.

Seryu deve ter sentido alguém o observando, pois inclinou a cabeça e olhou diretamente para mim – diretamente para a Lua. Por um breve momento, nossos olhares se encontraram, e ele me deu um sorriso enigmático. Então, sem perder o ritmo, mergulhou de volta no mar, rugindo ao passar pelas baleias que tinham acabado de alcançá-lo.

Bati palmas, soltando uma risada e vendo-os desaparecer no horizonte. Então, logo abaixo de meus pés, as nuvens se moveram para revelar uma montanha familiar de dois picos. Quase não a reconheci sem a camada de neve de sempre, mas de repente meu coração estava batendo tão rápido que mal consegui respirar. E subitamente soube o que fazer.

Eu pulei.

Não sei se caí ou se voei. As nuvens taparam minha visão, e o mundo acelerou num redemoinho de estrelas e luz. Mas então aterrissei, com as costas afundando nos suaves contornos da terra, e quando senti o sol nas bochechas, abri os olhos.

Estava deitada na grama. Uma grama fria e úmida que pinicava meus cotovelos e joelhos. Poças rasas de lama me rodeavam e linhas prateadas de geada cobriam o campo.

Uma capa caiu sobre meus ombros um instante antes de eu me arrepiar.

– Preste atenção na lama, donzela da Lua – Takkan disse suavemente, ajoelhando-se ao meu lado. – Está quase congelada. Não vai ser divertido cair nela.

Com cuidado, ele me levantou de onde eu estava, envolvendo-me em seu calor, e eu encostei minha testa na dele. Minha voz saiu rouca, uma mistura de alegria e incredulidade.

– Suas primeiras palavras para mim são sobre lama?

Takkan sorriu.

– Achei o aviso mais urgente que uma serenata de boas-vindas.

– Considere-me avisada. Agora cante.

– Agora? Você vai rir.

– Eu nunca riria de você, Bushi'an Takkan.

Disse aquilo da forma mais solene que pude, mas meus olhos estavam tremendo, e Takkan me conhecia.

– Mentirosa. – Como punição, ele me levantou mais alto nos braços. Gritei de surpresa e prazer enquanto ele me girava sem parar, com as botas chapinhando na lama.

Rimos até nossas barrigas doerem, o som de nossa felicidade se harmonizando em uma melodia que fez meu coração se sentir tão cheio quanto o pálido sol por trás das nuvens.

Quando Takkan finalmente me colocou no chão, estávamos tão tontos que tropeçamos um no outro. Ele me pegou pela cintura e me beijou.

Foi um beijo pelo qual valeu a pena esperar – quer fosse meio ano ou meia vida, um beijo que fez minha respiração encurtar e o estômago revirar, e a geada que cobria o nariz e os cílios se derreter com um delicioso calor. Passei os dedos pelo cabelo dele e o puxei para perto, fazendo cócegas em seu nariz com o meu e observando nossas respirações virarem vapor no ar. Lambi os lábios, sentindo gosto de açúcar.

– Bolinhos?

– Chiruan fez para você – Takkan confessou com um sorriso tímido. – Experimentei alguns para ter certeza de que estavam aceitáveis. Quer um?

Bolos em vez de flores, eu tinha dito a ele. Enquanto meu coração apertava de ternura, pequenos botões floresceram sob meus pés. Apenas um fio de magia foi deixado dentro de mim, mas Kiata... Kiata *floresceu* com ela. A sensação para mim era a de uma camada de amor enfiada no fundo da barriga de alguém. Quente, mesmo quando estava frio. Alegria, mesmo quando havia tristeza. As flores sob os meus pés desabrocharam e cresceram.

– Mais tarde – falei, finalmente respondendo à pergunta de Takkan. Eu envolvi seus braços em volta da minha cintura e me inclinei contra ele, sentindo sua respiração mexer no meu cabelo. – Só temos alguns minutos até o pôr do sol.

Eu poderia ter ficado nos braços dele o dia todo, contente com a visão dos campos de arroz logo abaixo, o rio Baiyun descendo a Montanha do Coelho até as colinas gramadas ao redor de Iro, o castelo de azulejos cinzentos ao longe. Mas o dia estava desaparecendo, e a terra dourada ia ficando prateada com a chegada do jovem luar.

Sem mencionar que não estávamos sozinhos de verdade.

Uma risada aguda denunciou a intrusa, e me virei para olhar por cima do ombro de Takkan.

– Megari! – gritei.

– Takkan me pediu que deixasse vocês a sós pelo tempo de uma canção – Megari disse, deixando de lado uma lanterna apagada. No ano em que estive fora, ela perdera um pouco da jovialidade rechonchuda das bochechas, mas um brilho familiar de travessura ainda reluzia em seus olhos. – Escolhi uma canção curta.

Eu a agarrei em um abraço, girando-a uma vez antes de colocá-la no chão. Estava deslumbrada por sua causa. Agora ela quase alcançava meu ombro, e já não usava mais o cabelo em tranças, mas solto nas costas.

– Não comente sobre o quanto cresci, e não vou comentar sobre seu cabelo. – Megari avisou antes que eu pudesse dizer algo. – Você vai receber muitos comentários. Confie em mim. Papai e Takkan não paravam de me encarar quando chegaram em casa. Como se estivessem fora por anos, não meses!

– Minha irmã está começando a preferir a companhia dos coelhos a dos humanos – Takkan brincou.

Um par de animais fofinhos saltou sobre meus pés, e um coelho de manchas marrons até se atreveu a mordiscar minhas sapatilhas. Ajoelhei-me para acariciar seu pelo aveludado.

– Eles geralmente têm medo de estranhos – Megari explicou. – Mas não de você.

– Há muitos coelhos na Lua – respondi, soltando a criatura. Eu o assisti saltar para a grama alta.

Dava para sentir que Megari estava se coçando com perguntas que queria fazer, mas Takkan tocou o ombro da irmã, como se a relembrando de algum acordo oculto. Com um suspiro, ela pegou a lanterna, balançando-a enquanto ia em direção à base da colina, onde eles haviam amarrado os cavalos.

– Aproveitem o tempo sozinhos. Quando chegarem em casa, mamãe não vai dar a nenhum dos dois um momento de descanso.

– Tome cuidado ao voltar! – Takkan avisou Megari. – Está ficando escuro!

Megari acenou para mostrar que tinha ouvido, e depois mais uma vez para se despedir. Acenei de volta, observando-a retornar a Iro. Então meus olhos foram para o céu, onde o Sol poente estava dando lugar a uma Lua nascente. Um mar de estrelas cintilava no crepúsculo translúcido, o grou de sete pontas já brilhava mais que o resto.

– Eles o renomearam – Takkan disse, percebendo o que chamou minha atenção. – Em homenagem a uma nova lenda.

– Que lenda?

– É uma lenda que envolve grous, demônios e dragões… e uma princesa sob uma terrível maldição. As crianças ficaram fascinadas.

Acabei não falando o que iria dizer em seguida quando ele pegou minha mão e deu um beijo na palma dela.

– É uma história decente, mas longa. Conto a você depois. Hoje à noite, temos convidados.

– Convidados no mesmo dia do meu tão aguardado retorno? Quem poderia ser tão importante?

Ele sabia que eu estava roendo as unhas de ansiedade.

– Eu disse a você que agora temos um pequeno demônio na cozinha? Chegou há algumas semanas e está grudado no fogão. Ele queima o arroz e faz o fogo se apagar quando está mal-humorado. Os cozinheiros estão irritados, mas Megari gosta dele. Acho que Chiruan também está se acostumando com ele.

Eu coloquei as mãos nos quadris. Demônios poderiam esperar.

– Quem é o convidado?

– *Convidados.* – Takkan fez uma pausa deliberada, apreciando minha impaciência. – São seus irmãos.

Os meus irmãos? Um sorriso enorme se abriu em meu rosto.

– Eles vieram?

– Todos os seis – Takkan confirmou. – Até Reiji, de A'landi. E... seu pai.

Minhas sobrancelhas se ergueram.

Takkan riu.

– Essa também foi minha reação. Você pode imaginar a angústia da minha mãe quando soube da visita dele. Ela passou a última semana tentando colocar a casa em perfeita ordem. E ainda não superou o fato de que hospedou você um inverno inteiro sem saber sua verdadeira identidade.

– Isso significa que ela não vai me deixar voltar para a cozinha?

– Provavelmente não. Por pelo menos um ano, eu diria.

– Um ano? – lamentei. Sentia falta de cozinhar e, pelo jeito que meu estômago roncou, sentia falta de comer também. – Bem, tenho seis irmãos por uma razão. Vamos torcer para que ela esteja mais preocupada com eles do que comigo.

– Duvido. Ela tem que se preparar para o casamento do filho.

Corei, a língua ficando presa. Então falei:

– Megari estava certa, não estava? Vai ser um pandemônio quando eu voltar. Todos vão me encarar e fazer perguntas...

– Podemos chegar um pouco atrasados... – Takkan disse.

Um pouco atrasados?

– Eu ouvi direito? Meu honrado e honesto noivo sugere que cheguemos tarde para o jantar? – Fingi suspirar de horror. – Com o imperador, ainda por cima.

Um sorriso se insinuou nos lábios de Takkan.

– Por você, estou disposto a quebrar algumas regras.

Não consegui me segurar. Eu pulei – mas Takkan já estava lá. Seus lábios encontraram os meus, suas mãos me segurando pelas costas, enquanto eu envolvia os braços ao redor de seu pescoço e passava os dedos pelo seu cabelo. Nós nos beijamos várias vezes, cambaleando até cairmos contra uma árvore, rindo e gritando enquanto a neve despencava dos galhos em nossas cabeças.

Não soube dizer quanto tempo passamos abraçados e encostados naquela árvore, os coelhos nos observando com curiosidade. O crepúsculo envelheceu rápido demais e a noite nos cercou. Era hora de voltarmos.

– É melhor irmos logo – Takkan disse, tirando flocos de neve do meu nariz antes de me levar para longe da árvore. Ele não soltou minha mão enquanto se ajoelhava, apanhando as duas lanternas que havia trazido. Uma azul para ele e uma vermelha para mim, amarradas por um simples fio vermelho.

– Para eu não perder você no escuro – ele explicou quando passei os dedos no fio.

– Você nunca vai me perder, Bushi'an Takkan – respondi. – Esteja claro ou escuro, você é a luz que faz minha lanterna brilhar.

Sob o luar fúlgido, percorremos o caminho para casa, com nossos corações brilhando e a luz em nossas lanternas tão radiante quanto a das estrelas.

AGRADECIMENTOS

Uau – já escrevi tantos livros! Serei sempre grata a Gina, minha agente, que acreditou em mim desde o início. E a Katherine, minha editora, por seus olhos de águia, tornando meus livros sempre melhores. E por ser a maior torcedora que eu poderia ter.

A Lili, minha publicitária, por sua dedicação em levar minhas histórias às mãos dos leitores e por ser alguém incrível de se trabalhar. Para Gianna, Melanie, Alison, Elizabeth, Kelly, Dominique, John, Artie, Natali, Caitlin, Jake e o brilhante time da Knopf Books for Young Readers por seu apoio em *A promessa do dragão*. Obrigada por me ajudarem a trazer minhas histórias à vida e a levá-las às mãos de meus leitores.

A Tran, por aqueles dragões! Esta capa é perfeita, e como sempre, estou obcecada.

A Alix, por ter feito o título dar certo. Está lindo.

A Virgínia, pelo mapa de Kiata de tirar o fôlego e por ilustrar meus mundos.

À minha equipe no Reino Unido: Molly, Natasha, Kate e Lydia, obrigada por me receber na família Hodderscape, e a Kelly Chong pelas capas mais bonitas em toda a sua glória em cores pastéis.

A Anissa, novamente pela amizade e pelas recomendações de *webtoons* e romances!

Aos meus incríveis leitores beta – que também são amigos queridos: Leslie e Doug, Amaris, Diana e Eva. Adoro vocês.

A Pasang, eu não poderia ter escrito este livro sem sua ajuda. Obrigada.

À minha avó, por inspirar tantas das minhas histórias. Os leitores têm de agradecer a você, especialmente quando se trata de comida.

Aos meus pais e a Victoria, pelo amor, apoio sem fim e opiniões (e ofertas para ser babá).

Ao Adrian e às minhas filhas, por serem *minhas* luzes. Adrian, daria para escrever um livro sobre tudo pelo que eu poderia lhe agradecer, mas, para ser breve, obrigada pelos rabiscos surpresas que você faz em meus manuscritos. Eles sempre me fazem rir. E obrigada pelos abraços e pelo apoio de que eu preciso quando as coisas não parecem estar bem, e por ser a primeira pessoa com quem quero comemorar quando as coisas estão melhorando. Amo você. A Charlotte e Olivia, por serem minhas alegrias e meus amores e por serem tão curiosas sobre o porquê de, durante o dia, eu estar sempre no computador. Não cresçam rápido demais.

Por fim, aos meus leitores. Obrigada por continuarem esta jornada comigo. Espero que venham muitas outras!

SUA OPINIÃO É MUITO IMPORTANTE

Mande um e-mail para **opiniao@vreditoras.com.br** com o título deste livro no campo **"Assunto"**.

1ª edição, mar. 2023

FONTE Sabon Regular 10,75/16,3pt
Sofia Pro Medium 18/16,3pt

PAPEL Pólen® Bold 70g/m²

IMPRESSÃO Geográfica

LOTE GEO250123